방정환 번역동화 연구

이정현
오사카대학 대학원 언어문화학 박사학위 취득 후 현재 류코쿠대학 강사로 재직중이며 카가쿠이 히로시 작품을 비롯한 일본 그림책 몇 권을 번역했다.
indiaindyjp@yahoo.co.jp

방정환연구총서 02

방정환 번역동화 연구

2023년 8월 1일 1판 1쇄 인쇄 / 2023년 8월 15일 1판 1쇄 발행

지은이 이정현 / 펴낸이 임은주
펴낸곳 도서출판 청동거울 / 출판등록 1998년 5월 14일 제2023-000034호
주소 (12284) 경기도 남양주시 다산지금로 202(현대테라타워 DIMC) B동 317호
전화 031) 560-9810 / 팩스 031) 560-9811
전자우편 treefrog2003@hanmail.net / 네이버블로그 청동거울출판사

출력 우일프린테크 | 인쇄 하정문화사 | 제책 우성제본

책값은 뒤표지에 있습니다.
잘못 만들어진 책은 바꾸어 드립니다.

이 책의 본문은 친환경 재생용지를 사용해 제작했습니다.

First published in Korea in 2023 by CheongDongKeoWool Publishing Co.
Printed in Korea.

ISBN 978-89-5749-230-7 (94800)
ISBN 978-89-5749-141-6 (세트)

방정환연구총서 02

방정환 번역동화 연구

『사랑의 선물』을 중심으로

이정현 지음

| 책을 내면서 |

작년 2022년은 방정환의 번역동화집 『사랑의 선물』이 간행된 지 100주년이 되는 해이다. 방정환은 1920년 9월에 일본으로 건너가 1년 남짓되는 기간 유학을 했다. 당시 일본에서 간행되고 출판되었던 수많은 아동잡지와 번역동화집 중에서 마음에 드는 잡지와 단행본을 선별하면서 세계 여러 나라의 유명한 동화 열 편을 골라 한국어로 번역해 동화집을 완성했다. 그것을 당시 조선의 어린이들을 위한 '사랑의 선물'로써 1922년 7월에 한국에서 출판한 것이다. 방정환은 동화 번역과 함께, 당시 수많은 아동잡지와 번역동화집에 동화(童畵)를 그려 인기를 얻고 있던 화가 오카모토 키이치(岡本帰一)의 그림도 함께 동화집에 옮겼다. 당시 조선에는 삽화가 그려진 동화집은 물론 번역동화집 자체가 거의 없던 시절이었다. 방정환은 그런 현실 속에 있던 조선의 어린이들에게 삽화가 그려져 있는 번역동화집을 선물하고 싶었던 것이다. 그야말로 '사랑의 선물'이었던 셈이다. 이러한 그의 공적은 100년이 지난 지금에도 높이 평가되고 있다.

한편 내가 일본에 온 것은 1999년 9월이었다. 방정환 선생님보다 79

년 늦게 일본에 온 것이다. 그리고 내가 박사논문을 쓰기 시작한 것은 2005년부터였다. 여기저기 도서관을 찾아다니며 열심히 자료 수집을 했지만 석사논문을 쓸 때와 마찬가지로 뭔가 확 와닿는 게 없었다. 그러다 2006년의 어느 날이었던 것 같다. 오사카시립 중앙도서관이었는지 오사카부립 아동문학관이었는지는 정확하게 기억이 나지 않는다. 『킨노후네(金の船)』라는 아동잡지를 보다가 어디선가 많이 본 듯한 그림을 발견한 것이다. 사이토 사지로(斎藤佐次郎)의 「왕자와 제비(王子と燕)」라는 작품이었다. 갑자기 심장이 두근두근 뛰기 시작했다. 서둘러 복사 신청을 하고 복사한 자료를 챙겨 들고 집으로 돌아왔다. 돌아오자마자 『사랑의 선물』을 꺼내 「왕자와 제비」가 실려 있는 페이지를 열었다. 역시 같은 그림이 그려져 있었다. 다시 심장이 두근두근 뛰기 시작했고 나는 너무 기뻤다. 85년 전에 방정환 선생님도 그랬을까. 나처럼 『킨노후네』에 실린 사이토 사지로의 「왕자와 제비」라는 작품을 발견하였을 때 이렇게 기뻤을까. 이렇게 심장이 두근거렸을까.

그날부터였다. 『사랑의 선물』에 실려 있는 다른 삽화들도 이처럼 같은 삽화가 분명 어딘가에 있을 것이라 확신했고 그래서 다른 삽화도 찾아야겠다고 생각했다. 거의 매일을 도서관에 다니면서 『킨노후네』를 한 페이지 한 페이지 훑어내려 갔다. 『킨노후네』에서 발견한 광고란을 힌트로 하여 같은 화가의 그림이 그려져 있는 단행본에도 눈을 돌려 한 페이지씩 넘기며 살펴보았다. 하루하루가 보물찾기를 하는 듯한 기분이었고 보물을 하나씩 찾을 때마다 탄성을 지르고 싶었다. 너무너무 즐거운 나날이 계속되었다. 그때부터 박사논문을 쓰는 일이 정말 즐거워졌다. 이렇게 하여 『사랑의 선물』에 실려 있는 삽화 열네 점 중 열세 점을 『킨노후네』와 몇 권의 번역동화집에서 찾아냈다. 내 박사논문의 90퍼센트는 이 열세 점의 삽화라고 해도 과언이 아니다. 아쉽게도 한 점은 찾아내지 못했지만 나는 그렇게 박사논문을 완성했다. 방정환 선생님도 이러한 순서로 각 작품들을 찾아내고 번역하셨을까 상상하면서 즐겁게 쓸 수 있었다. 나는 정말 운이 좋았던 것이다.

2007년에 박사논문을 무사히 끝내고 다시 15년이 흘렀다. 오랫동안 일본어로 묵혀 놓았던 논문을 한국어로 번역하느라 꽤 애를 먹었다. 몇 번을 봐도 매끄럽지 못한 문장들이 신경이 쓰였고 또 새로 발견된 사실들을 추가하고 수정하는 작업이 퍽 힘들었다. 그렇지만 김영순 선생님과 염희경 선생님을 비롯한 작은물결 공부회 선생님들의 도움으로 여기까지 오게 되었다. 이 자리를 빌려서 선생님들께 다시 한 번 감사의 인사를 드리고 싶다.

예전에는 도서관에 가지 않으면 『킨노후네』 같은 옛날 잡지나 《동아일보》의 옛날 기사는 읽어 볼 수가 없었다. 하지만 요즘에는 인터넷으로 잡지를 열람하거나 일제시대 당시의 신문 기사를 열람할 수 있게 되었다. 얼마 전에 작은물결 공부회 회원 중 한 분이신 정선희 선생님께서 가르쳐 주셔서 1920년대 《동아일보》 기사를 '네이버 뉴스 라이브러리'로 찾아볼 수 있었다. 너무 놀라웠다. 박사논문을 쓰던 당시 자주 찾아갔던 고베시립 중앙도서관 '청구문고'라는 작은 방에 보관되어 있던 복각판 《동아일보》는 복사 상태가 좋지 않아 글자 판독이 아주 어렵고 힘들었다. 그러나 인터넷으로 본 1920년대 《동아일보》 기사는 글자가 아주 뚜렷하고 깨끗해서 판독이 수월했다. 예전에는 도서관을 무척 좋아해서 아무리 멀어도 도서관 가는 일이 싫지는 않았지만 옛날 신문 기사를 이렇게 집에서 인터넷으로 간단하게 검색할 수 있고 게다가 아주 뚜렷하고 깨끗한 상태로 읽을 수 있다는 사실이 정말 놀랍고 감동적이었다. 그리고 '킨노후네 · 킨노호시 디지털 라이브러리(金の船 · 金の星デジタルライブラリー)'라는 사이트에서 『킨노후네』 기사도 간단하게 열람할 수 있게 되었다는 사실을 최근에 알게 되었다. 예전처럼 한 시간 넘게 걸려서 잡지가 소장되어 있는 도서관을 찾아가지 않아도 되고 또 한국에서

도 간단하게 열람할 수 있게 된 것이다. 정말 멋진 세상이 되었다. 한국은 특히 정보망이 발달했고 그러한 나라에 사는 한국 연구자들의 정보 수집력은 정말 놀랄 만하다. 일본에서 오래 살고 있는 나로서는 그저 놀라울 따름이다. 한국에 있으면서도 일본에 있는 나보다 일본 자료를 더 많이 알고 있고 수집하고 있는 듯하다. 정말 존경스러울 뿐이다.

앞으로 이러한 여건을 충분히 활용해 한일아동문학 연구가 더욱 발전했으면 하는 바람이다. 그리고 늦은 감이 없지 않지만 『사랑의 선물』 탄생 100주년을 기념하는 이 뜻깊은 해에 나의 박사논문이 한국어로 출판되어 더없이 기쁘다.

2023년 여름

이정현

| 차 례 |

제3장_방정환의 번역동화와 『킨노후네』

제4장_방정환의 번역동화와 '모범가정문고' 시리즈

第7장_방정환의 「새로 개척되는 동화에 관하여」에 대한 고찰

第8장_결론: 방정환의 번역동화의 아동문학사적 의미

일러두기

1. 본고에서 일본어 가나 문자의 한글 표기는 원칙적으로 국립국어원의 일본어 표기법에 의하였지만, 고유명사(인명과 작품명 및 잡지명 등)에 한해서는 다음과 같이 표기하였다.
   ① 어두 무성 자음은 탁음과의 구별을 위해 평음이 아닌 격음으로 표기하는 등 로마자 표기 발음을 우선시했고, つ는 '쓰'가 아닌 '쯔'로 표기하였다.
   예: 高木(たかぎ, Takagi) → 타카기, 田畑(たはた, Tahata) → 타하타
   夏目(なつめ) → 나쯔메, 初山(はつやま) → 하쯔야마
   ② 장모음의 경우 국립국어원의 표기법에 의하면 장모음은 따로 표기하지 않는다고 명시되어 있지만(ああ, いい, うう, ゆう, ええ, えい, おお, おう, よう 등), 본 연구에서는 일부를 표기에 반영하였다.
   예를 들면, え段(에단)의 장음 え(에)는 무시하고 い(이)는 표기에 반영하였으나, お段(오단)의 장음 お(오)와 う(우)는 모두 무시하였다. 단, 잡지명 『도우와(童話)』는 예외로 표기에 반영했다.
   예: 慶応(けいおう) → 케이오, 曲亭(きょくてい) → 쿄쿠테이
   東洋(とうよう) → 토요
   ③ あ段(아단)의 장음 あ(아)는 표기에 반영하여 작품명 「마왕 아아(魔王ああ)」로 표기했고, う段(우단)의 장음 う(우)를 인명 '유우지(友治)'에서는 예외로 표기에 반영했다.
2. 본 연구에서 사용된 방정환 관련 자료의 모든 밑줄은 필자에 의한 것이다. 덧붙여 원문과 달리 띄어쓰기에 있어서도 현대 문법을 참고로 하여 필자가 임의로 수정 표기했다. 그리고 구자음 표기(특히 된소리)를 편의상 고친 부분이 있다. 또한 일부 한자를 필요에 따라 일본식 한자로 고치거나 반대로 일본식 한자를 구한자로 고치기도 했다.
   예: 꼿, 때
3. 본 연구에서 사용된 일본어 자료의 한자와 가나 표기는 일부 현대 표기로 고쳤음을 밝혀 둔다. 그리고 한국어 자료와 마찬가지로 모든 밑줄은 필자에 의한 것이다.

방정환 번역동화 연구

『사랑의 선물』을 중심으로

제1장

서론

1. 연구 목적 및 선행 연구

1) 연구 목적

한국 아동문학을 논할 때는 반드시 소파(小波) 방정환(1899~1931)의 이름이 거론된다. 방정환은 한국 근대 아동문학의 선구자로서 근대 한국에 '동화'라는 장르를 정착시키기 위해 애썼으며 1922년 7월에는 번역 동화집 『사랑의 선물』[1]을 집필해 당시 조선의 어린이들에게 외국 동화를 소개했다. 그리고 다음 해 1923년에는 아동문예지 『어린이』[2]의 창간과 편집을 실질적으로 담당해 어린이들을 위한 잡지를 만들고자 노력했다. 또 아동문화 운동가로서 한국 최초의 아동문화 연구 단체인 '색동

1 원제는 『世界名作童話集 사랑의선물』로 발행자는 이돈화, 개벽사출판부 · 박문서관 발행. 목차는 제2장 4절을 참고하기 바라며 이하 『사랑의 선물』로 표기하고자 한다.

2 『어린이』는 1923년 3월 20일에 방정환에 의해 창간되어 1934년까지 간행된 한국 근대의 아동문학 잡지이다. '어린이'라는 용어는 방정환이 보급시킨 용어로 어린이를 독립된 인격체로 존중하는 의미를 포함하고 있다. 『어린이』는 해방전(1923.3~1934.3)에 간행된 123권과 해방후(1948.5~1949.12)에 간행된 15권으로 전부 138권이다.

회'[3]를 창설하여 '어린이 날'[4]을 제정하거나 '세계아동예술박람회'[5]를 개최하는 등 어린이들을 위한 여러 가지 활동을 전개했다. 그 외에도 천도교도로서 천도교 소년회를 만들어 어린이들과 함께 여러 가지 활동을 하거나 동화구연가로도 활약했다. 이와 같은 다방면에서의 활약이 높이 평가되어 많은 연구자들에 의해 방정환에 관한 연구가 이어지고 있다.

그러나 방정환의 번역동화집 『사랑의 선물』을 전면적으로 연구 대상으로 한 본격적인 연구는 이루어지지 않은 형편이다. 방정환의 생전에 출판된 유일한 단행본인 이 동화집은 동경 유학 시절에 집필한 번역동화집이다. 방정환이 근대 한국에 '동화'라는 어린이들을 위한 문학을 정착시키고자 노력한 첫 사업이 외국 동화를 번역하는 일이었으며 그 결정체가 다름 아닌 『사랑의 선물』인 것이다. 당시 일본에서 번역되어 출판되어 있던 안데르센 동화와 그림 동화 등 유명한 세계 명작 동화 열 편을 골라 번역한 이 동화집은 방정환이 일본 유학 중이던 1921년에 조선으로 보내져 개벽사에서 편집하여 1922년 7월에 발행되었다.[6] 1925년에는 제8판(16,000부), 1926년 2월에는 제9판, 1926년 7월에는 제10판을 인쇄하는 등 인기가 많았던 것으로 추정된다. 방정환의 편집으로 약

---

3 방정환을 중심으로 당시 일본에 유학중이었던 한국 학생 여덟 명이 동경에서 1923년 5월 1일에 발족한 아동문화 연구 단체이다. 이 단체의 멤버들은 잡지 『어린이』의 주요 집필진으로 관여한 인물들로 '어린이운동'의 활동에 있어서도 없어서는 안 될 존재였다.

4 색동회는 결성 후 첫 사업으로 5월 1일을 '어린이날'로 제정했다. 그 이후 5월의 첫째 주 일요일로 변경했다가 1957년에 '대한민국 어린이 헌장'에 의해 5월 5일로 결정되었다.

5 1928년 10월 2일에 경성 천도교 기념관에서 개막되어 10일까지 개최되었다. 전 10부로 구성되어 '동아일보 학술부'가 후원하고 '재경 해외 문학부'가 협찬했다. 참가국은 20여 개국으로 참관자수는 65단체 7,920명을 포함한 총 3,9215명이었다. 이 전람회는 사회교육적 국면에서 크게 공헌했다.

6 염희경은 『사랑의 선물』에 실린 서문이 신유년 말(1921.12)에, 김기전의 서문이 임술 원단(1922.1)에 쓰인 것으로 보아 1921년 연말에 번역이 이미 완성되었으며 이것을 개벽사에서 1922년 7월 7일자로 발행한 것이라고 상세하게 설명하고 있다. 그리고 현재까지 『사랑의 선물』 초판본은 미발굴 상태이지만 1928년 11월 5일에 발행된 11판이 발굴·소개되어 원본을 확인할 수 있게 되었다. (염희경, 『소파 방정환과 근대 아동문학』, 도서출판 경진, 2014, 169쪽 참조)

1년 후에 발간된 아동문예 잡지 『어린이』의 광고란에도 선전문을 여러 번 게재하여 인기를 높이는 데 도움이 된 것으로 보인다. 어린이들을 위한 읽을거리가 거의 없었던 당시 조선의 어린이들에게 이 책 한 권이 얼마나 큰 '사랑의 선물'이 되었을지 상상하는 것은 어렵지 않다.

당시 조선에는 창작동화는 물론 동화라는 장르가 아직 정착되지 않았던 실정이다. 그러한 상황에서 방정환은 외국 동화의 유입이 얼마나 중요한 일인지 그리고 그것들을 번역하는 일이 얼마나 중요한 작업인지 잘 알고 있었던 것이다. 그 때문에 방정환은 번역동화집 『사랑의 선물』을 발행하게 되고 또 외국 동화를 소개하기 위한 장으로써 『어린이』를 발간하게 되었다고도 볼 수 있다. 이 사실은 방정환이 쓴 다음 글에서도 알 수 있다.

> 아즉 우리에게 童話集 몃 券이나 또 童話가 雜誌에 揭載된대야 大槪 外國童話의 譯뿐이고 우리 童話로의 創作이 보이지 안는 것은 좀 섭섭한 일이나, 그러타고 落心할 것은 업는 것이다. 다른 文學과 가티 童話도 한때의 輸入期는 必然으로 잇슬 것이고 또 처음으로 괭이를 잡은 우리는 아즉 創作에 汲汲하는 일보다도 一面으로는 우리 古來童話를 캐여 내고 一面으로는 外國童話를 輸入하야 童話의 世上을 넓혀가고 材料를 豊富하게 하기에 努力하는 것이 順序일 것 갓기도 하다.[7]

이재복(2004)은 근대 한국에서 창간된 『신청년』에서 방정환의 습작 시절에 해당되는 20대에 쓴 작품의 대부분이 소년소설의 요소를 가지고 있다는 것과 함께 일본 유학 이전에 이미 소년소설을 쓰거나 외국 동화

7 방정환, 「새로 개척되는 '동화'에 관하야—특히 소년 이외의 일반 큰 이에게」, 『개벽』 제4권 제1호, 1923, 23쪽. 이하 「새로 개척되는 동화에 관하여」로 표기하고자 한다.

를 번역했었다는 사실을 밝혀, 『사랑의 선물』은 그러한 습작이 있었던 덕분에 유학한 지 2년도 채 안 되는 짧은 기간에 이렇게 완성도가 높은 동화집을 만들어낸 것이라고 논했다.[8] 그리고 방정환의 존재는 이 『사랑의 선물』 한 권만으로도 한국의 아동문학사에 어린이들과 함께 울고 웃고 놀았던 빛이 되는 한 작가로서 충분히 기억에 남을 만하다며 『사랑의 선물』의 가치를 높이 평가했다.[9] 이처럼 방정환의 업적 중에서도 특히 아동문학에서의 업적을 논하고자 할 때에는 반드시 『사랑의 선물』에 대한 연구가 필요하다. 그러나 『사랑의 선물』에 실린 작품 중 몇 작품에 대한 원작과 원작자명을 밝히거나 작품 분석을 한 연구는 있지만 동화집 전체를 대상으로 논한 연구는 아직 많지 않다.

이 연구는 『사랑의 선물』에 실린 열 편 전 작품을 대상으로 하여 각 작품의 저본이 된 일본어 역을 찾아내어 일본어 역과 방정환 역을 비교 분석함으로써 방정환 번역의 특징 및 의의를 논하고자 하는 데에 목적을 두었다.

그리고 1923년 1월에 『개벽(開闢)』에 발표되어 동화에 관한 방정환의 최초의 논문으로 평가되는 「새로 개척되는 동화에 관하여」와 타카기 토시오(高木敏雄: 1876~1922), 오가와 미메이(小川未明: 1882~1961), 아키타 우자쿠(秋田雨雀: 1883~1962)의 동화론을 중심으로 하여 방정환의 일본 유학 시절 당시의 일본 아동문학 관계의 이론서와 논문 등에서 받은 영향에 대해서도 고찰하고자 한다.

앞에서 서술한 바와 같이 방정환의 아동문학에서 번역동화가 크나큰 비중을 차지하고 있다는 것은 말할 필요도 없다. 따라서 방정환의 업적을 살필 때 그의 번역동화에 대한 연구는 반드시 필요하다고 할 수 있다. 이 연구는 한국 근대 아동문학이 일본의 영향을 받았다는 사실을 밝

8 이재복, 『우리 동화 이야기』, 우리교육, 2004, 69~70쪽.
9 이재복, 『우리 동화 이야기』, 84쪽.

히는 것은 물론 근대 한국에 '동화'라는 아동문학의 영역을 정착시키고 자 노력한 방정환의 업적을 밝히는 점에서도 큰 의의가 있다.

2) 선행 연구

한국 아동문학사는 방정환의 이름을 빼고는 논할 수 없다. 그러므로 방정환을 연구 대상으로 한 연구는 수없이 많다. 그 시작은 방정환의 사후 방정환과 친분이 있었던 사람들의 회고담 등으로 편집되어 1931년 8월에 간행된 『어린이』의 방정환 추도호였다. 이와 같은 방정환에 대한 일화나 회고담은 1980년 가까이까지 계속된다. 본격적인 연구로는 1970년대에 김상련(1970)[10]과 신상철(1977)[11]에 의해서 이루어진 『어린이』를 중심으로 한 연구가 있다. 그 뒤를 이어 아동교육사상사 연구, 소년운동사 연구, 한국 근대 아동문학형성사 연구 등 여러 분야에서 방정환 연구가 이루어졌다. 그리고 방정환의 평전도 출판되었다.

그러나 방정환의 번역동화를 테마로 연구가 이루어지기 시작한 것은 1990년대 후반부터이다. 위에서 언급한 선행연구는 그 양이 아주 많으므로 여기에서는 방정환의 번역동화에 관한 연구에 한해서 서술하고자 한다.

염희경(1999)[12]은 『사랑의 선물』과 『어린이』지에 실린 방정환의 번역동화 세 편—「왕자와 제비」[13], 「석냥파리 소녀」[14], 「서울쥐와 시골쥐」[15]—에 대해서 영어 역과 당시에 발표된 다른 작가의 번역 작품과 비교 분

---

10 김상련, 「소파연구—『어린이』를 중심으로」, 동아대학교 석사논문, 1970.

11 신상철, 「소파 방정환 연구—『어린이』를 중심으로」, 명지대학교 석사논문, 1977.

12 염희경, 「방정환 번안동화의 아동문학사적인 의미」, 『아침햇살』 17호, 아침햇살, 1999, 202~224쪽.

13 이 작품에 대해서는 제2장에서 상세하게 논하고자 한다. 원작은 오스카 와일드의 「행복한 왕자」로 『사랑의 선물』에도 실려 있는데 방정환은 목성이라는 필명으로 이미 1921년 2월 『천도교회월보』에 번역하여 발표했다.

석하여 방정환의 작품이 어떻게 번안[16]되었는지에 대해서, 그의 번안은 어떤 특징을 가지고 있는지에 대해서, 그리고 방정환은 어떤 의도로 각각의 작품을 선정해 번역했는가에 대해서 고찰했다. 염희경은 천도교도인 방정환이 기독교 사회주의 사상에 기조를 두고 창작된 오스카 와일드의 동화 「행복한 왕자」를 첫 번역동화로 선정한 것에 큰 관심을 가졌다. 이 작품을 번역했을 당시는 일본을 경유하여 사회주의의 영향을 받았던 시기였다고 지적하고 그 때문에 천도교 사상과 사회주의 사상을 근저에 둔 작품으로 새로 태어났다고 논했다. 그리고 영어 역과의 면밀한 비교 분석을 통해 기독교적인 묘사가 모두 삭제되었음을 확인했다. 그러나 도입부를 변형시킨 점에 대해서는 저본으로 추정되는 일본어 역과의 비교 연구가 이루어지지 않았기 때문에 일본어 역을 그대로 번역한 부분을 두고 방정환의 구연가로서의 재능에서 나온 창작으로 분석하는 등의 문제점을 안고 있다. 이와 같은 방정환의 번역동화를 테마로 하여 작품 자체를 분석한 것은 이 연구가 처음이며 그 점에서 큰 의의를 가진다.

염희경은 이 연구에 이어서 다음 해에 방정환과 사회주의의 관계에

14 『어린이』 창간호(1923.3)에 발표된 작품으로 원작은 안데르센의 「성냥팔이 소녀」이다.

15 이솝우화 「시골쥐와 서울쥐」가 원작으로 1924년 1월에 『어린이』에 실린 작품.

16 본 연구의 필자는 방정환의 외국 동화 소개를 '번역'으로 보고 있지만 한국의 많은 연구자들은 '번안'으로 보는 경향이 있다. 염희경은 원작을 충실하게 옮긴 번역이기보다는 원작을 기조로 하여 창작을 가미한 번안으로 보고 있다. 염희경은 '번안은 번안자에 의해 가필, 수정되는 과정에서 원작자의 의도에서 벗어나거나 오역의 문제가 발생하는 부분도 있지만 한편으로는 근대 아동문학이 개척되는 이 시기에 생활 양식이나 정서의 면에서 많은 차이점을 지닌 외국동화를 그대로 번역하는 것은 번안의 문제점 이상으로 어려운 문제를 불러올 수 있다'고 지적하고 방정환의 경우도 번역이 아닌 번안이라고 논했다.(염희경, 「방정환 번안동화의 아동문학사적인 의미」, 202쪽 참조) 그러나 필자는 방정환의 번역동화와 그가 사용한 것으로 보이는 일본어 저본과 대조하면서 비교한 결과 부분적인 번안은 보이지만 일본어 역을 가능한 한 충실하게 옮긴 것으로 보여져 번안이라기보다는 번역에 가깝다고 판단했다. 그러므로 본론에서는 번역동화로 통일하여 표기하고자 한다. 나아가 작자의 의도에 의해 내용이 변경된 부분에 대해서는 '개작'이라고 칭하고 저본에는 없는 새로운 내용이 삽입된 경우에는 '창작'으로 칭하고자 한다. 이 점에 대해서는 제4장 4절에서 더 상세하게 논하고자 한다.

관한 연구를 발표했다.[17] 이 연구에서는 방정환의 번역과 창작에 숨겨진 사회주의 사상에 대해서 고찰했는데, 방정환이 일본 유학 시절에 사카이 토시히코(堺利彦: 1871~1933)[18]의 영향을 받아 사회주의적인 성격이 강한 오스카 와일드의 작품 「행복한 왕자」를 번역하고 연이어 당시 일본의 대표적인 사회주의자이며 조선에 사회주의를 소개한 최초의 외국인으로서 주목을 받고 있던 사카이 토시히코가 유물사상에 입각하여 발표한 글을 번역한 것에 대해서 논했다. 그리고 일본뿐만 아니라 한국에서의 사회주의자들과의 교류에 대해서도 고찰했다.

한편 나카무라 오사무(仲村修, 1999)[19]는 방정환의 활동 초기 시절, 즉 1919년 3·1독립운동 직후에서부터 1923년 9월에 일어난 관동대지진에 의해 동경 유학이 끝날 때까지의 4년 동안의 활동에 대해서 면밀하게 연구했다. 나카무라 오사무는 이 연구에서 지금까지 한국에서의 방정환 연구가 회고에 의한 개인사 연구, 소년 운동에 대한 부분적인 연구, 지인과 친구들 그리고 후배들의 회고담이라는 측면이 강하고 시대 배경까지 검증한 실증적이고 입체적이며 종합적인 연구가 불충분하다고 지적했다. 이 연구는 방정환이 일본에 가게 된 시기에 대한 여러가지 설을 1920년 9월설로 정리하는 데 공헌했다. 나카무라 오사무는 일본 현지에서 방정환의 동경 유학 시절의 하숙집에 대한 조사를 하고 토요대학(東洋大学) 시절에 대해서도 상세하게 연구했다. 이 연구는 지금의 거의 모든 연구자들이 참고할 정도로 아주 의미 있는 연구라고 볼 수 있다. 그리고 나카무라 오사무는 『사랑의 선물』의 각 작품의 원작에 대해서도 조사했다.[20] 그러나 「잠자는 왕녀」의 원작으로 그림 형제의 「들장

17 염희경, 「소파 방정환과 사회주의」, 『아침햇살』 22호, 아침햇살, 2000, 138~163쪽.
18 사카이 토시히코는 일본의 사회주의자, 사상가, 역사가, 저술가이자 소설가이다.
19 仲村修, 「方定煥研究序論—東京時代を中心に」, 『青丘学術論集』 第14集, 1999, 79~113쪽.
20 仲村修, 위의 논문(87쪽) 참조.

미」가 아닌 페로의「잠자는 숲 속의 미녀」를 들고 있다는 점[21] 등 확실한 조사와 확인에는 이르지 못했다는 한계가 있다. 또, 나카무라 오사무는 같은 논문에서『사랑의 선물』의 열 편의 작품 중 두 편에 대한 저본을 검증하고자 했다.「요술왕 아아」는 1907년에 이와야 사자나미(巖谷小波: 1870~1933)[22]가 편집하여 박문관(博文館)에서 발행한『세계 오토기바나시(世界お伽噺)』[23] 97편인「마왕 아아(魔王アヽ)」가 원전이라고 추정하고 초역(抄訳)이 아닌 설명을 조금 더한 정도로 알기 쉽게 전문을 번역했다고 밝혔다. 그리고「한네레의 죽음」의 원작은 하우프트만의「한네레의 승천」임을 밝히고 그 저본으로는 1914년부터 박문관(博文館)에서 발행되던『세계소녀문학(世界少女文学)』에 실려 있는 작품과 1919년에 쿠스야마 마사오(楠山正雄: 1884~1950)[24]가 편집하여 후잔보(冨山房)에서 발간된『세계동화보옥집(世界童話寶玉集)』에 수록되어 있는 작품「한네레의 승천(ハンネレの昇天)」을 들고 있지만 전자의 작품에 관하여는 직접 확인하지 못했기 때문에 어느 작품이 저본이 되었는가에 대해서는 단언할 수 없다고 밝히고 정확한 저본을 검증하는 데에는 이르지 못했다.[25] 나카무라

---

21 본 논문 제4장 3절 참조.

22 이와야 사자나미는 메이지시대(明治時代: 1868~1912)에서 다이쇼시대(大正時代: 1912~1926)에 걸쳐서 활약한 일본의 작가이자 아동문학가이다. 1891년에『소년문학(少年文学)』(전30권, 박문관)을 창간하면서 아동문학 활동을 시작했다. 그의 아동문학상의 업적은 봉건적인 사고의 지배하에 있던 여자와 어린이를 억압에서 해방시키는 근대적인 아동관에 입각한 것이라고 보기는 어려우나 교훈성 안에서 아동의 특성을 인정하고 기존의 독자층에서 소외되었던 서민 어린이들도 많은 관심을 가지게 된 '오토기바나시(お伽噺)'를 제공했다는 점에서 높이 평가되고 있다. 그런 의미에서도 그는 일본아동문학의 근대적인 여명을 여는 임무를 다했다고 볼 수 있다.(滑川道夫,「明治の児童文学の流れ」,『作品による日本児童文学史 第1巻 明治・大正期』, 1969, 157~159쪽 참조)

23 1899~1908년 사이에 총 100권이 출판되었다.

24 쿠스야마 마사오는 일본의 연극 평론가이자 아동문학가이다. 국내외의 아동문학 집성에 힘썼다. 쿠스야마 마사오에 대해서는 뒤에서 더 상세하게 논하고자 한다.

25 필자의 조사에 의하면 현존하는『세계소녀문학(世界少女文学)』시리즈는 다음의 세 작품뿐이다. 그러므로 실제로 나카무라 오사무가 논한 것처럼 이 시리즈에「한네레의 승천(ハンネレの昇天)」이라는 작품이 번역되어 발행되었는지는 불분명하다. 이하 세 작품의 제목과 번역자 리스트이다.

오사무의 연구는 위에서도 서술했듯이 지금까지 많은 연구자들에 의해 언급되고 있다는 점과 처음으로 『사랑의 선물』의 전 작품을 대상으로 했다는 점에서 방정환의 번역동화 연구에서 크나큰 역할을 했다고 할 수 있다. 본 연구에서도 나카무라 오사무가 밝힌 저본을 많은 참고로 하였다.

안경식(1999)[26]은 『사랑의 선물』 출판을 포함한 방정환의 일련의 출판활동을 그의 아동교육운동의 일환으로 보는 등 방정환의 모든 업적을 아동교육운동의 일부로써 정리했다. 그러므로 방정환에게 아동문학 그 자체는 일차적인 관심분야일 뿐이었다고 보고 나아가 방정환의 아동문학은 창작면에서는 낮은 평가밖에 받지 못했으며 부루조아문학 또는 동심지상주의, 천사주의문학이라고 보는 기존의 평가를 부정하기는 어렵다고 지적했다. 방정환의 아동문학을 생각해 볼 때 소년운동을 논하지 않고 평가하기가 어렵다는 것은 틀림없는 사실이지만 우리는 작품 그 자체의 성과도 간과할 수는 없다. 안경식이 방정환의 아동교육운동 안에서 한국의 자생적인 아동중심 교육의 근원을 찾고자 했던 점이나 방정환의 아동교육에 관한 자료를 정리하여 해설한 점에 있어서는 방정환 연구에 크게 공헌했다고 할 수 있다. 그러나 방정환의 아동문학에 있어서 창작성이 부족하다고 해서 한국에 동화를 정착시키고자 노력했던 업적을 평가할 수 없다고 한 점에서는 문제가 있다고 본다.

원종찬(2001a)[27]은 한일 아동문학의 기원과 그 성격을 통해서 방정환 문학의 본질이 무엇인가에 중점을 두고 방정환 문학의 성과와 한계를

---

① 『広き世界へ(世界少女文学)』(水野葉船編, 博文館, 1914.5)
② 『人形の歌(世界少女文学)』(相馬御風編, 博文館, 1914.6)
③ 『包み合つた心(世界少女文学)』(岩野泡鳴編, 博文館, 1914.7)

26 안경식, 『소파 방정환의 아동교육운동과 사상』, 학지사, 1999.

27 원종찬, 「한국 아동문학의 기원과 성격 비교—방정환과 한국의 근대 아동문학의 본질」, 『아동문학과 비평정신』, 창작과비평사, 2001, 49~93쪽 .

찾고자 했다. 그러나 『어린이』지를 중심으로 한 방정환의 창작 작품에 대부분의 초점을 맞추어 『아카이토리(赤い鳥)』[28]와의 영향 관계나 『아카이토리』 수록 동요와 방정환의 동요를 비교하는 등 폭넓은 연구를 했지만 방정환의 번역동화에 대한 언급은 전혀 찾아볼 수 없다.

또한 원종찬(2001b)[29]은 민족, 사회 운동의 일환으로써 소년운동을 벌이고 '어린이날'을 제정하는 등의 선구적인 모습에 감춰져 방정환의 문학 활동이 평가를 받지 못했다는 점을 지적하고 '동심주의'로 비난되어 온 방정환의 작품에 대해서 재검토를 하고자 했다. 아동문학이 성립되기 위해서는 독립된 인격체로서의 '아동' 또는 '동심'이 새롭게 발견되지 않으면 안 되며 그 과정에서 아동의 순진무구함을 낭만적으로 강조한 것이 '동심주의'이며 방정환의 그것은 근대 한국에 아동문학을 정착시키기까지는 어느 정도 필연적인 시대적 성격을 가지고 있다고 논했다. 그리고 소년운동과 함께 일본제국[30]의 잔혹한 탄압 속에서 아동문학을 전개해 나간 방정환의 경우에는 식민지의 현실과 정면으로 마주하려고 하는 현실주의 성격이 강했기 때문에 일본 아동문학 성립기에 보여지는 관념적인 '동심주의'와는 구별되어야 한다고 강조했다. 그러나

---

28 스즈키 미에키치(鈴木三重吉: 1882~1936)에 의해서 1918년 1월에 창간되어 1936년 8월에 폐간된 아동문학 잡지. 『아카이토리』는 기존의 학교 교육의 형식주의와 주지주의의 편협함에 대해서 비판이 일어나고 아동의 예술 및 아동을 위한 예술에 대한 부르짖음이 강조되던 시기에 탄생했다. 그리하여 이와야 사자나미로 대표되는 오토기바나시에 대한 비판과 문예성을 강조하는 아동문학 창작의 분위기를 고조시켜 다이쇼시대의 아동문학을 일본에 정착시키는 데에 크나큰 역할을 했다.
(滑川道夫, 「『赤い鳥』の綴方 · 児童自由詩」(『「赤い鳥」 復刻版解説』, 日本近代文学館, 1979, 33~34쪽), 菅忠道, 「『赤い鳥』の成立と発展」(『赤い鳥研究』, 日本児童文学学会編, 小峰書店, 1965, 9~10쪽) 참조)

29 원종찬, 「'방정환'과 방정환」, 『문학과 교육』 16, 문학과교육연구회, 2001, 185~198쪽.

30 본 연구에서는 본 연구의 목적과 직접적인 관계가 없으므로 역사적 배경에 대해서는 상세하게 논하지 않고 간략한 소개만 하고자 한다. 1910년 8월 22일에 대한제국과 일본 사이에 정식으로 '한일병합조약'이 체결되어 대한제국의 국명이 소멸되고 일본제국의 일부가 되었다. 방정환이 살았던 시대는 일제 식민지 시대였기 때문에 역사적인 배경과 관련된 논술에서는 '일본제국'이라고 표기했다. 이하 '일제'로 약칭하고자 한다.

원종찬은 방정환의 번역 작품과 창작 작품의 대다수를 들고 있지만 상세한 분석은 이루어지지 않았다는 점에서 아쉬움이 남는다.

이기훈(2002)[31]은 1920년대 일제 식민지하의 한국에서 '어린이'와 '동화' 그리고 '소년운동'을 나누어서 생각하는 것은 어렵다고 지적하고 그 맥락에서 방정환의 소년운동과 번역동화집 『사랑의 선물』이 얼마나 큰 역할을 했는가에 대해서 논했다. 소년운동이 없었다면 동화도 그 정도로 확산될 수는 없었을 것이며 동화가 없는 소년운동은 그 존재조차 어려웠을 것이라고 지적했다. 또한 소년운동은 결과적으로 동화의 독자층으로서의 '어린이'를 만들어낸 것이었다고 강조했다. 그리고 방정환의 유학 시절 당시 일본 다이쇼시대의 자유교육운동, 특히 예술교육운동은 그의 '어린이론'과 '동화운동'에 큰 영향을 끼쳤지만 이것들은 일본 것을 그대로 옮긴 것이 아니라 당시의 한국 어린이들이 처해 있던 사회적 상황에 맞춘 것이었다고 논했다. 나아가 천도교소년운동의 실천으로 방정환의 동화 구연 활동과 『사랑의 선물』 출판의 가장 큰 영향은 어린이들의 읽을거리가 거의 없었던 근대 한국에 동화집이 속출하게 된 계기가 되었다고 평가하고 있다.[32] 그러나 이 연구는 『사랑의 선물』에 실린

31 이기훈, 「1920년대 '어린이'의 형성과 동화」, 『역사문제연구』 8, 역사문제연구소, 2002, 9~44쪽.

32 방정환의 논문 「새로 개척되는 '동화'에 관하여」에서도 소개하고 있듯이 『사랑의 선물』 출판 당시에는 오천석(吳天錫)의 『금방울』(광익서관, 1921)과 한석원의 『눈꽃』 정도였다. 현재 국립중앙도서관과 고려대학교에 소장되어 있는 오천석의 『금방울』은 안타깝게도 겉표지가 유실된 상태이지만 2020년 5월에 한국학중앙연구원 문헌정보과 도서관의 '안춘근 문고' 소장본의 『금방울』이 소개되어 표지가 훼손되지 않은 온전한 형태의 『금방울』이 세상에 처음 소개되었다. 반면 한석원의 『눈꽃』은 일부 연구에서 1921년에 발행된 것으로 소개되지만 원본이 확인되지 않은 상태라 발행처와 출판연도를 알 수 없다. 필자는 아직 『금방울』을 직접 확인하지는 못했지만 1921년 8월 21일자 《동아일보(東亞日報)》에 『금방울』의 광고가 실려 있어 그 내용은 확인할 수 있었다. 이 동화집도 『사랑의 선물』과 같이 열 편의 번역동화가 실려 있다. 그 내용은 「길동무」, 「어린 인어아씨의 죽음」, 「엘니쓰공쥬」, 「어린 석냥파리 처녀」, 「빗나는 훈장」, 「소녀십자군」, 「어린 음악사」, 「눈물 먹히는 프라쓰비 니야기」, 「소년용사의 최후」, 「귀공자」의 열 편이다. 그러나 이 두 권의 동화집은 『사랑의 선물』만큼 성공하지는 못했다고 전해진다. 이와 같이 『사랑의 선물』이 성공한 덕분에 연이어 노자영(盧子泳)의 『천사의 선물』(1925), 이

열 편의 동화 원작자와 원작명에 대해서 정리하고 있지만 나카무라 오사무의 연구(1999)를 참고한 것으로 보인다. 「잠자는 왕녀」에 대해서도 페로의 작품이라고 기술하고 있으며 방정환이 작자미상으로 표기한 「마음의 꽃」에 대해서도 나카무라 오사무와 마찬가지로 안데르센의 작품이라고 서술하고 있다. 그러나 「어린 음악가」의 원작자에 대해서 나카무라 오사무는 영국의 아담스라고 밝히고 있는 반면 이기훈은 미국의 아담스라고 서술했다. 이 연구에서도 원작 또는 저본과의 비교 연구 등에 의한 검증은 이루어지지 않았다. 이처럼 잘못된 정보가 연구자들 사이에 전달되고 있어 이러한 정보를 수정하는 것 또한 본 연구의 과제이기도 하다.

강난주(2003)[33]는 한국 아동문학의 기원이라고도 볼 수 있는 방정환의 동화에 관한 연구가 거의 이루어지지 않고 있는 실정을 지적하고 방정환의 동화와 번역 작품 그 자체에 초점을 두고 방정환 동화의 특징을 고찰하여 방정환 동화의 문학사적 의의를 재확인하는 것을 목적으로 하여 연구했다. 이 연구는 지금까지 없었다고 할 만큼 폭넓게 방정환의 작품을 다루어 각각의 작품에서 보여지는 테마를 분류하고 각 동화에 등장하는 인물의 특징을 고찰했다. 또한 방정환 동화의 문체와 표현의 특징에 대해서 종래에 없었던 특별한 분석을 했다. 그러나 대상과 범위를 너무 넓게 잡은 결과 각 작품에 대한 상세한 검토를 찾아볼 수 없다는 아쉬움을 남겼다.

이재복(2004)[34]은 방정환을 한국 아동문학의 개척자라고 해서 무조건 긍정적으로 보아서는 안 되며 반대로 부정만 해서도 안 된다고 지적하

정호(李定鎬)의 『세계일주동화집(世界一周童話集)』(이문당, 1929), 연성흠의 『세계명작 동화보옥집(世界名作童話寶玉集)』(이문당, 1929), 고장환(高長煥)의 『세계걸작동화전집(世界傑作童話全集)』 등의 동화집이 출판되게 되었다.

33 강난주, 「소파방정환 동화의 특성 연구」, 건양대학대학원 석사학위논문, 2003.

34 이재복, 『우리 동화 이야기』, 2004, 14~26쪽, 66~84쪽.

고 그의 문학 작품에 대해서 긍정과 비판 어느 쪽으로도 편중되지 않도록 실증적인 자료를 바탕으로 다양한 관점으로 작품의 본질을 찾고자 했다. 이재복은 방정환의 동화 번역 활동에 대해서 일본에 유학 중이던 그가 창작동화를 개척하기에 앞서 일본어로 번역되어 있던 외국 동화를 이입하여 동화의 세계를 넓혀가고자 한 것은 극히 자연스러운 일이었으며 또한 동화의 재료를 풍부하게 하고자 노력한 점을 높이 평가했다. 나아가 방정환의 번역동화로서 첫 작품인「왕자와 제비」에 대해서 사회주의와 관련시켜 연구한 염희경(2000)의 논을 일부 부정하고 지배계급의 허위성과 그들의 사회 제도의 모순을 풍자한 기독교 사회주의의 성격을 가진 오스카 와일드의 원작에서 그러한 풍자를 모두 삭제한 방정환의 번역은 현실에서는 실현될 수 없는 천도교의 지상천국을 동화 안에서라도 건설하려고 한 의도가 강하게 엿보인 작품으로 다시 태어났다고 논했다. 그리고 교훈과 계몽을 요구하는 듯한 면이 완전히 배제된『사랑의 선물』은 방정환이 어린이들의 입장에 서서 어린이들만을 위한 선물로 제작한 동화집이라고 높이 평가하고『사랑의 선물』에 수록된 열 편의 작품을 '어린이들과 같이 울어 주는 문학', '같이 놀아 주는 문학', '같이 일어서는 문학'의 세 가지로 나누어 각 작품을 분석하는 등 새로운 도전을 했다. 그러나 창작동화도 범위에 넣어서 고찰하고자 한 때문인지『사랑의 선물』전 작품에 대한 구체적인 분석은 이루어지지 않고 일부 작품의 평가에 국한되었다.

조은숙(2004)[35]은 방정환의 논문「새로 개척되는 동화에 관하여」에 주목하여 한국 아동문학이 성립되기 시작한 1920년대 전반에 처음으로 제대로 정리된 형태로 발표된 아동문학론이며 방정환 개인의 동화에 관한 생각을 가장 잘 집약한 논이라고 평했다. 그리고 이 동화론에만 초점

35 조은숙,「'동화'라는 개척지—방정환의『새로 개척되는 동화에 관하여』(1923)를 중심으로」,『어문논집』50, 민족어문학회, 2004, 405~432쪽.

을 두고 '동화'라고 하는 새로운 분야가 어떠한 역사적 경위로 개척되어 가는지에 관한 문제에 대해서 고찰했다. 방정환의 논문 그 자체에 주목하여 고찰한 논문은 기존에 없었기 때문에 아주 흥미로운 연구라고 볼 수 있다.

오세란(2006)[36]은 『어린이』지의 번역동화에 초점을 두고 동 잡지의 번역동화만을 연구 대상으로 하였기 때문에 『사랑의 선물』에 대해서는 언급하지 않았다. 연구 결과 『어린이』지에 실린 번역동화의 특징을 세 가지로 정리했다. 하나는, 어린이인 독자를 의식하여 아동문학을 재미있는 이야기로 접근시켜 갔지만 그 안에는 계몽적인 의도를 담고 있다는 점, 두 번째로는 기존의 번역물에 비해서 간결성이라는 근대적 동화 문체에 가까운 대화체가 자연스럽게 사용되었다는 점에 의해서 근대 문학의 사실성에 접근했다고 평가했고, 마지막으로는 『어린이』지를 동화 구연의 장으로 하여 구연을 전제로 한 작품이 많다는 점을 지적하여 그 면에서는 근대 문학으로의 접근을 지향하기보다는 전근대의 민담 형식에 머물러 있다고 주장했다. 이 연구는 방정환의 작품을 중심으로 한 『어린이』지의 번역동화를 대상으로 하여 연구를 하고자 하였으나 번역동화 연구에 있어서 기본이 되어야 하는 원작 및 저본과의 비교 분석은 전혀 이루어지지 않고 추상적인 특징을 정리한 것으로 마무리되었다.

한편 염희경(2007)[37]은 기존의 방정환에 관한 자신의 연구와 기존 연구의 문제점을 재검토했다. 방정환의 생애에 관한 부정확했던 정보를 수정하고 보안하여 그의 문학과 사상의 핵심을 규명했으며 또한 구체적인 작품 분석을 통하여 방정환 아동문학의 위상을 바로 잡고자 했다. 그 과정에서 방정환의 아동문학을 번역과 옛날이야기의 재화, 그리고 창작 등 장르별로 나누어서 고찰했다. 번역동화집 『사랑의 선물』에 관

36 오세란, 「『어린이』지의 번역동화 연구」, 충남대학대학원 국어국문학과 석사학위논문, 2006.
37 염희경, 「소파방정환 연구」, 인하대학대학원 국어국문학과 박사학위논문, 2007.

해서도 원작과 일본어 저본과의 비교 분석에 의해 민족주의적 요소가 강화되었다는 점을 밝히고 그와 같은 번역이 민족 국가 부재의 상황 속에서 어린이들에게 '네이션'을 상상하게 하는 기초가 되었다는 점을 고찰하였다. 이와 같은 연구는 방정환의 번역동화를 비롯한 작품 그 자체의 위상과 그 의의를 밝히는 데에 있어서 크나큰 의의를 가지며 앞으로도 이와 같은 연구가 계속해서 이루어질 필요가 있다.

방정환의 평전으로는 민윤식(2003)[38]의 연구를 시작으로 종래에 알려지지 않았던 방정환의 본적을 추적하여 기존의 방정환 연표를 새롭게 정립하는 등 큰 성과를 거두었다. 나아가 일본 유학 시절의 행방에 대해서도 철저하게 검증하고자 했지만 아쉽게도 부정확한 사실과 주관적인 해석을 벗어날 수는 없었다.

이 민윤식의 연구를 보완한 것이 이상금(2005)[39]의 연구이다. 이 연구는 방정환이 활동한 시기의 신문과 잡지 기사, 개벽사의 출판물을 수집하는 작업으로 시작하여 방정환과 천도교의 관계, 그리고 일본 유학에 관련된 사실을 파헤쳐 내는 것을 중심적인 목적으로 하여 종래에 없었던 대대적인 성과를 남겼다. 방정환 연구자들을 위해 사실의 근거와 자료의 출처를 밝히고자 했으며 앞으로의 연구에 있어서 없어서는 안 될 중요한 자료가 되었다.

이상과 같이 아동문학사, 소년운동사, 교육사상사, 작품론 등 여러 분야에서 방정환의 연구가 이루어져 왔다. 그러나 『사랑의 선물』 자체만에 초점을 두고 방정환의 번역동화를 본격적으로 연구한 것은 없다고 볼 수 있다. 따라서 본 연구에서는 방정환의 번역동화와 각 작품의 일본어 저본을 추정하여 비교 분석을 함과 동시에 기존의 연구에서는 해명에 이르지 못했던 방정환의 번역동화의 특징 및 그 의의를 고찰하고자 한다.

---

38 민윤식, 『소파방정환 평전』, 중앙M&B, 2003.
39 이상금, 『소파방정환의 생애—사랑의 선물』, 한림출판사, 2005.

2. 연구 방법 및 범위

방정환 연구에서 『사랑의 선물』 전체를 대상으로 한 연구는 지금까지 없었다. 그러므로 이 연구에서는 『사랑의 선물』에 실린 열 편의 동화 전부를 대상으로 고찰했다. 그리고 『사랑의 선물』에는 실리지 않았지만 같은 해 『개벽』지 7월과 9월호에 두 번에 걸쳐 연재된 작품 「호수의 여왕」과 두 달 후 『개벽』지에 소개된 「털보 장사」 두 편을 연구 대상에 추가했다.

이 작품들은 필자가 『사랑의 선물』의 각 작품의 저본으로 추정되는 작품들을 조사하는 과정에서 '신역회입 모범가정문고(新訳絵入模範家庭文庫)' 시리즈의 하나인 『세계동화보옥집(世界童話寶玉集)』(이하 『세계동화보옥집』)에서 「한네레의 죽음」의 저본을 발견했을 때 이 두 작품의 저본 역시 『세계동화보옥집』에 실려 있는 작품이라는 사실이 밝혀졌기 때문이다. 앞에서 서술한 바와 같이 이 두 작품이 번역되어 발표된 시기와 『사랑의 선물』이 간행된 시기가 겹쳐지는 걸로 봐서 같은 시기에 번역된 것으로 추측된다.

본 연구는 다음과 같이 구성되어 있다.

제2장에서는 방정환에 대해서, 그의 아동문학 활동의 원동력이 된 천도교와의 관계에 대해서, 그리고 한국에 '동화'라는 장르를 수입하여 그것을 정착시키고자 노력한 일본 유학 시절에 대해서 논하였다. 그러나 방정환이라는 인물에 대해서는 그의 평전을 비롯하여 많은 연구에서 상세한 연구가 이루어져 있는 상태이므로 본 연구에서는 간략하게 논하였다.

제3장에서 제6장까지는 작품에 대한 비교 분석 결과에 대하여 논하였다. 작품 순서는 『사랑의 선물』 목차에 따른 순서대로가 아닌 방정환의 첫 번역동화인 「왕자와 제비」를 시작으로 하여 방정환이 각 작품을

선정해 갔을 것으로 추측되는 순서에 따라 진행하였다. 필자의 고찰에 의하면 방정환은 마음에 드는 아동잡지나 단행본을 발견하면 그곳에서 두 편이나 세 편의 작품을 선정하여 번역하는 경향이 있었던 것으로 판명되었다.

따라서 제3장에서는 먼저 「왕자와 제비」의 저본이 게재되어 있는 『킨노후네(金の船)』와 방정환의 번역동화와의 관계에 대해서 논하였다. 그 과정에서 『사랑의 선물』의 여섯 번째 작품인 「어린 음악가」의 저본도 『킨노후네』에 실려 있다는 것을 확인하였다. 『킨노후네』는 방정환이 동화를 번역하는 일에 있어서 제일 먼저 이용한 텍스트이며 또한 이 잡지에서는 두 편의 동화뿐만 아니라 광고란에서도 동화 번역 작업을 위한 많은 힌트를 얻은 것으로 보여진다.

제4장에서는 『킨노후네』의 광고란에서 힌트를 얻어 찾아낸 '모범가정문고' 시리즈의 『그림 오토기바나시(グリム御伽噺)』(이하 『그림 오토기바나시』)와 『세계동화보옥집』, 그리고 『안데르센 오토기바나시(アンデルセン御伽噺)』(이하 『안데르센 오토기바나시』)를 대상으로 하여 이 책들에서 선정하여 번역한 작품과 비교 분석하였다. 그러나 『안데르센 오토기바나시』에서 번역한 것으로 추정되는 두 작품인 「석냥파리 소녀」와 「천사」에 대한 비교 분석은 생략하려고 한다. 이 두 작품은 각각 『어린이』 창간호(1923.3)와 같은 해 《동아일보》에 번역, 발표된 작품으로 『사랑의 선물』이 간행된 다음 해에 발표된 것이므로 본 연구에서는 저본에 대해서는 간단하게 논하고자 하지만 저본과의 비교 분석까지는 행하지 않으려고 한다. 따라서 여기에서는 『그림 오토기바나시』에서의 두 작품 「잠자는 왕녀」와 「텬당 가는 길」, 그리고 『세계동화보옥집』에서의 세 작품 「한네레의 죽음」과 「호수의 여왕」 그리고 「털보장사」의 저본에 대해서 검증하고 일본어 저본과의 비교 분석을 행하였다.

그리고 제5장에서는 '모범가정문고' 시리즈 이외의 단행본이 저본이

된 세 작품에 대해서 고찰하였다. 먼저 아미치스 원작 「란파션」의 저본에 대해서 논하였다. 그러나 이 작품에 대해서는 1920년 6월에 출판된 『쿠오레(クオレ)』(가정독물간행회(家庭読物刊行会), 이하 『쿠오레』)에 실려 있는 마에다 아키라(前田晁: 1879~1961)의 번역 작품 「난파선(難破船)」과 1921년 2월호 『킨노후네』 제3권 제2호에 게재된 미야케 후사코(三宅房子)[40]가 번역한 「난파선(難破船)」 두 편 모두가 저본으로써의 가능성이 있다고 보여진다. 그렇기 때문에 여기에서는 두 편 모두와 비교 대조를 하였다. 또, 페로 원작의 「산드룡의 류리구두」는 1920년에 출판된 쿠스야마 마사오(楠山正雄: 1884~1950)가 번역한 『당나귀 가죽(驢馬の皮)』(가정독서간행회, 이하 『당나귀 가죽』)에 실려 있는 「산드룡 이야기, 별명, 유리구두(サンドリヨンの話、またの名ガラスの上靴)」를 그 저본으로 추정하여 비교 분석을 하였다. 그리고 시칠리아 민담이 원작인 「요슐왕 아아」는 나카무라 오사무(1999)가 밝혔듯이 1907년에 이와야 사자나미(巖谷小波)가 번역하고 편집한 『세계 오토기바나시(世界お伽噺)』(이하 『세계 오토기바나시』) 97편인 「마왕 아아(魔王アヽ)」가 그 저본임을 확정하고 비교 분석을 하였다.

제6장에서는 『킨노후네』 이외의 아동문예지에서 선정하여 번역한 두 작품에 대해서 고찰하였다. 『사랑의 선물』에서 '작자 미상'으로 표기되어 있는 「마음의 꼿」은 1921년 5월에 간행된 『오토기노세카이(おとぎの世界)』(이하 『오토기노세카이』) 제3권 제5호에 번역되어 실려 있는 후쿠나가 유우지(福永友治)의 「마음의 꽃(心の花)」을, 그리고 안데르센 원작인 「꼿 속의 작은이」는 1921년 10월에 간행된 『도우와(童話)』(이하 『도우와』) 제2권 제10호에 하마다 히로스케(濱田廣介: 1893~1973)가 번역하여 게재한 「장미 소인(薔薇の小人)」이 각각의 저본이 된 것으로 보고 비교

40 제3장에서 조금 더 상세하게 덧붙이겠지만 미야케 후사코(三宅房子)는 『킨노후네(金の船)』의 편집자인 사이토 사지로(斎藤佐次郎)의 필명 중 하나이다.

분석하였다.

제7장에서는 1923년 1월에 『개벽』지에 발표되어 방정환의 동화에 관한 최초의 논문으로 평가되는 「새로 개척되는 동화에 관하여」를 둘러싸고 타카기 토시오의 저서 『동화의 연구(童話の研究)』(1916, 이하 『동화의 연구』)와 아키타 우자쿠의 논문 「예술 표현으로써의 동화(芸術表現としての童話)」(1921.6), 그리고 오가와 미메이의 논문 「내가 동화를 쓸 때의 마음가짐(私が童話を書く時の心持)」(1921.6) 두 편의 동화 이론, 그리고 동화연구지 『동화연구(童話研究)』(이하 『동화연구』)의 창간사 「문화생활과 아동예술(文化生活と児童芸術)」(1922.7)에 주목하여 이 네 편의 글과 방정환의 동화론을 비교 분석함으로써 이 이론들이 방정환의 동화론에 끼친 직접적인 영향 관계에 대해서 고찰하였다. 「새로 개척되는 동화에 관하여」는 방정환의 동화론이 가장 잘 나타나 있는 귀중한 자료로써 방정환 연구에 있어서 아주 중요시되고 있다. 그러나 본 연구에서 필자는 방정환의 논문 내용 중 동화에 관한 많은 논술들이 위에서 소개한 네 편의 논문들을 그대로 번역하여 옮긴 것임을 확인할 수 있었다. 그 점에 대해서 검증을 함과 동시에 방정환의 동화론에 오가와 미메이를 중심으로 한 일본 다이쇼시대의 작가들이 얼마나 큰 영향을 끼쳤는지에 대해 고찰하였다.

제2장

방정환과 어린이, 그리고 동화

1. 방정환의 유년 시절

방정환은 1899년 11월 9일에 서울 야주개(당주동)에서 어물전과 미곡상을 경영하던 조부 방한용의 아들 방경수의 장남으로 태어났다. 『어린이』에 여러 번 실렸던 「나의 어릴 때 이야기」와 같은 글에서도 짐작할 수 있듯이 어린 시절의 방정환은 아주 유복한 생활을 한 것으로 보인다. 여섯 살이 되던 해인 1905년에는 두 살 위인 숙부가 다니던 학교에 재미 삼아 따라간 것이 유치부에 입학하게 된 계기가 되었다고 전해진다.

방정환이 일곱 살이 되던 해에 러일전쟁에서 승리한 일본이 억지로 대한제국을 보호국화하고 통감부를 설치하게 된다. 서서히 외교권을 빼앗기고 경제권과 경찰권조차 장악되어 대한제국은 이름뿐인 나라가 되었다. 그리고 방정환이 여덟 살이 되던 해인 1907년에는 조부의 사업 실패로 먹는 것조차 힘든 날이 이어졌다. 1910년 8월 22일에는 정식으로 '한일병합조약'이 체결되어 대한제국의 국명이 소멸되고 일본제국의 일부가 되었다. 이러한 한국의 상황과 가계의 빈곤 속에서 방정환은 유년시절을 보냈다. 그러나 다행인 것은 학교는 계속 다닐 수 있었고 당시 4년제였던 소학교를 무사히 졸업할 수 있었다. 그 이후 아버지의 권유로 선린상업학교에 입학하게 되지만 경제적인 이유와 여러가지 사정으로 1년을 남기고 퇴학하게 된다.

1915년에 열다섯 살이라는 나이로 가계를 위해 조선총독부의 토지조사국에 취직한 방정환은 여기에서 더할 나위 없이 소중한 친구 유광열(1899~1981)[1]을 만나게 된다. 어릴 때부터 책을 좋아했던 방정환이 당시 자주 읽었던 것은 육당 최남선(1890~1957)에 의해 간행된 잡지 『소년(少年)』(1908.11~1911.5, 통권 23호)이다. 신문관에서 간행된 이 잡지는 한국 아동잡지의 효시라고도 할 수 있는 것으로 1908년 11월 1일에 창간되었다. 『소년』은 '우리 대한으로 하여금 소년의 나라로 하라. 그리하랴 하면 능히 이 책임을 감당하도록 그를 교도하여라.'[2]라는 최남선의 발간 취지에서도 알 수 있듯이 소년을 대상으로 한 계몽 잡지였다. 그러나 이 시대의 '소년'이란 오늘날의 어린 소년을 가리키는 말이 아닌 상투를 한 청춘 남녀, 즉 청소년을 가리키는 말이라는 점에서 진정한 의미의 아동잡지라고 보기는 어렵다.[3] 그 이후 최남선과 이광수(1892~1950)가 중심이 되어 『붉은 저고리』(1913.1~1913.7, 통권 7호), 『아이들 보이』(1913.9~1914.8, 통권12호), 『새별』(1914.9~1915.1, 통권 16호) 등의 아동잡지가 창간되었다. 이 잡지들은 『소년』과 비교해서 독자층이 낮아져 어린이를 대상으로 한 계몽적인 성격이 강한 잡지로 아동잡지의 선구적 역할을 다했다는 것은 명백한 사실이며 방정환은 이 잡지들의 애독자 중 한 사람이었다.

이와 같은 방정환의 유년기에서 소년기에 해당하는 15년간은 방정환

---

1 방정환과 유광열은 둘 다 독서를 좋아하고 마음이 잘 맞아 금방 친해졌다고 전해진다. 3·1독립운동 이후 방정환은 개벽사 기자와 『어린이』의 편집자로서 많은 작품을 쓰는 문필가가 되었고 유광열은 《동아일보》와 《조선일보》의 기자로서 글을 쓰는 언론인이 되었다.

2 최남선, 「卷頭言」, 『少年』 1권1호, 신문관, 1908.11, 1쪽.

3 윤석중, 「아동문학의 지도와 감상(鑑賞)」 『韓國兒童文學小史』, 대한교육연구회, 1962, 9쪽.

의 아동문학에 있어서 아주 중요한 시기이다. 이 15년간은 아동문화 운동의 태동기이자 아동문학 운동 형성 발전의 준비기였다고 할 수 있다.[4] 방정환은 이 잡지들을 열심히 읽었고 이 잡지들이 방정환의 아동문학을 형성하는 데에 많은 참고가 된 것으로 보인다. 또한 그 사실이 방정환의 아동문학에 있어서 크나큰 의미를 가진다는 것은 말할 필요도 없을 것이다.

2. 방정환과 천도교와의 관계

1) 천도교의 아동 존중 사상과 개벽 사상

1860년에 최제우(1824~1864)가 '동학'이라는 이름으로 민간신앙을 기초로 하여 유교와 불교, 그리고 선교를 받아들여 독자적인 종교를 창시한 것이 천도교의 기원이다. 동학은 교조 최제우에 의해 '시천주(侍天主) 사상'을 기반으로 탄생했다. 그 이후 제2대 교주 최시형(1827~1898)의 '사인여천(事人如天) 사상'에 의해 더욱 깊어졌고 제3대 교주 손병희(1862~1922)의 '인내천(人乃天) 사상'으로 정착되었다. 그리고 1905년에 천도교로 개명하여 현재까지 이어지고 있다. 동학이라는 것은 서학(기독교)에 대항한 동방, 즉 '조선의 학'을 의미하며 서양인의 침입에 대비하여 검무를 장려하는 등 민족적인 자각의 고취를 계기로 하고 있다. 또 기본 종지인 '인내천(사람이 곧 하늘이다) 사상'은 인간의 평등과 주체성을 구하고자 하는 반봉건적인 민중 의식을 반영하고 있다. 1905년에 제3대 교주 손병희에 의해 '천도교'로 개명된 후 1919년 '3 · 1독립운동'을

4 이재철, 『한국현대아동문학사』, 일지사, 1978, 63쪽.

시작으로 민족 해방 운동의 중심 세력으로서 활약했다.

위에서 언급한 '동학'의 기본 종지인 '인내천 사상'은 인간 존중 사상 및 인간 평등 사상의 뜻을 가진 것으로 나아가 모든 생명체를 존중하는 사상이라고도 할 수 있다. 이 사실에 대해서는 다음의 '해월신사법설(海月神師法說)' 중의 '내수도문(内修道文)'에서 엿볼 수 있다.

> 〔전략〕 우리 아이뿐만 아니라 며느리도 사랑하고 종을 우리 아이처럼 아껴야 한다. 육축도 모두 아껴야 하며 나무 같은 것도 마음대로 파손해서는 안 된다. 부모님의 말씀을 거스르지 않고 잘 웃을 것, 그리고 어린 아이를 때리거나 울려서는 안 된다. 어린 아이 안에도 한울님이 존재하므로 아이를 때리는 것은 한울님을 때리는 것이며 한울님은 그것을 싫어하신다.[5]

여기에서 주목해야 할 것은 '인내천 사상'은 추상적인 인간 존중 사상이 아니라 개개의 인간을 존중해야 하며 특히 어린이에 대해서도 그 존재를 존중하고 천도교의 신인 '한울님'처럼 소중하게 대해야 한다는 것을 가르치고 있다는 점이다. 방정환의 아동문학 및 아동문화 운동의 기본 사상은 여기에서 나온 것이라고 할 수 있다. 어린이를 어른들의 종속물로만 보던 유교적 아동관이 지배적이었던 시대에 아동을 존엄한 인격체로 보고 아무렇게나 대해서는 안 된다고 하는 가르침은 기존의 어떤 교육 사상에서도 볼 수 없었던 놀라울 만한 아동의 인간화 선언이라고도 할 수 있다.[6] 이 같은 가르침은 특히 가정의 부인들, 즉 아이를 키

---

5 天道教中央総部,「海月神師法文中内修道文」,『天道教経典』, 天道教中央総部出版部, 1981, 175쪽.
〔일본어 원문〕
[전략] 我が子だけでなく嫁も愛し、召使を我が子のように大切にするべき。肉畜も皆大事にし、木などを勝手に破損しない。親の言うことに逆らわないで笑うこと、また、幼い子どもを打ったり泣かせたりしない。幼い子どものなかにもハンウルニム(神様)が存在するため、子どもを打つのはハンウルニムを打つことであり、ハンウルニムはそれを嫌うのである。

6 임재택 외,『소파방정환의 유아교육사상』, 양서원, 2000, 29쪽.

우는 부녀자들에게 강조했다.

> 도가(道家) 부인은 경솔하게 아이를 때려서는 안 된다. 아이를 때리는 것은 한울님을 때리는 것과 같다. 한울님이 싫어하시는 일이다. 도가 부인은 한울님이 싫어하는 것을 겁내지 않고 아이를 때린다면 그 아이는 반드시 죽을 것이므로 절대로 아이를 때려서는 안 된다.[7]

이와 같은 천도교의 가르침 아래에 있던 방정환이 어린이를 존중하고 어린이를 위해서 무언가를 해야겠다고 결심했을 것이라는 사실은 쉽게 상상할 수 있다.

그 다음으로 방정환의 아동관에 영향을 끼친 것으로는 '개벽(開闢) 사상'을 들 수 있다. 개벽 사상이란 부패와 혼돈이 넘치는 병적인 사회가 끝나고 새롭고 이상적인 사회가 도래할 것이라고 주장한 사상이다. 이 사상은 일제의 식민지하에 놓여 있던 조선의 현실에 대해 민족 의식을 고취시켜 민족의 독립을 꾀하고자 한 사상으로 연결된다.[8] 방정환은 어떤 형태로든 이러한 사상까지 어린이들에게 전하고 싶었던 것이다.

이 두 가지 사상, 즉 어린이들에게 관심이 없고 어린이의 존재를 무시하던 사회에서 어린이를 소중하게 생각하고 아끼며 보살피는 사회로 바꾸고자 했던 동학의 어린이 존중 사상과 어린이들에게 민족 의식을 고취시켜 민족의 독립을 이루고자 했던 개벽 사상을 기본으로 하여 방정환은 아동문화 운동과 아동문학에 관한 여러 가지 활동을 전개하게 된

---

7 天道教中央総部, 「海月神師法文中待人接物」, 『天道教経典』, 134쪽.
〔일본어 원문〕
道家婦人は軽率に子どもを打たないこと。子どもを打つことはハンウルニムを打つのと同じである。ハンウルニムが嫌うことである。道家婦人はハンウルニムの嫌うことを恐れずに子どもを打つと、その子どもが必ず死ぬから絶対に子どもを打たないこと。

8 남궁영곤, 『교육의 역사 철학적 기초』, 학문사, 1995.

다. 이러한 사상이 방정환의 아동문화 운동의 큰 기본이 되었고 또한 그의 아동문학에 크게 반영되었다는 것은 말할 필요도 없을 것이다.

2) 방정환과 천도교

위에서도 언급했듯이 방정환의 모든 사상의 근저에는 천도교 사상이 있다고 해도 과언이 아니다. 방정환이 천도교도이며 천도교 제3대 교주인 손병희의 사위라는 사실에서도 방정환과 천도교의 관계는 쉽게 짐작할 수 있다.

방정환의 아버지 방경수는 3·1독립운동의 민족 대표 33명 중 천도교 측 대표였던 권병덕(1868~1944)과 의형제를 맺고 그와 함께 동학의 분파였던 시천교를 신봉하고 있었다. 그 이후 권병덕이 시천교를 떠나 천도교로 개종을 하자 방정환의 아버지 방경수도 천도교를 신봉하게 된다. 권병덕의 중매로 방정환은 열여덟 살이 되던 해 손병희의 셋째 딸 용화와 결혼하게 된다.[9]

방정환은 1917년에 손용화와 결혼한 후 1919년부터 본격적으로 소년운동에 참가하게 되고 그 이후 그의 활동은 천도교와 밀접한 관계를 가지게 된다. 이러한 그의 아동문화 운동은 천도교의 조직력과 문화교육 운동의 한 실적으로 평가된다.

그러나 하나 더 빼놓을 수 없는 활동으로 '청년구락부(青年俱楽部)'의 활동과 『신청년(新青年)』의 편집과 창간을 들 수 있다. 방정환은 결혼한 후에도 유광열과 자주 만나 조국을 생각하는 비밀 결사를 만들기로 결의를 하게 된다. 각지에서 모인 청년들은 일본 경찰의 눈을 피하기 위해 평범한 친목 단체를 표방해 '청년구락부'라고 이름을 붙였다. 이 단체가

9 이상금, 『사랑의 선물—방정환의 생애』, 한림, 2005, 56쪽.

정식으로 조직된 것은 1918년 7월 7일이다. 결성 후 1년도 안 된 사이에 잡지 『신청년』이 창간되었다. 방정환은 그 중심인물로서 이 잡지의 기획과 편집, 그리고 집필까지 해 내었다.[10] 그 이후 두 달도 채 되지 않아 천도교를 비롯하여 불교와 기독교 그리고 학생계가 힘을 합쳐 조국의 독립을 부르짖던 '3 · 1독립운동'이 발발했다. 방정환은 《조선독립신문(朝鮮独立新聞)》을 제작하여 배포하는 일로 독립운동에 참가했고 그 이유로 체포되는 것을 피할 수 없었다.

1920년 6월에 방정환은 『개벽(開闢)』이 창간됨과 동시에 집필자로서 참여하게 된다. 창간호에 '목성(牧星)'이라는 필명으로 「유범(流帆)」이라는 제목의 소설과 '잔물'이라는 필명으로 「어머니」라는 제목의 산문시를 발표하면서 본격적으로 『개벽』에서의 문필 활동을 시작하게 된다. 『개벽』은 1920년 6월에 창간되어 1926년 8월까지 총 72호가 발행된 월간종합잡지이다. 항일운동과 신문화운동을 활발하게 전개하던 천도교가 민중문화 실현 운동의 일환으로 설립한 출판사인 개벽사가 발행했다. 한국 최초의 본격적인 종합잡지로 높이 평가되고 있다. 그 이후 잡지 『어린이』는 물론 『사랑의 선물』 등 방정환이 관계된 잡지와 간행물 모두가 개벽사에서 출판되었다는 사실에서도 알 수 있듯이 개벽사와 방정환의 출판 활동은 끊을래야 끊을 수 없는 관계가 된다. 위에서도 언급했듯이 개벽사는 천도교와 불가분의 관계이다. 그러나 개벽사는 방정환이 만든 출판사가 아니라 천도교가 설립한 출판사이므로 그의 출판 활동을 알기 위해서는 먼저 천도교의 출판 활동을 살펴볼 필요가 있다. 개벽사는 1920년 설립되기 전인 1906년에 손병희가 일본에서 귀국했을

---

10 『신청년』은 제6호까지 발행되었으나 현재 5권밖에 남아 있지 않다. 제1호는 1919년1월 20일, 제2호는 1919년 12월 8일, 제3호는 1920년 8월 1일, 제4호는 1921년 1월 1일, 제5호는 결본, 제6호는 1921년 7월 15일에 발행되었다. 그러나 방정환의 관련 자료는 1호부터 3호까지에서 보여지는 것으로 보아 그가 중심적으로 활동한 것은 3호까지라고 보여진다.

때 일으킨 출판 운동을 발단으로 한 것이다. '동학'을 '천도교'로 개명하고 1906년에 귀국한 후 제일 먼저 착수한 것이 교육 문제와 출판 사업이었다. 손병희는 보문관, 보문사, 보성사 등의 출판사를 설립하는데 이 출판사들이 후년 개벽사의 모체가 되고 이러한 배경하에서 천도교 및 방정환의 출판 활동이 가능하게 된 것이다.[11]

『개벽』의 편집자는 천도교의 이론가인 이돈화(1884~1950)이다. 이 잡지는 천도교의 준기관지의 성격을 띄고 있었는데 종합잡지로서 비교도의 논설도 게재하고 또한 사회주의의 소개 등도 적극적으로 했으며 1920년대 전반의 문화와 계몽 활동에 크나큰 역할을 했다. 하지만 종종 발행 금지 처분을 받다가 1926년 8월에 완전히 발행이 금지되었으나 11월에 개벽사에서 새로이 『별건곤(別乾坤)』을 발행하게 된다. 이 새 잡지는 1934년까지 발행하게 된다. 그 이후 1934년 11월에 『개벽』이 복간되었지만 결국 3호까지밖에 발행되지 못했다. 해방후 1946년에 다시 복간되어 1926년 당시의 호수를 이어 1949년에 통권 81호까지 발행되었다. 식민지 시대에 발행된 것은 현재 복각판도 나와 있다. 이 잡지들도 또한 방정환의 문필 활동의 중심 무대가 되었다.

그 외에도 방정환의 문필 활동의 주된 무대가 되었던 것은 천도교의 기관지인 『천도교회월보(天道教会月報)』였다. 이것은 1910년 8월 15일부터 1937년 5월까지 발행된 천도교의 월간기관지이다. 창간호부터 한글로 쓰여진 이 월보는 민중을 계몽하고 교양을 심어 주고자 하는 뜻을 가지고 있었으며 천도교의 사상을 파악할 수 있는 자료이다. 다음 장에서 서술하고자 하는 방정환의 최초의 번역동화 「왕자와 제비」도 『천도교회월보』에 게재되었다. 그때 방정환은 다음과 같이 서술하고 있다.

---

11 안경식, 『소파 방정환의 아동교육운동과 사상』, 학지사, 1999, 25~26쪽.

나는 이 새 일에 着手할 때에 더욱 우리 教中의 만-흔 어린 동모를 생각한다. 어엽분 天使 人乃天의 天使 이윽고는 새 世上 天國의 建設에 從事할 우리 教中의 어린 동모로 하여곰 애쩍부터 詩人 일쩍붓터 아즉 物欲의 魔鬼가 되기 前부터 아름다운 信仰生活을 憧憬하게 하고 십다. 아름다운 信仰生活을 讚美하게 하고 십다. 永遠한 天使되게 하고 십다. 늘 이 生覺을 닛지 말고 이 藝術을 맨들고 십고 또 그럿케 할난다.[12]

여기에서 보여지듯이 방정환이 동화를 번역하는 일도은 어떤 면에서는 천도교도로서 하는 일의 일부였던 것이다. 그가 생각한 독자에는 먼저 천도교의 어린이들이 있었고 나아가 조선의 모든 어린이들에게로 넓혀 가는 것이었다. 즉, '아름다운 신앙 생활을 동경하고 찬미하는' 어린이들을 육성하는 것이 동화 번역의 제일 큰 목적이었던 것이다. 그것을 위해서는 양질의 동화를 제공하여 '순수한 마음을 가진 천사 같은 어린이'로 키우지 않으면 안 된다는 생각을 가지고 있었던 것이다. 이 글은 『천도교회월보』에 실린 글이므로 이와 같은 성격을 가진다고도 볼 수 있지만 최초의 번역동화를 발표하면서 이렇게 자신의 의도를 밝히고 있다는 것은 방정환에게 동화를 번역하는 일이 어떤 의미를 지니는가를 강하게 시사하고 있다고 볼 수 있다.

12 방정환, 「童話를 쓰기 前에 어린애 기르는 父兄과 教師에게」, 『천도교회월보』 통권126호, 1921, 98~100쪽.

3. 방정환의 일본 유학 시절

1) 토요대학 재학 시절

방정환이 일본에 간 시기에 대해서는 1919년부터 1921년까지 여러 가지 설이 있다. 그러나 일본 현지에서 조사를 실시한 이상금(1997)[13]의 1920년 11월설과 나카무라 오사무(1999)[14]의 1920년 9월설이 가장 유력하다. 방정환은 1920년에 개벽사의 동경특파원으로서 일본에 건너가 그 다음 해에 토요대학(東洋大学)에서 청강생 자격으로 수업을 듣게 된다.[15] 일본에 건너간 시기가 9월이든 11월이든 다음 해 1921년 4월부터 1년 동안 토요대학의 문화학과에 재적했었다는 사실이 학적부에서 확인되었다.[16]

토요대학 문화학과는 1921년 4월 신학기부터 전문학부 문화학과로 개설되었다. 이 문화학과의 개설에 있어서는 토요대학 문예연구회의 활동이 대학 당국에 영향을 끼쳤다고 전해진다.[17] 신설된 문화학과 입학자 학적부를 보면 제1종생으로 54명, 제2종생으로 36명이 입학을 했는데 제2종생 중 3명이 조선인이었다. 또, 청강생으로 83명이 입학을 했는데 그 중 40명이 조선인이었다. 그 40명 중 한 명이 방정환인 것이다. 『토요대학 백년사(東洋大学百年史)』에서는 조선인 입학자가 청강생에 집중된

---

13 李相琴, 「方定煥と『オリニ』誌―『オリニ』誌刊行の背景」, 『国際児童文学館紀要』 12, 1997, 4~6쪽.

14 仲村修, 「方定煥研究序論―東京時代を中心に」, 84~86쪽.

15 仲村修 위의 논문, 95~107쪽.

16 이상금은 1996년에 두 차례에 걸쳐 토요대학을 방문하여 학적부 열람과 『東洋大学百年史』 등의 자료를 검토하여 조사하였다고 하고 나카무라 오사무(仲村修)는 1997년에 토요대학 이노우에엔료 기념학술센터(東洋大学井上円了記念学術センター) 소장에게 직접 방정환의 학적 기록에 관해서 조회했다고 한다.

17 東洋大学出版会, 『東洋大学百年史 通史編 I 』, 東洋大学, 1993, 788쪽.

이유에 대해서 확실하게 밝히고 있지는 않지만 다음 해에도 거의 같은 수의 조선인 입학자가 있었던 것으로 보아 문화학과의 학과 구성이나 교원진에서 큰 매력이 있었던 것으로 추정할 수 있다.[18] 한편 이상금(1997)은 이러한 인기의 이유로써 문화학과의 '문예연구회'를 들고 있다.[19] 이 연구회의 강사진은 토요시마 요시오(豊島与志: 1890~1955)를 비롯하여 타니자키 준이치로(谷崎潤一郎: 1886~1965), 아키타 우자쿠(秋田雨雀: 1883~1962), 타야마 카타이(田山花袋: 1871~1930), 시마자키 토손(島崎藤村: 1872~1943) 등 일본의 유명 작가를 중심으로 한 문학인 열다섯 명이었다. 그들은 당시의 풍조[20]에 따라 모두 일본의 아동문예지에 기고를 하고 있었다. 이러한 강사진들로부터 방정환이 적지 않은 영향을 받았음은 쉽게 짐작할 수 있다. 또 이 사실은 방정환이 유학처로 토요대학 문화학과를 고른 이유의 하나라고도 볼 수 있다. 그러나 방정환이 이러한 일본인들과의 교류를 했는지에 대해서는 기록이 전혀 남아 있지 않으므로 직접적인 영향 관계에 대해서는 언급하기 어렵다.

나아가 문화학과의 교원 명부를 보면 '종교 철학'이라는 과목의 담당 교원 이름이 눈에 띈다. 그것은 다름 아닌 야나기 무네요시(柳宗悦: 1889~1961)[21]이다. 이 사실도 방정환이 유학처로 토요대학을 선택한 이유의 하나였음을 짐작할 수 있다.[22] 야나기 무네요시는 1920년 4월 12일부터 《동아일보》에 「조선인을 생각한다(朝鮮人を想う)」라는 글을 6회에

18 『東洋大学百年史 通史編 I 』, 790쪽.

19 李相琴, 「方定煥と『オリニ』誌—『オリニ』誌刊行の背景」, 7쪽.

20 당시는 일본문학사상 아동문학이 가장 융성했던 시기로 많은 작가들이 아동문학 관계의 작품을 쓰거나 번역을 하거나 하여 누구나 한 번은 동화나 동요를 썼다고 한다.

21 야나기 무네요시는 민예연구가, 종교철학자이다. 동경에서 태어나 동경대학교를 졸업했다. 잡지 『시라카바(白樺)』 창간에 참여하였고 나중에 민예운동을 제창했다. 일본민예관(日本民芸館)을 설립한 인물이기도 하다.

22 민윤식도 토요대학이 조선 유학생들에게 인기가 있었던 이유로 당시 토요대학 철학과 교수였던 야나기 무네요시를 들고 있다.(민윤식, 『소파 방정환 평전』, 중앙M&B, 2003, 164쪽)

걸쳐 연재하여 당시 조선에서는 아주 유명한 인물이었다. 이 글은 조선에서 '3·1독립운동'이 일어나고 두 달 후 5월 11일에 쓰여진 것으로 1919년 5월 20일부터 5월 24일까지 5회에 걸쳐《요미우리신문(読売新聞)》에 실렸다. 그것이 1년 정도 지난 후《동아일보》의 창간과 동시에 한국어로 번역되어 한국 신문에 실린 것이다. 그렇다면 당시의《요미우리신문》을 인용하여 당시 한국인들에게 왜 야나기 무네요시라는 인물이 그토록 인기가 있었는가에 대해 살펴 보도록 하자.[23]

나는 이번 사건에 대해서 적지 않게 마음이 쓰인다. 특히 일본 지식인들이 어떠한 태도로 어떠한 생각을 논하는지에 대해 주의 깊게 지켜보고 있었다. 그러나 그 결과 조선에 대해서 경험 있고 지식 있는 사람들의 사상이 거의 아무런 현명함도 없고 깊이도 없고 또한 따듯함도 없다는 것을 알게 되어 나는 이웃 나라 사람들 때문에 눈물이 났다.[24]

여기서 말하는 '이번 사건'은 물론 '3·1독립운동'을 말한다. '3·1독립운동'은 조선인이 일본의 식민지 지배를 거부하고 자국의 독립을 추구한 평화적인 운동이었다. 그러나 일본은 헌병과 경찰은 물론 육해군 병력까지 동원해 평화적인 데모에 총구를 들이대고 잔혹한 탄압을 행했다. 일본의 폭행에 대해 당시의 일본인들은 일반 대중은 물론 지식인

---

23 민윤식의 앞의 책을 비롯한 대부분의 연구에서는《동아일보》의 게재문을 자료로 사용하고 있지만 필자는〈大阪大学附属図書館所蔵〉의 다이쇼 시대의《요미우리신문(読売新聞)》에서 원문을 확인할 수 있었다.

24《読売新聞》, 1919年 5月 20日, 朝刊, 7面.
〔일본어 원문〕
余は今度の出来事に就て少なからず心を引かされてゐる。特に日本の識者が如何なる態度で、如何なる考えを述べるかを注意深く見守つてゐた。然しその結果朝鮮に就て経験あり知識ある人々の思想が殆ど何等の賢さもなく深みもなく又温みもないのを知つて、余は隣邦人の為に屡涙ぐんだ。

들까지 못 본 척을 했다. 야나기 무네요시는 이러한 일제의 가혹한 탄압에 의분을 삼킬 수가 없어 조선인의 항일 운동에 대한 일본의 무력적인 탄압에 분개하고 비난하는 글을 대담하게 써 내려간 것이다.[25] 이 일은 그가 조선인들 사이에서 영웅시 되기에는 충분한 사건이었다. 나아가 '조선에 살며 조선에 대해서 말하는 사람들 사이에는 아직 헌(라프가디오 헌—필자주) 같은 인물은 한 사람도 없다는 것이다. 고분을 파헤쳐 고예술을 모으는 사람은 있을지도 모르나 그것으로 인해 조선에 대한 애정 어린 일을 한 사람은 한 명도 없는 것 같다.'[26]며 일본인으로 귀화한 영국 출신의 코이즈미 야쿠모(小泉八雲: 1850~1904)[27]가 일본에 얼마나 많은 애정을 가졌었는지에 대해 칭송하면서 그와 같은 인물이 일본인 중에는 한 사람도 없다는 사실에 대해서도 통감을 느낀다고 표했다.

또 민예연구가이기도 했던 야나기 요시무네는 한 달 정도 조선을 순례한 적이 있으며 그 조선 여행 중에 찾아낸 도자기 등의 민속공예품의 훌륭한 예술미에 대해서도 칭찬을 아끼지 않았다. 다섯 번째 연재인 5월 24일에 발표된 다음 글은 당시 조선인들을 눈물 짓게 했음에 틀림없다.

> 조선인들이여, 나는 당신들에 대해서 어떠한 지식도 없으며 경험도 없는 한 사람일 뿐이다. 또 지금 당신들 사이에서는 한 명의 지인도 없다. 그러나 나는

---

25 鄭晋和, 「柳宗悦の朝鮮観の考察」, 『丹青』 2号, 丹青会, 2004, 42쪽.

26 《読売新聞》, 1919年 5月 20日, 朝刊, 7面.
〔일본어 원문〕
朝鮮に住み朝鮮を語る人々の間にはまだハーンの様な姿は一人もないのである。その古墳を発き古芸術を集める人はあるかも知れぬが、それによつて朝鮮に対する愛の仕事を果した人は一人もない様である。

27 코이즈미 야쿠모는 영국 출신의 일본인으로 원래 이름은 라프가디오 헌이다. 1890년에 일본에 와 코이즈미 세쯔코(小泉節子)와 결혼을 하고 그 이후에 귀화를 했다. 작품으로는 「心」「怪談」「霊の日本」 등 일본에 관한 영문 인상기와 수필 등이 있다.

당신들의 고국의 예술을 사랑하고 인정(人情)을 사랑하며 그 역사가 칭송한 쓸쓸한 경험에 지나지 않는 동정을 가진 한 사람이다. 또 당신들이 그 예술에 의해서 긴 세월 동안 무엇을 구하고자 했고 무엇을 호소해 왔는지를 마음에 질의하고 있다. 나는 일본의 지식인들 모두가 당신들을 욕하고 또 당신들을 괴롭히는 일이 있어도 그들 중에 이러한 글을 쓴 사람이 있다는 것을 알아 주었으면 한다. 이리하여 우리 나라(일본: 필자주)가 바른 인도를 걷고 있지 않다는 확실한 반성이 우리 사이에도 있다는 것을 알아 주었으면 한다. 나의 이 짧은 글로 조금이라도 당신들에 대한 나의 정을 피력할 수 있다면 나에게는 더할 수 없는 기쁨이다(1919.5.11).[28]

야나기 무네요시가 말하고 있듯이 식민지 조선인에 대해 '욕하고 괴롭히기'만 하는 일본인 중에도 이렇게 조선의 '예술과 인정을 사랑해' 주는 일본인이 있으며 거기에다 대담하게도 신문에 그 의사를 게재할 수 있는 인물이 있다는 사실이 당시의 조선인들에게는 얼마나 든든했을 것이며 또한 큰 위로가 되었을지를 상상하는 일은 어렵지 않다. 또 《동아일보》의 이 기사를 본 조선인이라면 누구나 그를 동경하고 한 번은 만나고 싶었을 것이다. 방정환도 그런 한 사람이었음에 틀림없다. 《동아일보》에는 기사의 마지막 부분에 야나기 무네요시의 이름과 함께

---

28 《読売新聞》, 1919年 5月 24日, 朝刊, 7面.

〔일본어 원문〕

朝鮮の人々よ、余は御身等に就て何の知識もなく経験もない一人である。又今御身等の間に一人の知人すら持つてゐない。然し余は御身等の故国の芸術を愛し、人情を愛し、その歴史が誉めた淋しい経験に尽きない同情を持つ一人である。又御身等がその芸術によつて長い間何を求め何を訴へたかを心に聞いてゐる。余は国の識者の凡てが御身等を罵り又御身等を苦める事があつても、彼等の中に此の一文を草した者のゐる事を知つてほしい。否、余のみならず、余の愛する凡ての余の知友は同じ愛情を御身等に感じてゐる事を知つてほしい。かくて吾々の国が正しい人道を踏んでゐないと云ふ明かな反省が吾々の間にある事を知つてほしい。余は此の短い一文によつて、少しでも御身等に対する余の情を披瀝し得るなら余には浅からぬ悦びである(一九一九・五・十一)。

'토요대학 철학과 교수'라고 써 있다. 그리고 1921년 5월 5일자《동아일보》에도 '조선인을 진심으로 사랑하는 사람은 토요대학 교수인 야나기 무네요시이다. 그리고 풍부한 천재성과 원숙한 기예를 가진 일본 성악계의 제1인자로 불리는 야나기 카네코 씨는 그의 부인이다'라고 야나기 부부를 소개하고 있으며, '조선의 친구인 야나기 무네요시는 조선을 사랑하고 조선의 미술을 사랑하므로 조선 민족의 생명이 흐르는 고대 미술품 모두가 남의 손에 넘어가 조선에서 빠져나가는 것을 무엇보다 애통하게 생각한다'며 야나기 무네요시가 얼마나 조선을 사랑하고 조선 민족을 생각하는지에 대한 기사가 실려 있다. 조선의 청년들이 이 일을 마음에 새겼고 그로 인해 많은 유학생들이 토요대학에 유학하기로 결심한 것으로 보여진다. 야나기 무네요시가 '토요대학 철학과 교수'라는 이 기사 때문인지 기존의 연구에서는 방정환이 토요대학 철학과에 유학을 했다는 잘못된 기록이 많다. 그러나 나카무라 오사무(1999)에 의해 확인되었듯이 문화학과 청강생으로 재적했었다는 사실이 판명되었다.[29] 그리고 필자가 조사한 바로는 방정환이 재적했었던 문화학과에서도 야나기 무네요시가 강사로서 수업을 담당했었다. 이러한 점을 보아도 적어도 1년간은 야나기 무네요시의 강의를 들었었다는 사실은 어렵지 않게 짐작할 수 있다. 그러나 『야나기 무네요시 전집(柳宗悅全集)』에는 그가 조선의 예술에 눈을 뜨고 그 이해를 깊이 하여 야나기 무네요시의 독자적인 조선관을 확립해 가는 과정에서 많은 조선인들과의 교류가 있었다고 기록되어 있으나 방정환의 이름을 확인할 수는 없었다.[30]

그러면 구체적으로 문화학과라는 과는 어떤 학과였는지 살펴보도록 하자. 그 수업 내용에는 철학과 문학을 중심으로 하고 있었으며 외국어로는 영어 외에도 독일어와 프랑스어(수시)가 있었다. 철학은 서양철학

29 仲村修, 「方定煥.究序論—東京時代を中心に」, 84~86쪽.
30 柳宗悅, 『柳宗悅全集』 第6巻, 筑摩書房, 1981.

에 중점을 두었고 문학은 현대 사조에 중점을 두었으며 창작도 포함되었다. 그 외에 구체적인 사회 문제와 사서학과 신문학이라는 새로운 학문 분야가 도입되었던 것으로 보여진다.[31] 야나이 마사오(柳井正夫: 1932년부터 토요대학 교무 주임)는 문화학과에 어떤 학생들이 등록을 했는가에 대해서 '문화학과에 모여드는 학생들은 소수의 학생들을 제외하고는 모두 새로운 시대의 바람을 남들보다 유난히 강하게 느끼고 그것을 들이마시어 더욱 새로운 생명을 자기 자신 안에서 탄생시키고자 하는 학생들뿐이었다'고 서술했다. 또한 '특히 시대가 문예에 있어서도 철학에 있어서도 종교에 있어서도 그리고 사회에 있어서도 일종의 과도기로써 모든 사람들에게는 인간고와 사회고 그리고 사상고를 제기하여 어떻게 하면 이 역경을 이겨낼 수 있을까를 통절하게 느끼게 하는 그런 시기였다. 문화학과에 모여드는 학생들은 모두 이 중 어느 한 고뇌를 가지고 무언가를 찾아서 계속 헤매었다'고 덧붙이고 있다. 그리고 그것을 위해서 '실로 진지하게 실로 성실하게 그 학과목을 습득했으며 그것들은 바로 피가 되고 살이 되어 활용되었고 실제로 문화학과에 주어진 사명을 다하고자 악전고투를 겪었으며, 그 결과가 문화학과의 짧은 존속 기간 중 각방면으로 많은 인재를 배출해 낸 이유'[32]라고 강조했다. 문화학과가 개설되고 얼마 되지 않아 학과내에 문예 연구회와 창작회, 영어 변론부,

---

31 『東洋大学百年史』, 790쪽.

32 柳井正夫, 「一時代に於ける東洋大学の文芸運動と文化学科の存立主義」, 『東洋学苑』 特別号, 1933, 49쪽.(『東洋大学百年史』, 792~793쪽 재인용)

〔일본어 원문〕

[전략]—文化学科に集まるものは、小数の人々を除いてすべてが、新しき時代の息吹きを人一倍に強く感じ、それを呼吸し更に新しい生命を己自身の中からは生み出さんとするもののみであった—[중략]—殊に、時代を文芸に於いても、哲学に於いても、宗教に於いても、又社会に於いても一種の過渡期として、すべての人々の上に人間苦、社会苦、思想苦を投げかけ、いかにしてこの難境を脱却して行くべきかを痛切に感ぜしめてゐた頃である。文化学科に集る人は、みなこのどれかの一つの悩み、何物かを求めて彷徨しつつあった—中略—実に真剣に、実に真面目に、その学科目を習得し、而してこれを直ちに血となし、肉となして活用に供し、実際に文化学科の与えられた使命を全ふせんと悪戦苦闘と試み—〔후략〕

과외어 독회가 조직되었으며 영화 연구회 등이 생겨 '문화극장'이 조직되고 '문화신문'이 발간되었다.

이 문화학과는 1929년에 설립된 지 겨우 9년만에 폐지되었다. 그러나 위에서 서술한 바와 같이 짧은 존속 기간 중에도 많은 신문인과 시인 그리고 소설가 등을 배출했다.[33] 방정환도 그 한 사람이라고 할 수 있다. 그리고 야나이 마사오가 말한 것처럼 방정환도 새로운 시대의 바람을 다른 누구보다 강하게 느꼈으며 그것을 들이마시어 더욱 새로운 생명을 자신의 속에서 탄생시키고자 한 청년의 한 사람이었던 것이다.

누구의 소개로 방정환이 토요대학 문화학과에 입학하게 되었는지는 밝혀지지 않았지만 아동문학과 출판 등에 관심을 가지고 있던 그에게는 이 선택이 크나큰 도움이 되었을 것으로 짐작된다. 그리고 정확한 기록이 남아 있는 것은 아니지만 위에서 서술한 것처럼 그처럼 많은 조선 유학생이 입학한 것으로 보아서는 1921년에 새로 신설될 문화학과에 대한 정보가 당시의 조선에서도 이미 알려졌었고 문학에 관심이 있는 사람들이라면 누구나 앞을 다투어 유학을 결심했을지도 모른다.

이상과 같이 방정환이 일본에 건너가 토요대학에 1년 동안 청강생으로서 유학한 사실은 확인되었지만 대학 수업에서 그가 동화에 관심을 가지게 될 만한 자극을 받았는지에 대해서는 단언할 수 없다. 그 사실에 대해서는 방정환이 일본에 있었던 다이쇼시대(大正時代: 1912~1926)의 일본 문학, 특히 아동문학의 흐름을 살펴 보는 것으로 확실해질 것이다.

뒷 절에서 상세하게 서술하겠지만 방정환이 유학 중이던 당시의 일본은 다이쇼데모크라시[34]를 맞이하여 이와야 사자나미의 '오토기바나시

33 『東洋大学百年史』, 793쪽.

34 다이쇼데모크라시(大正デモクラシー)란 다이쇼시대에 일어난 자유주의, 민주주의를 요구하는 사상과 제운동을 말한다. 정당내각제와 보통선거의 실현을 주장하는 요시노 사쿠조(吉野作造: 1878~1933)의 민주주의를 대표로 들 수 있는데 이 시기의 노동운동, 농민운동, 사회주의운동 등도 널리 포함된다.

(お伽噺)' 시대를 부정하기 시작한 시기였다. '동심주의'가 제창되고 스즈키 미에키치가 새로운 아동문학이라는 깃발을 게양하여 '동화'와 '동요' 운동으로 시작된 '아카이토리운동(赤い鳥運動)'을 일으켰다. 그 관련으로 『아카이토리(赤い鳥)』(이하 『아카이토리』)와 『킨노후네(金の船)』 등의 순수아동문학잡지의 황금시대를 맞이하게 되었다. 일본에서 처음으로 어린이들에게 관심을 가지게 된 시기였으며 그로 인해 교육과 문화 및 문학의 모든 분야에서 어린이들을 위한 것들이 넘쳐났다. 그리고 이 상황은 방정환의 아동문학에 큰 영향을 끼친 것으로 보인다.

따라서 다음 절에서는 방정환의 유학 시절의 일본 아동문학이 그에게 어떠한 영향을 끼쳤는지 그리고 방정환의 '동화'가 어떻게 형성되었는지에 대해서 고찰하고자 한다. 그리고 스즈키 미에키치가 부정하려고 했던 이와야 사자나미의 '오토기바나시'도 방정환의 '동화'에 큰 영향을 끼쳤다는 사실을 여기서 밝혀 두며 다음 절에서 더욱 상세하게 논하고자 한다.

2) 이와야 사자나미의 '오토기바나시'와 스즈키 미에키치의 '동화', 그리고 방정환의 '동화'

(1) 방정환의 최초의 '동화'와 일본 다이쇼시대의 아동문학

방정환이 '동화'라는 말을 최초로 사용한 것은 1921년 2월 『천도교회월보』에 오스카 와일드(Oscar Wilde: 1854~1900)의 동화 「행복한 왕자」를 「왕자와 제비」라는 제목으로 번역하여 발표했을 때였다. 앞에서도 언급했듯이 방정환은 이 동화 전문에 「童話를 쓰기 前에 어린애 기르는 父兄과 教師에게」라는 글을 남겼다. 이것은 방정환이 남긴 최초의 동화론으로 잘 알려져 있다. 그리고 오스카 와일드의 동화가 방정환의 번역동화로써도 최초의 작품이다. 이 전문에서 방정환은 다음과 같이 서술하고 있다.

> 아아 나의 사랑하난 어린 동모들! 地球의 꼿인 어린애들 그들 爲하야 내가 낫는 이 조고만 藝術이 世上 만흔 어른의 鞭撻을 밧기 바라며 또 이로 비롯하야 더 좃코 더 갑잇난 童話 藝術이 나기 바란다 —日本東京池袋鷄林에서.[35]

이 글을 보면 방정환이 얼마나 어린이들을 사랑했는지 알 수 있고 그토록 사랑하던 어린이들을 위해 동화를 쓰기 시작했다는 것 또한 잘 알 수 있다. 이 글은 '동화'에 대한 이론이라기보다는 방정환의 '동화 선언' 같은 것으로 동화에 대한 상세한 논을 찾아볼 수는 없다. 즉, 이 시점에서는 아직 동화라는 단어를 접한 지 얼마 되지 않았던 것으로 보여진다. 당시의 조선에서도 당연히 '동화'라는 단어 자체가 익숙하지 않았고 아직 문단에서도 하나의 장르로 존재하지 않았던 시기였다. 따라서 『사랑의 선물』을 중심으로 한 방정환의 번역동화가 근대 한국에 '동화'를 정착시키는 작업에 얼마나 큰 공헌을 했는지는 언급할 필요도 없을 것이다.

방정환이 동화라는 새로운 예술을 이렇게 근대 한국에 도입하게 된 배경에는 일본에 체재 중이던 시기의 일본의 상황과 깊은 관계가 있다. 당시는 스즈키 미에키치(鈴木三重吉: 1882~1936)가 메이지시대(明治時代: 1868~1912)의 아동문학을 대표하는 이와야 사자나미(巖谷小波: 1870~1933)의 '소년문학(少年文学)'과 '오토기바나시(お伽噺)'에 반기를 들고 1918년에 『아카이토리』를 창간함과 동시에 어린이를 독자로 한 작품에 더욱 어울리는 단어로써 '동화(童話)'라는 이름을 붙여서 보급시키기 시작한

35 방정환, 「童話를 쓰기 前에 어린애 기르는 父兄과 教師에게」, 『천도교회월보』, 1921.2, 100쪽. 이하 「동화를 쓰기 전에 어린애 기르는 부형과 교사에게」로 표기하고자 한다.

시기였다. 이와야 사자나미의 '소년문학'과 '오토기바나시'도 원래는 같은 의미로 만들어진 것이지만 시대는 새로운 아동문학관과 새로운 용어를 필요로 하고 있었던 것이다. 바로 그러한 시기에 방정환은 일본으로 건너가 그것들을 그대로 받아들인 것이다. 이러한 면에서 근대 한국에 '동화'라는 장르를 유입하게 된 사실에 있어서 스즈키 미에키치의 영향을 부정할 수 없고 그것을 한국으로 들여온 방정환의 역할도 아주 크다.

따라서 여기에서는 근대 한국에서 '동화'라는 장르가 성립되는 배경으로 먼저 일본의 '동화'라는 용어의 개념 변천사를 살펴보고 그러한 과정에서 탄생한 다이쇼시대의 '동화'가 방정환에게 어떠한 영향을 끼쳤는지에 대해서 고찰하고자 한다. 필자는 졸론(2005)에서 다이쇼기에 사자나미류의 오토기바나시를 비판하는 움직임이 구체적인 형태로 나타난 예로써 『아카이토리』가 출판된 당시 배부되었던 「동화와 동요를 창작하는 최초의 문학운동(童話と童謡を創作する最初の文学運動)」이라는 제목으로 스즈키 미에키치가 작성한 것으로 보이는 「창간에 임한 프린트(創刊に際してのプリント)」와 『아카이토리』 창간호부터 매호에 실린 「아카이토리의 표방어(赤い鳥の標榜語(モツトー))」를 들었다.[36]

---

36 「創刊に際してのプリント」는 창간 전에 이미 배포되었기 때문에 원본 자체는 남아 있지 않고 스즈키 미에키치의 서거 후 종간호, 즉 「스즈키 미에키치 추도호(鈴木三重吉追悼号)」에 재수록된 것을 인용했기 때문에 1936년 것임을 밝혀 둔다. 그 내용 전체를 여기에 첨부한다. (졸고, 「方定煥の児童文学における翻訳童話をめぐって—『オリニ』誌と『サランエ　ソンムル』を中心に」, 大阪大学大学院言語文化研究科修士論文, 2005, 5~6쪽)
〔한국어역〕
「창간에 임한 프린트(創刊に際してのプリント)」
실제로 그 어느 누구라도 아이들의 읽을거리에는 적지 않게 어려움을 겪고 있는 것 같습니다. 우리도 지금 세간에서 행해지고 있는 소년소녀의 읽을거리와 잡지 대부분은 그 저속한 표지만 봐도 결코 어린이들에게 사 주고 싶은 생각이 들지 않습니다. 이러한 책이나 잡지 내용은 공리와 센세이셔널한 자극과 이상한 애상으로 가득한 품위 없는 것일 뿐만 아니라 그 표현 방법도 무척 저급하여 이러한 것이 바로 어린이의 품성과 취미와 문장에 영향을 끼칠까 생각하면 정말로 씁쓸한 생각이 듭니다. 서양인과 달리 우리 일본인은 가엽게도 아직도 어린이를 위한 예술가를 한 사람도 가진 적이 없습니다. 우리는 자신들이 어린 시절에 어떤 것을 읽었는지를 회상하는 것만으로도 우리의 아이들을 위해서는 멋진 읽을거리를 만들어 주고 싶어집니다. 다음으로는 단지 작문의 본보기로써만이라도 이 『아카이토리』 전체의 문장을 제시할 수

이와야 사자나미가 이후에 탄생한 '동화'와 같은 개념으로 '오토기바나시'라는 용어를 만들어 내어 그것을 보급시킨 사실은 일본아동문학사에 있어서 큰 공적이다. 그러나 스즈키 미에키치는 그것을 비판하고 '오토기바나시'에 맞서 '동화'라는 용어를 사용하기 시작했다. 그렇다면

있기를 바랍니다. 아무쪼록 이 운동에 대해서 여러분들의 가르침과 지도를 받고자 긴히 부탁드리는 바입니다.(『赤い鳥』最終号, 1936.10, 290~291쪽)
「아카이토리의 표방어(赤い鳥の標榜語(モットー))」
· 현재 세간에 유행하고 있는 어린이의 읽을거리 중 가장 많은 것들이 그 속악한 표지가 다방면으로 상징하고 있듯이 여러 의미에 있어서 너무 비열하기 짝이 없다. 이러한 것이 어린이의 순진함을 침해해 간다는 것은 생각만 해도 두렵다.
· 서양인과 달리 우리 일본인은 가엽게도 아직 어린이를 위한 순수한 읽을거리를 쓰는 진짜 예술가의 존재를 자랑으로 삼은 예가 없다.
·「아카이토리」는 세속적이고 저급한 어린이의 읽을거리를 배제하고 어린이의 순수함을 보전 개발하기 위해서 현대 일류 예술가들의 진지한 노력을 모아 어린 아이들을 위한 창작가의 출현을 맞이하는 일대구획적(一大区画的) 운동의 선구이다.(『赤い鳥』創刊号, 1918.7, 1쪽)

〔일본어 원문〕
「創刊に際してのプリント」
実際どなたも、お子さん方の読み物には随分困っておいでになるようです。私たちもただ今、世間に行われている、少年少女の読物や雑誌の大部分は、その俗悪な表紙を見たばかりでも、決して子供に買って与える気にはなれません。こういう本や雑誌の内容はあくまで功利とセンセイショナルな刺戟と変な哀傷とに充ちた下品なものだらけである上に、その書き表わし方もはなはだ下卑ていて、こんなものが直ぐに子供の品性や趣味や文章なりに影響するのかと思うと、まことに、にがにがしい感じがいたします。西洋人とちがつて、われわれ日本人は哀れにもいまだかって、ただひとりも子供のための芸術家を持ったことがありません。私どもは、自分たちが子供の時に、どんなものを読んできたかを回想しただけでも、われわれの子供のためには、立派な読物を作ってやりたくなります。次には巣に作文のお手本としてのみでも、この『赤い鳥』全体の文章を提示したいと祈っております。なにとぞこの運動に対して、みなさんから御高教と御助勢をいただきたく、折入ってお願い申します。(『赤い鳥』最終号, 1936.10, 290~291쪽)
「赤い鳥の標榜語(モットー)」
· 現在世間に流行している子供の読物のもっとも多くは、その俗悪な表紙が多面的に象徴している如く、種々の意味に於いて、いかにも下劣極まるものである。こんなものが子供の眞純を侵害しつつあるということは、巣に思考するだけでも怖ろしい。
· 西洋人と違って、われわれ日本人は、哀れにも殆未だ嘗て、子供のために純麗な読み物を授ける、眞の芸術家の存在を誇り得た例がない。
·「赤い鳥」は、世俗的な下卑た子供の読み物を排除して、子供の純性を保全開発するために、現代一流の芸術家の真摯なる努力を集め、兼て、若き子供のための創作家の出現を迎ふる、一大区画的運動の先駆である。(『赤い鳥』創刊号, 1918.7, 1쪽)

스즈키 미에키치가 말하는 '동화'의 개념은 사자나미의 '오토기바나시'와 어떻게 다른 것일까, 그리고 스즈키 미에키치에게 '동화'란 어떤 의미를 가지는 것인지 알아보도록 하자.

다음 절에서 이와야 사자나미의 오토기바나시 『코가네마루(こがね丸)』(이하 『코가네마루』)와 그가 편집한 메이지기의 아동잡지 『소년세계(少年世界)』(이하 『소년세계』)를 살펴보고 사자나미의 '오토기바나시'에서 보여지는 오토기바나시관, 즉 아동문학관을 고찰해 보고자 한다. 그리고 스즈키 미에키치의 '동화'라는 용어에 담겨진 아동문학관에 대해서도 살펴볼 것이다.

그러나 그 전에 확인해 두어야 할 것은 '오토기바나시'와 '동화'라는 용어는 이와야 사자나미와 스즈키 미에키치가 아동문학의 세계에서 사용하기 이전부터 존재했었다는 사실이다.

먼저, '오토기바나시'의 '오토기(御伽)'라는 말은 '무료함을 달래는 것을 의미하는 말'로 이미 존재하고 있었고 『오토기소우시(お伽草子)』라는 서명으로도 남아 있다. '소우시(草子)'란 책을 의미하므로 '무료함을 달래기 위한 책'이라는 의미로 해석할 수 있다. 또한 '오토기'는 전국(戦国)·에도(江戸)시대에 '주군의 옆을 지키면서 이야기 상대를 하던 일 또는 그 사람을 이르는 말'이기도 했으며 '오토기소우시'도 반드시 어린이를 위해 쓰여진 것만은 아니었다.

그리고 '동화'라는 용어는 쿄큐테이 바킨(曲亭馬琴: 1767~1848)의 『연석잡지(燕石雑志)』[37]에 그 용어가 남아 있는데 '童話'라고 한자로 표기하고 있지만 지금의 동화라는 뜻을 의미하는 단어의 발음인 '도우와'가 아닌 '와라베모노가타리(わらべものがたり)'라는 발음으로 표기된 것이 최초로 사용된 '동화(童話)'이다. '와라베(童)'는 '어린이'를 이르는 말이고 '모노

---

37 쿄쿠테이 바킨(曲亭馬琴)이 쓴 수필집이다. 1811년에 간행되었는데 많은 화한서(和漢書) 등을 소재로 한 「日の神」「古歌の訛」 등이 수록되어 있다.

가타리(物語)'는 '이야기'라는 뜻이므로 어린이를 위한 이야기라는 의미에서는 지금의 '동화' 그리고 스즈키 미에키치의 '동화'와도 같은 의미를 가진다. 그 다음으로 산토 쿄덴(三東京伝: 1761~1816)의 『골동집(骨董集)』[38]에서는 '童話'가 '무카시바나시(むかしばなし)'라는 발음으로 기록되어 있다.[39] '무카시바나시(昔話)'는 '옛날이야기'를 의미하는 말이다. 이와야 사자나미와 스즈키 미에키치는 이와 같은 기존의 용어를 아동문학에서 사용하기 시작한 것이다.

(2) 근대 아동문학에서의 '소년문학'과 '오토기바나시'의 개념

일본 아동문학이 문학의 한 장르로써 인정을 받은 것은 그 융성기라고 할 수 있는 다이쇼기에 들어서이다. 그리고 '아동문학'이라는 용어가 정착한 것은 쇼와(昭和: 1926.12.25~1989.1.7) 초기의 일이다. 메이지기로 거슬러 올라가 보면 '소년문학(少年文学)'이라는 용어가 사용되고 있었다는 것을 알 수 있다. 그것은 다음 인용에서 알 수 있듯이 『코가네마루』의 범례에서 이와야 사자나미가 독일어 'Jugendschrift(Juvenile Literrature)'를 '소년문학'으로 번역한 이래 쇼와 초기에 '아동문학'이라는 용어가 보급되기 전까지 그 용어에 해당하는 문학 용어로써 사용되어 온 것이다. 『코가네마루』는 1891년 1월에 박문관(博文館)의 '소년문학총서(少年文学叢書)' 제1권으로 발표된 이와야 사자나미의 처녀작이다.[40] 총서의 권두에는 이와

38 산토 쿄덴(山東京伝)이 쓴 수필집이다. 1813년에 집필을 시작했으나 14~15년 걸려 간행되었다. 근세의 풍속을 112항에 걸쳐서 그 기원과 연혁을 상세하게 고찰하여 증명한 서적이다.

39 日本文学研究資料刊行会,『児童文学』(有精堂, 1977, 33~35쪽)과 야나기타 쿠니오(柳田國男)『柳田國男全集9』(筑摩書房, 1990, 531~533쪽)에 이러한 '童話(동화)'라는 용어의 역사에 대해서 논한 부분이 있는데 이것들은 본 논문 제7장에서 언급한 타카기 토시오(高木敏雄)의『동화의 연구(童話の研究)』(1916)에도 같은 내용이 있는 것으로 보아 타카기 토시오의 글을 참고로 한 것으로 보인다.

40 1891년에 박문관의 '소년문학총서'의 제1편으로써 간행되어 삽화는 타케우치 케이슈(武内桂舟)가 담당했다. 코가네마루라는 흰개가 의형제를 맺은 개 와시로 등의 도움을 받아 부모님을

야 사자나미가 쓴 '소년문학'의 의미에 대한 짧은 글이 실려 있다.

> 이 책의 제목으로 사용된 '소년문학'이라는 것은 소년용문학이라는 의미로 독일어 Jugendschrift(juvenile literrature)에서 온 것인데 우리 나라에는 적당한 숙어가 없으므로 대신 이렇게 이름 붙인다.[41]

이 시기에도 '오토기바나시'라는 용어는 아직 사용되지 않았고 『코가네마루』는 소년문학으로 분류되어 있었다. 『코가네마루』는 일본 문학사상 최초의 창작동화로 평가받고 있지만 당시에는 아직 창작동화라는 개념 또한 생겨나지 않은 상태였다. 『코가네마루』가 호평을 받자 그로부터 4년 후인 1895년에 박문관에서는 이미 간행되어 있던 아동잡지를 통합하여 『소년세계』(1895~1933)를 창간하게 되고 이와야 사자나미를 주필자로서 맞이하게 된다. 그리고 이 『소년세계』의 창간과 함께 '소년문학'이 정착하게 된다.

또한 잡지 『소년세계』의 창간을 전후로 하여 차례차례로 『일본 무카시바나시(日本昔噺)』(1894~1896, 이하 『일본 무카시바나시』), 『일본 오토기바나시(日本お伽噺)』(1896~1898, 이하 『일본 오토기바나시』), 『세계 오토기바나시(世界お伽噺)』(1899~1908, 이하 『세계 오토기바나시』)가 간행된다. 그로 인하여 이와야 사자나미의 '오토기바나시'라는 용어가 새로 탄생하게 된다. 이 용

물어 죽인 호랑이 킨보대왕에게 원수를 갚는다는 이야기이다. 에도시대의 독본류의 영향을 받아 지식인들로부터 원수를 갚는 이야기를 칭송한다는 면에서 도덕적으로 비판을 받았지만 독자들인 어린이들에게는 압도적인 지지를 얻었다. 이와야 사자나미는 그 때문에 아동문학의 길을 걷게 되었다고 해도 과언이 아니다. 그리고 이 작품은 문어체로 쓰여져 있어 다이쇼기의 어린이들에게는 읽기 어려워 1921년에 구어체로 다시 써서 간행되었다.(上笙一郎,「こがね丸」,『明治文学全集20 川上眉山・巌谷小波集』, 筑摩書房, 1968)

41 漣山人,「凡例」,『こがね丸』, 博文館, 1891, 3쪽.
〔일본어 원문〕
此書題して「少年文学」と云へるは少年用文学との意味にて独逸語のJugendschrift(juvenile literrature)より来れるなれど我邦に適当の熟語なければ仮に斯くは名付けつ。

어는 일본 아동문학에서 '동화'라는 용어가 탄생하기까지 동화와 같은 의미의 용어로 사용되었다는 점에서 큰 의미를 가진다. '오토기바나시'라는 용어가 보급되게 된 것은 1893년에 박문관에서 이와야 사자나미가 당시까지 집필했던 아동을 대상으로 한 작품을 모아 놓은 단행본을 무로마치시대(室町時代: 1336~1568)의 '오토기소우시(お伽草子)'에 대응하여 '신오토기소우시(新御伽草紙)'라고 이름을 붙인 것에서 시작된다. 그 이후 박문관에서 발행된 또 하나의 잡지 『유년잡지(幼年雜誌)』에 1894년 1월부터 '오토기바나시란(お伽ばなし欄)'이 생기고 이와야 사자나미는 그곳에도 집필을 하기 시작했다. 그는 이 '오토기바나시란'에 초등학생을 독자로 하는 열 편의 단편을 게재했다. 그러나 다른 영역과 엄밀하게 구별하여 장르를 나눈 것은 아니고 초등학생 정도의 연령층을 대상으로 한 메르헨이라고 분류한 막연한 것이었다.

또한 1894년에 일본 옛날이야기 스물네 편을 재화한 『일본 무카시바나시』가 간행되었고 2년 후에는 전설과 역사적 사실 등에서 재료를 수집하여 쓰여진 『일본 오토기바나시』가 간행되었다. 그리고 1년 후인 1897년 1월부터는 『소년세계』에 소년소설, 입지소설, 모험소설 등을 다른 항목과 구별하여 '오토기바나시'라는 항목이 새로 생겼다. 연이어 1899년에는 외국 전설에다 메르헨을 보충하려는 의도에서 『세계 오토기바나시』를 간행하게 된다. 이렇듯 '아동문학'이라는 명칭이 메이지 30년대 말에 등장하기 전까지는 '오토기바나시'라는 용어가 아동문학 전반을 상징할 정도로 일반적으로 사용되고 있었다.

『세계 오토기바나시』 제1권 「세상의 시작(世界の始)」에 실린 발간사에서 이와야 사자나미는 '오토기바나시'의 종류를 크게 네 가지로 분류하고 일본 작품들을 전설과 옛날이야기로 나누어 아주 상세하게 분류했다.

전반적으로 오토기바나시에는 여러 종류가 있는데 독일어로 말하자면 메르헨(기이한 이야기를 소설적으로 쓴 것), 파벨(교훈의 의미를 비유하여 나타낸 비유담), 사게(고래의 전래담), 에르체룽그(역사적인 이야기)와 같은 종류가 있고 그 중 사게가 포르쿠스자게(민간의 구비)와 헤르덴자게(용사의 구비)의 두 개로 나누어져 있습니다. 일본에는 아직 적당한 번역 용어가 없기 때문에 일반적으로는 단지 오토기바나시라고 하고 있지만 그 안에는 각각의 종류가 있습니다. 『소년세계』의 권두에 제가 시종 쓰고 있는 것이 먼저 메르헨에 속하는 것, 또 그것에 교훈적인 의미를 가미한 『신이솝 모노가타리(新伊蘇保物語)』와 같은 것이 즉 파벨이고 또 『일본 무카시바나시』는 대부분 사게를 모은 것이며 『혀 잘린 참새(舌切雀)』와 『모모타로(桃太郎)』 같은 종류를 소위 포루쿠스자게라고 하며 『여덟 머리 구렁이(八頭大蛇)』와 『라쇼몽(羅生門)』 같은 것은 훌륭한 헤르덴자게입니다. 그리고 『일본 오토기바나시』는 헤르덴자게가 4할, 에르체룽그가 6할이며 『우바스테(姨捨)』와 『하고로모(羽衣)』 같은 것이 포르쿠스자게에 해당됩니다.[42]

여기에서는 독일 유학 경험이 있는 문학자인 만큼 당시 일본에 아직 번역되지 않았던 전설이나 옛날이야기에 대한 여러가지 용어를 사용하고 있어 아동문학을 책임지고 있는 한 사람으로서 그 자격을 인정하지 않을 수 없을 정도로 지식이 풍부하다는 것을 알 수 있다. 그리고 다음

---

42 巖谷小波, 『日本児童文学大系1』, 三一書房, 1955, 348~349쪽.
〔일본어 원문〕
一体お伽噺には、種々な種類がありまして、独逸語で云いますと、メエルヘン(奇異な話を小説的に書いた物)フアーベル(教訓の意を寓した比喩談)ザアゲ(古来の云い伝え)エルツエールング(歴史的な物語)の種に成り、そして其中のザアゲが、フォルクスザアゲ(民間の口碑)ヘルデンザアゲ(勇士の口碑)と、こう二つに別れて居ります。日本にはまだ適当な訳語がありませんから、通例は只お伽噺と云って居りますが、其中に自ら種類があります。『少年世界』の巻頭に、私の始終書いて居りますのが、まづメエルヘンに属するもの。又それに教訓の意味を含ませた、『新伊蘇保物語』の様なのが、即ちフアーベル又『日本昔噺』は大伍ザアゲを集めたので、『舌切雀』、『桃太郎』の類を、所謂フォルクスザアゲと云い、『八頭大蛇』、『羅生門』などは、立派なヘルデンザアゲです。それから『日本お伽噺』に成ると、ヘルデンザアゲ四分に、エルツエールング六分で、只『姨捨』と『羽衣』とが、フォルクスザアゲに成って居ります。

글에서는 오토기바나시를 두 종류로 나누어 설명하고 있다. 여기에서는 '오토기바나시'의 정의와 상세한 분류 기준 등이 이와야 사자나미의 머릿속에 얼마나 확실하게 정립되어 있었는지를 엿볼 수 있다.

> 일본에서 오토기바나시가 유행하게 된 것은 최근의 일이며 또 이것에 대한 비평가도 없을 정도이므로 아직 몹시 유치한 상태에 있다고 말할 수 밖에 없다. 전반적으로 오토기바나시에는 두 종류가 있다. 즉 교훈을 주로 하여 쓴 것과 넓은 의미에서의 문학을 주로 하여 쓴 것이다. 서양에서는 이 두 종류가 확실하게 나누어져 양자가 어깨를 나란히 하고 있다. 교훈으로써 가장 유명한 오토기바나시는 독일의 그림형제가 편찬한 것이나 프랑스의 라프혼텐이 쓴 것을 들 수 있는데 더욱 엄중한 교훈적인 것은 이솝이야기이다. 또 문학으로써 유명한 것은 덴마크의 안데르센이 쓴 것인데 이것은 우의가 아주 고상하여 오히려 어른의 읽을거리라고 볼 수 있다. 일본에서 오토기바나시라고 하면 어린이의 읽을거리에 한정되어 있으므로 교훈적인 것에만 국한되어 있다.[43]

이와야 사자나미는 일본 아동문학의 선구자로서 아동문학에 대한 지식이 별로 없었던 일본의 현실을 객관적으로 바라보고 있었다. 비록 아동문학에 관련된 용어는 아직 형성되지 않은 상태였지만 외국 작가와 외국 작품을 예를 들어 가며 '오토기바나시'의 종류와 분류에 대해 정

---

43 巖谷小波,「お伽噺作法」,『世界お伽噺』付録, 1906.
〔일본어 원문〕
日本でお伽噺の流行する様になったのは、つい近頃のことであり、また之に対する批評家もない位だから、未だ甚だ幼稚なる状態に在りと云うべしだ。一体お伽噺には二つの種類がある。即ち教訓を主として書いた物と広い意味での文学を主として書いた物である。西洋では此二種類が判然と分れ、両者共相並んで行われている。教訓としてもっとも有名なお伽噺は、独逸のグリンームの編纂したものや、仏蘭西のラーフホンテンの書いた物であるが、更に厳重な教訓の物は、イソップ物語である。又文学として有名なものは丁抹のアンダーセンの書いた物であるが、之は寓意が頗る高尚であって、むしろ大人の読物としてなっている。日本でお伽譚と云えば小供の読物に限られ、従って教訓の物のみ行わるに過ぎない。

확하게 파악하고 있었던 것으로 보인다. 이렇듯 아동문학에 관한 여러 가지 지식을 나름대로 정리하여 그것을 많은 사람들에게 알리고자 노력하고 있었던 것이다.

이와야 사자나미의 작품 및 동화관에 대해서 오카다 준야(岡田純也, 1992)는 사자나미가 '소년문학'에서 추구하고자 한 것은 '재미'였다고 언급했다. 그리고 '세부적인 묘사를 제외한 행동적인 형상과 장면에 대한 드라마틱한 추이, 주인공의 단순 명쾌한 사상'을 표현하고자 했다고 논했다.[44] 이와야 사자나미의 다음 글에서도 알 수 있듯이 그는 '소년문학'에서 가장 중요한 요소는 '오락'이라고 믿었으며 거기에다 '미적'이고 '시적'인 문학성을 가미하지 않으면 안 된다고 강조하고 있다. 그리고 아동문학에서 아동의 '공상'이 얼마나 중요한지를 강조하고 있는 부분에서 보더라도 그의 동화관은 다른 누구보다 빨리 근대화되었다고 할 수 있다.

> 논리 도덕을 진지하게 설명하지 않아도 최근에는 모르는 사이에 더욱 많은 교훈을 쏟아붓고 있다는 점에서 소년문학이 묘하게 존재한다는 것을 조금은 인정해 주지 않으면 안 됩니다. 일단 소아에게 큰 정신적 감화를 주려고 하면 먼저 오락적 요소를 포함하고 있지 않으면 안 됩니다. 즉 미적이고 또한 시적이지 않으면 안 됩니다. 〔중략〕 공상은 실상의 어머니이며 소년시절에 공상으로 그리던 공중비행 같은 것도 어른이 되어서 지식이 많아지면 결국 풍선이 되고 잠수정이 되어 큰 이익을 주는 일로 이어지는 것입니다.[45]

---

44 岡田純也, 『子どもの本の歴史』, 中央出版, 1992, 67쪽.

45 巌谷小波, 「少年文学に就て」, 『世界お伽噺』 第82編(『木馬物語』) 付録, 1906.
〔일본어 원문〕
倫理道徳を真面目くさって説がなくとも、其間知らず知らずに、更に大なる教訓を注ぎ込む所に、少年文学の妙な在すると言う事を少し認めて貰わなければ成りません。第一小児に多大の精神的感化を与えようとすれば、先ず娯楽的要素を含んで居らなければなりません。すなわち美的であり且つ詩的でなければならぬ。〔중략〕空想は実相の母で、少年時代に空想として描いて居た、空中飛行の事なども、大人になって知識が発達すれば、遂に風船となり、潜航艇と成り、大いなる利益を与える事に至るのであります。

그리고 오카다 준야(1992)는 이와야 사자나미의 '『코가네마루』에 많은 결점이 있다고 하더라도 어린이들을 교육의 바깥 세상에서 독서의 즐거움에 빠질 수 있게 해 주었다'고 강조하고 '사자나미의 등장에 의해 아동의 읽을거리는 교육과 확실하게 분리된 차원으로 새로 탄생했다'[46] 며 이와야 사자나미의 업적을 높이 평가했다. 이렇듯 이와야 사자나미는 '소년문학' 속에서 교육과 교훈뿐만 아니라 어린이들에게 독서의 즐거움을 주고자 노력했다는 것을 알 수 있다. 그것은 다음 글에서도 잘 나타나 있다.

> 우리 나라의 소년문학은 아직 정도가 몹시 낮다고 생각한다. 오토기바나시라면 누구나 교훈뿐이라고 생각하고 그 교훈이라는 것이 소위 권선징악주의에 치우쳐 그것을 가르치는 것처럼 해석했다. 그러나 같은 교훈이라고 하더라도 전세기 즉 과거의 오토기바나시와 현재 그리고 미래에 있어서의 오토기바나시는 다른 것이어야 한다.[47]

카와하라 카즈에(河原和枝, 1998)는 이와야 사자나미의 '소년문학'에 대해서 독자층을 '소년'으로 특정한 점에서는 '아동문학'으로의 첫발을 내디뎠다고 할 수 있지만 어른과 다른 특별한 존재로서 '어린이'를 파악했다는 관점과 감성과는 거의 관계가 없다고 주장하고 있다.[48] 그러나 위에서 인용한 두 개의 글에서는 이와야 사자나미 스스로가 기존의 교

46 岡田純也, 『子どもの本の歴史』, 67쪽.
47 巖谷小波, 「少年文学の将来」, 《東京毎日新聞》, 2月 27日, 1面, 1909.
〔일본어 원문〕
我が国の少年文学は、未だ程度が甚だ低いやうに思う。お伽噺と言えば、誰でも教訓ばなしと心得て、その教訓といふことが、所謂勧善懲悪主義に偏してそれを教へるもののやうに解釈されていた。然し、同じ教訓であるとしても、前世紀、すなおち、過去におけるお伽噺と現在及び未来に対するお伽噺とは、自ら異なったものでなければならない。
48 河原和枝, 『子ども観の近代』, 中央公論社, 1998, 34쪽.

훈성을 비난하고 새로운 아동문학의 세계에서 독창성을 찾으려고 한 것으로 보여진다. 학교 교육에서의 교훈 중심의 이야기를 비난하고 어린이들에게 '재미'를 줄 수 있는 읽을거리를 제공해야 한다고 강조했다. 이러한 글에서 '어린이'를 어른과 다른 특별한 존재로 보지 않았다고 주장하는 것은 억지라고 보여진다.

이와 같은 이와야 사자나미의 동화관은 방정환의 동화관과도 연결된다. 방정환의 호는 '小波'라고 써서 '소파'라고 읽는데 일본어로는 '사자나미'라고 읽는다. 발음은 다르지만 이와야 사자나미의 필명과 일치한다. 이 사실에 대해서 방정환 연구자들 사이에서는 여러가지 설이 전해진다. 이와야 사자나미의 이름을 그대로 따라했다는 답습설이 많지만 방정환이 일본으로 건너가기 전에 그리고 그가 아동문학을 시작하기 전에 존경하던 선배 김기전과 둘이서 각자의 호를 '소춘(小春)'과 '소파(小波)'로 하여 명명했다는 가족의 증언으로 답습설은 일부 사라졌다.[49] 그런 사실을 뒤로 하더라도 위의 두 글에서 이와야 사자나미의 동화관이 방정환의 동화관에 적지 않은 영향을 끼쳤다는 사실을 부정할 수는 없다.[50]

그것은 방정환의 다음 글에 잘 반영되었다. 방정환도 이와야 사자나미의 동화관과 마찬가지로 동화의 요건으로써 가장 중요시한 것은 다

49 이상금(2005), 『소파방정환의 생애—사랑의선물』(110~117쪽); 염희경(2007), 「소파 방정환 연구」(39~42쪽); 염희경(2014), 『소파 방정환과 근대 아동문학』(72~77쪽) 참조.

50 염희경은 방정환과 이와야 사자나미(巖谷小波)의 공통 업적—아동문학의 개척자, 외국 동화의 번안·번역, 옛날이야기의 재화, 동화 구연가, 잡지의 편집자 등—을 가지고 방정환이 이와야 사자나미를 따라한 것처럼 논의되는 연구에 대해서 두 사람이 살았던 시대와 사회적 배경, 아동문학 사조가 달랐다는 점뿐만 아니라 두 사람의 다른 사상과 생애 그리고 이력의 차이에 주목할 필요가 있다고 강조하여 이와야 사자나미의 영향에 대하여 부정했다.(염희경, 「소파 방정환 연구」, 42쪽) 그러나 직접적인 영향 관계에 대해서는 언급하기 어렵지만 방정환의 아동문학에 지대한 영향을 끼친 일본 다이쇼시대의 아동문학을 논하고자 할 때 일본 아동문학의 개척자인 이와야 사자나미의 아동문학을 빼고 논하기는 어렵다. 본문에서 서술하고 있는 것처럼 이와야 사자나미의 오토기바나시관(お伽噺観)을 중심으로 한 아동문학관이 방정환의 동화관에 간접적으로나마 적지 않은 영향을 끼쳤다는 사실은 부정할 수 없다.

름 아닌 '오락'과 '재미'였던 것이다.

> 그 다음에 童話가 가질 요건은 児童에게 愉悅을 주어야 한다는 것입니다. 児童의 마음에 깃븜과 유쾌한 흥을 주는 것이 童話의 生命이라고 해도 조흘 것입니다. 教育 價値 문뎨는 第三, 第四의 문뎨고 첫재 깃븜을 주어야 하는 것입니다. 교육뎍 의미를 가젓슬 뿐이고 아모 흥미가 업스면 그것은 童話가 아니고 俚諺이 되고 마는 것임니다. 아모러한 교육뎍 의미가 업서도 童話는 될 수 잇지만 아모러한 喩悅도 주지 못하고는 童話가 되기 어렵습니다.[51]

방정환은 여기에서 아무런 교육적 의미가 없어도 동화는 될 수 있지만 아무런 유열을 주지 못하는 것은 동화라고 할 수 없다고 강조하고 있다. 즉 동화에서는 교육적 의미보다는 아동의 마음에 '기쁨'과 '유쾌한 흥'을 주는 것이 가장 중요하며 그것이야말로 동화의 생명이라고 단언했다.

이와야 사자나미의 동화관에 대해서 좀 더 거슬러 올라가 보면 그의 아동문학론으로써 최초의 글이라고도 할 수 있는 「메르헨에 대해서(メルヘンについて)」라는 글을 발견할 수 있다. 이 글은 타케시마 하고로모(武島羽衣: 1872~1967)의 비평에 대해서 서간체로 쓴 다음과 같은 글이다.

> 메르헨다운 것, 반드시 교과서의 권위에 파고드는 것에는 미치지 못하고 오히려 타방면에 있어서 그 천직을 다해야 하는 것이라고 확신하는 바이다. 〔중략〕 그런 연유로 소생은 가능한 한 소년의 두뇌에 여유를 주어 그 가슴 속을 크게 넓히는 수단으로써 메르헨을 읽혀야 한다는 것을 마음 속에 새겨야 한다. 한마디로 정리하면 부형이 고분고분하게 따르도록 하려는 아이를 소생은 개구쟁

51 방정환, 「童話作法(童話를作는이에게)」, 《동아일보》, 1925년 1월 1일자, 15면.

이로 만들고 학교에서 말을 잘 듣는 아이를 이쪽은 바보가 되도록 할 것이요.[52]

여기에서 그는 봉건주의를 철처하게 부정하고 어린이에게는 메르헨을 읽혀야 하며 가능한 한 두뇌에 여유를 주어 가슴속을 넓혀야 한다고 강조하고 있다. 종래의 교과서가 강조하는 봉건적인 교육을 부정하고 '오락'을 우선으로 하는 읽을거리를 어린이들에게 제공해야 한다는 이와야 사자나미의 아동문학관은 여기에서 이미 시작되었던 것이다. 이러한 아동문학관은 다음 글에서도 잘 엿볼 수 있다.

> 생각해 보건대 우리의 공상은 뭔지 모르지만 후일의 이상을 낳는 그것이다. 그것을 조금도 생각하지 않고 이 부드러운 두뇌를 처음부터 이치만으로 가득 채워 딱딱하게 다져지는 것을 보고만 있을 것인가.[53]

공상의 나래를 펼치지 못하게 부드러운 두뇌를 이치만으로 가득 채워 딱딱하게 만들려는 학교 교육을 부정하고 공상을 할 수 있는 부드러운 두뇌를 오토기바나시로 더욱 부드럽게 만들어 주어야 한다는 것을 강조하고 있다. 위의 두 글은 다음에 인용하는 방정환의 글과 상통하는 부

---

52 巖谷小波,「メルヘンについて」,『太陽』(1898)(巖谷栄二,「明治のお伽噺」,『児童文学』, 児童文学資料刊行会編, 有精堂, 1977, 75~76쪽에서 재수록)
〔일본어 원문〕
メルヘンたるもの、必ずしも教科書の権限に立入るに及ばず、むしろ他方面に於いて、その天職を尽くすべきものと確信致し候。〔中略〕その故に小生は、出来るだけ少年の頭脳に余裕を与え、その胸宇を豁大ならしめん手段として、メルヘンを読ましめ候心得に御座候。一言以て申さば、父兄がおとなしくさせんとする子供を、小生はわんぱくにさせ、学校で利巧にする子供を、此方は馬鹿にするやうなものに御座候。

53 巖谷小波,「子供に代って母に求む」(1907)(巖谷栄二,「明治のお伽噺」,『児童文学』, 74쪽)
〔일본어 원문〕
けだしわれわれの空想は、何ぞ知らん、後日の理想を生む基だ。それをちっとも考えずに、このやわらかいわれわれの頭脳を、はじめっからりくつづめにして、堅苦しく叩き上げられてたまるものか。

분이 있다.

> 교훈담이나, 수양담은 學校에서 만히 듯는 고로 여긔서는 그냥 재미잇게 읽고 놀자. 그러는 동안에 모르는 동안에 저절로, 깨끗하고 착한 마음이 자라가게 하자! 이러케 생각하고 이 책을 꾸몃습니다.[54]

이 글은 『어린이』 창간호의 편집 후기 같은 것인데 방정환이 어린이들에게 직접 전하는 글이다. 방정환도 역시 교훈이나 수양담은 학교에서 배우고 『어린이』에서는 단지 즐겁게 노는 듯한 기분으로 읽어 주었으면 좋겠다고 전하고 있다. 학교에서의 주입식 교육보다 동화나 동요를 즐기면서 '저절로 깨끗하고 착한 마음'이 자라도록 어린이의 감성을 소중하게 여기고 있는 것이다.

방정환이 『어린이』지의 편집에서 가장 중요시했던 것 중의 하나는 어린이는 '뛰어놀아야 한다'는 것이다. 그는 그 사실을 누구보다 명확하게 이해하고 있었으므로 '놀기 위한 문학'을 만들고자 노력했고 그러한 장으로써 『어린이』를 창간한 것이다. 방정환은 놀이 속에서 자연스럽게 어린이의 정서가 풍부해지고 그리하여 밝아진다고 믿어 의심치 않았던 것이다.

이와야 사자나미와 방정환 사이에서 직접적인 영향 관계를 확인하는 것은 어렵지만 이렇듯 두 사람의 동화관과 아동문학관이 아주 유사하다는 사실을 확인할 수 있다. 방정환의 동화관 및 아동문학관의 근저에는 알게 모르게 이와야 사자나미의 오토기바나시관, 즉 아동문학관이 뿌리를 내리고 있었던 것이다.

---

54 방정환, 「남은잉크」, 『어린이』 창간호, 1923, 12쪽.

(3) 스즈키 미에키치의 '동화'와 동화관

스즈키 미에키치(鈴木三重吉)는 언제부터 '동화(童話)'라는 용어를 사용하기 시작하였으며 그 용어에 자신만의 의미를 부여했던 것일까? 다음 인용문은 1916년에 발표된 '세계동화집(世界童話集)'의 최초 작품으로 스즈키 미에키치가 집필한 『호수의 여자(湖水の女)』의 서문에 실려 있는 글이다. 이것을 보면 타이틀이 '세계동화집'임에도 불구하고 아직 '동화(童話)'가 아닌 '오토기바나시(お伽話)'라는 용어를 사용하고 있다는 사실을 알 수 있다.

> 「호수의 여자(湖水の女)」는 웨일스의 전설, 그 다음의 「바보들 집합(馬鹿ぞろひ)」과 마지막의 「용 퇴치(龍退治)」는 이탈리아의 오토기바나시(お伽話), 「두 사람 나와(二人出ろ)」는 러시아의 오토기바나시(お伽話)로 모두 원래대로의 줄거리를 내가 다시 쓴 것이다.[55]

여기에서 '오토기바나시(お伽話)'라는 용어를 사용한 것은 당시에 유행하였던 이와야 사자나미의 '오토기바나시(お伽噺)'의 영향을 받은 결과라고 볼 수 있다. 그러나 스즈키 미에키치는 『호수의 여자(湖水の女)』를 출판하기 전에 이미 '동화'라는 용어를 사용하여 자신의 동화관에 대해 서술하였다는 사실을 다음 인용문에서 알 수 있다. 이것은 스즈키 미에키치가 코지마 세이지로(小島政二郎: 1894~1994)에게 보낸 서간의 일부이다.

---

55 鈴木三重吉, 「序」, 『湖水の女』, 春陽堂, 1916, 1쪽.
〔일본어 원문〕
「湖水の女」はウエルイスの伝説、そのつぎの「馬鹿ぞろひ」と最後の「龍退治」とはイタリヤのお伽話、「二人出ろ」はロシヤのお伽話で、みんな、もとの、そのままの筋を、私が話し直したものである。

문학의 밭에서 미개의 땅을 찾고자 하니 동화가 남아 있다는 사실을 깨닫게 되었다. 〔중략〕 그래서 사자나미를 시작으로 한 지금 나오고 있는 오토기바나시 같은 것을 몇 편 읽어 보았는데 그 어느 것도 문학이 아니다. 읽을거리이기는 하나 결코 문학은 아니다. 실은 틈이 많은 문장으로 단어에 있어서도 둔감하고 하등한 비유를 아무 거리낌 없이 사용하고 있다. 이래서는 안 된다고 생각한다. 오토기바나시라는 말부터도 비문학적이다. 적당한 용어가 없으므로 일시적으로 나는 동화라고 부를 생각인데 일본 어린이들을 위해서 나는 일류 문학자가 발 벗고 나서서 동화를 집필하지 않으면 안 된다고 생각한다. 그러나 혼자서만 이런 말을 해도 의미가 없으므로 일단 나 자신이 먼저 괭이질을 해 보려고 한다.[56]

스즈키 미에키치는 같은 문필이자 친한 후배였던 코지마 세이지로에게 자신의 아동문학 세계와 동화관에 대해서 자주 이야기를 했었다고 전해진다.[57] 여기에서 그가 『아카이토리』의 창간 이전에 이미 이와야 사자나미의 '오토기바나시(お伽噺)'에 대해서 비판적인 생각을 가지고 있었다는 사실을 알 수 있다. 그는 '오토기바나시'를 문학이 아니라고 강하게 비판하면서 문장과 단어에 대해서도 전면적으로 부정하고 있다. 그리고 '오토기바나시'라는 용어 자체가 비문학적이라고도 지적하고 그

---

56 小島政二郎,「鈴木三重吉」,『「赤い鳥」をつくった鈴木三重吉—創作と自己・鈴木三重吉』, ゆまに書房, 1998, 155쪽.
〔일본어 원문〕
文学の畑で未開の地を求めるとなると、童話が残されていることに気がついた。〔중략〕そこで、小波を始め、今行われているお伽噺なるものを幾つか読んでみたが、どれもこれも文学ではない。読み物ではあっても、断じて文学ではない。実にルーズな文章で、言葉に対しても鈍感で、下等な比喩を平気で使っている。これではいけないと思う。お伽噺という言葉からして、非文学的だ。さしあたっていい言葉がないから、一時僕は童話と呼ぶつもりだが、日本の子どもたちのために僕は一流の文学者が進んで童話を執筆しなければ嘘だと思う。しかし、一人でそんなことを言っていても仕方がないから、取り敢えず僕自身第一の鍬を入れてみようと思う。

57 小島政二郎,「鈴木三重吉」, 155~156쪽.

용어 대신 '동화(童話)'라는 단어를 사용하고자 한다는 강한 의지를 표명하고 있다.

> 그래서 선생님은 동화를 창작하시는 겁니까? 그것이 궁극적인 목적이지만 갑자기 창작이라고 해도 좀처럼 딱 이것이라고 하기는 어려우므로 먼저 옛날부터 일본에 전해지는 오토기바나시를 나의 붓으로 문학의 높이까지 끌고 가보려고 하네. 그리고 나서 사자나미가 하고 있는 것처럼 서양의 명작을 재화하는 것이네. 그만큼의 준비와 연습을 한 후에 처음으로 창작동화에 착수해야 하겠지.[58]

이 글은 코지마 세이지로와 스즈키 미에키치의 대화의 일부이다. 여기에서 알 수 있듯이 그는 이와야 사자나미의 '오토기바나시'는 부정하면서도 그의 공적에 대해서는 인정하고 있었던 것으로 보인다. 『호수의 여자』의 출판에 있어서도 이와야 사자나미를 모방한 것 중의 하나이면서 창작동화를 궁극적인 목표로 하여 동화에서 그의 새로운 세계를 창조하고자 하는 대담한 도전임을 표명하고 있다. 재화나 번역 연습을 하는 것이 동화 창작으로 나아가기 전의 중요한 작업임을 충분히 알고 있었던 것이다. 또 그는 동화를 쓰는 데에 있어서 특별한 의미를 가지고 단어 하나 하나의 선택에서도 마음을 담았던 것이다. 그 예는 다음의 인용문에서 확인할 수 있다. 그리고 여기에서도 스즈키 미에키치의 동화관의 일부를 엿볼 수 있다.

---

58 小島政二郎, 위의 글, 156쪽.
〔일본어 원문〕
それで、先生は童話を創作なさるんですか。それが窮極の目的だが、いきなり創作といってもなかなかオイソレとは出来ないから、まず昔から日本に語り伝えられているお伽噺ね、あれを僕の筆で文学の高さまで持っていって見ようと思っている。それから小波のしているように、西洋の名作のリライトだ。それだけの用意と練習をしたあとで、初めて創作童話に手を染めるべきだろう。

나는 촌사람으로 말의 표현에 있어서도 그렇고 단어에도 사투리가 있어. 소설의 경우는 단어와 표현의 지방주의를 주장하고 싶지만 동화의 경우에는 그 용기가 없어. 무엇보다 표준어, 표준적인 표현을 따르고 싶네.[59]

동화는 어른을 대상으로 한 소설과는 달리 어린이를 위한 문학이므로 단어의 선택에서도 신경을 쓰지 않으면 안 된다. 그것은 반드시 표준어여야만 한다. 이러한 점에서 이와야 사자나미하고는 또 다른 스즈키 미에키치의 독특한 동화 세계가 펼쳐지기 시작한 것이다. 이와야 사자나미는 어린이가 알기 쉽게 또 어린이가 재미있게 읽을 수 있도록 신경을 쓰며 '오토기바나시'를 썼지만 스즈키 미에키치는 그것만으로는 지금까지의 '질이 낮은 읽을거리'에 지나지 않는다고 비난했다. 나아가 '어린이의 순수함을 보전하고 개발하기 위한 동화'를 쓰지 않으면 안 된다는 자신만의 동화관을 확고하게 가지고 있었던 것이다. 그러한 생각을 처음으로 세상에 알린 것이 다음의 『호수의 여자』의 서문이다.

나는 지금까지 세상에 나와 있는 많은 오토기바나시에 대해서 항상 적지 않은 불평을 느끼고 있었다. 단지 이야기를 하고 있을 뿐으로 여러가지 의미로 품위 없는 것이 적지 않다. 단적으로 문장에서만 보더라도 아주 무책임한 속악적인 것이 많다. 이 점만으로도 어린이를 위해서 너무나 씁쓸한 기분이 든다. 그리고 재료 그 자체를 선택함에 있어서도 생각이 모자라다는 것을 가끔 느낀다.[60]

---

59 小島政二郎,「鈴木三重吉」, 156쪽.
〔일본어 원문〕
僕は田舎者で言い回しにも言葉にも訛りがある。小説の場合は、言葉、言い回しの地方主義を主張したいくらいだが、童話の場合はその勇気がない。と言うよりも、標準語、標準的な言い回しに従いたい。

이렇게 스즈키 미에키치는 이와야 사자나미의 '오토기바나시'를 아직 미완성인 아동문학으로 보고 그것을 보충하고자 노력한 것이다. 그러나 이와야 사자나미의 '오토기바나시'든 스즈키 미에키치의 '동화'든 일본의 아동문학사에서는 같은 의미를 가진다. 이 두 용어는 현대의 '아동문학'과 동의어로써 사용되었다고 할 수 있다.

(4) 방정환의 동화관

이상과 같이 '오토기바나시'에서 '동화'로 용어 자체는 변천했지만 그 의미는 결코 변하지 않았다는 사실을 알 수 있다. 그리고 그 각각의 용어에 작가 자신의 동화관, 즉 아동문학관이 반영되어 있었다는 사실도 확인할 수 있었다.

이와야 사자나미의 '오토기바나시'도 스즈키 미에키치의 '동화'도 그들의 시대를 반영한 그들 나름대로의 아동문학관이 드러나 있을 뿐 독자가 느끼는 각각의 문학에 있어서의 의미는 같은 것이 아니었을까 생각된다. 그것은 표현하는 용어가 달랐을 뿐 모두 아동을 위한 문학이었기 때문이다. 이러한 용어의 변천은 있었지만 1920년에 일본으로 건너간 방정환에게는 양자 모두 어린이를 위한 문학이었으며 그렇기 때문에 각각의 동화관이 그에게 큰 영향을 끼쳤음에는 틀림없다. 앞에서도 언급했듯이 이와야 사자나미에게서는 동화의 역사와 '오락' 중시의 동화관을, 또 스즈키 미에키치에게서는 '동화'라는 용어와 함께 어린이를

---

60 鈴木三重吉, 「序」, 『湖水の女』, 1~2쪽.

〔일본어 원문〕

私は、これまで世のなかに出ている、多くのお伽話に対して、いつも少なからぬ不平を感じていた。ただ話しが話されているといふのみで、いろいろの意味の下品なものが少なくない。巣に文章から言っても、ずいぶん投げやりな俗悪なものが多い。この点だけでも子供のために、いかにもにがにがしい気持ちがする。それから、材料そのものの選びかたにも、考えの足りないのが往々ある。

위한 문학을 창조하는 자로서 독자인 어린이들을 위한 배려와 아동문학자로서의 정열을 배운 것으로 보여진다.

이상과 같이 방정환은 그야말로 아동문학의 황금시대라고도 불리는 다이쇼시대에 일본으로 건너가 일본 아동문학계에 적지 않은 영향을 남긴, 이와야 사자나미의 '오토기바나시'라고 명명되었던 아동문학과 '아카이토리운동'과 함께 동화의 혁명을 일으키고자 했던 스즈키 미에키치의 '동화'를 만났다. 그 '동화'를 조선의 어린이들에게 전하고자 노력했던 최초의 작업이 다름 아닌 동화의 번역이었던 것이다. 이와야 사자나미나 스즈키 미에키치와 같이 방정환도 동화 번역부터 시작한 것은 아주 자연스러운 일이었다.

방정환은 이와야 사자나미의 '오토기바나시'에다 스즈키 미에키치의 '동화' 운동을 융합하여 근대 한국에 '동화'라는 장르를 새롭게 개척했다. 이와야 사자나미는 소년문학에 있어서 제일 중요한 요소는 '오락'과 '재미'라고 믿고 거기에다 '미적'이고 '시적'인 문학성을 가미하지 않으면 안 된다고 강조했다. 거기에다 스즈키 미에키치의 예술성을 중요시하는 동화관을 가미하여 방정환의 동화관의 기본이 형성된 것이다. 방정환의 동화 이론에서 보여지는 동화관에 대해서는 제7장에서 보다 상세하게 서술하고자 한다.

4. 방정환의 번역동화집 『사랑의 선물』

1) 『사랑의 선물』 개요

방정환의 생전에 간행된 유일한 단행본인 『사랑의 선물』은 그가 동경 유학 중에 집필한 번역동화집이다. 당시 일본에서 다량으로 번역, 출판되어 있던 안데르센 동화와 그림 동화 등 세계명작동화 열 편을 모아서 번역하여 편집한 이 동화집은 앞서 말했듯이 일본 유학 중이었던 1920년부터 1921년 사이에 집필한 것이다. 1921년에 한국으로 보내져 개벽사에서 편집한 후 『사랑의 선물』이라는 제목으로 1922년 7월에 발행되었다. 1925년에 제8판, 1926년 2월에 제9판, 1926년 7월에는 제10판을 인쇄할 정도로 호평을 얻었다. 발행자는 이돈화(李敦化: 1884~1950), 발행소는 개벽사 출판부 · 박문서관으로 표기되어 있다.

아래는 발행 기록이다.

- 1922년 7월 7일 초판 발행
- 1922년 7월 31일 제2판 발행
- 1922년 8월 30일 제3판 발행
- 1922년 12월 28일 제4판 발행
- 1923년 4월 22일 제5판 발행
- 1924년 4월 27일 제6판 발행
- 1925년 1월 22일 제7판 발행
- 1925년 7월 15일 제8판 발행
- 1926년 2월 12일 제9판 발행
- 1926년 7월15일 제10판 발행
- 1928년 11월 5일 제11판 발행[61]

한 권의 단행본이 7년 동안 11판이나 발행되었다는 것은 그 책이 얼마나 독자에게 사랑을 받았는지를 단적으로 보여 준다. 또 이 책은 1928년 판을 저본으로 하여 2003년에 염희경에 의해서 일부를 현대어로 고

61 방정환, 『사랑의 선물』, 개벽사출판부 · 박문서관 발행, 1928, 제11판 참조.

쳐 우리출판사에서 출판되었다. 거의 80년에 가까운 세월을 지나 새롭게 어린이들 앞에 나오게 된 것에는 많은 연구가들의 노력도 있었지만 방정환에 대한 한국인의 사랑과 존경이 있었기 때문에 가능했다고 할 수 있다.

2) 출판 동기

다음은 『사랑의 선물』 권두에 실린 방정환의 글이다. 당시 일본에서 넘쳐 나던 아동을 위한 서적을 보고 어떻게 느꼈는지가 잘 나타나 있다.

학대밧고, 짓밟히고, 차고, 어두운 속에서 우리처럼, 또, 자라는, 불상한 어린령들을 위하야, 그윽히, 동정하고 아끼는, 사랑의 첫 선물로, 나는 이 책을 짜엇습니다.

신유년 말에 일본 동경 백산 밋에서 소파[62]

이 글에서는 방정환이 일본의 식민지였던 조선의 어린이들을 얼마나 생각하는지가 잘 나타나 있다. 당시 일본에서 넘쳐나듯이 출판되던 아동잡지와 아동을 위한 책을 보고 방정환이 얼마나 조선의 어린이들을 불쌍히 여겼을지, 그리고 그러한 책들을 조선의 어린이들에게 얼마나 보여주고 싶었을지가 절실하게 전해진다.

다음은 서문 대신으로 실린 김기전(1894~1948)의 글 전문이다.

小波兄

여긔에 한 少年이 잇는데 그는 다른 少年들과 가티 사랑하는 아버지와 어머

62 『사랑의 선물』, 1쪽.

니를 가지기는 하엿스나 그 아버지와 어머니는 다른 사람들과 가티 相當한 地位와 知識과 또는 勢力도 가지지 못하고 한갓 남의 餘瀝을 바다 간신 간신히 지내가는 사람이라 하면 그의 子女로 태여난 그 少年의 身勢가 果然 어떠하겟습니까.

오늘날 우리 朝鮮의 少年 男女를 생각할 때에 이러한 생각이 몹시 납니다. 저-아버지와 어머니들이 끌끌치 못함으로 因하야 그들조차 시원치 못한 者가 되면 어찌하며 그들이 不幸으로 그리 된다하면 朝鮮의 明日을 또한 어찌하겟습니까.

이러케 생각하올 때에 저는 저- 少年들의 身上이 限업시 가여웟스며 同時에 우리 槿域의 明日이 말할 수 업시 걱정스러웟습니다. 그러나 저- 流行의 有志들은 이 問題를 그러탓 안탑갑게 생각하는 것 갓지도 아니합듸다.

이제 兄님이 그 問題에 애가 타시어 그 배우고 考究하는 바쁜 살림임도 돌보지 아니하고 저- 가여운 少年들이 웃음으로 닑을 조흔 冊을 지여 刊行하시니 이 冊을 닑을 少年들의 多幸은 말도 말고 爲先 제가 깃거워 날뛰고 십사외다.

이러케 이러케하야 하나식 둘식 少年의 心情을 豊盛케 하여 주는 글이 생기고 또 다른 무엇 무엇이 생기며 이리됨에 딸하 社會의 사람 사람이 다가티 이 少年 問題의 解決에 뜻을 두는 사람이 되게 되면 朝鮮의 少年 男女도 남의 나라의 少年들과 가티 퍽 多幸한 사람들이 되겟지요.

兄님이시어 感謝 感謝합니다. 모든 일이 아즉 아즉이오니 朝鮮의 가여운 동무들을 爲하야 더욱 더욱 써 주시오.

이에 向하야는 제가 또한 잇는 힘을 아끼지 아니하리이다. 삼가 두어 마디의 書簡으로써 이 고흔 冊의 序文에 代하니이다.

1922年 元旦 金起田[63]

63 『사랑의 선물』, 2~4쪽.

김기전은 방정환이 존경하던 선배로 같은 천도교의 중심 인물이며 소년운동과 아동문학 운동에서 방정환과 함께 활약한 인물이다. 방정환이 일본을 중심 무대로 활약하고 있었을 때 김기전은 한국에서 모든 운동의 준비를 담당하고 있었다. 그러한 존재였던 그가 방정환의 번역동화집 출판을 얼마나 기뻐했는지가 이 글에 잘 나타나 있다. 또 당시의 조선이 어떤 상황에 놓여 있었는지, 조선의 어린이들이 얼마나 불쌍한 상황에 놓여 있었는지를 단적으로 보여주고 있다. 김기전도 방정환과 마찬가지로 아동문학에 의해 어린이들의 정서가 풍요로워진다고 보고 조선의 어린이들이 부득이하게 처해 있는 상황에서의 많은 문제를 해결하고자 노력했다는 것을 알 수 있다. 김기전은 『사랑의 선물』을 그러한 심정의 구현으로써 생각했음에 틀림없다.

3) 목차

다음은 1928년 제11판 『사랑의 선물』의 목차이다.

① 란파션(이태리)

② 산드룡의 류리구두(불란서)

③ 왕자와 제비(영국)

④ 요술왕 아아(시시리아)

⑤ 한네레의 죽음(독일)

⑥ 어린 음악가(불란서)

⑦ 잠자는 왕녀(독일)

⑧ 텬당 가는 길(일명 도적왕)(독일)

⑨ 마음의 꼿(미상)

⑩ 꼿 속의 작은이(정말[64])

이와 같이 모두 열 편의 동화가 수록되어 있고 작품명 뒤에는 원작국명이 표기되어 있다. 기존의 연구와 필자의 조사에 의하면 ①의 「란파션」은 아미치스의 『쿠오레』라는 작품집 속에 마지막에 실려 있는 '이 달의 이야기' 가운데 한 편인 「난파선」이 원작이며 ②의 「산드룡의 류리 구두」는 페로의 「상드룡의 유리 구두」, ③의 「왕자와 제비」는 오스카 와일드의 「행복한 왕자」가 그 원작이다. 그리고 ④의 「요슐왕 아아」는 이탈리아의 한 섬인 시칠리아의 설화 「아아 이야기」가 원작이며 ⑤의 「한네레의 죽음」은 하우프트만의 「한넬레의 승천」이 그 원작이다. ⑥의 「어린 음악가」는 제3장에서 상세하게 서술하겠지만 중역의 저본이 된 일본어 역은 확인했지만 원작자와 원작명은 아직까지 확실하게 밝혀지지 않았다. 일본어 역 제목은 「읽어버린 바이올린(失くなつたヴァイオリン)」이다.[65] ⑦의 「잠자는 왕녀」는 페로의 「잠자는 숲 속의 미녀」로 잘못 전해진 경우가 많은데,[66] 목차에서 독일 작품이라고 표기되어 있는 점이나 내용면에서 보아도 그림동화KHM50 「들장미」가 그 원작임을 알 수 있다. ⑧의 「텬당 가는 길」도 마찬가지로 그림동화 KHM192 「최고의 도둑」이 원작이다. ⑨의 「마음의 꼿」은 목차에도 미상으로 나와 있듯이 아직 원작자와 원작명이 밝혀지지 않았다. 제6장에서 상세하게 서술하겠지만 저본으로 쓰여진 일본어 역은 발견했지만 일본어 역에도 역시 원작자는 명기되어 있지 않아 밝힐 수가 없었다. 일본어 저본의 제목도

---

64 덴마크의 한자 표기. 일본어에서 그대로 옮긴 것으로 보인다.

65 염희경은 정열모가 1923년 1월에 「일허버린 바이요린」이라는 제목으로 《조선일보》에 번역 소개한 작품이 필자가 방정환이 사용한 저본으로 제시한 일본어 역 마에다 아키라의 「읽어버린 바이올린(失くなつたヴァイオリン)」임을 밝히고, 정열모가 마에다 아키라의 작품을 거의 그대로 직역하였다고 덧붙였다. 그리고 방정환 역과 정열모 역, 그리고 마에다 아키라 역을 비교분석함과 동시에 방정환이 이 작품을 번역한 의도와 그 의의를 견실하게 분석했다. (염희경 『소파 방정환과 근대 아동문학』, 경진출판, 2014, 184~188쪽)

66 제1장에서 서술한 바 있는 것처럼 실제로 仲村修(1999), 「方定煥研究序論—東京時代を中心に」; 이기훈(2002), 「1920년대 〈어린이〉의 형성과 동화」, 그리고 이상금(2005), 『소파 방정환의 생애—사랑의 선물』에도 잘못된 정보가 그대로 기록되어 있다.

「마음의 꽃(心の花)」이다. ⑩의 「꽃 속의 작은이」는 원작국명란에 '정말(丁抹)'이라고 표기되어 있는 것에서도 추측할 수 있듯이 덴마크의 안데르센 동화 「장미 요정」이 그 원작이다.

『사랑의 선물』에는 이상과 같은 열 편의 동화가 수록되어 있는데 이탈리아 동화가 한 편, 프랑스 동화가 두 편, 영국 동화가 한 편, 그리고 독일 동화가 세 편, 덴마크 동화가 한 편, 그 외 두 편으로 가능한 한 여러 나라의 동화를 번역하여 소개하고자 한 방정환의 노력을 엿볼 수 있다. 이렇게 여러 나라의 동화를 선정한 것에는 내용면에서 방정환 나름대로의 선택도 있었겠지만 가능한 한 많은 나라의 동화를 조선의 어린이들에게 읽히고 싶었던 그만의 배려라고도 볼 수 있다.

4) 선전 광고

『사랑의 선물』에 대한 광고는 신문과 잡지에 수차례 게재되었는데 그 대부분이 개벽사 출판부에 의한 것이므로 그다지 객관성은 없다고 볼 수 있다. 그러나 당시 『사랑의 선물』이 얼마나 호평을 받았는지를 알 수 있으며 그 가치와 방정환의 명성이 어느 정도였는지도 엿볼 수 있다. 『사랑의 선물』의 평판에 대해서는 동시대 사람들의 증언에 의해 확인해야 마땅하나 아쉽게도 그러한 증언은 아직 발견되지 않은 실정이므로 뒤에서 소개하는 광고란에서 확인할 수밖에 없다.

이들 광고문에는 내용에 대해서도 소개하고 있지만 '눈물이 날 정도로 슬픈 이야기 책'이라는 것을 가장 강조하고 있다. 그것은 당시 조선이 식민지하의 슬픈 상황이었던 것과도 관계가 있을 것으로 보인다. 아래에 각 광고문의 전문을 소개하면서 당시의 광고 상황을 살펴보고자 한다.

(1) 『개벽』지 광고란

『개벽』은 『사랑의 선물』이 출판되기 한 달 전인 1922년 6월부터 선전 광고문을 실었다. 출판 후에도 주된 광고란으로써의 그 역할을 다했다고 할 수 있다. 그 중 두 점을 소개하고자 한다.

가. 제3권 제6호(1922.6)

다음은 『개벽』 제3권 제6호에 실린 광고문과 그 원문 사진이다.

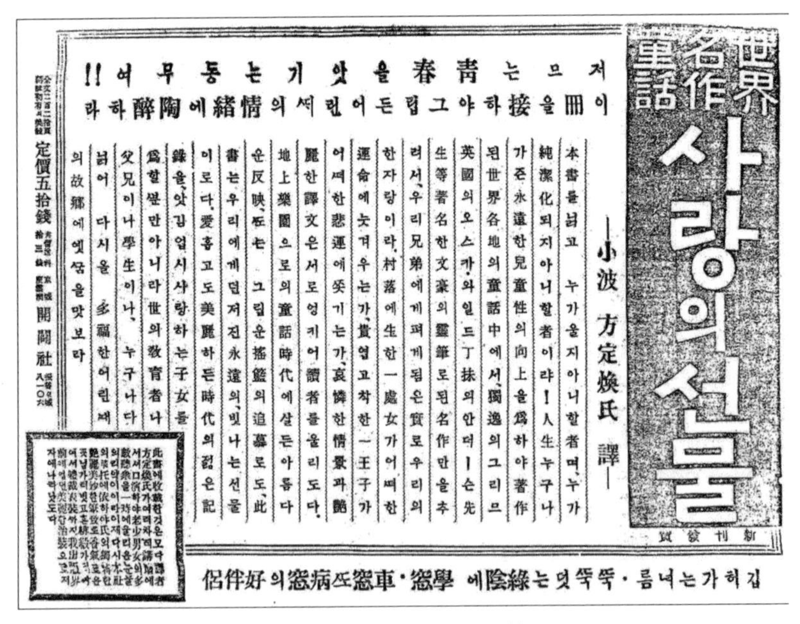

[그림 1-1] 『사랑의 선물』 광고(1)

本書를 닑고 누가 울지 아니할 者며, 누가 純潔化되지 아니할 者이랴! 人生 누구나 가즌 永遠한 兒童性의 向上을 爲하야 著作된 世界 各地의 童話 中에서, 獨逸의 그리므 英國의 오스카·와일드 丁抹의 안더―슨 先生 等 著名한 文豪

의 霊筆로 된 名作만을 추려서, 우리 兄弟에게 펴게 됨은 實로 우리의 한자랑이라. 〔중략〕 地上樂園으로의 童話時代에 살든 아름다운 反映, 또는 그립운 搖籃의 追慕로도, 此 書는 우리에게 던저진 永遠의, 빗나는 선물이로다. 愛흡고도 美麗하든 時代의 젊은 記錄을, 앗김업시 사랑하는 子女를 爲할 뿐만 아니라 世의 教育者나 父兄이나 学生이나, 누구나 다 닑어 다시올 多福한 어린 때의 故鄕에 옛 꿈을 맛보라.

『사랑의 선물』 출판 한 달 전에 실린 최초의 광고로 추정되는 이 글은 2페이지에 걸친 큰 광고문이다. '눈물 나는 동화' '순수한 마음에 호소한 동화'라는 두 가지를 강조하고 있어 동화집 내용을 추측할 수 있는 부분도 있다. 여기에는 제7장에서 고찰하고자 하는 방정환의 동화론의 중심적인 테마라고도 할 수 있는 '영원한 아동성'이라는 표현이 사용되고 있다는 점에서 이 광고문 자체도 방정환 자신이 썼을 가능성이 높을 것으로 추정된다.

나. 제3권 제11호(1922.11)

다음은 『개벽』 제3권 제11호에 실린 광고문과 그 원문 사진이다.

물은 흘러가도다 때는 지나가도다 사람은 울면서 白髮을 맞이하도다 아아 人生 누구가 靑春을 오래 누릴 者이뇨 울고 울고 또 울어도 다시 오지 못할 그립은 靑春을 永遠히 가슴에 품을 수 잇기는 오즉 이 册이 잇슬 분이다 虛僞와 矛盾에 더럽힌 現實의 世界! 煩悶과 悲哀에 가슴 알하하는 젊은 동무의 그윽한 설움을 하소연할 곳이 어대뇨 비오는 날 바람 부는 저녁에 쓸쓸하게 혼차 안저서 눈물이 고일때 아아 불상한 동무여 그대는 이 册을 닑으라

이것은 3판을 낼 때 게재된 광고이다. 이 광고는 동화집 선전으로 보

기에는 어려운 내용이다. 현실의 허위와 모순에 당황하여 방황하는 청소년들에게 호소하는 것처럼 보이기도 하고 늙어 가는 자신의 청춘을 안타까워하는 어른들에게 호소하는 것처럼 보이기도 한다. 그러한 내용의 선전 문구이므로 얼핏 눈물 나는 성인 소설을 선전하고 있는 것처럼 보이기도 한다. 동화집 광고로써의 역할을 따지자면 그 역할을 충분히 행하고 있다고 보기는 어렵다.

小波 方定煥氏譯 世界名作童話 사랑의 선물 忽三版

定價五拾錢 郵稅拾參錢

京城府慶雲洞八十八番地

開闢社出版部發行

振替口座京城一〇六

[그림 1-2] 광고(2)

(2) 《동아일보(東亞日報)》 광고란

『사랑의 선물』의 광고란으로써 두 번째로 큰 역할은 한 것은《동아일보》였다. 1920년4월에 창간된《동아일보》는 조선총독부가 발행한《매일신보》와는 다른 성격을 가진 조선 민중을 위한 신문으로서 활약했다. 개벽사나 방정환과의 직접적인 관계에 대해서는 본 연구의 논외이지만 정부를 잃은 당시 조선인들의 교육과 계몽의 역할을 짊어진 신문으로서 이러한 어린이들을 위한 동화집을 선전하는 것은 당연한 일이었을 것이다.

가. 《동아일보》 1922년 7월 7일, 7월 10일자 1면

1922년 7월 7일과 10일 두 차례에 걸쳐 다음의 [그림 1-3]과 같은 광고가 게재되었다.

[그림 1-3] 광고(3)

'새롭고 어여쁘고 재미있는 책의 새 탄생을 얼마나 젊은 사람의 가슴에 기쁨과 행복을 주는 일일가' 라는 문구로 시작하는 이 광고문은 위 절에서 본『개벽』의 광고문과 내용적으로 중복되므로 개벽사 기자가 썼다고 한다면 방정환이 직접 썼을 가능성이 높은 광고문을 참고로 하여 썼거나 아니면 이것도 방정환 본인이 직접 쓴 글일 수도 있다. 마지막 부분에는 '회고의 한에 우는 동무여 다시 못 올 어린 날의 깨끗한 이 기록을 껴안고 날이 저물도록 같이 울자 자꾸 울자……'라는 문장으로 마무리 지어 감동적이고 슬픈 내용이라는 것을 강조하고 있다.

나. 《동아일보》 1922년 7월 19일자 1면

그 열흘 후에 발간된 《동아일보》에는 또 다음과 같은 큰 광고가 실렸다.

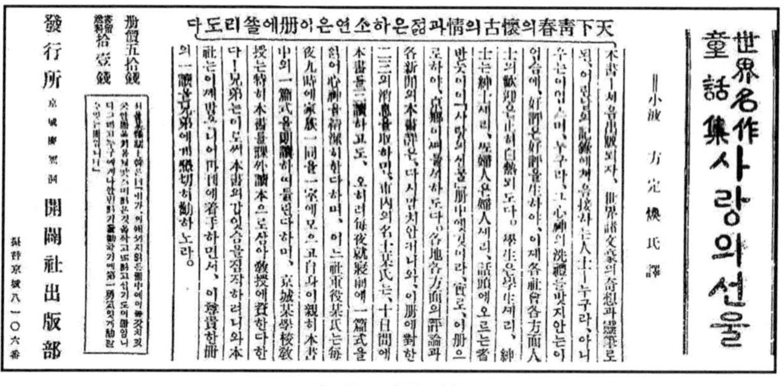

[그림 1-4] 광고(4)

本書—처음 出版되자, 世界 諸文豪의 奇想과 靈筆로 된, 어린날의 記錄에 처음 接하는 人士—누구라, 아니 우는 이 업스며, 누구라, 그 心神의 洗禮를 맛지 안는 이 업슴애, 好評은 好評을 生하야, 이 제 各 社會 各 方面 人士의 歡迎은 正히 白熱되도다. 〔중략〕 市內의, 十日間에 本書를 三讀하고도, 오히려 每夜 就寢 前에 一篇式을 읽어 心神을 精潔히 한다 하며, 어느 社 重役 某氏는 每夜 九時에 家族 一同을 一室에 모으고 自身이 親히 本書 中의 一篇式을 朗讀하여 들린다 하며, 京城 某學校 教授는 特히 本書를 課外 讀本으로 삼아 教授에 資한다 한다! 兄弟는 이로써 本書의 갑잇슴을 짐작하려니와 本社는 이제 밤은 니어 再刊에 着手하면서, 이 尊貴한 册의 一讀을 兄弟에게 懇切히 勸하노라.

여기에서도 역시 '울지 않을 자는 없다'며 눈물 나는 내용임을 강조하고 있다. 그러나 어딘가 어린이들만을 향한 것이 아닌 모든 일반 독자층에게 선전하고 있는 것처럼 보이며 특히 어느 회사의 중역이나 교수 같은 계층의 높은 사람들이 읽고 있다고 어필하면서 이 책의 인기가 대단하다는 것을 강조하고 있다. 현실적으로 신문 독자는 어린이가 아닌 어른이라는 사실은 말할 필요도 없고 먼저 어른들에게 선전하지 않으면 가난한 나날을 보내고 있던 당시 조선의 어린이들의 손에 들어가기는 어려웠을 것이라는 사실은 쉽게 짐작할 수 있다.

다. 《동아일보》 1922년 7월 27일자 1면

初版五千部는十日間에賣盡되야出版界의레코-드를突破하얏도다!!

再版·再版出來!!!

朝鮮初有의大好評!

사랑의선물의再版!

社會各方面人士의本書歡迎은實로白熱되야五千의、만흔册이僅히十日間에賣盡되는出版界空前의一大奇蹟을呈하얏도다。

보라! 紳士、婦人、青年、女學生、小學生 各階級의好評읫소리는全朝鮮구석구석에떠돌아册은絕版되고도注文은山갓치밀리여大東株式의印刷職工은連日夜勤을繼續하야、이册의再刊에努力하엿고、이册의高尙하고도偉大한感激에接한젊은讀者로서의感謝의文과地方各少年會、青年會로서의、뜻깁흔謝狀이每日四五通式來到하야、참으로우리出版界의一大驚異를지엇도다。

册價五拾錢 送料拾參錢

發行發 開闢社出版部

[그림 1-5] 광고(5)

社會 各 方面 人士의 本書 歡迎은 實로 白熱되야 五千의, 만흔 册이 僅히 十日間에 賣盡되는 出版界 空前의 一大 奇蹟을 呈하얏도다. 〔중략〕 이 册의 高尚하고도 偉大한 感激에 接한 젊은 讀者로서의 感謝의 文과 地方 各 少年會, 青

年會로서의 뜻깁흔 謝狀이 每日 四五通式 來到하야, 참으로 우리 出版界의 一大 驚異를 지엇도다.

여기에서도 중심적인 내용은 재판에 대한 기사이다. '초판 오천부는 10일간에 매진되어 출판계의 레코트를 돌파하였도다'라는 표제어가 눈에 띈다. 당시로는 『사랑의 선물』의 재판이 경이적일 정도로 잘 팔렸었다는 사실을 강조하고 있다. 그 이유로는 방정환의 이름이 얼마나 유명했었는가 하는 사실과 어린이를 위한 읽을거리, 즉 동화집이 드물었었다는 사실도 들 수 있다. 그러나 앞에서도 서술했듯이 거의 모든 광고는 개벽사에 의한 것이었으므로 객관성이 많이 떨어지며 '고상하고 위대한 감격' 등 과장된 표현이 많다.

라. 《동아일보》 1922년 9월 9일자 1면

[그림 1-6] 광고(6)

봄뎔에 싹 돗는 새풀에, 初春의 慈雨가 나리듯, 오랫동안 몬지 안즌 人間의

心靈에, 本書의 出版은 春雨가치 나리 적신지라. 果然!! 天下人気는 이 冊에 集中되야, 初版 再販 壱萬部를 僅々 三十日間에 賣盡하야 我 出版界 空前의 新記錄을 作하고도, 重版 又 重版, 이제 三版을 거듭함에 不拘하고 注文은 날이 갈스록 激增되야, 狂浪갓치 殺到하도다. 보라! 學校에서까지 本書를 課外 讀本을 삼은 곳이 잇고 病院에서까지 數만흔 看護婦에게 이 冊을 주어 病者에게 들녀 주는 곳이 잇는지라 日前, 市内 어느 病院에서 退院한 某氏는 말하되 "入院中에 看護婦가 닑어 쥰 이약이는 내 一生에 닛지 못하게 만흔 慰安을 엇은 것이라. 나는 그 어엽브고 尊貴한 冊을 사 두고 常時 愛讀하기로 하얏다"하며 市内 某女学生은 이 冊을 닑고 無限한 感激에 울엇다하야 어린날의 哀憐한 日記를 써 오도다. [중략]

따뜻한 南国 伊太利 빗 붉은 꼿 그늘에 훌적이는 어린 処女의 우름 소리! 北欧에 쏘다지는 눈 속에 외로이 쫏기는 少女의 발자최! 아아 젊은 서름 懷古의 情에 우는 동무여 때는 正히 가을이라 燈火를 갓가히 하고 冊 닑을 季節이 왓도다. 다시 못 올 어린날의 깻긋한 이 記錄을 껴안고 날이 졈으도록 갓치 울자 작고 울자 感傷의 가을을 작고 울자…………

약 두 달 후인 9월에는 3판에 대한 광고가 실렸다. 여기에서도 학교에서 독본으로 쓰고 있다는 점이나 병원에서까지 읽혀지고 있다는 사실을 소개하면서 『사랑의 선물』이 얼마나 인기였는지를 강조하고 있다. 다른 광고문과 마찬가지로 마지막 부분에서는 '울자 작고 울자'고 강조하면서 슬픈 내용이라는 것을 암시하고 있다.

(3) 『어린이』지 광고란

『사랑의 선물』이 출판되고 얼마 되지 않은 시기에는 주로 윗 절에서 서술한 『개벽』과 《동아일보》가 그 광고 일을 담당하고 있었지만 그 이

후에는 『어린이』가 그 역할을 맡게 된다. 『어린이』지에 실린 광고문은 어른을 대상으로 한 『개벽』과 《동아일보》와는 달리 한자어를 거의 쓰지 않고 한글로 써서 어린이 독자들과 한자를 잘 모르던 독자들을 배려했음을 알 수 있다.

가. 『어린이』 제2권 제3호(1924.3)

[그림 1-7]은 다음과 같은 광고문과 함께 『어린이』 제2권 제3호에 실린 광고이다.

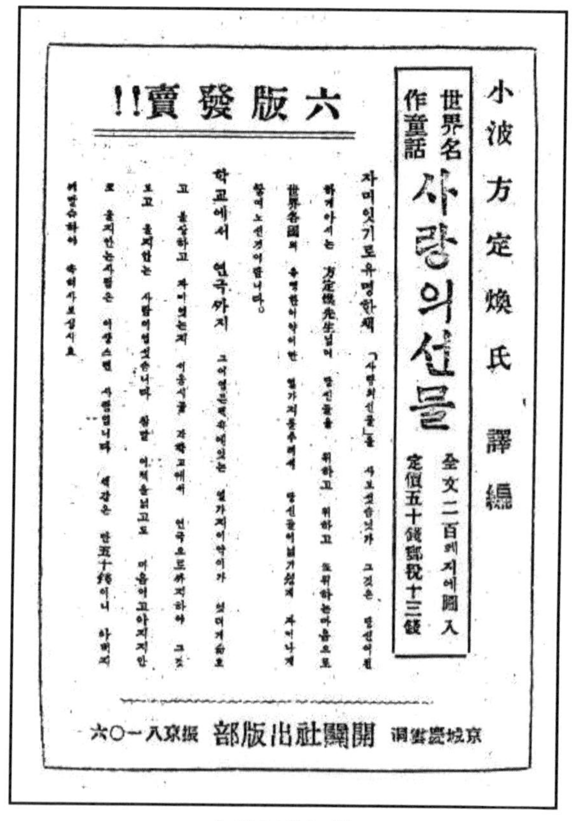

[그림 1-7] 광고(7)

자미잇기로 유명한 책「사랑의선물」을 사 보섯슴닛가. 그것은 당신이 친하게 아시는方定煥 先生님이 당신들을 위하고 위하고 또 위하는 마음으로 世界各國의 유명한 이약이만 열가지를 추려서 당신들이 닑기 쉽게 자미나게 꿈여노신것이랍니다.

학교에서 연극까지 그 어엽븐 책 쇽에 잇는 열가지 이약이가 엇더게 슯흐고 불상하고 자미잇는지 서울 시골 각 학교에서 연극으로까지하야 그것 보고 울지 안는 사람이 업섯슴니다. 참말 이 책을 닑고도 마음이 고아지지 안코 울지 안는 사람은 이상스런 사람임니다. 책갑은 단 五十錢이니 아버지께 말슴하야 속히 사보십시요.

여기에서도 앞에서 서술한 것처럼 '눈물 나는 책'이라는 이미지를 강하게 어필하고 있다. 이것이 '색동회' 회원들에게도 비난받았듯이 방정환 문학은 '눈물주의' 문학이라고 하는 비판이 생겨나게 된 계기가 된 것은 아닐까 추측된다.[67] 이재복(1995)은 이와 같은 눈물 나게 하는 슬픈 스토리는 결국 당시 어린이들의 삶을 구체적으로 반영한 것이 아닌 단지 로망적인 환상 속에서 어린이들을 울리기만 한다고 비판하고 있다. 나아가 어린이들에게 식민지의 현실 속으로 들어가게 하여 그 현실을 직시하게 하고 자신들의 처지와 현재의 괴로움이 어디에서 오는가를 눈물이 아닌 강한 현실 체험에 의해 느끼게 하지는 못했다고 강하게 비판했다. 그리고 다만 눈물을 흘리게 하는 것만으로 자신을 객관적으로 보는 힘을 더욱 약하게 만들었다고 지적하고 이러한 '눈물주의'는 현실을 포기하게 하여 심리적으로 허탈감에 빠지게 하는 결과를 낳을 뿐이라고 강조했다.[68] 그러나 이러한 광고를 보면 방정환 자신이 그러한 '눈물

67 정인섭은 색동회의『어린이』합평회에서 '『어린이』에게는 슬프고 눈물 나는 내용이 많으므로 그것을 더 밝은 쪽으로 편집해야 한다'는 의견이 나왔다고 증언했다.(정인섭,『색동회 어린이 운동사』, 학원사, 1975, 64쪽)

68 이재복,『우리 동화 바로 읽기』, 한길사, 1995, 21~22쪽.

나는 문학'을 지향했다기보다는 오히려 독자들이 그것을 강하게 원하고 있었던 것은 아닐까 하는 생각도 들게 한다.

나. 『어린이』 제2권 제4호(1924.4)

그 한 달 후에는 또 다음과 같은 광고문이 『사랑의 선물』 표지와 함께 게재되었다.

[그림 1-8] 광고(8)

이 어엽븐 冊이 유명한 『사랑의 선물』임니다. 方定煥 氏가 어린이들을 위하야 번역하신 세계에 유명한 이약이冊임니다. 이 유명한 冊을 아즉 못 낡엇스면 남 붓그러운 일임니다. 그 冊 속에는 세계에 유명한 이약이만 열 가지나 추려 노은 한업시 자미잇는 冊입니다. 할아버지 할머니 아버지 어머니 누님 옵바 아모나 보는대로 자미잇서하는 冊임니다. 冊갑은 五十錢, 送料는 十三錢임니다. 곳 사보십시요.

[그림 1-8]에서는 현존하지 않아 실제로 확인할 수 없는 『사랑의 선물』 초판본 표지를 광고용으로 편집했을 가능성이 있는 그림을 확인할 수 있다.[69] 이 광고에서는 '이 유명한 책을 아직 못 읽었으면 남부끄러운 일입니다'라는 등 개벽사 출판부에 의한 과도한 문장이 눈에 띈다. 그러나 이 광고가 게재된 것은 이미 5판이 발행되고 그 인기가 점차 늘고 있을 때였다. 이러한 객관성이 결여된 문장이어도 방정환의 명성을 알고 있는 사람이라면 아직 읽지 못한 것에 대해 정말로 부끄럽게 여겼을지도 모른다. 게다가 이러한 광고의 영향이었는지 11판까지 발행하게 되는 기록을 남길 수 있었던 것이다. 다음 광고문에는 그 사실이 더욱 잘 나타나 있다.

다. 『어린이』 통권 제43호(1926.9)

다음은 『사랑의 선물』 제10판 발행을 기념하여 『어린이』에 실린 광고문이다.

---

69 염희경은 1930년 7월에 발행된 『어린이』지의 한 페이지에서 초판본으로 추정되는 표지를 발견하고 위 [그림1-8]은 초판본 표지를 광고용으로 편집한 것으로 보았다. 또한 이 표지 그림이 쿠스야마 마사오(楠山正雄)가 펴내고 오카모토 키이치(岡本帰一)가 삽화를 그린 『세계동화보옥집(世界童話宝玉集)』(冨山房, 1916)의 '9월' 표지 그림에 나오는 삽화에서 가져왔다는 사실을 밝혔다.(염희경, 「초창기 번역동화집 『금방울』과 『사랑의 선물』 표지 이야기」, 『근대서지』 제22호, 2020, 391~393쪽.)

方定煥 氏의『사랑의 선물』긔어코 十版 새册 發賣!! 朝鮮서 이보다 더 만히 팔니는 册이 잇슴닛가. 朝鮮서 이보다 더 자미잇는 册이 잇슴닛가 크지도 안흔 족고만 册『사랑의 선물』이 이러케 무섭게 만히 팔니는 것을 보고 누구던지 놀랍니다. 그러나 단 한번이라도 닑어 본 이는 그 까닭을 암니다. 世界 各國에서 가장 자미잇는 이약이만 골르고 골라서 小波 方定煥 氏가 자미잇게 자미잇게 번역하신 것이라 첫장만 닑으면 끗장까지 안 보고는 놋치 못하게 자미잇는 까닭임니다. 한번 닑은 이도 작고 작고 닑음니다. 아즉 못 본 이는 지금 곳 주문해

[그림 1-9] 광고(9)

닑어 보십시요. 언문만 알면 누구던지 닑을 수 잇습니다.

一册五十錢送料十四錢京城鐘路二丁目八二 博文書館 振替口座京城二○二三番

[그림 1-9]에서는 '10版10版'이라는 표제어가 눈에 띈다. 이것은 1926년에 박문서관이 10판을 발행한 기념으로 게재된 광고문이다. 앞에서 서술한 것처럼 수년에 걸쳐서 10판, 11판까지도 발행되었다는 것은 물론 특필할 만한 일이지만 이 사실에서 당시 어린이들에게 읽힐 수 있는 아동 서적이 그 정도로 없었다는 사실 또한 추측할 수 있다. 그리고 '언문만 알면 누구든지 읽을 수 있다'고 광고하여 어린이 독자들과 한자를 잘 모르는 독자들을 배려한 책이라는 것을 강조하고 있다.

그 어떤 광고에서도 빠짐없이 '울고 울리는'이라는 표제어를 강조하여 방정환의 집필 의도가 마치 '울리는' 것에 있는 것처럼 선전하고 있다. 앞서 서술한 것처럼 일부 연구자들에게 '눈물주의'라고 비판받고 있지만 사실은 식민지하에 놓여 있는 민족의 상황이라는 시대 배경이 그러한 것을 요구했을지도 모른다. 개벽사 출판부는 조국을 빼앗긴 민족의 슬픔을 마치 이 한 권의 책을 읽게 함으로써 한없이 울게 하여 카타르시스를 느끼게 하는 것으로 조금이나마 잊게 하고자 한 것은 아닐까 추측된다.

정인섭(1975)은 당시의 조선은 민족 전체가 상황적으로 억압을 받고 있었기 때문에 그들은 슬픈 이야기, 즉 눈물 나는 내용에 아주 감동했다고 증언하고 있다.[70] 그러나 『어린이』 합평회 때 '색동회' 회원들은 어린이를 더욱 강하게 키우기 위해서는 눈물만을 주어서는 안 되고 용기를 주지 않으면 안 된다는 의견을 제시했다는 기록이 남아 있다. 이 의견에

---

70 정인섭, 『색동회 어린이 운동사』, 64쪽.

대해서 방정환은 '눈물을 모르고는 웃을 수 없다'고 주장했다는 기록 또한 남아 있다.[71] '슬플 때는 마음껏 울게 하고' '웃고 싶을 때는 마음껏 웃는다'는 방정환의 동화관이 이 『사랑의 선물』에도 잘 나타나 있으며 그러한 어린이들을 위한 사랑이 이 한 권을 탄생시킨 것이다.

71 정인섭, 『색동회 어린이 운동사』, 64쪽.

제3장

방정환의 번역동화와 『킨노후네』[1]

1. 들어가기

앞 장에서도 밝혔듯이 방정환이 일본에 가게 된 시기는 1920년설이 가장 유력하며 그 때문에 이 해는 방정환이 동화를 번역하기 시작한 해라고도 할 수 있다. 방정환의 최초의 번역동화인 「왕자와 제비」(『천도교회월보』, 1921.2, 『사랑의 선물』, 1922)의 저본은 1920년 5월에 간행된 『킨노후네(金の船)』 제2권 제5호에 실린 사이토 사지로(斎藤佐次郎: 1893~1983) 번역의 「왕자와 제비(王子と燕)」로 추정된다. 또한 제2권 제4호(1920.4)에 실린 마에다 아키라(前田晁: 1897~1961) 번역 「잃어버린 바이올린(失くなつたヴァイオリン)」은 『사랑의 선물』의 여섯 번째 작품인 「어린 음악가」의 저본으로 추정된다. 그러므로 『킨노후네』는 근대 한국에 번역동화가 유입되는 과정에서 크나큰 의미를 가진다. 나카무라 오사무(仲村修: 1999)가 논했듯이 방정환이 1920년 9월에 일본으로 건너갔다고 한다면 그는 일본에 건너가자마자 발행된 지 얼마 되지 않은 『킨노후네』의 이 두 권을

1 본 장은 졸론, 「方定煥の翻訳童話と『金の船』」를 부분적으로 수정 보완한 것이다.(『日本文化研究』 제22집, 한국동아시아일본학회, 2007, 375~398쪽)

찾아내어 읽기 시작한 셈이다. 발행된 지 1년도 채 되지 않았지만『킨노후네』는 아주 호평을 받았기 때문에 손에 넣는 일이 어렵지는 않았을 것이다. 방정환은 이 잡지의 번역동화뿐만 아니라 광고란에서도 다른 작품을 선정하는 힌트를 얻은 것으로 보여진다. 그러므로 이 장에서는 광고도 자료로 사용하면서 논하고자 한다.

2.『킨노후네』와 사이토 사지로

『킨노후네』는 1919년 10월에『아카이토리(赤い鳥)』(1918.7~1936.8, 赤い鳥社)의 동화를 읽고 감명을 받은 한 무명의 문학청년이던 사이토 사지로[2]가 창간한 아동문예 잡지이다.[3] 1918년에 나쯔메 소세키(夏目漱石: 1867~1916)의 제자였던 스즈키 미에키치가 문단의 저명 작가들을 맞이하여『아카이토리』를 중심으로 동화·동요 운동을 일으키고 그 다음 해 1919년에는 오가와 미메이와 하쯔야마 시케루(初山滋: 1897~1973)를 중심으로 한『오토기노세카이(おとぎの世界)』(1919.4~1922.10, 文光堂)와 아키타 우자쿠와 야마무라 보쵸(山村暮鳥: 1884~1924)에 의한『코도모잡지(こども雑誌)』(女子文壇社)가 창간, 발행되고 그 뒤를 이은 것은『킨노후네』이다.

이 네 잡지들은 모두 각 회마다 동화와 동요를 게재하고 비슷한 기획을 꾀하여 독자들의 작품을 모집하는 등 아동문학의 전성기를 누렸다. 이 시기에는 제2장에서 언급했듯이 스즈키 미에키치가 그 상황을 보고

2 사이토 사지로는 유복한 가정에서 태어나 와세다대학 영문학과를 졸업한 후 바로 토요대학 철학과에 편입하여 청강을 하는 등 문학청년 시절을 보낸다. 비록 같은 시기는 아니지만 토요대학 철학과에서 문학 수업을 청강했다는 사실에서도 방정환과 깊은 인연을 느끼게 한다. 그는 지인이 우연히 보여 준『아카이토리』를 계기로 인생이 바뀌었다고 회고했다.(斎藤佐次郎,「『金の船』=『金の星』の回顧」,『雑誌「金の船」=「金の星」復刻版解説』, ほるぷ出版, 1983, 175쪽)

3 斎藤佐次郎,「『金の船』=『金の星』の回顧」,『雑誌「金の船」=「金の星」復刻版解説』, 174쪽.

통렬한 비판을 한 사건도 있었다. 『아카이토리』는 《도쿄아사히신문(東京朝日新聞)》에만 매호의 광고를 실었는데[4] 어느 기간에는 그 광고문의 첫 줄에 "1년 반 사이에 원숭이 세 마리를 나은 순예술적 기조(奇鳥)"라는 문구를 넣어 『아카이토리』를 '순예술적 기조'라고 하고 다른 세 잡지를 『아카이토리』를 모방한 '세 마리의 원숭이'라고 칭하여 비판을 계속했다. 『오토기노세카이』 편집자였던 이노우에 타케이치(井上猛一: 1895~1996)는 그런 스즈키

[그림 2-1] 『킨노후네(金の船)』 창간호

미에키치에게 항의 편지를 보내었고 그 편지에 대한 스즈키 미에키치의 답장을 「모방 잡지에 대한 비난—사신의 일절(類似雜誌に対する非難(私信の一節))」이라는 제목으로 『오토기노세카이』 1920년 5월호에 실었다. 물론 이것은 큰 화제가 되었다. 세 잡지에 대한 스즈키 미에키치의 비난은 시대의 대사건이었던 것이다.

『킨노후네』는 1922년 6월호부터 『킨노호시(金の星)』(이하 『킨노후네』=『킨노호시』)로 이름을 바꾸고 발행소도 킨노호시사(金の星社)로 바뀌었는데 1930년 7월 폐간 전까지 통권 127권을 발행했다. 다음은 창간호에 내건 『킨노후네』 창간 포부이다.

---

4 『아카이토리』의 광고는 1918년 7월 12일부터 1921년 1월까지 《도쿄아사히신문(東京朝日新聞)》 1면에 계속해서 실렸다. (斎藤佐次郎,『斎藤佐次郎 · 児童文学史』, 金の星社, 1996, 102쪽, 531쪽)

최근에 어린이들의 읽을거리에 신운동이 시작되었습니다. 〔중략〕 이 존경할 만한 신운동은 어린이의 읽을거리를 시적, 예술적 방면으로 충분히 개척했습니다. 그러나 아쉽게도 어린이들에게 없어서는 안 될 도덕적, 교훈적 방면을 등한시하는 경향이 있습니다. 게다가 정도가 더 심해져 어린이의 읽을거리에 어울리지 않는 모습까지 보이기 시작했습니다. 우리는 이 신운동의 의미 있는 방면은 어디까지나 본받을 것입니다. 그러나, 동시에 그 부족한 방면을 보충해 가지 않으면 안 된다고 생각합니다. 아무리 교훈적인 방면이 어린이들에게 필요하다고 해도 우리는 학교에서 가르치는 수신(修身)을 이 잡지 안에서 반복하고자 하는 것은 아닙니다. 수신담은 학교에서 매일 듣는 것으로 충분합니다. 그 때문에 우리는 불란서 같은 나라의 교과서처럼 재미있는 동화 안에서 사람으로서 스스로 배워야 할 것을 가르쳐 주고자 함을 발표하려고 합니다. 그러나 이런 종류의 이야기만 실으려고 하는 것은 아닙니다. 품위 있고 쾌활하고 유머러스한 이야기는 어린이들에게 없어서는 안 될 것이므로 이 방면에서도 물론 최선을 다할 것입니다.[5]

종래의 아동 서적의 장점 그리고 단점을 아주 예리하게 파악한 후 좋은 점은 받아들이고 동시에 부족한 점은 보완하여 어린이들을 위한 더

---

5 『金の船』 創刊号, キンノツノ社, 1919.10, 1쪽.
[일본어원문]
近頃になつて、こどもの読物に新運動が起こりました。[중략] 此の尊敬すべき新運動はこどもの読物の詩的、芸術的方面を十分に開拓しました。しかし、惜むらくはこどもに無くてはならぬ道徳的、教訓的方面を閑却している傾向があります。その上、程度が高まり過ぎて、こどもの読物らしくない観をさへ呈して来ました。吾々は此の新運動の意義ある方面は何処までも見習って行きます。併し、同時にその足りない方面を補って行かなければならないと思ふのです。如何に教訓的な方面がこどもに必要だからと言って、吾々は学校で教へる修身を雑誌の上で繰返さうとするのではありません。修身的お話は、学校で毎日聞かせるので沢山です。それ故吾々は仏蘭西などの教科書の様に、面白い童話の中から自ら人として学ばねばならぬ事を教へて行く様なものを発表したいと考へてゐます。併し、此の種の話ばかりを掲げやうとするのではありません。上品な、快活な、ユーモラスな話は、こどもになくてはならぬものですから、此の方面にも力を尽して行く事は勿論です。

욱 나은 서적을 만들고자 한다는 창간에 대한 포부이다. 거기에다 시적이고 예술적인 부분을 잊지 않고 해외의 문예문화의 이식, 일본의 역사와 전통에 대한 재인식, 지방성과 향토성의 중시, '재미'를 중시하고 알기 쉽게 쓰자는 배려 등을 편집 방침으로 내걸어 크게 환영을 받았다. 그리고 표지와 각 페이지를 장식하는 오카모토 키이치(岡本帰一: 1888~1930)의 동화(童画)와 노구치 우죠(野口雨情: 1882~1945)로 대표되는 동요와 모토오리 나가요(本居長世: 1885~1945), 나카야마 신페이(中山晋平: 1887~1952), 후지이 키요미(藤井清水: 1889~1944)의 동요 작곡, 오키노 이와사부로(沖野岩三郎: 1876~1956)를 중심으로 한 동화와 읽을거리를 제공한 것이 바로 그것이다.[6] 또 네모토 마사요시(根本正義, 1983)도 『킨노후네』를 오락잡지 『소년구락부(少年倶楽部)』와 아동문예 잡지 『아카이토리』와의 융합을 시도하고자 기획된 것이 분명하다고 평가했다.[7] 이와 같은 사이토 사지로의 편집 방침은 훗날 방정환이 『어린이』지를 편집할 때에도 간접적으로나마 큰 영향을 끼쳤다고 할 수 있다.

편집자 사이토 사지로는 다른 잡지에 밀리지 않도록 시마자키 토손(島崎藤村: 1872~1943)과 아리시마 이쿠마(有島生馬: 1882~1974)를 감수자로 앞세우고 화가로는 당시 출판사 후잔보(冨山房)의 '신역회입 모범가정문고(新訳絵入模範家庭文庫)'[8](이하 '모범가정문고') 시리즈의 제3권째인 『그림 오토기바나시(グリム御伽噺)』에 삽화를 그려 그 이름이 알려진 오카모토 키이

6 中森蒔人, 「刊行にあたって」, 『雑誌「金の船」=「金の星」復刻版解説』, ほるぷ, 1983, 1쪽.
7 根本正義, 「『少年倶楽部』と『赤い鳥』との融合」, 『雑誌「金の船」=「金の星」復刻版解説』, 1983, 92쪽 .
8 '신역회입 모범가정문고(新訳絵入模範家庭文庫)' 시리즈는 제4장에서 보다 상세하게 논하겠지만 후잔보(冨山房)가 1915년부터 1921년에 걸쳐서 『아라비안나이트(アラビヤンナイト)』 上 · 下, 『그림 오토기바나시(グリムお伽噺)』 『이솝 모노가타리(イソップ物語)』 『안데르센 오토기바나시(アンデルセンお伽噺)』 『로빈슨 표류기(ロビンソン漂流記)』 『세계동화보옥집(世界童話寶玉集)』 『서유기(西遊記)』 『걸리버 여행기(ガリバア旅行記)』와 같은 세계 동화와 우화에서부터 『일본동화보옥집(日本童話寶玉集)』上 · 下, 『세계동요집(世界童謡集)』까지 전부 12권이나 되는 단행본을 출판했다.

치를 초빙하여 간행을 시작했다.[9] 사이토 사지로는 훗날 『그림 오토기바나시』의 오카모토 키이치의 그림을 보고 이 사람의 그림이라면 『아카이토리』의 시미즈 요시오(清水良雄: 1891~1954) 이상의 것을 그릴 수 있을 것이라고 생각했다고 회고했다.[10] 오카모토 키이치는 쿠로다 세이키(黒田清輝: 1866~1924)의 백마회 연구소(白馬会研究所) 출신이다. 그 이후 키시다 류세이(岸田劉生: 1891~1929)와 키무라 쇼하치(木村将八: 1893~1958), 타카무라 코타로(高村光太郎: 1883~1956) 등과 함께 휴잔회(ヒューザン会)를 만들어 신양화운동(新洋画運動)을 일으켰으며 오사나이 카오루(小山内薫: 1881~1928)의 자유극장이나 시마무라 호게쯔(島村抱月: 1871~1918), 마쯔이 스마코(松井須磨子: 1886~1919)의 예술좌에서 무대 장치를 담당했다. 당시는 31세의 청년 화가였다고 한다.[11]

아동문학 연구가 카미 쇼이치로(上笙一郎, 1983)는 '『아카이토리』의 시미즈 요시오의 그림은 순수회화풍을 중심으로 하고 있어 미술적으로 어느 정도 훈련된 어린이가 아니면 즐기기 어렵다는 난점이 있는 반면 결코 순수회화풍을 부정할 수는 없지만 오카모토의 그림은 『아카이토리』의 시미즈의 삽화보다 설명성이 강해 어린이들도 알기 쉽다'고 논했다. 또한 '『도우와(童話)』의 카와카미 시로(川上四郎: 1889~1983)의 그림은 아름답기는 하나 정적이어서 흥미성이 떨어지는 반면 오카모토의 그림은 결코 정적인 아름다움을 배제한 것은 아니나 『도우와』의 삽화보다 훨씬 많은 흥미성을 지니고 있다'며 오카모토 키이치의 그림을 높이 평가했다.[12] 1920년 2월에는 『킨노후네』 주최로 오카모토 키이치가 무대 미술과 의상, 조명을 담당하여 모리스 마테를링크(Maurice Maeterlinck: 1862

---

9 斎藤佐次郎, 「『金の船』=『金の星』の回顧」, 『雑誌「金の船」=「金の星」復刻版解説』, 177쪽.
10 斎藤佐次郎, 『斎藤佐次郎 · 児童文学史』, 42쪽 .
11 斎藤佐次郎, 위의 책, 43쪽.
12 上笙一郎, 「『金の船』=『金の星』の児童出版美術」, 『雑誌「金の船」=「金の星」復刻版解説』, 1983, 102쪽.

~1949)의 「파랑새」극을 공연했다.[13] 『킨노후네』 제2권 제4호에서 「본지 주최 오토기대회 '파랑새' 극의 이틀간」[14]이라는 제목으로 그 사실을 보고하면서 오카모토 키이치가 그린 무대 배경과 주인공의 의상에 대해 극찬을 아끼지 않았다.

이렇게 높이 평가되는 오카모토 키이치의 그림은 『사랑의 선물』의 편집에서 큰 역할을 하게 된다. 방정환이 이와 같은 페이지를 보았다면 더욱더 오카모토 키이치의 그림에 끌렸을 것임이 분명하다. 필자가 『사랑의 선물』 삽화 열네 점을 조사한 결과 모두가 오카모토 키이치의 그림이었다. 본 장에서는 그 중 여섯 점에 대해서 논하고자 한다. 그리고 오카모토 키이치에 대해서는 제4장에서 더욱 상세하게 논하고자 한다.

사이토 사지로는 편집과 출판을 담당하면서 미야케 후사코(三宅房子)와 사이토 코이치(斎藤公一)라는 필명을 사용하여 세 명의 작가로서 활동하고 있었다.[15] 『킨노후네』=『킨노호시』 지면에는 60여 편이나 되는 작품을 발표했다. 그리고 그 외에도 미야케 후사코라는 작가명으로 그 유명한 엑토르 말로(Hector Malot: 1830~1907)의 『집 없는 아이』(1878)와 에드몬도 데 아미치스(Edmondo De Amicis: 1846~1908)의 작품집 『쿠오레』(1886)의 5월 구화인 「알페닌 산맥에서 안데스 산맥까지」를 「엄마 찾아 삼천리」라는 제목으로 번역하는 등 많은 번역동화를 발표하여 번역작가 미야케 후사코로 더 알려지기도 했다.[16] 미야자키 요시히코(宮崎芳彦, 1996)에 의하면 당시는 사이토 사지로가 미야케 후사코, 사이토 코이치와 동일인물이라는 사실은 숨기고 있었던 듯하다. 본인은 나중에 원고료를 아끼려고 한 비책이었다고 회고했다.[17] 이와 같이 편집자 일을 담당하면

13 극단 '민중좌(民衆座)'가 유락좌(有楽座)에서 1920년 2월 14일부터 2월 15일까지 이틀간 공연을 했다.(『金の船』 第2巻 第4号 編集後記 参照)

14 『金の船』 第2巻 第4号, 94~95쪽.

15 宮崎芳彦, 「作家としての斎藤佐次郎」, 『斎藤佐次郎・児童文学史』, 金の星社, 1996, 658쪽.

16 宮崎芳彦, 위의 글, 672~674쪽.

서 동시에 여러 필명으로 작품을 발표한 점도 방정환과 아주 흡사하다. 방정환이 사이토 사지로를 따라했다고는 할 수 없지만 양국에서 같은 업적을 남긴 인물인 만큼 비슷한 점이 적지 않았을 것이다.

3. 『킨노후네』 제2권 제5호(1920.5)

1) 사이토 사지로 역 「왕자와 제비」와 방정환 역 「왕자와 제비」

앞에서도 언급했듯이 『킨노후네』 제2권 제5호에는 사이토 사지로가 번역한 「왕자와 제비(王子と燕)」라는 작품이 실려 있다. 이 작품은 오스카 와일드(Oscar Wilde: 1854~1900)의 「행복한 왕자」(1888)가 원작으로 방정환은 1921년 『천도교회월보』 2월호에 이 작품을 번역하여 발표한 후 『사랑의 선물』 세 번째 작품으로 실었다. 필자의 조사에 의하면 사이토 사지로 역이 방정환 역의 저본이 되었다는 사실은 틀림없는 것으로 보이며 여기에서는 그 사실에 대해서 상세하게 논하고자 한다.

앞에서도 서술했듯이 이 작품은 방정환의 최초의 번역동화이다. 오스카 와일드가 일본에 소개되기 시작한 것은 메이지 말기인데 [표 2]에서도 알 수 있듯이 1914년부터 오스카 와일드의 동화집이 번역되어 출판되기 시작했다. 따라서 방정환이 일본에 온 1920년에는 오스카 와일드가 일본에 소개되기 시작한 지 얼마 되지 않은 시기라고 할 수 있다. 그것을 누구보다 빨리 찾아내어 근대 한국에 소개한 방정환의 공적은 아주 크다.

---

17 宮崎芳彦, 위의 글, 659쪽.

(1) 작품명과 삽화

일본에서 발표된 오스카 와일드 작 「행복한 왕자」의 초기 일본어 번역 일람표([표 2])를 보면 여러 가지 번역명으로 소개되었다는 사실을 알 수 있다. 방정환 역에서는 「왕자와 제비」라고 번역되어 원작명 *The Happy Prince*(행복한 왕자)에서 번역명이 변형되었다는 사실을 알 수 있는데 일본어 번역 연표에는 비슷한 번역명의 작품이 세 작품이나 된다.

[그림2-2] 『킨노후네』제2권 제5호 표지

〔표 2〕 일본에서 발표된 「행복한 왕자」의 번역 연표(메이지 · 다이쇼)[18]

간행 연월	번역명(한국어 역)	번역자	게재된 단행본 또는 잡지명 · 발행소
1910년 6월	「皇子[19]と燕」(왕자와 제비)	田波御白	『東亜の光』第5巻第6号, 冨山房
1914년 11월	「幸福な皇子」(행복한 왕자)	堀口熊二	『オスカア · ワイルドの傑作』栄文館[20]

18 표 작성에 있어서는 국립국회도서관(国立国会図書館), 국립국회도서관 어린이도서관(国立国会図書館国際こども図書館), 산코도서관(三康図書館, 東京), 오사카부립 국제아동문학관(大阪府立国際児童文学館), 오사카시립 중앙도서관(大阪市立中央図書館), 오사카부립 중앙도서관(大阪府立中央図書館), 오사카대학 부속도서관(大阪大学附属図書館)의 소장서 일람을 바탕으로 하여 川戸道昭 · 榊原貴教編集『ワイルド集』(明治翻訳文学全集)의 「메이지 번역문학연표(와일드편)(明治翻訳文学年表(ワイルド編))」을 참고로 작성했다.(川戸道昭 · 榊原貴教編集『ワイルド集』(明治翻訳文学全集)大空社, 1996, 383~384쪽)

19 '皇子'는 한글 표기로는 '황자'이지만 일본어 발음으로는 '王子(おうじ, 왕자)'와 같으므로 '왕자'로 표기했다. 필자의 일본어 논문에서는 일본어로는 같은 의미이므로 '동일 번역명'이라고 서술했지만 한국어로는 각각 '황자'와 '왕자'라고 읽히므로 여기에서는 '비슷한 번역명'이라고 서술했다.

1916년 12월	「皇子と燕」 (왕자와 제비)	本間久雄	『柘榴の家』春陽堂
1920년 5월	「王子と燕」 (왕자와 제비)	斎藤佐次郎	『金の船』第2巻 第5号, キンノツノ社
1920년 5월	「幸福な子」 (행복한 아이)	矢口達	『オスカー・ワイルド全集3』天佑社
1924년 10월	「燕と王子」 (제비와 왕자)	有島武郎	『有島武郎全集8』叢文閣
1925년 10월	「幸福な王子」 (행복한 왕자)	濱田廣介	『世界童話選集』文教書院

먼저 번역명이 비슷한 세 작품을 방정환 역과 비교 대조해 보면 1920년 5월호 『킨노후네』에 실린 사이토 사지로 역이 저본으로 사용되었다는 사실을 바로 알게 된다. 이렇게 단언할 수 있는 이유는 삽화 때문이다. 앞에서도 언급하였듯이 『사랑의 선물』에는 전부 열네 점의 삽화가 있고 저본 확정에 있어서 이 삽화들이 크나큰 열쇠가 된다. 사이토 사지로 역 「왕자와 제비(王子と燕)」와 방정환 역 「왕자와 제비」를 비교 대조해 보면 방정환이 삽화도 그대로 옮겼다는 것을 알 수 있다. 사이토 사지로 역에는 네 점의 삽화([그림 2-3] ①②③④)가 그려져 있는 것에 반해 방정환 역에는 두 점의 삽화([그림 2-3] ⑤⑥)밖에 없다. 사이토 사지로 작품의 첫 페이지와 두 번째 페이지의 두 점만을 사용한 것이다.

그러나 사이토 사지로 역의 마지막 페이지에 있는 삽화 ④의 '성냥팔이 소녀'[21]가 『사랑의 선물』에서는 「한네레의 죽음」에서 사용되었다. 그리고 또한 이 삽화는 방정환 본인이 번역하여 『어린이』지에 첫 번역동화로 게재한 안데르센 원작의 「석냥파리 소녀」에서도 사용되었다. 이들

---

20 호리구치 쿠마지(堀口熊二) 역은 동경 소재의 일본 국립국회도서관 소장으로 되어 있으나 필자가 직접 조회한 결과 아쉽게도 당시 행방불명 상태여서 내용 확인은 불가능했다.

21 오스카 와일드의 「행복한 왕자」의 줄거리 안에는 마지막 부분에 안데르센의 「성냥팔이 소녀(Den Lille Pige med Svovlstikkerne, 1845.12)」를 연상케 하는 길에서 성냥을 팔고 있는 가여운 성냥팔이 소녀가 등장한다.

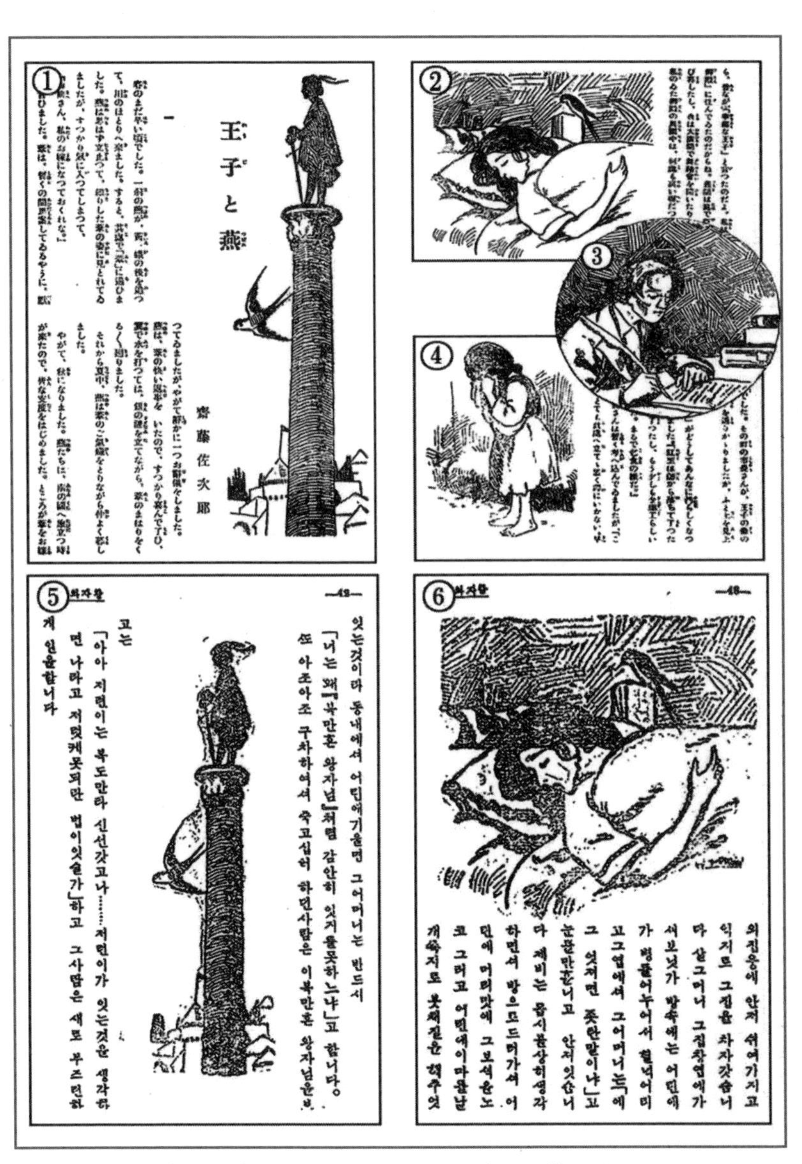
①

王子と燕

齋藤佐次郎

⑤ 왕자와

—42—

잇는것이다 동내에서 어린애기울면 그어머니는 반드시
「너는 왜「북만흔 왕자님」처럼 감안히 잇지를못하느냐」고 합니다。
또 아조아조 구차하여서 죽고십허 하던사람은 이복만흔 왕자님을보
고는
「아아 저런이는 복도만타 신선갓고나……저런이가 잇는것을 생각하
면 나라고 저럿케못되란 법이잇슬가」하고 그사람은 새로 부즈런하
게 일을합니다

⑥ 왕자와

—43—

외집웅에 안저 쉬여가지고
익지로 그집을 차자갓슴니
다 살그머니 그집창엽에가
서보닛가 방속에는 어린애
가 병들어누어서 헐덕어미
고그엽에서 그어머니는「에
그 엇저면 좃한말이냐」고
눈물만흘니고 안저잇슴니
다 제비는 몹시불상히생자
하면서 방으로드러가서 어
린애 머리맛에 그보석을노
코 그러고 어린애이마를날
개쪽지로 붓채질을 해주엇

[그림 2-3] 사이토 사지로 역「왕자와 제비(王子と燕)」 삽화와
방정환 역「왕자와 제비」 삽화

삽화의 작가는 다름 아닌『킨노후네』의 삽화와 디자인을 담당했던 오카모토 키이치이다.

이상금(2005)도『킨노후네』제2권 5월호에「왕자와 제비(王子と燕)」라는 번역명으로 오스카 와일드의 작품「행복한 왕자」가 번역, 게재되었다는 사실을 지적했다.[22] 필자가『킨노후네』의 제2권 제5호를 조사하게 된 계기도 이상금의 이 지적에 의해서이다. 그러나 이상금은 방정환이『킨노후네』에서 참고로 한 것은 번역명을 모방했다는 점뿐이고 내용면에서는 결말이 다르기 때문에 저본일 가능성은 낮다고 단정했다.[23] 그러나 이와 같이 삽화를 비교해 보는 것만으로도 사이토 사지로 역과 방정환 역 사이에는 깊은 관계가 있다는 사실을 알 수 있다. 이상금이 지적한 결말 부분의 차이에 대해서는 두 작품 전체를 대상으로 하여 비교 분석하면서 언급하고자 한다. 원작에는 없는 사이토 사지로 특유의 표현이 방정환 역에서도 보여진다면 그것은 사이토 사지로 역이 저본일 가능성을 크게 높이는 것일 것이고 그와 같이 공통적인 부분이 있으면서 방정환 역에서 특유의 표현이 사용되었다고 한다면 그것은 방정환 번역의 성격을 분석하는 작업에서 중요한 역할을 한다고 할 수 있다.

(2) 작품 비교 분석

이 작품은『사랑의 선물』의 다른 아홉 편의 작품에 비해 줄거리나 구조가 원작과는 많이 다르다. [표 2]에서 열거한 작품 중 사이토 사지로 역 이외에도 1910년에 발표된 타나미 미시로(田波御白: 1885~1913) 역과 1916년에 발표된 혼마 히사오(本間久雄: 1886~1981) 역도 번역명이 방

22 이상금,『방정환의 생애—사랑의 선물』, 318쪽.
23 이상금, 위의 책, 318쪽.

정환의 작품과 아주 흡사하다. 그러나 이 두 작품은 사이토 사지로 역과는 달리 내용은 거의 원작[24]을 그대로 번역했다고 할 수 있다. 필자는 사이토 사지로의 번역을 발견하기 전까지는 이와 같이 원작에 충실한 번역만을 보아 왔기 때문에 방정환의 번역은 방정환 특유의 것일 것이라고 추정했었지만 조사 후 삽화뿐만 아니라 이야기의 구성까지도 사이토 사지로 역과 아주 흡사하다는 사실을 알게 되었다. 여기에서는 구조와 내용에 초점을 맞추어서 1916년에 발표된 혼마 히사오 역과 1920년에 발표된 사이토 사지로 역, 그리고 1921년에 발표된 방정환 역을 비교하여 방정환의 번역이 사이토 사지로의 번역과 얼마나 흡사한지를 검증하고 나아가 방정환 번역만의 특징도 고찰하고자 한다.

가. 도입 부분

먼저 도입 부분을 비교 대조해 보자. 원작과 혼마 히사오 역에 비해 사이토 사지로 역과 방정환 역은 스토리의 도입 부분이 크게 다르다.

혼마 히사오 역①

마을 위 높은 곳에 자리한 기둥 위에 행복한 왕자의 상이 우뚝 솟아 있었습니다. 〔중략〕 "왕자는 정말 풍향계처럼 아름다워." 많은 사람들에게 예술을 취미로 가진 사람으로 보이고 싶은 시의원 한 명이 이렇게 말했습니다. 그러나 이 남자는 또 자신이 비현실적인 남자로 보이고 싶지는 않아서—실제로도 비현실적인 남자는 아니었습니다—그렇게 말하고 나서 "그렇지만 아름답긴 해도 필수품이라고 할 순 없어."라고 덧붙였습니다.[25]

24 필자는 원작으로 *A House of Pomegreanates, The Happy Prince and Other Tales*(edited by Robert Ross, Dawsons of Pall Mall , London, 1969)를 참조했으며 영국의 NUTT사판 *The Happy Prince and Other Tales*를 충실히 번역한 이무라 키미에(井村君江) 번역(1989)을 참고로 했다.

사이토 사지로 역①

아직 이른 봄쯤이었습니다. 한 마리의 제비가 노란 나방을 쫓아 강가로 날아왔습니다. 그러자 그곳에서 갈대를 만났습니다. 제비는 아무 생각 없이 멈춰 서서 가늘고 길쭉한 갈대의 모습을 물끄러미 쳐다보다가 갈대에게 푹 빠져 "너 내 신부가 되어 주지 않겠니?" 하고 말했습니다.[26]

방정환 역①

일흔 봄 꼿 피기 젼이엿슴니다. 말넛든 버드나무 가지가 파릇파릇하야질 때에 어엽분 제비 한 마리가 저-북쪽에셔 날너셔 냇가로 왓슴니다. 그 냇가에는 길쭉한 갈대(葦)가 만이 잇셧난대 제비는 그 허리가 갤쯤한 파-란 갈대를 말그렴-이 보더니 "에그 올 여름은 이 어엽분 갈대밧에다 집을 짓고 살겟다" 하고 즉시 집을 짓고 거긔셔 살앗슴니다.

혼마 히시오 역②

이 제비 친구들은 6주 전에 모두 이집트로 날아가 버렸지만 이 제비만은 혼자 남았습니다. 그건 이 제비가 아주 아름다운 갈대와 사랑에 빠졌기 때문이었습니다. 이 제비는 이른 봄쯤에 날개가 아주 큰 노란 나방을 쫓아 강가로 날아왔다가 그곳에 나 있는 갈대를 만나 그 가는 허리에 완전히 반해 가던 길을 멈

---

25 〔일본어 원문〕
町の上の空高く、圓柱の上に、幸福な王子の像が聳え立ってゐました。[中略]「皇子は丁度風見のやうに美しい。」芸術の趣味を持ってゐると皆の人から噂されたいと思ってゐる市会議員の一人がかう云いました。が、この男は、又、自分が非実際的な男だと思はれたくないと思って、——実際に於いても、非実際的な男ではなかったのです——さう云ったあとから、「だが、美しいには美しいが、あんまり役に立つ必要品ぢやない」とつけ加へました。

26 〔일본어 원문〕
春のまだ早い頃でした。一羽の燕が、黄蛾の後を追つて、川のほとりへ来ました。すると、其処で「葦」に遇ひました。燕は思はず立止つて、細りした葦の姿に見とれてゐましたが、すつかり気に入つてしまつて、『お前さん、私のお嫁になつておくれな。』と、言ひました。

추고 갈대에게 말을 걸었던 것입니다. "너를 사랑해도 되겠니?" 돌려 말하는 것을 싫어하는 제비는 단도직입적으로 이렇게 말했습니다.[27]

사이토 사지로 역②

혼자 남은 제비는 갑자기 외로워졌습니다. 갈대는 입만 다물고 있고 전혀 이야기 상대가 되어 주지 않았습니다. 게다가 가을 바람이 강 위로 불어오면 하나하나 인사를 하고는 겉치레 말만 계속 했습니다. 그래서 제비는 자기 부인이 싫어졌습니다. 〔중략〕 "그렇게 싫으면 너는 여기에 있어, 나만 혼자 갈게. 또 내년 봄에 올 테니까. 안녕."[28]

방정환 역②

정이 깁히 든 갈대집을 참아 떠나기가 어려워서 그대로 머뭇머뭇 남아 잇섯슴니다. 그러나 싸늘한 가을 바람이 쏴- 하고 불어 와서 그럴 적마다 이몸이 발발 떨려셔 견댈 수 업시 되엿슴니다. 할 수 업시 남쪽을 향하야 떠나기로 하얏슴니다. 정 만흔 어엽분 제비는 참아 떠나기 어려운 갈대집을 보고 "오랫동안 신세를 끼쳣슴니다. 안 떠나려고 안 떠나려고 이때까지 잇섯지만은 인제는 너머 추워서 엇졀 수 업시 동무의 뒤를 따라 땃듯한 나라로 갑니다. 부듸 안령이

---

27 〔일본어 원문〕
この燕のお友達は、六週間前にみんなエジプトへ飛んで行って了ひましたが、この燕だけは、ひとりあとに残ったのでした。と、いふのはこの燕は、非常に美しい葦と戀仲であったからです。この燕は、春のまだ早い頃、羽の大きな黄ろい蛾を追うて川に飛び降りたときに、そこに生へてゐる「葦」に出逢ひ、その細い腰にすっかり引きつけられて了ひ、立ちどまって葦に話しかけたのでした。「お前に戀してもいいかえ?」廻りくどいことの嫌ひな燕は、短刀直入にかう云ひかけました。

28 〔일본어 원문〕
一人残された燕は、それから急に淋しくなりました。相手の葦は黙つてゐるばかりで、少しも話し相手になつてくれません。それに秋風が川の面を吹くと、一々お辞儀をしてはお世辞をふりまいてゐます。で、燕は、自分のおかみさんが嫌ひになつて来ました。[中略]『そんなにいやなら、お前はここにおゐで。私だけ一人行くよ。また来年の春くるからね。左様なら。』

게십시요. 내 내년 봄에는 꼭 차져오겟습니다."

혼마 히시오 역③

다른 제비들이 다들 날아가 버리고 나서 제비는 외로워서 참을 수가 없었습니다. 게다가 연인에게도 싫증이 났습니다. 〔중략〕 "너는 지금까지 나를 장남감으로 생각했구나. 그럼, 안녕. 나는 지금부터 피라미드가 있는 곳으로 갈 거야." 제비는 큰 소리로 말하고는 날아가 버렸습니다.[29]

사이토 사지로 역③

그리고 제비는 하루 종일 날아 밤이 되어서야 어느 마을에 도착했습니다. 이 마을에는 높은 탑 같은 기둥이 우뚝 솟아 있고 그 위에 '행복한 왕자'라는 커다란 동상이 서 있었습니다.[30]

방정환 역③

어엽분 제비는 그날 왼 종일 남쪽을 향하고 날아셔 밤이 어두어셔야 겨우 즁로의 어느 시가(市街)에 당도하엿습니다. 이 시가에는 공원 널-따란 마당 한가운대 탑 갓흔 놉다란 돌기둥(石柱)이 웃둑이 서 잇고 그 돌기둥 우에는'복(福)만은 왕자(王子)'라는 큰 인형(人形) 갓흔 상(像)이 놉다랏케 서 잇습니다.

혼마 히사오 역(①)이 '행복한 왕자' 동상이 서 있는 마을 풍경 묘사

---

29 〔일본어 원문〕
他の燕どもがみんな飛び去って了つてからは、燕は寂しくてたまらなくなりました。その上、戀人にも飽きて来ました。[中略]「お前は今まで俺を玩具物にしてゐたんだな。ぢや、左様なら。俺はこれからピラミットのあるところへ行くんだ」燕はかう叫んで、飛び去って了ひました。

30 〔일본어 원문〕
それから燕は、一日とんで、夜になつてからある町へ着きました。この町には、高い塔の様な円柱が聳えてゐてその上に「幸福な王子」といふ大きな像が立つてゐました。

에서 시작하는 반면에 사이토 사지로 역(①)과 방정환 역(①)은 이른 봄에 제비가 강가로 날아오는 장면에서 시작된다. 그리고 사이토 사지로 역과 방정환 역 줄거리의 흐름으로 보면 제비가 갈대밭을 떠나 하루 종일 날아 밤이 되어서 도착한 곳이 행복한 왕자 동상이 있는 마을이며 그곳에서 처음으로 행복한 왕자가 등장한다(사이토 사지로 역③, 방정환 역③ 참조).

마을에 있는 왕자 동상에 대한 묘사와 제비와 왕자와의 만남이나 왕자의 부탁으로 사랑의 사자(使者)가 된다는 제비의 스토리는 세 번역이 거의 같다. 이와 같은 이야기 줄거리의 관점에서 보면 왕자의 등장으로 스토리가 시작되는 원작과 혼마 히사오 역에 비해 사이토 사지로 역과 방정환 역에서는 제비가 우연히 지나가던 갈대밭에서 살게 되고 그러다가 갈대의 곁을 떠나게 되어 행복한 왕자 동상이 있는 마을로 가게 된다. 즉, 제비의 이동을 중심으로 한 흐름으로 변경되어 있어 알기 쉽게 정리된 느낌이다. 이것은 계절의 변화에 따른 줄거리 전개이며 원작이 제비에 대한 이야기를 나중에 등장시켜 줄거리가 가을에서 봄으로 역순하는 것에 반해 봄에서 시작되는 것으로 자연스러운 시간의 경과를 따라가고 있다. 이것은 사이토 사지로 특유의 고안이라도 봐도 좋을 것이다. 그리고 방정환은 그것을 그대로 차용한 것이다.

그러나 제비와 갈대의 만남을 묘사한 장면에서는 혼마 히사오 역(②)이나 사이토 사지로 역(①)에서는 제비가 갈대를 사랑해서 강가에 자리를 잡고 살게 된다는 스토리이지만 방정환 역(①)만이 사랑에 빠져서가 아니라 제비는 단지 시원한 갈대밭이 마음에 들어서 그곳에 집을 짓게 되었다고 묘사되어 있다. 갈대를 사랑하게 되어서 강가에 살게 된다는 비현실적이고 공상적인 제비와 갈대의 만남을 그린 원작에 비해 방정환 역에서는 시원한 갈대밭이 마음에 들었기 때문에 집을 짓게 되었다는 현실적인 스토리로 개작되었다. 또 원작에서는 제비의 상상에 의해 갈대를 의인화한 것이 눈에 띄는 반면 방정환 역에서는 의인화는 보이지 않는다. 이것은 제비와 갈대가 만나게 되는 장면을 현실적인 스토리로 바꾸어 어린이들에게 보다 친숙한 이야기로 전환하고자 한 방정환 나름대로의 고안으로 볼 수 있을 것이다.

또 방정환 역(②)에서는 방정환만의 특색이 엿보인다. 겨울이 다가왔기 때문에 친구들 모두가 '이집트'로 날아가 버렸다는 부분을 삭제하고 이른 봄날의 풍경에 대한 상세한 묘사를 더했다.

그리고 혼마 히사오 역(②)과 원작에서는 '돌려서 말하는 것을 싫어하는' 제비의 성격에 대한 묘사를 확인할 수 있는 것에 반해 방정환 역에서는 전혀 언급되지 않는 등 제비의 성격 묘사 방법에서도 차이점을 보인다. 혼마 히사오 역(③)에서는 다른 제비들이 이집트로 떠나 버렸기 때문에 외로워진 데다 아무 말도 안 해 주는 갈대에게도 싫증이 나 버린 제비가 이기적인 변명을 만들어 떠나 버린다. 그러나 방정환 역(②)에서는 정이 많은 제비의 성격 때문에 정이 많이 든 집을 떠나기 싫어서 지금까지 혼자서 남아 있었지만 점점 추워지자 한계를 느끼고는 어쩔 수 없이 갈대집에게 정중하게 인사를 하고 다시 내년에 돌아오겠다는 약속까지 한 후 갈대밭을 떠난다. 이와 같이 제비의 성격 묘사는 정반대이다. 원작의 제비가 단도직입적이며 싫증을 잘 내는 성격인 것에 반해 방정환 역에서는 처음부터 착하고 정이 많고 예의 바른 성격으로 묘사되어 있다. 사이토 사지로 역(②)에서도 외로워지고 갈대에게도 싫증이 나서 떠나게 된다고 묘사되어 있어 원작이나 혼마 히사오 역과의 공통점을 보이고 있지만 '내년 봄에 다시 돌아오겠다'는 말을 남기고 떠나는 장면에서는 방정환 역과의 공통점을 보이고 있다.

나. 결말 부분

방정환 역이 어떤 다른 일본어 역과도 많은 차이를 보이는 부분은 결말 부분이다. 가장 눈에 띄는 것은 혼마 히사오 역④에서 보여지는 풍자가 사이토 사지로 역④과 방정환 역④에서는 보이지 않는다는 것이다. 오스카 와일드는 당시 계급층의 허위의식과 속물주의에 대해 상당히 비판적이었고 그러한 부분을 이 작품에서 풍자하여 표현했다. 그러나 사이토 사지로와 방정환은 그러한 풍자가 어린이들에게는 어려울 것이라고 생각했음이 틀림 없다. 그리고 방정환은 당시 조선의 상황을 고려하여 조금이나마 조선의 어린이들에게 밝고 좋은 세상을 보여주고자 욕심 많고 속물주의에 빠진 어른들을 묘사한 부분을 삭제해 버렸을지도 모른다.

혼마 히사오 역④

다음 날 아침 일찍 시장은 시의원과 함께 사거리 쪽으로 걸어가 보았습니다. 〔중략〕 "우리는 새가 여기서 죽으면 안 된다는 포령을 내려야 해." 그리고 시 서기가 그 포령을 기록하기 시작했습니다. 〔중략〕 그리고 시장은 그 녹인 금속을 어떻게 처리할까 하는 것을 결정하기 위해서 시의원들을 집합시켰습니다. "물론 다른 동상을 세우지 않으면 안 되지. 그리고 그 동상은 바로 내 동상이 아니면 안 돼." 시장은 이렇게 말했습니다. "그래 내 동상이어야지."[31]

사이토 사지로 역④

그 다음 날 아침이었습니다. 그 마을 시장이 왕자의 동상이 서 있는 기둥 아래를 지나가다가 문득 위를 올려다 보고는 "이런, 행복한 왕자가 어쩌다 저렇

31 〔일본어 원문〕
翌朝早く市長は市会議員と一しょに四辻のところを歩いてゐました。[中略]「私たちは、鳥がここで死んではならぬといふお布令を出さなけりやならん」そして市の書記はそのお布令の起稿に取りかかりました。[中略] そして市長はこの溶かした金属をいかに処分すべきかといふことを決議するために市会議員の集合を催しました。「無論、別な像を建てなけりやならん。そしてその像はかくいふ乃公の像にしなけりやならん」市長はかう云ひました。「いや乃公の像がいい」

게 더러워졌지." 하고 말했습니다. "루비가 검에서 빠져 버리고 두 눈은 사라져 버렸네. 마치 거지 같구나."라고 말하고는 시장은 잠시 생각에 잠겼다가 "이렇게 더러워서야 군이 여기에 세워 둘 필요가 없겠어. 재빨리 치워 버려야겠군…… 이런, 이런, 이상한 새가 죽어 있네. 제비구나." 시장은 놀란 듯이 제비의 시체를 바라보았습니다. 그 후 얼마 되지 않아 왕자의 동상은 높은 단상에서 내려져 '용광로'라는 철을 녹이는 큰 불 속으로 들어갔습니다.[32]

방정환 역④

그 잇흔날 아츰 때 이 시가의 시장이 왕자의 서 잇는 놉흔 돌기둥 밋을 지나다가 언듯 처다보고 "에그- 복 만흔 왕자의 상이 왜 저러케 더럽고 흉해젓나" 하엿슴니다. "보석도 금강석도 다 업서지고 아조 송장 갓흔 거지꼴이 되얏고나 이럿케 흉해진 것을 이대로 세워둘 수 업다"고 혼자 즁얼거리다 보닛가 그 밋에 조고만 제비가 죽은 것이 잇셧슴니다. 그리나 그리 대단히도 녀기지 안코 곳 령을 나려셔 그 왕자의 상을 내려셔 풀무간 도가니 속에 넛코 녹엿슴니다.

마지막 부분에서는 다음에서 알 수 있듯이 혼마 히사오 역⑤과 사이토 사지로 역⑤이 제비의 시체와 납으로 된 왕자의 심장이 천사에 의해 신에게 전해지고 그리하여 구원을 받는다. 한편 방정환 역⑤에서는 왕자와 제비의 은혜로 도움을 받은 사람들이 둘의 고귀한 사랑의 실천을 세상 사람들에게 알리고 왕자 어깨에 제비를 올린 동상을 다시 세워

32 〔일본어 원문〕
その翌朝のことでした。その町の市長さんが、王子の像の立つてゐる円柱の下を通りかかりましたが、ふと上を見上げて、『おやッ、「幸福な王子」がどうしてあんなに汚らしくなつたのだらう。』と、いひました。『紅玉は剣から落ちて了つたし、両眼はなくなつて了つた。まるで乞食の様だ。』かういつて、市長さんは暫く考へ込んでゐましたが、『こんなに汚くちや、とても此処へ立てて置く訳にはいかない。早速下すことにしやう。……おや、おや、妙な鳥が死んでゐるな、燕だな。』市長は驚いた様に燕の死骸を眺めました。その後間もなく、王子の像は高い臺の上から下されて「鎔鉄炉」といふ鉄を鎔かす大きな炉の中へ入れられました。

서 언제까지나 둘의 이야기를 전하며 언제까지나 경애했다는 결말로 끝이 난다.

또 원작과 일본어 역에서는 한 천사가 '세상에서 가장 고귀한 것 두 개를 가지고 오라'는 신의 명령을 받고 쓰레기통에 버려져 있던 제비 시체와 납으로 된 왕자의 심장을 가지고 왔기 때문에 왕자와 제비는 신에게 구원을 받는다는 기독교적인 스토리로 끝이 난다. 반면 방정환 역에서는 이러한 기독교적인 묘사가 모두 생략되어 원작과는 전혀 다른 결말로 새로 태어났다.

혼마 히사오 역⑤

"이 시에 있는 것 중에서 가장 고귀한 것 두 개를 가지고 오너라"하고 신은 한 천사에게 말씀하셨습니다. 그래서 천사는 신 앞에 납으로 된 심장과 죽은 제비를 가지고 왔습니다. "잘 골라 왔구나" 하고 신이 말씀하셨습니다. "이 작은 새는 나의 낙원에서 영원히 노래를 부르고 이 행복한 왕자는 나의 황금 시에서 영원히 나의 이름을 찬미하게 될 것이니라."[33]

사이토 사지로 역⑤

그날 신이 한 천사에게 하계에 있는 그 마을을 가리키면서 "저곳에 있는 가장 고귀한 것을 가지고 오너라"고 말씀하셨습니다. 그러자 천사는 신 앞에 왕자의 심장과 죽은 제비를 가지고 왔습니다. "아 잘 골라 왔구나. 그 작은 새는 나의 낙원에서 영원히 노래를 부를 것이요. 그리고 이 행복한 왕자는 나의 즐

33 〔일본어 원문〕
「この市の中にある一番貴い二つのものを持ってまゐれ」神様はその天使の一人にお言ひつけになりました。そこで天使は神様の御前に鉛の心臓と死んだ燕とを持ってまゐりました。「よく選んで来た」神様はおつしやいました。「この小さい鳥は俺の楽園でとこしへに歌を歌ひ、この幸福な皇子は俺の黄金の市でとこしへに俺の名を賛美することになってゐるのだから」

거운 시에서 행복하게 살 것이니라" 신은 이렇게 말씀하셨습니다.[34]

방정환 역⑤

이 소문이 금시에 쫙 퍼지쟈 그 즁에 졔비에게 보셕 밧은 사람들이 모여 와셔 그 니약이를 모다 해셔 세상 사람이 다 알고 참 신긔할 일이라고 또 그런 착한 왕자와 졔비는 다시 업다고 젼보다 더 좃케 더 죠흔 보셕을 박아셔 왕자 의 상을 맨드러 세웟난데 이번에는 특별이 그 왕자의 억개 우에 졔비까지 만드러 안쳣습니다. 그리고 졔비의 눈도 조흔 금강석으로 박엇습니다. 날마다 날마다 사람들이 그 밋에 모여셔 절을 하고 재미잇게 놉니다. 대대로 그 니야기는 전하고 영원하도록 왕자와 졔비의 상은 세상 사람의 존경과 사랑 속에 싸여 늘- 봄쳘이고 늘- 졂어 늙지 아니하엿습니다…….

이러한 변화에는 방정환의 종교와의 관련성을 생각해 볼 수 있다.[35] 결국 신이 아니면 구원을 받지 못한다는 오스카 와일드의 비정한 현실 묘사와는 달리 방정환은 어린이들에게 한층 더 따뜻하고 이상적인 인간 세계를 보여 주고 싶었던 것은 아닐까. 또 여기에서도 앞에서 서술한 혼마 히사오 역에서 보여지는 풍자가 사이토 사지로 역과 방정환 역에서는 찾아볼 수 없다.

---

34 〔일본어 원문〕
その日、神様が一人の天使に向つて、下界の此の町の方を指しながら、『あそこにある一番貴いものを持つて来るやうに。』と、おいひつけになりました。すると、天使は神様の前へ王子の心臓と、死んだ燕とを持つて参りました。『あゝよく選んで来た。この小さい鳥は私の楽園でいつまでも、いつまでも歌を歌はせよう。それからこの幸福な王子は私の楽しい市で仕合せに暮させよう。』かう神様が言はれました。

35 이 작품에서의 방정환의 종교와의 관련성에 대해서는 염희경의 논문에서도 상세하게 논했다. (염희경, 「방정환의 번안동화의 아동문학사적 의미」, 『아침햇살』 봄호, 아침햇살, 1999, 202~224쪽)

(3) 결론

이상의 분석 내용을 크게 두 가지로 정리해 보면 먼저 원작과 혼마 히사오 역에서는 당시 현실에 대한 비판과 풍자가 많이 보여지는 반면 사이토 사지로 역과 방정환 역에서는 그와 같은 부분이 생략되어 어린이들에게는 더욱 이해하기 쉬운 번역이 되었다고 할 수 있다.

방정환은 1922년 11월『개벽』에 '오스카 와일드의 작품은 우의성(寓意性)과 난해성 때문에 어른들도 이해하기 어려운 부분이 많다'고 논했다.[36] 또한 오스카 와일드 자신도 반드시 어린이들을 위해서만 동화를 쓴 것은 아니라고 밝히고 있어[37] 이 작품도 역시 어린이들에게는 이해하기 어려운 부분이 있다는 사실이 확실하게 밝혀졌다. 방정환은 이 점에 유의해서 어린이들이 조금이라도 더 이해하기 쉬운 동화로 번역하려고 노력했을 것이다.

당시의 여러가지 비극적인 문제를 주제로 삼아 비판하려고 했던 오스카 와일드의 집필 의도[38]가 사이토 사지로 역과 방정환 역에서는 그러한 풍자적인 장면이 거의 생략되고 삭제됨으로써 많이 변용되었다. 이러한 면에서는 사이토 사지로 역을 저본으로 해서 번역했기 때문에 사이토 사지로의 의도가 방정환에게 영향을 끼쳤다고도 볼 수 있겠지만 동화를 쓸 때는 어린이가 읽기 쉽고 이해하기 쉬운 문장으로 써야 한다는 방정환의 동화관과도 일치한다.

다음으로 결말 부분의 창작에서도 보여지듯이 방정환의 번역에서는

---

36 방정환,「털보장사(서문)」,『개벽』, 1922.11월호, 43쪽. 방정환의 원문과 일본어역에 대해서는 제4장 4절에서 논하고자 한다.

37 'To G.H.Kersley[15 June 1888]', *The Letter of Oscar Wilde*(edited by Rupert Hart-Davis), London, 1962, 219쪽.

38 'To Leonard Smithers[Postmark 13 July 1888]', *The Letter of Oscar Wild*(edited by Rupert Hart-Davis), London, 1962, 221쪽.

원작의 기독교적인 성격이 전혀 보이지 않는다. 방정환은 오스카 와일드의 빅토리아 시대와는 다른 상황을 가진 1920년대의 조선에 맞추어서 「왕자와 제비」의 내용을 개작함으로써 그에게 있어 중요한 의미를 전하고자 한 것이다. 여기에서는 기독교와는 다른 종지를 가진 천도교라는 방정환의 종교와의 관련성을 생각해 볼 수 있다. 천도교의 종지는 동학의 '시천주(侍天主) 사상'과 '사인여천(事人如天) 사상'을 발전시킨 '인내천(人乃天) 사상'으로 '사람은 즉 하늘'이라는 인간 존중 사상이며 인간 평등 사상이다.[39] 교조 최제우는 서학(기독교)에서는 인간은 신으로부터 떨어져 있는 존재이며 신과는 결합할 수 없는, 단지 신의 뜻에 따르는 것에 의해서만 구원을 받는 존재인 것에 반해 동학의 하늘 또는 한울님은 변화하는 비실체로서 인간 안에 존재한다고 했다. 그러므로 인간 안에 존재하는 한울님을 지키고 그 기운을 받아 그 가르침을 얻는다면 인간과 한울님은 하나가 될 것이라고 가르쳤다.[40] 이 사실에서 알 수 있듯이 천도교의 목표는 사람들이 모두 '한울님'처럼 선하여 불우한 사람을 구원하는 나라, 즉 지상천국을 건설하는 것이다. 그러한 사상 아래에서 방정환은 원작에서 그려진 차갑고 욕심이 가득한 한심한 인간들의 모습을 자신의 동화에서는 그릴 수가 없었을 것이다.

세상 사람들은 알아 주지 않는 왕자와 제비의 숭고한 사랑이 단지 죽음으로써 신에 의해서만 구원받을 수 있다는 기독교적인 결말이 방정환에게는 받아들이기 어려웠고 나아가 어린이들에게는 보여 주고 싶지 않았던 것은 아닐까. 그러므로 신은 사람의 선한 마음속에 존재한다는 천도교의 가르침을 바탕으로 하여 세상 사람들로부터 잊혀지지 않고 세상 사람들에 의해서 구원받는다는 이상적인 인간 세계를 그려 어린이들에게 전하고자 한 것으로 보여진다.

---

39 동학에 대해서는 제2장 참조.

40 정혜정, 『동학 · 천도교의 교육사상과 실천』, 해안, 2001, 61쪽.

2)「란파션」과「산드룡의 류리구두」의 삽화

『사랑의 선물』의 첫 번째 작품「란파션」에는 두 점의 삽화가 그려져 있는데 필자의 조사에 의하면 그중 한 점은『킨노후네』제2권 제5호에 실린 오사나이 카오루(小山内薫: 1881~1928)의 장편동화「코토의 타로(琴の太郎)」([그림 2-4] ①)라는 작품 중 한 점의 삽화를 모사한 것이다.[41] 배가 뒤집혀 사람들이 물에 빠진 장면의 그림([그림2-4] ②)을 방정환은 그림③에서 보여지는 것처럼「란파션」의 한 장면에 걸맞게 잘 삽입한 것이다.

또「코토의 타로」바로 다음 작품으로는 스즈키 젠타로(鈴木善太郎: 1883~1950)의「오이토 코이토(大糸小糸)」([그림 2-4] ④)라는 동화가 실려 있는데 이 작품은 우리나라의「콩쥐팥쥐」와 비슷한 이야기로 오이토가 콩쥐, 코이토가 팥쥐인 셈이다. 계모에게 구박을 받던 오이토가 울고 있는 한 장면([그림2-4] ⑤)이 있는데[42] 그 삽화를 그대로『사랑의 선물』의 두 번째 작품인「산드룡의 류리구두」에서 산드룡이 울고 있는 장면([그림2-4] ⑥)에 사용했다.「오이토 코이토」와「산드룡의 유리구두」, 이 두 작품은 모두 주인공이 계모에게 구박을 받는다는 내용이니 방정환은 삽화뿐만 아니라 내용도 확인한 후 자신의 번역 작품의 한 장면에 걸맞는 삽화를 골랐을지도 모른다.

이와 같이 스토리가 다르건 스토리가 비슷하건 같은 작품이 아닌 동화에서도 삽화를 발췌하여 각 장면들에 걸맞게 차용하였다. 방정환은 자신이 일본에서 본 삽화가 들어가 있는 동화집을 조선의 어린이들에게도 제공하고 싶다는 간절한 마음으로 이런 고안을 했을 것이다. 그런 점에서『킨노후네』제2권 제5호는 아주 크게 활용된 것이다.

41『金の船』第2巻 第5号, 39쪽. 제목이 적혀 있는 페이지에 있는 한 점의 삽화에 대해서는 아쉽게도 아직 확인하지 못한 상태이다.

42『金の船』第2巻 第5号, 43쪽.

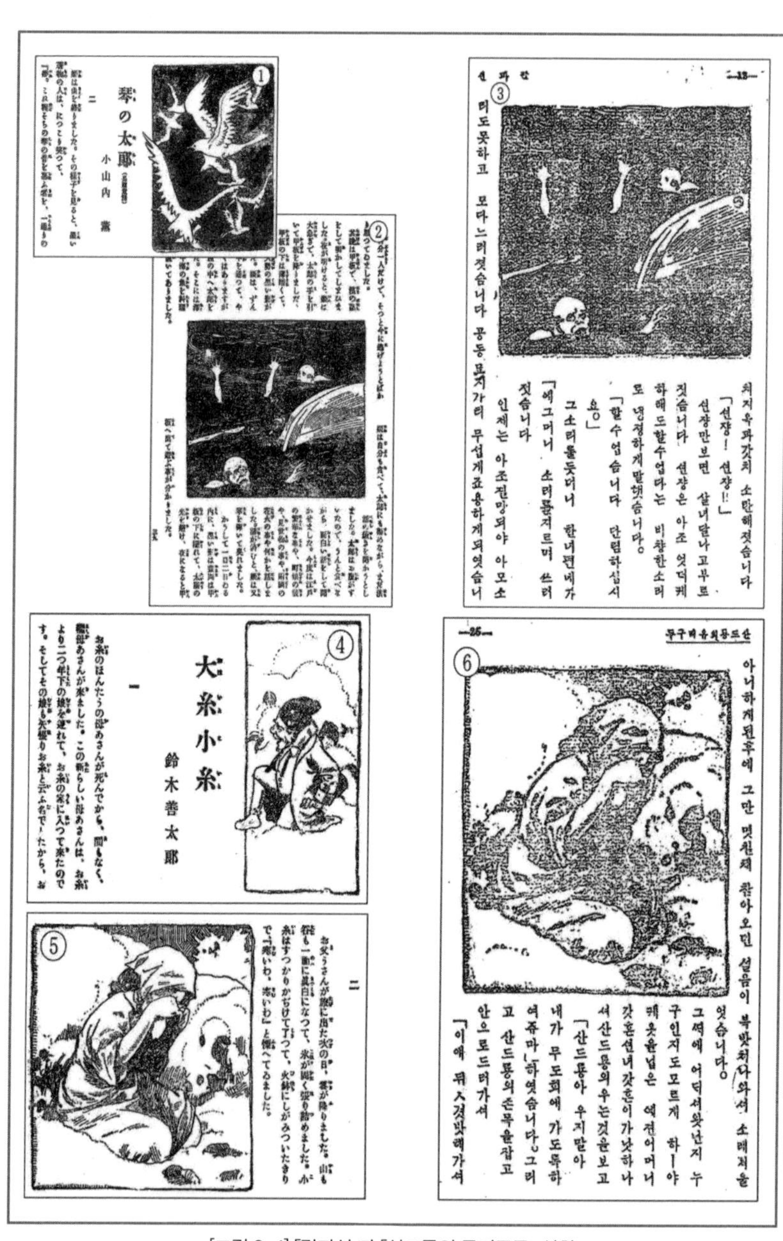

[그림 2-4] 「란파션」과 「산드룡의 류리구두」 삽화

이러한 점에서 『킨노후네』는 『사랑의 선물』과 아주 깊은 영향 관계를 가지고 있다는 사실을 알 수 있다. 다음 절에서는 『킨노후네』의 다른 호를 들어 그 관계에 대해 고찰하고자 한다.

4. 『킨노후네』 제2권 제4호(1920.4)

방정환이 다음으로 주시한 것은 제2권 제4호이다. 『킨노후네』를 동시에 입수했는지 따로따로 입수했는지에 대해서는 조사할 방법이 없지만 확실하게 말할 수 있는 것은 번역한 순서이다. 「왕자와 제비」와 「어린 음악가」는 두 작품 다 1922년에 출판된 『사랑의 선물』에 실려 있지만 앞에서 언급한 것처럼 전자는 1921년에 이미 『천도교회월보』에 발표되었다. 따라서 입수 시기의 전후 관계는 별도로 하더라도 적어도 방정환이 먼저 활용한 것은 제2권 제5호라고 할 수 있다. 다음으로 제2권 제4호가 어떻게 활용되었는지에 대해서 살펴보자.

1) 마에다 아키라 역 「잃어버린 바이올린」과 방정환의 「어린 음악가」

(1) 삽화

『킨노후네』 제2권 제4호에 실려 있는 마에다 아키라(前田晁: 1879~1961) 역 「잃어버린 바이올린(失(な)くなったヴァイオリン)」의 삽화와 내용을 검토한 결과 이 작품이 『사랑의 선물』 여섯 번째 작품 「어린 음악가」의 저본이라는 사실이 판명되었다. 마에라 아키라는 와세다대학 영문과 출신으로 사이토 사지로의 대선배이다. 과거에 타야마 카타이(田山花袋: 1872~1930) 주필의 『문장세계(文章世界)』를 편집하였고 소설을 쓰면서 번

역도 자주 하였으며 문예 저널리스트, 문예평론가로서도 저명했다. 아동문학에서는 아미치스의 『쿠오레』(世界少年文学名作集12, 精華書院, 1920)를 번역한 것으로 알려지게 되었다.[43] 마에다 아키라 역 『쿠오레』는 제5장에서 상세하게 논하겠지만 『사랑의 선물』의 첫 번째 작품 「란파션」의 저본이 된 「난파선(難破船)」이 수록되어 있는 단행본이다.

마에다 아키라 역 「잃어버린 바이올린(失くなったヴァイオリン)」에는 다음의 [그림 2-5] ①②를 포함한 네 점의 삽화가 실려 있다. 그 ①②와 동일한 삽화가 ③④처럼 방정환 역 「어린 음악가」에서도 보여진다. 이것은 앞 절의 「왕자와 제비」와 마찬가지로 마에다 아키라 역이 방정환 역의 저본이라는 사실을 알 수 있는 유력한 증거이다.

그러나 이 작품의 원작명과 원작자는 아직 밝혀지지 않았다. 나카무라 오사무(1999)는 이 작품을 영국의 아담스라는 작가의 작품이라고 서술하고 있고[44] 이기훈(2002)은 19세기 미국의 아동문학 작가 아담스의 인기 동화라고 서술하고 있다.[45] 이기훈이 말하는 아담스는 역사가 또는 소설가로서 널리 알려진 헨리 애덤스(Henry Adams: 1838~1918)[46]라고 추측

---

43 斎藤佐次郎, 『斎藤佐次郎 · 児童文学史』, 331쪽.

44 仲村修, 「方定煥研究序論—東京時代を中心に」, 87쪽.

45 이기훈, 「1920년대 〈어린이〉의 형성과 동화」, 34쪽.

46 헨리 애덤스는 미국을 건국한 애덤스가(증조부는 제2대, 조부는 제6대 대통령)의 4대째로 태어났지만 그는 민주주의의 위기와 가치관의 변동 시대에 정치가가 아닌 시대의 관찰자, 계몽문학자, 역사가가 되었다. 1889년부터 2년에 걸쳐 미국 민주주의의 형성 역사서인 *History of the United States during the Administration of Jefferson and Madison*(1889~91)을 저술하는 등 작가로서 활약했다. 주된 저서로는 *Democracy*(1880), *Esther*(1884), *The Education of Henry Adams*(1907, 1918) 등이 있다.
미국 문학사상에는 애덤스가 한 명 더 존재했다. 올리버 옵틱이라는 필명으로 활동한 윌리엄 테일러 애덤스(1822~1897)이다. 그는 어린이 독자를 위한 많은 인기 작품을 썼는데 1854년부터 쓴 *The Boat Club*(1854) 시리즈 같은 음모와 경쟁 이야기를 비롯하여 나중에는 선정적인 작품과 잡지를 편집하거나 하는 일로 19세기말에는 도서관에서 쫓겨나는 일도 있었다. 그러한 작품의 성격과 또 일본에 소개되지 않았다는 점에서 볼 때 윌리엄 테일러 애덤스는 아니라는 사실이 확실하다고 할 수 있다.
〈참고문헌〉
大橋健三郎他編, 『総説アメリカ文学史』, 研究社, 1975.

되는데 필자가 조사한 바에 의하면 애덤스에 대한 기록과 연구에서는 그가 아동문학에 관여했다는 것을 보여주는 사실은 찾을 수 없었다. 그리고 방정환이 번역한 「어린 음악가」와 비슷한 내용의 작품은 존재하지 않는다.[47] 게다가 1928년판 『사랑의 선물』 목차에는 '프랑스'로 표기되어 있다. 원작자와 원작명을 최종적으로 확인하는 것에는 이르지 못했지만 프랑스로 표기된 것은 주인공과 다른 등장인물들이 프랑스인이라는 점과 관계가 있다고 할 수 있다. 적어도 '미국'으로 표기되어 있지는 않다는 것이다.

일본어로 번역한 작가 마에다 아키라는 와세다대학 영문학과 출신으로 그가 사용한 저본이 영어판이었을 가능성은 충분하다. 『킨노후네』의 편집자인 사이토 사지로에 의하면 『킨노후네』의 창간을 준비 중이던 시절 마에다 아키라를 처음으로 방문했을 때 번역을 부탁하고자 사이토 사지로 자신이 직접 들고 간 것이 이 작품이었다고 한다.[48] 마루젠서점(丸善書店)에서 발견한 책 속에 아주 마음에 드는 스토리의 작품이 있었고 그것이 바로 이 작품이었다고 한다. 원작에 관해서는 현시점에서는 그 이상의 것은 불분명하다.

그러나 주인공의 이름과 내용의 일치, 그리고 삽화 두 점을 방정환이 그대로 모사했다는 사실에서 『킨노후네』 제2권 제4호의 마에다 아키라 역 「잃어버린 바이올린(失くなったヴァイオリン)」이라는 작품이 「어린 음악

高田賢一他編著, 『たのしく読めるアメリカ文学』, ミネルヴァ書房, 1994.
高杉一郎編著, 『英米児童文学』, 中教出版, 1977.
ハンフリー・カーペンター他編著, 神宮輝夫監訳, 『オックスフォード世界児童文学百科』, 原書房, 1999.
福田陸太郎他編著, 『アメリカ文学研究必携』, 中教出版, 1979.
別府恵子他編著, 『アメリカ文学史』, ミネルヴァ書房, 1989.
吉田新一著, 『イギリス児童文学論』, 中教出版, 1978.

47 *Novels, Mont Saint Michel, the Education*(Henry Adams ; edited by Ernest Samuels and Jayne N. Samuels, New York, N. Y: Literary Classics of the United States, 1983)을 조사했다.

48 斎藤佐次郎, 『斎藤佐次郎・児童文学史』, 37쪽.

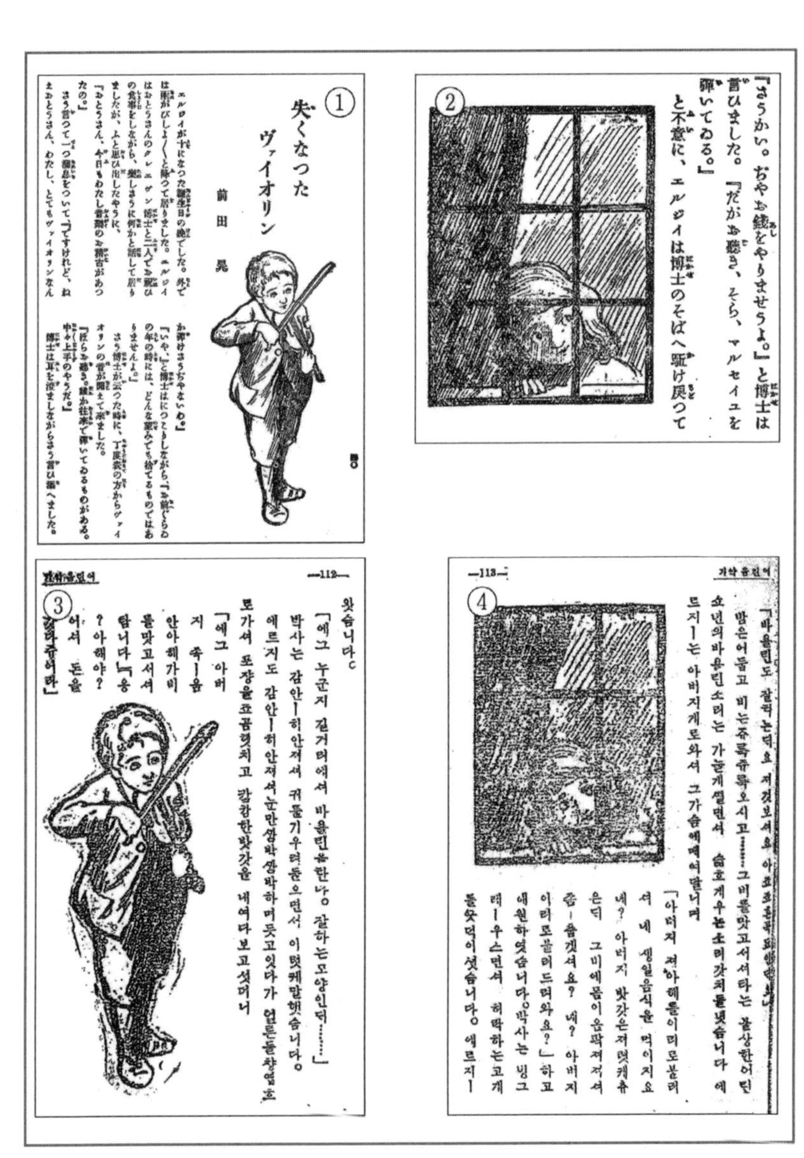

① 失くなったヴァイオリン

前田晃

エルロイが十になった誕生日の晩でした。外では雨がびしよびしよと降つて居りました。エルロイはおとうさんのクレエヴン博士と二人でお祝ひの食事をしながら、楽しさうに何かと話して居りましたが、ふと思ひ出したやうに、

『おとうさん、今日もわたし音楽のお稽古があつたの。』

さう言つて一つ溜息をついて『ですけれど、ねえおとうさん、わたし、とてもヴァイオリンなんか弾けさうぢやないわ。』

『いや、』と博士はにつこりしながら、『お前ぐらゐの年の時には、どんな望みでも捨てるものではありませんよ。』

さう博士が云つた時に、丁度表の方からヴァイオリンの音が聞えて来ました。

『ほらお聴き。誰か往来で弾いてゐるものがある。中々上手のやうだ。』

博士は耳を澄ましながらさう言ひ添へました。

②

『さうかい。おやお銭をやりませうよ。』と博士は言ひました。『だがお聴き、そら、マルセイユを弾いてゐる。』

と不意に、エルジイは博士のそばへ駈け戻つて

③

어린音樂家 —112—

왓슴니다。

「에그 누군지 길거리에서 바욜린을한다。 잘하는모양인데……」

박사는 잠안ㅣ히안저서 귀를기우려듯으면서 이럿케말햇슴니다。

에르지도 잠안ㅣ히안저서눈만깜박깜박하며듯고잇다가 얼른들창열호로가셔 포장을죠곰헷치고 캄캄한밧갓을 내여다보고섯더니

「에그 아버지 족ㅣ음 안아헤가비를맛고서셔 탐니다」「응? 아해야? 어셔 돈을 갓다주어라」

④

—113— 어린음악가

「바욜린도 잘하는데요 저것보서요 아죠조흔[illegible]」

밤은어둡고 비는쥬룩쥬룩오시고……그비를맛고서서타는 불상한어린 쇼년의바욜린소리는 가눌게썰면서 슯흐게우는소리갓치들녓슴니다 에르지ㅣ는 아버지게로와서 그가슴에매여달니며

「아버지 저아헤를이리로불러서 네 생일음식을 먹이지요 네? 아버지 밧갓은저럿케츄운데 그비에몸이옴팍져저셔 춥-춥겟서요? 네? 아버지 이리로불러드려와요?」하고 애원하엿슴니다。박사는 빙그레ㅣ우스면서 허락하는고개를쏫덕이셧슴니다。 에르지ㅣ

[그림 2-5] 「잃어버린 바이올린」과 「어린 음악가」 삽화

가」의 저본으로 사용되었다는 사실은 거의 확실하다. 마에다 아키라 역에도 이 동화의 원작자와 원작국명은 표기되어 있지 않지만 앞에서 서술했듯이 주인공을 비롯한 세 사람의 등장인물이 모두 프랑스인이다. 또 이 작품에서는 그 세 사람이 영국에 살고 있고 우연히 만나게 되는데 같은 프랑스인이라는 사실에 친밀감을 느낀다는 부분에서 주인공들의 연대감을 강하게 표현하고 있다. 그런 이유로 방정환은 원작을 프랑스 작품으로 추정하고 원작국명란에 프랑스라고 쓴 것이 아닐까 하고 추측해 볼 수 있다.

2) 작품 분석

(1) 줄거리

마에다 아키라 역에 의한 줄거리는 다음과 같다.

엄마와 사별한 프랑스 소녀 에르지이는 열 살이 되는 생일날 밤에 아버지 크레븐 박사와 둘이서 생일을 축하하며 식사를 하고 있었다. 그때 프랑스 소년 루이가 비에 젖어가며 밖에서 바이올린을 연주하고 있었다. 루이는 부모님이 돌아가시고 숙부와 함께 영국으로 와서 살고 있었는데 바이올린을 켜서 돈을 벌어 집으로 가져가지 않으면 숙부에게 매일같이 맞는다고 한다. 에르지이는 루이를 집으로 불러 생일 축하를 위해 준비한 과자와 차를 대접하고 자신의 비싼 바이올린을 빌려 준다. 그러나 다음 날 루이는 바이올린을 돌려주러 오지 않았다. 그리고 5년이 흘러 에르지이와 박사는 음악회를 보러 갔다가 소년 바이올리스트로서 유명해진 루이와 재회하게 된다. 루이로부터 그때(5년 전)는 숙부가 바이올린을 팔아 버리고 숙부와 함께 미국으로 건너갔는데 거기서 어느 친절한 사람의 도움을 받아 음악 공부를 할 수 있게 되었다는 이야기를 듣는다. 다음날 루이는 멋진 바이올린을 에르지이에게 선물했다. 그것이 에르지이에게는 가장 소중한 물건이 되었다.

위에서 서술했듯이 방정환 역도 주인공의 이름을 비롯하여 스토리까지도 거의 비슷하다. 그러나 「왕자와 제비」의 경우와 같이 부분적으로 세세한 묘사를 더하거나 결말 부분에서 개작이 엿보인다. 그 부분에 대해서는 다음의 비교 분석에서 상세하게 논하고자 한다.

(2) 비교 분석

주인공 에르지이가 열 살이 되던 생일날 밤에 아버지와 둘이서 생일 축하를 하면서 식사를 하고 있을 때 밖에서 바이올린을 연주하는 소리가 들려온다는 도입 부분의 묘사는 마에다 아키라 역과 방정환 역이 아주 유사하다. 그러나 에르지이가 창밖을 바라보면서 하는 대사 부분에서는 변화가 엿보인다.

마에다 아키라 역

"어머나, 아버지! 남자아이예요. 불쌍하게도 비를 맞으면서 연주하고 있어요."

"그러니? 그럼 돈을 주자꾸나." 하고 박사가 말했습니다.

"그런데, 들어 보렴. 마르세이유를 연주하고 있는 거 아니야?"

라고 박사가 말하자 에르지이는 갑자기 박사 옆으로 뛰어와, 굳게 결심한 듯 아버지의 얼굴을 올려다보며 어리광 섞인 목소리를 내었습니다.[49]

49.〔일본어 원문〕
『あら、おとうさん、男の子よ。可愛さうに、雨に濡れながら弾いてるるわ。』
『さうかい。ぢやお銭をやりませうよ。』と博士は言ひました。『だがお聴き、そら、マルセイユを弾いてるる。』

방정환 역

"에그 아버지 족-음안 아해가 비를 맛고 서셔 탐니다." "응? 아해야? 어셔 돈을 갓다 쥬어라." "바욜린도 잘 타는대요. 져것 보셔요. 아죠 죠흔 곡됴인대요." 밤은 어둡고 비는 쥬룩쥬룩 오시고 그 비를 맛고 서셔 타는 불상한 어린 쇼년의 바욜린 소리는 가늘게 떨면셔 슯흐게 우는 소리 갓치 들녓슴니다. 에르지-는 아버지게로 와셔 그 가슴에 메여 달니며

마에다 아키라 역에서는 소년이 연주하고 있는 곡이 '마르세이유'라고 확실하게 제시하고 있는 반면 방정환 역에서는 단지 '좋은 곡'이라고만 표현했다. 그리고 방정환 역에서는 '밤은 어둡고 비는 주룩주룩 오시고' 라고 번역하여 소년의 불쌍한 처지를 강조하였으며 '가늘게 떨면서 슬프게 우는 소리 같이' 라는 부분을 추가해 소년의 감정을 곡에 이입하는 형태로 아주 서정적인 문장으로 묘사했다. 소년의 비참한 상황을 강조하여 독자로 하여금 동정심을 불러 일으키려는 의도가 엿보인다.

'마르세이유'는 '라 마르세예즈(La Marseillaise)'라는 프랑스 국가(國歌)이다. 원작자는 이 곡에 크나큰 의미를 부여하고자 했음에 틀림없다. 스토리의 무대인 영국에서 프랑스인인 주인공들이 만나는 장면의 매개 역할을 하고 있기 때문이다. 그 부분을 방정환은 삭제했다. 그러나 이 곡은 다음 부분에서도 큰 전환의 계기가 된다. 마에다 아키라 역에는 없는 다음과 같은 부분이 방정환 역에서는 새로이 첨가되었다.

방정환 역

'오늘은 오래 두고 하지 안튼 우리나라 국가(国歌)를 하지요' 하엿슴니다. 에르지-는 그말을 듯고 깃버셔 뛰고 십엇슴니다. 박사도 이 영국에 온 후로 오래

と不意に、エルジイは博士のそばへ駆け戻つて来て、思ひ込んだやうに其の顔を見上げながら、甘へた声を出しました。

두고 듯지도 못하고 하지도 못하던 자긔 나라 국가를 듯게 되여서 무한 깃거워 하엿습니다. 훌륭한 바욜린의 쥴 우에 깃거움과 피로 뛰는 루이 쇼년의 손가락과 활 밋헤서 슉엄하고 화챵한 불란셔 국가는 흘러 나왓습니다. 놉게 낫게 길게 짜르게 힘잇게 나오는 바욜린 쇼리는 죠용-한 방 쇽의 구셕 구셕이 울니고 눈을 감고 죽은듯키 안져서 바욜린 소리에 취한 박사와 에르지-는 어느 틈에 자긔도 모르게 가느른 목쇼리로 바욜린에 맛춰셔 국가를 합창을 하고 잇셧습니다.

염희경(2007)은 이 부분에 대해서 방정환이 일제 식민지하에서 부르고 싶어도 부르지 못했던 조선의 국가(國歌)를 민족 일체가 되어 부르는 장면을 상상하면서 묘사했다고 논했다.[50] 다른 나라에서 자기 나라의 국가를 들으면 같은 민족으로서의 일체감을 느끼기에는 충분한 상황이 되고 또한 같이 노래함으로써 연대감도 강해진다. 방정환은 이와 같은 점을 의도하여 이 작품을 고른 것인지도 모른다. 그리고 여기에서는 '마르세이유'라는 단어만으로는 조선의 어린이들에게 민족과 국가(國歌) 등의 의미를 전달하는 것은 어려울 것이라고 판단하여 친절하게 '프랑스 국가'로 번역했을 것이다.

그러나 방정환은 이 작품을 통해서 같은 민족으로서의 연대감뿐만 아니라 사람과 사람 사이의 신뢰를 강조하고자 한 것으로 보인다. 에르지이는 불쌍한 루이를 위해서 자신의 바이올린을 하루 빌려준다. 하지만 안타깝게도 다음날 돌려주러 오지 않는다. 에르지이는 아버지와 함께 루이가 알려준 주소지를 방문한다. 그러나 루이와 숙부는 그날 아침 일찍 어디론가 떠나 버렸다는 이야기를 듣게 된다.

50 염희경, 「소파 방정환 연구」, 130쪽.

마에다 아키라 역

에르지이는 이 실수가 너무 마음에 걸렸습니다. 그래서 박사도 오랫동안 그 일을 일부러 입에 내지 않았습니다. 그렇지만 점점 신경을 안 쓰게 되었고 나중에는 아버지한테 너무 바보같이 착한 거 아니냐고 놀림을 받아도 풀이 죽거나 하지 않았습니다.[51]

방정환 역

루이 혼차도 아니고 그 아졋씨 집과 한께 루이는 어대를 갓는지…… 에르지-는 아버지께 몹시 미안하기는 하엿스나 아모리 생각하여도 루이는 그런 낫븐 짓을 할 아해는 아니엿습니다. 그리고 더구나 루이 혼차 어대로 간 것도 아니고 그 아졋씨 집과 한테 어대로 갓슬 제는 아마 루이도 엇쩌는 슈 업시 그냥 끌녀 가게 된 것이 분명하다고 생각하엿습니다. 박사도 에르지-가 언짠아할가 겁해서 다시는 그 바욜린 니얘기를 하지 아니하엿습니다. 에르지-도 다시는 그 바욜린 생각은 아니하엿습니다. 그러나 대례 그 불상한 루이는 그 사나운 아졋씨를 따러서 어대로 가서 엇더케 사는지…… 반듯이 또 그 어느 곳에서 루이는 길거리에서 바욜린을 타겟지…… 생각하고 궁금해하며 잇셧습니다.

마에다 아키라 역에서는 단지 에르지이의 바이올린을 돌려주러 오지 않은 루이에 대해서 처음에는 신경을 많이 쓰는 딸을 배려해 박사도 그 일에 대해 일부러 입에 올리지 않다가 나중에는 에르지이도 아버지도 아예 신경을 안 쓰게 된다. 그러나 방정환 역에서는 에르지이의 루이에 대한 신뢰가 아주 깊어 어디까지나 루이를 걱정하고 또한 무슨 이유가

51 〔일본어 원문〕
エルジイはこのしくじりを大変気にしてゐました。で博士も長い間、その事は遠慮して口にも出しませんでしたが、でも、だんだんに気にかけ方が薄くなつて、後にはおとうさんからお人好しだとからかはれても悄げないやうになりました。

있었겠지 하면서 루이를 오히려 변호하려고 하는 부분이 확인된다. 이와 같이 방정환은 이 이야기 안에서 사람과 사람 사이의 신뢰와 인정을 강조하여 묘사한 것이다.

그리고 후반 부분에서도 마에다 아키라 역과 조금 다른 부분이 확인된다. 5년 후에 어느 음악회에서 주인공들이 재회하는 다음과 같은 장면이 있다.

마에다 아키라 역

만약 그 사람이 그 루이였다면 루이는 실로 놀랄 만한 연주자가 된 것입니다. 청중들은 모두 마법에 걸린 듯이 귀를 기울이고 있었습니다. 그리고 연주가 끝나자 다들 취한 듯이 자리에서 일어나 한번 더 연주해 달라고 외쳤습니다.

에르지이와 아버지도 물론 무대 바로 앞에 서 있었습니다. 루이 루브랑은 무대에 서서 예의 바르게 인사를 하다가 문득 두 사람을 발견하고는 깜짝 놀랐습니다. 루이는 바로 반가운 듯한 얼굴을 하면서 '마르세이유'를 연주하기 시작했습니다.

"우리를 기억하고 있어요." 하고 에르지이는 놀라서 속삭였습니다. "우리한테 연주해 주고 있는 거예요, 아버지."[52]

---

52 〔일본어 원문〕
もしそれがあのルイであつたならば、ルイは実に驚くべき演奏者になつたのでした。聴衆はんみんな魔法にかけられたやうに耳を澄まして居りました。そして演奏が済んでしまふと、誰もかもみんな酔ひでもしたやうに席から立ちあがつて、もう一度演奏するやうにとただ叫ぶばかりでした。
エルジイとおとうさんとは勿論舞台の直ぐ前に立つて居ました。ルイ・ルブランは舞台に立つて、上品なおじぎをして居りましたが、と不意に、二人に気がついて、嬉しさうな顔をしながら『マルセイユ』を弾き出しました。
『わたし達を覚えてゐるわ。』とエルジイはびつくりして囁きました。『わたし達に弾いてゐるのですね、おとうさん。』

방정환 역

루이는 과연 텬재의 음악가로 셩공하엿습니다. 무루 녹은 손 익숙한 련습 놉게 낫게 달밤의 물 흐르는 소리갓치 꼿밧에 바람 부는 소리갓지 곱게 아름답게 흐르는 소리에 그만 온 텽즁은 침취하야 바욜린이 끗나도록 죽은 사람갓치 안졋다가 다시 손벽을 울려서 다시 한번 타기를 쳥하엿습니다. 하도 렬셩으로 청하닛가 루이 쇼년은 또 나셧습니다. 텽중에게 례를 하느라고 고개를 슉일 때 언뜻!! 눈에 뜨인 것은 반가운 반가운 에르지-와 그 박사엿습니다. 루이는 례를 하다 말고 무대 압흐로 밧삭 나아갓습니다. 역시 박사와 에르지-엿습니다. 루이는 반가워서 엇지할 지를 몰으는 것 갓더니 이윽고 얼골에 가득하게 우슴을 띄우고 타기 시작한 노래는 오 년 젼 은인의 집에서 타든 반가운 반가운 불란서 국가엿습니다. 박사의 두눈에서는 눈물이 방울방울 흘럿습니다.

가장 감정이 이입되는 하이라이트 부분이다. 방정환은 재회의 기쁨과 감동을 더욱 고조시키고자 마에다 아키라 역에는 없는 수식어를 많이 사용하여 묘사하고 있다. '마법에 걸린 듯이 귀를 기울이고 있었던' 청중에 대한 묘사가 '달밤의 물 흐르는 소리같이 꽃밭에 바람 부는 소리같이 곱게 아름답게 흐르는 소리에 그만 온 청중은 심취하여'라는 식으로 '마법'이라는 단어에 대해서 더욱 구체적인 예를 나열하면서 마치 시 같은 문장으로 써 내려갔다. 그리고 '은인'이라는 단어를 사용하여 루이가 박사와 에르지이를 향한 감사의 마음을 잊지 않고 있었다는 것을 표현했다. 여기에는 사람의 감정과 어떤 상황에 관한 묘사에서 방정환이 자신의 창작을 더해 개작하는 습관이 있다는 사실이 잘 나타나 있다. 작가로서의 소질로도 볼 수 있지만 부정적인 시점에서 보자면 작품에 자신의 감정을 너무 많이 개입시킨다고도 할 수 있다. 그 어느 쪽이라 하더라도 자신이 선정한 작품을 어린이들에게 보다 잘 전달하고자 하는 노력이 나타나 있다고 할 수 있다.

그리고 결말 부분에서도 방정환의 감정이 개입된 듯한 다음과 같은 창작을 엿볼 수 있다.

마에다 아키라 역

다음 날 루이는 아름다운 바이올린을 에르지이에게 선물로 보냈습니다. 그것이 지금까지 에르지이에게는 가장 소중한 물건 중 하나가 되었습니다.[53]

방정환 역

그날은 이곳 각쳐의 환영회에 가느라고 밧밧고 그 다음날 루이는 죠-흔 훌륭한 바욜린을 선물로 가지고 가서 에르지- 색씨에게 쥬엇습니다. 에르지-는 그것을 밧고 자긔 방 장 쇽에 이날 이때까지 위하고 위해 두엇던 루이의 긔렴물 쪽에진 바욜린을 내여 보엿습니다. 박사와 에르지-와 루이가 오 년만에 이 방에 모여 질겁게 니얘기하고 잇는 그창 밧게는 오늘도 비가 쥬륵쥬륵 오고 잇셧습니다.

마에다 아키라 역에는 예전에 빌렸던 바이올린 대신에 새 바이올린을 선물로 받아 그때의 추억과 함께 소중하게 간직하고 있다는 내용으로 끝나 있다. 그 반면 방정환 역에서는 5년 전에 두고 간 루이의 바이올린을 에르지이가 계속 소중하게 간직하고 있었다고 개작되었다. 그것은 즉 루이에 대한 신뢰의 상징인 것이다. 그리고 바이올린만을 보내왔다는 마에다 아키라 역과는 달리 방정환 역에서는 루이가 직접 바이올린을 가지고 찾아온다. '은인'들에게 감사의 마음을 정중하게 전하고자 한 의도가 엿보인다. 마지막에 '창 밖에는 오늘도 비가 내리고 있었습니다'

53 〔일본어 원문〕
次の日、ルイは美しいヴァイオリンをエルジイに送りました。それが今ではエルジイの最も大事な持物の一つになつて居ります。

라는 문장을 덧붙여서 5년 전의 일을 소중한 추억으로 묘사하여 따뜻한 인간 관계를 표현했다.

(3) 결론

이재복(2004)은 「어린 음악가」를 바이올린을 아주 잘 타는 가난한 천재 소년이 나중에 훌륭한 음악가로 성공한 입신출세 이야기라고 했다. 그리고 이러한 이야기가 고통스런 삶을 살아가던 당시 조선의 어린이들에게 조금의 위안은 될 수 있으나 물질 기반이 튼튼한 상류 특권 계층의 아이를 지향하고 있어 진정한 위로가 되지는 못하고 역효과의 가능성이 있다고 지적했다.[54] 한편 염희경(2007)은 상류 계층의 에르지이와 가난하고 하급 계층인 루이의 만남에는 계층적인 위화감과 이질성을 넘어서 진정한 믿음과 동정심을 발휘한다고 논했다.[55] 두 논저가 다 일리는 있지만 방정환이 이 작품을 통해서 독자인 어린이들에게 전하고 싶었던 가장 큰 것은 역시 사람과 사람 사이의 신뢰와 은혜를 잊지 말아야 한다는 것 등 단순한 동화의 목적은 아니었을까 생각된다. 그 신뢰에는 물론 동일 민족으로서의 신뢰감과 연대감이 강하게 반영되어 있다고 할 수 있다. 계층을 넘어선 인간 관계에서의 신뢰가 가장 크며 또한 그것이 얼마나 중요한가에 대해서 어린이들에게 전하고 싶었던 것으로 보여진다.

3) 광고란

앞에서도 서술했듯이 『킨노후네』의 광고란은 방정환이 번역할 작품

---

54 이재복, 『우리동화 이야기』, 82~83쪽.
55 염희경, 「소파 방정환 연구」, 131쪽.

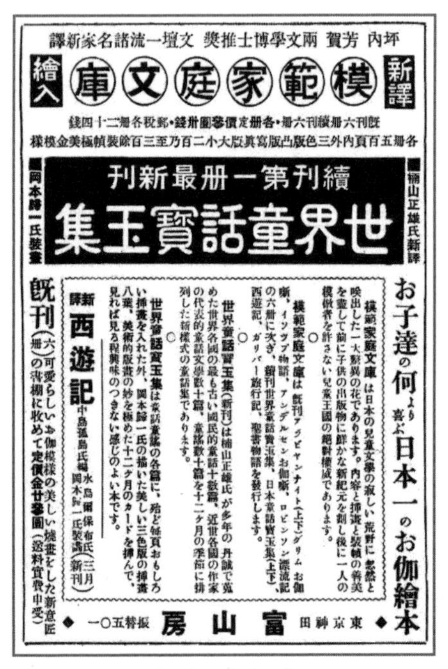

[그림 2-6] 광고란

을 고를 때 중요한 힌트를 제공한 것으로 보인다. 『킨노후네』 제2권 제4호에는 [그림 2-6]과 같은 광고가 실려 있는데 방정환은 필시 이러한 광고란을 통해서 당시 아주 평판이 좋았던 후잔보의 '모범가정문고' 시리즈의 존재를 알게 된 것이 아닐까 추측된다.

> 모범가정문고는 일본 아동문학의 쓸쓸한 황야에 돌연히 피어난 일대 경이의 꽃이라고 할 수 있습니다. 내용과 삽화와 디자인의 선과 미에 최선을 다하여 먼저 어린이의 출판물에 선명한 신기원의 획을 그었고 그 다음으로 한 명의 모방자도 허용하지 않는 아동 왕국의 절대 권위라고 할 수 있습니다.[56]

이 광고문에서는 삽화를 강조하여 선전하고 있는데 삽화가 들어간 동화집이 아직 많지 않았던 당시로써는 크게 자랑할 만한 부분이었을 것이다. 이 광고문에 이어 시리즈의 제7권에 대한 광고가 실려 있다. 제7권은 『세계동화보옥집(世界童話寶玉集)』을 말하는데 이것은 쿠스야마 마

---

56 〔일본어 원문〕
模範家庭文庫は日本の児童文学の寂しい荒野に忽然と咲出した一大驚異の花であります。内容と挿画と装幀の善美を尽して前に子供の出版物に鮮かな新紀元を劃し後に一人の模倣者を許さない児童王国の絶対権威であります。
『金の船』 第2巻 第4号 広告文, 1920.4.

사오가 편집한 것으로 1919년 12월에 이미 출판된 것이다. 그 광고가 『킨노후네』에 크게 실려 있다는 것인데 왜 킨노쯔노사의 잡지에 이렇듯 후잔보의 출판물 광고가 실려 있는 것일까 궁금해진다. 그 의문에는 다음 광고문이 크나큰 힌트를 제공해 준다.

> 세계동화보옥집은 동화 동요 각 작품에 거의 모든 페이지에 재미있는 삽화를 넣은 것 외에도 오카모토 키이치 씨가 그린 아름다운 삼색판의 삽화 팔엽, 미술적 판화의 묘미를 구명한 열두 달의 카드를 넣어 보면 볼수록 흥미를 더하게 되는 좋은 책입니다.[57]

앞에서 서술한 것처럼 『킨노후네』의 주요 화가로서 활약하고 있었던 오카모토 키이치는 후잔보의 일곱 번째 동화집의 삽화와 디자인도 담당하고 있었던 것이다. 그러한 관계 때문인지 『킨노후네』 제2권 제4호에는 『세계동화보옥집』에 관한 큰 광고란이 마련되어 있었던 것뿐만 아니라 편집 후기에서도 언급하고 있다.[58] 또한 쿠스야마 마사오는 편집자인 사이토 사지로의 대학 시절의 선생님이기도 했다. 오카모토 키이치는 당시 쿠스야마 마사오의 집에서 신세를 지면서 화가로서 활약하고 있었다.[59] 『킨노후네』의 광고란에 이렇게 '모범가정문고' 시리즈의 광고가 크게 실리게 된 배경에는 사이토 사지로의 인적 관계와 깊은 관련이 있었던 것으로 보인다. 그 광고문에서는 『세계동화보옥집』에 대한 또 다른 정보를 알 수 있다.

---

57 〔일본어 원문〕
世界童話寶玉集は童話童謡の各篇に、殆ど毎頁おもしろい挿画を入れた外、岡本帰一氏の描いた美しい三色版の挿画八葉、美術的版画の妙を極めた十二ヶ月のカードを挿んで、見れば見る程興味のつきない感じのよい本です。
『金の船』 第2巻 第4号 広告文.

58 『金の船』 第2巻 第4号, 1920.4, 95쪽.

59 斎藤佐次郎, 『斎藤佐次郎・児童文学史』, 337쪽.

세계동화보옥집(신간)은 쿠스야마 마사오 씨가 다년의 단성으로 엮은 세계 각국의 가장 오래된 국민적 동화 십여 편, 근세 각국 작가의 대표적인 동화 문학 십여 편, 동요 십여 편을 열두 달의 계절로 배열한 신양식의 동화집입니다.[60]

이 자료에서도 알 수 있듯이 기존의 작가별로 편집한 후잔보의 동화집과는 달리 『세계동화보옥집』은 세계 각국의 스물한 편에 달하는 동화와 전설, 그리고 여러 나라의 동요, 자장가, 어린이 시 등을 계절별로 나누어 편집한 아주 독창적인 동화집이었다. 번역은 쿠스야마 마사오 본인과 미즈타니 마사루(水谷勝)에 의한 것이다. 이것은 가능한 한 많은 나라의 동화, 여러가지 이야기를 어린이들에게 제공하고자 했던 방정환에게는 최고의 자료였음에 틀림 없다. 또 이러한 광고와 선전은 일본에 건너간 지 얼마 되지 않아 일본의 아동문학에 대해서 지식이 별로 없었던 방정환에게 있어서는 아주 유용한 정보원(情報源)이었을 것이다.

5. 나오기

이상과 같이 『킨노후네』 제2권 제5호와 제2권 제4호를 중요한 자료로 활용하여 방정환의 두 편의 번역동화 「왕자와 제비」와 「어린 음악가」의 저본에 해당하는 일본어 역을 탐색하여 삽화와 내용을 비교 분석했다. 그리하여 그 작품들이 각 작품의 저본이라는 사실을 확인함과 동시에 방정환의 번역동화에서 보여지는 특징을 고찰했다.

---

60 〔일본어 원문〕

世界童話寶玉集(新刊)は楠山正雄氏が多年の丹誠で蒐めた世界各国の最も古い国民的童話十数篇、近世各国の作家の代表的童話文学数十篇、童謡数十篇を十二ヶ月の季節に排列した新様式の童話集であります。

『金の船』第2巻 第4号 広告文.

방정환은 1920년에 일본으로 건너가 그 해 5월에 출판된 『킨노후네』에 실려 있던 「왕자와 제비(王子と燕)」를 저본으로 하여 「왕자와 제비」를 번역하여 발표했다. 그리고 연이어 동 잡지 4월호에 실려 있던 「잃어버린 바이올린(失くなったヴァイオリン)」을 저본으로 하여 「어린 음악가」를 번역했다. 그 후에도 여러 나라의 동화를 번역하여 발표하게 된다. 이러한 일련의 작업에 있어서 방정환은 오카모토 키이치 그림의 매력에 빠지게 되고 그 후 모든 삽화를 오카모토 키이치의 그림으로 통일하게 된다. 그때 방정환은 동화집의 디자인 작업에 있어서 그림의 통일성을 우선으로 생각하여 전혀 관계가 없는 동화에서도 각 장면에 맞을 것 같은 그림을 찾아내어 삽입하는 등 많은 고안을 했다. 『어린이』를 창간할 때 많은 그림을 넣자고 제안했던 방정환이 그림을 그려 줄 사람도 없고 또 좋은 그림이 있어도 인쇄 기술이 없으니 어차피 효과가 없다고 탄식을 했다는 에피소드가 남아 있다.[61] 그러한 방정환이 일본에 와서 보게 된 컬러풀하고 예술성이 높은 많은 삽화를 얼마나 부러워했을지는 어렵지 않게 상상할 수 있다. 그러한 상황에서 방정환에게 가능했던 일은 단지 일본의 잡지와 동화집에 그려져 있던 삽화를 그대로 차용하는 일밖에 없었을 것이다.

또한 방정환은 읽을거리가 거의 없었던 당시 조선의 어린이들에게 가능한 한 많은 동화를, 그리고 가능한 한 여러 나라의 동화를 제공하고자 노력하였다. 그 결과 어린이들에게 멋진 선물을 할 수 있었다. 이러한 과정에서 방정환에게 가장 큰 도움이 되었던 것이 바로 『킨노후네』였으며 그 광고란이었던 것이다.

---

61 이상금, 『소파 방정환의 생애—사랑의 선물』, 324~325쪽.

제4장

방정환의 번역동화와 '모범가정문고' 시리즈[1]

1. 들어가기

앞 장에서 이미 언급했듯이 방정환은 1920년 9월에 일본으로 건너가 그해 5월에 출판된 『킨노후네(金の船)』에 실린 「왕자와 제비(王子と燕)」를 저본으로 하여 「왕자와 제비」를 번역하여 『천도교회월보』와 『사랑의 선물』에 발표했다. 연이어 같은 해 4월호 『킨노후네』에 게재되어 있던 「잃어버린 바이올린(失くなったヴァイオリン)」을 저본으로 「어린 음악가」를 번역하여 『사랑의 선물』의 한 작품으로 추가했다. 방정환은 이 작업을 통해서 오카모토 키이치(岡本帰一)의 그림에 마음을 빼앗기기 시작하여 그 후로도 『사랑의 선물』의 모든 삽화를 오카모토 키이치의 그림으로 통일하게 된다. 앞장에서도 언급했듯이 저본을 찾는 과정에서 오카모토 키이치의 삽화가 크나큰 실마리가 되었다.

이와 같이 방정환의 번역동화에서 최초의 저본이 된 『킨노후네』는 작

1 본 장은 졸론 「方定煥の翻訳童話と『模範家庭文庫』」(『日本近代学研究』 제16집, 한국일본근대학회, 2007, 101~116쪽)와 「方定煥訳『湖水の女王』をめぐって」(『동화와 번역』 13집, 건국대학 동화와번역연구소, 2007, 261~294쪽)를 부분적으로 수정, 보완한 것이다.

품을 제공하기도 했지만 또 다른 큰 역할을 하게 된다. 그것은 다름 아닌 광고란이다. 『킨노후네』의 광고란은 방정환이 번역 대상으로 할 만한 작품을 선정하는 데 있어서 중요한 힌트를 제공했다. 『킨노후네』 제2권 제4호에는 후잔보(冨山房)의 '신역회입 모범가정문고(新訳絵入模範家庭文庫)'(이하 '모범가정문고') 시리즈의 광고가 실려 있다. 방정환은 이러한 『킨노후네』의 광고란을 통해서 '모범가정문고' 시리즈의 존재를 알게 되고 『킨노후네』에서 '모범가정문고' 시리즈로 시선을 돌려 그중 여덟 편의 동화를 선정하여 연이어 여러 나라의 동화를 번역하여 발표하게 된다. 그 과정에서 방정환은 『킨노후네』와 마찬가지로 저본의 스토리뿐만 아니라 '삽화의 차용'까지 더하게 된다. 그 삽화들도 모두가 『킨노후네』와 마찬가지로 오카모토 키이치의 그림이다.

이와 같이 '모범가정문고' 시리즈는 『킨노후네』와 함께 방정환의 번역동화 작업에서 큰 역할을 하게 된다. 그런 까닭으로 필자는 이 장에서 '모범가정문고' 시리즈가 방정환의 동화 번역에 어떻게 활용되었는지, 그리고 그중 어느 작품이 저본으로 사용되어 번역되었는지에 대해서 논하고자 한다. '모범가정문고' 시리즈는 전 12권으로 편성되어 있는데 방정환은 그중 제3권째인 나카지마 코토(中島孤島: 1878~1946) 역 『그림 오토기바나시(グリム御伽噺)』(1916)와 제5권째인 나가타 미키히코(長田幹彦: 1887~1964) 역 『안데르센 오토기바나시(アンデルセン御伽噺)』(1917), 그리고 제7권째인 쿠스야마 마사오(楠山正雄: 1884~1950) 역 『세계동화보옥집(世界童話寶玉集)』(1919) 세 권에서 여덟 편의 동화를 골라 번역하여 발표한 것으로 보인다. 또한 그 작업은 1922년 7월부터 다음 해 3월까지의 기간에 집중되어 있다. 이 여덟 편의 동화를 작품 발표 순으로 작성한 것이 다음의 [표 3-1]이다.

〔표 3-1〕 '모범가정문고' 시리즈와 방정환의 번역동화 및 그 저본

<table>
<tr><th>작품명</th><th>발표 잡지명 또는 서명(발표연도)</th><th>저본(서명 · 출판연도 · 번역 제목)</th></tr>
<tr><td>텬당 가는 길
(일명도적왕)</td><td>『사랑의 선물』(1922.7)
『천도교회월보』(1922.7.29)</td><td rowspan="2">『グリム御伽噺』(1916)
「大盜賊」
「睡美女」</td></tr>
<tr><td>잠자는 왕녀</td><td>『사랑의 선물』(1922.7)</td></tr>
<tr><td>한네레의 죽음</td><td>『사랑의 선물』(1922.7)</td><td rowspan="3">『世界童話寶玉集』(1919)
「ハンネレの昇天」
「湖水の女王」
「わがままな大男」</td></tr>
<tr><td>호수의 여왕</td><td>『개벽』(1922.7,9)</td></tr>
<tr><td>털보장사</td><td>『개벽』(1922.11)</td></tr>
<tr><td>천사</td><td>《동아일보》(1923.1.3)</td><td rowspan="2">『アンデルセン御伽噺』(1917)
「天使」
「マッチ売りの娘」</td></tr>
<tr><td>석냥파리 소녀</td><td>『어린이』(1923.3)</td></tr>
<tr><td>개고리 왕자</td><td>『어린이』(1924.7)</td><td>『グリム御伽噺』(1916)
「蛙の王子」</td></tr>
</table>

이 장의 목적은 삽화를 비교하여 '모범가정문고' 시리즈의 작품들이 방정환의 번역동화의 저본임을 추론하여 그 실증을 하고, 나아가 이 시리즈가 한국 근대 아동문학에 어떠한 영향을 끼쳤는지, 그리고 그 의의는 무엇인지에 대해 살펴보는 것이다.

여기에서 논하고자 하는 작품은 일본에서 출판된 순서가 아닌 방정환이 번역하여 발표하였을 것으로 추정되는 순서([표 3-1] 참조)로 소개하고자 한다. [표 3-1]과 같이 정리해 보면 방정환이 이 시리즈의 동화집을 어떠한 순서로 찾아내었는지를 알 수 있다. 제1장에서도 언급했듯이 작품 분석은 1922년까지의 작품으로 한정하였으므로 『안데르센 오토기바나시』는 '모범가정문고' 시리즈의 한 권이며 수록 작품이 방정환 역의 저본이 되었다는 사실을 추정하는 것에만 국한하고 「석냥파리 소녀」와 「천사」 이 두 편의 작품 분석은 행하지 않을 것이다. 1924년에 번역하여 발표한 그림동화 원작의 「개고리 왕자」도 마찬가지로 『그림 오토기바나시』가 '모범가정문고' 시리즈의 한 권이며 수록 작품이 방정환 역의 저본임을 추정하는 것에만 국한하고자 하므로 본 연구의 고찰 대

상에서는 제외할 것이다.

2. '모범가정문고' 시리즈의 편집인 쿠스야마 마사오와 오카모토 키이치의 삽화

'모범가정문고' 시리즈는 후잔보가 1915년부터 1921년에 걸쳐서 출판한 전 12권의 시리즈물로 그 내역을 제1권부터 소개하면 다음과 같다. 『아라비안나이트(アラビヤンナイト)』 상 · 하, 『그림 오토기바나시(グリム御伽噺)』, 『이솝 모노가타리(イソップ物語)』, 『안데르센 오토기바나시(アンデルセン御伽噺)』, 『로빈슨 표류기(ロビンソン漂流記)』, 『세계동화보옥집(世界童話寶玉集)』, 『서유기(西遊記)』, 『걸리버 여행기(ガリバア旅行記)』와 같이 아홉 권의 세계 유명 동화와 우화가 이어진다. 그리고 『일본동화보옥집(日本童話寶玉集)』 상 · 하, 『세계동요집(世界童謡集)』의 세 권으로 마무리된다. 이 시리즈는 『아카이토리』 창간 이전부터 시작하여 처음에는 스기타니 다이스이(杉谷代水: 1874~1915)가 편집하였으나 쿠스야마 마사오가 그 뒤를 이어 편집하였다. 그리고 『킨노후네』의 중심적인 화가로서 활약하고 있었던 오카모토 키이치가 삽화와 디자인을 담당한 초호화 세계 동화 시리즈였다. 정가는 3엔을 넘는 고가였지만 가격에 걸맞는 '유례를 볼 수 없는 완성도'였다고 평가받고 있다.[2] 그 외에도 다이쇼시대 아동문학 사상의 가장 눈부신 사건의 하나가 『아카이토리』의 발간과 경영이었으며 또 다른 하나의 큰 사건이 후잔보의 '모범가정문고' 시리즈의 탄생이라는 평가도 있다.[3]

'모범가정문고'의 발안자이며 실직적인 편집을 담당했던 쿠스야마 마

2 斎藤佐次郎,『斎藤佐次郎 · 児童文学史』, 金の星社, 1996, 42쪽.
3 瀬田貞二,「楠山正雄解説」,『日本児童文学大系』第11巻, ほるぷ出版, 1978, 381쪽.

사오는 근대극 연구가로서 그 이름이 널리 알려져 있었는데 나중에 아동문학과 백과사전 편집의 방면으로도 정열을 쏟게 된다. 그 아동문학 관련의 첫 일이 후잔보의 '모범가정문고'의 기획과 편집, 그리고 집필이었던 것이다. 제3장에서 논했던 '『킨노후네』 주최 오토기 대회'에서 메테를링크 원작의 「파랑새」를 공연했을 때 그 대본으로도 쿠스야마 마사오가 번역한 것이 사용되었을 뿐만 아니라 『킨노후네』에도 많은 동화를 번역하여 게재하는 등 『킨노후네』와도 깊은 관계를 가졌다.[4] 그리고 오카모토 키이치와도 깊은 관계를 가지고 있었는데 애당초 『킨노후네』와의 관계도 오카모토 키이치가 중개 역할을 한 것에서 비롯되었다. 세타 테이지(瀬田貞二, 1978)는 다음과 같은 점에서 쿠스야마 마사오를 스즈키 미에키치와 경력이나 업적에서 공통점이 많다고 논했다. 먼저 외국 문학을 배운 후 아동문학에 종사하여 서구의 아동문학을 시야에 넣고 처음에는 번역을, 나아가서는 자국의 신화와 전설, 더 나아가 역사를 기술하기에까지 이른 경위가 축을 하나로 하고 있다는 점이다. 그리고 이와야 사자나미 시대에 남아 있던 에도(江戸)시대 문예의 여운을 지우고 문학적 경험을 어린 독자들에게 전하기 위해서 편집이라는 조직력을 의식적으로 사용한 것은 스즈키 미에키치와 쿠스야마 마사오가 처음이었다는 견해도 있다.[5]

먼저 '발행의 취지'와 광고란을 참고로 하면서 '모범가정문고'가 어떤 시리즈였는지에 대해서 논하고자 한다. '모범가정문고' 시리즈의 각 권에는 이 '발행의 취지'가 매회 게재되었고 광고란도 있었다. 1916년에 간행된 『그림 오토기바나시』에는 마지막 페이지의 광고란에 다음과 같은 '발행의 취지'가 실려 있다.

4 斎藤佐次郎, 위의 책, 337~338쪽.
5 瀬田貞二, 「楠山正雄解説」, 『日本児童文学大系』 第11巻, 381쪽.

모범가정문고는 우리나라에서 처음으로 착수하게 된 세계가정문학의 고전 전서입니다. 청신건전(清新健全)한 가정독본으로써 소년소녀 제군의 단란한 시간을 위한 좋은 스승이자 친구임과 동시에, 오래오래 가정에 저장하여 서재의 보전이 되고 거실의 장식품이 되도록 하기 위해서 시간과 노력을 아끼지 않았으며 내용이나 외관도 선미(善美)를 제일로 하였습니다. 〔중략〕 이 정도로 훌륭한 세계 어린이 문학의 고전을 특히 현 문단의 명가에게 부탁하여 매끄럽고 세련된 문장으로 번역하여 매 권마다 화단의 재인제가(才人諸家)가 디자인한 대소의 삽화 몇 백 점을 삽입하였으므로 글과 그림이 잘 어우러져 흥취(興趣)가 무한합니다.[6]

위의 글을 보면 후잔보가 이 시리즈를 출판할 때에 얼마나 적극적인 의욕으로 임했는지를 잘 알 수 있다. 그리고 타이틀이 '신역회입(新訳絵入)'으로 시작하는 것에서도 알 수 있듯이 삽화에 많은 힘을 실었다는 사실도 알 수 있다.

앞 장에서도 논했듯이 『킨노후네』의 주요 화가로서 활약하고 있던 오카모토 키이치는 후잔보의 이 동화집 시리즈의 삽화와 디자인도 담당하고 있었는데 앞에서도 언급했듯이 오카모토 키이치의 그림은 방정환이 동화를 번역하는 작업에 있어서 아주 큰 역할을 하게 된다. 그리고 『사랑의 선물』뿐만 아니라 1921년에서 1923년에 걸쳐 번역하여 발표된 방정환의 번역동화의 모든 삽화에 오카모토 키이치의 그림이 사용

---

6 中島弧島訳, 『グリム御伽噺』, 冨山房, 1916, 마지막 페이지.
〔일본어 원문〕
模範家庭文庫は我国で始めて着手せられた世界家庭文学の古典全書であります。清新健全な家庭読本として少年少女諸君のまどいの優しい師友であると共に、永く家庭に蔵めて書斎の宝展となり、客間の装飾品ともなるために、時間と労力とを厭わず、内容にも体裁にも善美第一とつとめました。〔中略〕これほどりっぱな世界こども文学の古典を、特に現文壇の名家にお願いして、なだらかな、趣味の深い文章に書き和らげて頂き、毎冊画壇の才人諸家の意匠に成る大小の挿画幾百個を挿みましたから、文と画と相扶けて、興趣無限であります。

되었다. 그것은 마치 방정환이 오카모토 키이치의 그림을 선호하여 그가 삽화를 담당한 동화집만을 골라 저본이 된 동화를 선정한 것은 아닐까 하는 생각이 들게 할 정도이다.

위에서 언급했듯이『그림 오토기바나시』와『안데르센 오토기바나시』, 그리고『세계동화보옥집』은 방정환이 동화를 번역할 때 빈번하게 참고한 단행본이다. 그뿐만 아니라 1923년에 창간된 방정환 편집의『어린이』지에 본인이 번역하여 발표한「천일야화」와「이솝우화」도 오카모토 키이치의 삽화는 사용되지 않았지만 '모범가정문고' 시리즈의『아라비안나이트』와『이솝 모노가타리』를 저본으로 사용했을 가능성이 아주 높다.

3.『그림 오토기바나시』에서의 번역 작품

방정환은 '모범가정문고' 시리즈 제3권『그림 오토기바나시(グリム御伽噺)』(1916)에서 두 작품을 골라『사랑의 선물』의 일곱 번째 작품「잠자는 왕녀」와 여덟 번째 작품「텬당 가는 길」을 번역했다. 후자에는 부제로 '도적왕'이라고 덧붙여져 있다. 그리고 1924년 7월호『어린이』에도「개고리 왕자」라는 제목으로『그림 오토기바나시』에 수록되는 있는「개구리 왕자(蛙の王様)」를 번역하여 게재하는 등 그림 형제(Jacob Grimm: 1785~1863, Wilhelm Grimm: 1786~1859)의 동화를 여러 편 번역했다.

『그림 오토기바나시』는 나카지마 코토(中島孤島: 1878~1946)가 번역한 것으로「잠자는 왕녀」의 저본이 된 일본어 역은「수미인(睡美人)」이며 'ねむりびじん(잠자는 미인)'이라고 발음이 표기되어 있으므로 이하「잠자는 미인(睡美人)」으로 표기하고자 한다. 또한「텬당 가는 길」의 저본이 된 일본어 역은「대도적(大盗賊)」이라는 제목으로 'おおぬすびと(큰 도둑)'라

[그림 3-1] 『그림 오토기바나시』 광고

고 발음이 표기되어 있다. 「텬당 가는 길」은 1922년 7월에 『천도교회월보』에도 번역되어 게재된 작품이다.

『그림 오토기바나시』에 수록된 두 작품의 제목이 적혀 있는 첫 페이지에는 각각 한 점씩의 삽화가 그려져 있는데([그림 3-2] ①②) 방정환은 그 삽화도 『사랑의 선물』의 두 작품에 차용했다.([그림 3-2] ③④)

따라서 본 절에서는 「잠자는 왕녀」와 「텬당 가는 길」의 두 작품에 대해서 저본이 된 일본어 역과의 비교 분석을 하여 방정환 역의 특징에 대해서 고찰하고자 한다. 그러나 그 전에 일본에서 그림 동화가 언제 어떻게 소개되었는지에 대한 역사에 대해서 간단하게 살펴보고자 한다.

1) 일본에서의 그림 동화 소개

일본에서 안데르센 동화와 함께 다수 번역되어 소개되고 또 연구되어 온 것은 다름 아닌 그림 동화이다. 일본의 독자들이 그림 동화를 처음으로 접하게 된 것은 1884년부터 1885년 사이의 일이며 영국의 첸버스사가 발행한 '스탠다드 리딩 북스'라는 교과서를 통해서이다.[7] 이것은 소위 말하는 외래 영어 독본의 하나로 『제1독본(第一読本)』에서 『제5독본(第五読本)』까지 있다. 그중 『제2독본(第二読本)』에 「행복한 한스

[그림 3-2]「잠자는 왕녀」와「텬당 가는 길」의 삽화

7 川戸道昭,「グリム童話の発見—日本における近代児童文学の出発点」,『日本におけるグリム童話翻訳書誌』, ナダ出版センター, 2000, 9~13쪽 .

(運のいいハンス)」(KHM83)[8]가 'Hans in Luck - A Tale'라는 제목으로 약 10페이지에 걸쳐서 수록되어 있다. 영국의 첸버스사가 이 영어 리딩북을 출판한 것은 1883년의 일이며 2년 후 1885년에는 이미 일본의 영어학교 교실에서 꽤 많은 학생들에게 읽혀졌다. 이 첸버스사의 영어 리딩북은 일본 독자들이 처음으로 그림 형제의 작품과 만나게 되는 계기를 만든 것은 물론 전국 아동들과 학생들 사이에 서양 동화의 명작을 보급하는 매체로써도 중요한 역할을 하여 근대 일본 문학사상 큰 의의를 가진다.

종래의 연구에 따르면 그림 동화의 최초의 일본어 번역은 1885년 6월에 창간된『로마자 잡지(ROMAJI ZASSHI)』11호(1886.4)에 실린 그림 형제의「목동(HITSUJIKAI NO WARABE)」(KHM152)이라는 작품이다. 이것은 메이지 10년대의 번역이라는 점에서 주목되는데 그 이상으로 주목을 끄는 것은 이 작품이 게재된 것이 동 잡지에 상설되었던 '어린이를 위하여(子供のため)'라는 코너였다는 점이다. 이것은 명백하게 어린이를 독자로 상정한 번역이었다는 사실을 시사하고 있으며 또한 후일『여학잡지(女学雑誌)』의 '어린이 이야기(小供のはなし)'란의 선구가 되었다는 점에서도 의의를 가진다.[9]

그 이후 스가 료호(菅了法: 1857~1936)의『서양고사 신선총화(西洋古事 神仙叢話)』(1887), 그 다음으로 '서양 옛날이야기 제1호(西洋昔噺第一号)'로써 코분샤(弘文社)에서 출판된 쿠레 아야토시(呉文聡: 1851~1918)의『여덟 마리 산양(八ツ山羊)』(1887)이 출판되었다. 그리고 그 후에『여학잡지』에 게재된「작은 아가씨와 두꺼비(小娘と蝦蟇)」(1888)를 비롯하여 몇 편의 번역이 이어진다. 이와 같은 역사 속에서 주목할 만한 것은 위에서 언급했듯

8 KHM는 Kinder-und Hausmärchen(어린이와 가정을 위한 메르헨)의 약칭이다. 숫자는 1857년판(결정판)에 의한 번호이다. 일본어 역은 川戸道昭 · 榊原貴教編,「グリム童話翻訳文学年表(明治編)」(『明治の児童文学 翻訳編　グリム集』, 五月書房, 1999, 301~314쪽)을 참고로 했다.

9 川戸道昭,「グリム童話の発見―日本における近代児童文学の出発点」, 5~6쪽.

이 최초로 출판된 것이 어린이를 위한 번역이었다는 것이다. 이처럼 그림 동화 수용의 역사는 단적으로 한 사람의 외국인 작가의 번역 역사라는 영역을 넘어 일본의 아동교육과 아동문화의 발전 그 자체와 깊은 관계를 가지고 있다.

아동문학 연구가 사카키바라 타카노리(榊原貴教, 1999)는 초기의 그림 동화 번역을 크게 세 가지 흐름으로 나누었다. 먼저 스가 료호의 『서양 고사 신선총화』와 같이 '서구 세계를 이해하는 계보로써 탄생한 것', 다음으로 『여학잡지』에 소개된 번역처럼 '어머니가 아이들에게 가정 교육을 하기 위한 이야기'로써 수용된 것이 있다. 마지막으로 '어린이들에게 직접 들려주는 이야기'로써 『소국민(小国民)』과 『소년세계(少年世界)』 등 아동을 대상으로 한 잡지에 의역·번안된 것이다.[10] 이렇게 볼 때 『로마자 잡지』에 게재된 「목동(HITSUJIKAI NO WARABE)」은 세 흐름 중에서 어느 것에 해당하는 것일까? 『로마자 잡지』는 일본의 아동들에게 그림 동화와 안데르센 동화를 소개하는 과정에서 로마자 보급 운동의 수단으로써 활용하고자 하는 의도로 만들어진 것이다. 그러므로 사카키바라 타카노리의 분류 중에서 정확하게 해당하는 것은 없다고 봐야 할 것이다. 그러나 위에서도 언급했듯이 이 작품이 아동을 대상으로 하여 번역되어 아동 교육과 문화의 발전에 공헌했다는 점에서는 큰 의의가 있다고 볼 수 있다.

1900년대에 들어서자 단행본으로써의 그림 동화가 연이어 번역되어 간행되게 된다. 1906년에는 독일 문학자 하시모토 세이우(橋本青雨: 1878~1944)에 의해 『독일동화집 그림 원작(独逸童話集 グリム原作)』이 출판되었고 1909년에는 와다가키 켄조(和田垣謙三: 1860~1919)와 호시노 히사나리(星野久成)의 공저 『그림 원저 가정 오토기바나시(グリム原著 家庭お伽

10 榊原貴教, 「あとがき」, 『明治の児童文学 翻訳編 グリム集』, 五月書房, 1999.

話)』가 출판되었다. 1914년에는 타나카 우메키치(田中梅吉: 1883~1975)의 『그림 동화(グリムン童話)』가 출판되었고 같은 해에는 오가사와라 마사토키(小笠原昌斎)의 대역 『그림 오토기바나시 강의(グリムお伽噺講義)』가 출판되었다. 그리고 토시오카 쵸테이(年岡長汀)의 대역 『그림 십오 동화(グリム十五童話)』가 연이어 출판되었다.

이와 같이 다이쇼부터 시작하여 쇼우와시대에 걸친 그림 동화의 번역, 번안, 재화는 끊임없이 확인된다. 그 번역의 대부분은 원어로부터의 번역이 아닌 중역이거나 일본의 어린이들을 대상으로 하여 번안 · 재화된 것이었다. 그중에서도 주목할 만한 것은 방정환이 저본으로 삼은 나카지마 코토 역 『그림 오토기바나시』(1916)와 『속 그림 오토기바나시』(1924)가 있고, 새로이 열여덟 편을 추가하여 편집한 신판 『그림 동화집(グリム童話集)』(1938)의 호화본이 있다. 원화로부터의 전역은 카네다 키이치(金田鬼一: 1886~1963) 역 『그림 동화집(グリム童話集)』 제2권 · 독일편(1)(世界童話体系刊行会, 1924)과 제23권 · 독일편(2)(1927)가 있다.[11]

2) 「잠자는 미인」에서 「잠자는 왕녀」로

(1) 일본에서의 「장미 공주」의 번역

[표 3-2]는 그림 동화 KHM50번에 해당하는 작품 「장미 공주(Dornröschen)」의 일본 메이지시대와 다이쇼시대에 걸친 번역 연표이다.

11 日本児童文学学会編, 『グリム童話研究』, 大日本図書株式会社, 1989, 1쪽.

〔표 3-2〕 일본에서의 「『장미 공주(いばら姫)』의 번역 연표」(메이지 · 다이쇼)[12]

간행년월	번역 제목	번역자	게재된 책 또는 잡지 · 발행소
1903년 6월	「茨姫」	山君	万年艸(8号)
1906년 3월	「薔薇姫」	橋本青雨	『独逸童話集』大日本国民中学会
1911년 2월	「百年の眠」	日野蕨村	『家庭講話ドイツお伽噺』岡村書店
1914년 10월	「薔薇姫」	小笠原昌斎	『グリムお伽噺講義』精華書院
1914년 10월	「荊棘姫」	田中蕨吉	『グリンムの童話』南山堂書店
1914년 11월	「薔薇姫」	年岡長汀	『独和対訳グリム十五童話』南江堂書店
1915년 10월	「薔薇姫」	藤沢衛彦	『通俗叢書通俗グリム童話物語』 通俗教育復及会出版局
1916년 5월	「睡美人」	中島孤島	『グリム御伽噺』冨山房
1921년 12월	「百年眠った王女」	森川憲之助	『グリム童話集』真珠書房

앞에서 언급한 것처럼 『사랑의 선물』의 일곱 번째 작품은 그림 형제의 「장미 공주」가 원작인 「잠자는 왕녀」이다. 번역 제목을 보면 페로의 「잠자는 숲 속의 미녀」로 착각하기 쉽지만[13] 목차의 원작국명란을 보더라도 '독일'로 표기되어 있고 내용을 보더라도 틀림없는 그림 형제의 「장미 공주」 이야기라는 것을 알 수 있다. 그러나 그림 동화 1810년판의 원작이 된 것은 페로의 「잠자는 숲 속의 미녀」이고[14] 저본이 된 나카지마 코토 역이나 방정환 역이 그림 동화를 번역한 것이라 할지라도 그림 형제의 「장미 공주」가 페로의 동화로부터 큰 영향을 받았다는 것은

---

12 표 작성에 있어서는 국립국회도서관(国立国会図書館), 국립국회도서관 어린이도서관(国立国会図書館国際こども図書館), 산코도서관(三康図書館, 東京), 오사카부립 국제아동문학관(大阪府立国際児童文学館), 오사카시립 중앙도서관(大阪市立中央図書館), 오사카부립 중앙도서관(大阪府立中央図書館), 오사카대학 부속도서관(大阪大学附属図書館)의 소장서 일람을 바탕으로 하여 川戸道昭 · 榊原貴教編, 「グリム童話翻訳文学年表(明治編)」(『明治の児童文学 翻訳編 グリム集』, 五月書房, 1999, 301~314쪽)을 참고로 작성했다.

13 서론에서 이미 언급했듯이 실제로 나카무라 오사무(1999)와 이기훈(2002)의 논문에서 잘못 기록되어 있다.

14 高木昌史, 『グリム童話を読む事典』, 三交社, 2002, 75~76쪽.

부정할 수 없다.

그림 동화 50번째 이야기의 제목은 현대 일본에서는 「가시장미 공주(いばら姫)」나 「들장미 공주(のばら姫)」로써 가장 많이 알려져 있다. 그러나 번역 연표에서 알 수 있듯이 메이지시대와 다이쇼시대에는 「장미 공주(薔薇姫)」라는 제목으로 번역된 것이 많다. 그런 가운데에서도 나카지마 코토 역은 「잠자는 미인(睡美人)」이라고 번역되어 있다. 이것을 보면 방정환이 「가시 공주(茨姫)」나 「장미 공주(薔薇姫)」가 아닌 「잠자는 왕녀」라는 제목을 붙인 이유를 추측해 볼 수 있다. 앞에서도 언급했듯이 나카지마 코토 역의 제목은 '睡美人'이라고 쓰고 'ねむりびしん(잠자는 미인)'이라고 발음이 표기되어 있는데 방정환은 여기에서 '잠자는'을 빌리고 스토리 안에서 주인공이 '미인'이 아닌 '왕녀'라고 불리는 점에서 제목을 '미인'이 아니라 '왕녀'로 한 것으로 추측된다. 작품 분석에 있어서는 참고로 위 [표 3-2]에서 열거한 다른 일본어 역과도 비교해 보고자 한다.

(2) 작품 분석

가. 줄거리

다음은 그림 동화 1857년판(결정판) 「장미 공주」의 줄거리이다.

아이가 없던 왕과 왕비는 매일같이 아이가 생기기를 원했다. 그러던 어느 날 개구리의 예언대로 드디어 공주가 태어나고 그를 축하하기 위해 큰 축제를 열었다. 나라 안에 있는 모든 마법사(현명한 여자)를 초대하여 공주는 아름다움과 지혜, 부 등의 선물을 받았다. 열두 번째 마법사가 선물을 하려고 했을 때 초대받지 못했던 마법사가 나타나 '이 공주는 열다섯 살이 되는 해에 물레 바늘에 찔려 죽을 것이다'하고 저주를 했다. 아직 선물을 하지 못한 열두 번째 마법사가 '열다섯 살에 물레 바늘에 찔리기는 하지만 죽지는 않고 백년 동안 깊은 잠에 들 것이다'라고 예언을 했다. 왕은 그 불행을 막으려고 여러 가지 방법을 써 보았지만 결국 예언대로 공주는 열다섯 살이 되던 해에 백 년의 깊은 잠 속에 들고 만다.

백 년 후 아름다운 공주가 깊은 잠을 자고 있다는 소문을 듣고 한 왕자가 가시덤불에 둘러싸인 성을 찾아오자 신기하게도 가시덤불이던 성 안에 길이 열리고 왕자를 공주가 있는 곳으로 안내해 주었다. 왕자의 키스로 공주가 깨어나자 성 안의 모든 것이 깨어났다. 이리하여 두 사람은 결혼을 하고 행복하게 오래오래 살았다고 한다.

전체적인 흐름은 [표 3-2]에 열거한 일본어 역과 방정환 역 어느 쪽도 그림 형제의 원작에서 그다지 벗어나지 않았다는 사실을 확인할 수 있다. 그러나 방정환의 번역은 다른 작품에서도 자주 보이듯이 일부분과 결말 부분에서는 재화가 엿보인다. 이 점에 대해서는 다음 절에서 상세하게 살펴 보고자 한다.

나. 비교 분석

다음에서 알 수 있듯이 나카지마 코토 역과 방정환 역의 도입 부분에서는 변화가 거의 보이지 않는다.

나카지마 코토 역

옛날 옛날에 왕과 왕비가 있었는데 둘은 매일 이렇게 말했습니다. "어떻게든 아이 하나만 있었으면 좋겠어요!" 그러나 아무리 해도 생기지 않았어요. <u>어느 날 왕비가 목욕을 하고 있는데 개구리 한 마리가 물 위로 올라와서 지면에 납죽 엎드려서는</u> 왕비를 쳐다보며 이렇게 말했습니다. "당신의 소원은 이루어질 것입니다. 일 년 안에 공주를 낳게 될 것입니다." 그러고는 개구리의 예언대로 왕비는 아름다운 공주를 낳았습니다.[15]

방정환 역

녯날 녯젹 또 녯젹에 어느 나라님 내외분이 아드님도 따님도 한 분도 업스서셔 늘 근심을 하고 계셧습니다. 그래셔 매양 두 분이 "엇더케던지 어린애를 하나 나엇스면 다시 원이 업겟는데……" 이럿케 탄식을 하시나 아못 쇼용도 업섯습니다. 그러나 하로는 왕비님이 목욕을 하시느라닛가 난데 업는 개고리 한 머리가 물 우에 튀여 나와셔 머리를 죠으며 "왕비님 왕비님 착한 왕비님! 왕비님은 착하시닛가 일년 래로 쇼원을 니루시게 됩니다!" 하엿습니다. 이상하게도 그 개고리의 예언이 드러마져셔 왕비님은 어엽븐 어엽븐 따님을 나으섯습니다.

방정환 역과 나카지마 코토 역, 그리고 후지사와 모리히코(藤沢衛彦) 역과 모리카와 켄노스케(森川憲之助) 역에서는 왕비가 목욕을 하고 있을 때 갑자기 개구리가 나타나 왕과 왕비의 소원이 이루어져 1년 안에 공주가 태어날 것이라고 예언하는 데 반해 1906년의 하시모토 세이우(橋本青雨) 역에서는 '왕비가 강기슭을 산책하고 있는데 강에서 작은 물고기가 물 위로 머리를 내밀고 예언한다'는 형태로 '물고기'가 등장한다. 그리고 참고로 현대에 들어서의 번역을 살펴보면 1985년의 오자와 토시오(小澤俊夫) 역에서는 '여왕님이 목욕을 하고 있는데 물속에서 가재가 뭍으로 올라와 예언했다'고 번역되어 있어 아주 흥미롭다.

오자와 토시오(1999)는 그림 동화를 1810년의 육필 원고에서 초판본(1812년판), 제2판(1819), 제7판(1857)까지를 각 판 별로 같은 부분을 단락 지어 번호를 붙여 작업을 함으로써 아주 구체적인 비교 분석을 했다.[16]

---

15 〔일본어 원문〕
むかしむかし王様と妃があつて、毎日の話にいつも斯う言ひました「何うかして一人小児が欲しいね!」けれども何うしても出来ませんでした。或る日妃が沐浴をしてゐると、一匹の蛙が水の上へ出て地面へ蹲ひながら、妃に向つて斯う言ひました。「貴女の願ひは叶ひます、一年経たない内に貴女は王女を産み落とすでせう」すると蛙の予言した通りになつて、妃はそれはそれは美しい王女を生みました。

그의 연구를 참고로 하면 처음에는 예언자 역할을 하는 것이 '가재'였는데 제7판에서는 '개구리'로 변한다. 이 점에서 보면 나카지마 코토가 제7판을 저본으로 번역했다는 것을 알 수 있다. 최근까지의 연구에서는 그림 형제는 판을 거듭하면서 몇 번이고 수정을 하였는데 그것은 동생 빌헬름이 문학청년이었기 때문이라고 전해진다. 일본에 최초로 건너 온 것이 몇 판째인지는 정확히 알 수 없지만 적어도 나카지마 코토는 문학적인 수식이 더해진 것을 저본으로 하였다는 사실을 알 수 있다. 오자와 토시오(小澤俊夫, 1999)도 제7판에 대해서 창작동화적인 수식의 문장과 상황 묘사를 한 문장이 많아 창작동화에 가까워졌다고 논했다.[17] 다이쇼시대에 번역된 그림 동화는 발단 부분의 '개구리'가 등장하는 부분에서 보더라도 저본으로써 가장 많이 사용된 그림 동화는 제7판이었을 것으로 추측된다. 그러나 나카지마 코토가 독일어판을 저본으로 했는지 영어판을 저본으로 중역을 했는지에 대해서는 확인하지 못했다. 1916년 전후의 일본에 영어판 그림 동화가 어느 정도 유입되었는지에 대해서, 그리

---

16 小澤俊夫, 『グリム童話考』, 講談社学術文庫, 1999, 128~180쪽.
그림 동화는 다음과 같은 판을 거듭한다. 1810년 경 클레멘스 브렌타노(Clemens Brentano, Klemens Brentano: 1778~1842)로부터 동화집 출판에 대한 제한을 받은 형제가 초고를 빌려주었는데 브렌타노가 이것을 분실하여 동화집 출판 이야기도 중단되었다. 20세기에 들어서서 그 초고가 욀렌베르크 수도원에서 발견되었기 때문에 '욀렌베르크 원고(Ölenberger Handschrift)'라고 불린다. 후일 형제가 자신의 손으로 초고를 바탕으로 1812년(제2권은 1815년)에 발행된 동화집이 '그림 동화'의 애칭으로 알려진 『어린이와 가정을 위한 메르헨』이다. 초판 발행 때에 서툰 문장과 성적 표현에 대한 항의가 잇따라 몇 번에 걸쳐 개정을 했다. 그 작업은 빌헬름의 서거 2년 전인 1857년까지 계속되었다. 그 마지막 판이 제7판이며 결정판이라고도 한다. 이하, 그림 동화의 각판의 출판연도와 각판에 수록된 작품수이다.
초고—욀렌베르크 원고
초판—1812년 (제2권은 1815년) 156화
제2판—1819년 161화
제3판—1837년 168화
제4판—1840년 178화
제5판—1843년 194화
제6판—1850년 200화
제7판—1857년 200화

17 小澤俊夫, 『グリム童話考』, 177쪽.

고 나카지마 코토 역의 저본에 대해서는 본 연구의 목적과 무관하므로 다른 지면을 빌려 논하고자 한다.

다음은 초대받지 못한 마법사(현명한 여자)가 등장하는 장면이다.

나카지마 코토 역

그때 이 나라에는 열세 명의 무녀가 있었는데 왕이 이 무녀들을 대접하기 위해 황금접시를 열두 장밖에 준비하지 못했기 때문에 그중 한 명만 빼기로 했습니다.〔중략〕그리고 열한 번째가 끝났을 때 갑자기 초대받지 못했던 무녀가 불처럼 들어와 인사도 없이 큰 목소리로 화를 냈습니다. "열다섯 살이 되는 해에 이 왕녀는 물레 바늘에 찔려서 죽을 것이다!" 이렇게 말하고는 아무 말도 없이 돌아가 버렸습니다.[18]

방정환 역

이 나라에는 요술 할멈이 열두 사람이엿스닛가 열두 사람을 모다 불넛스나 실상은 그 외에 요술 할멈이 또 하나 사람 모르는 곳에 잇섯습니다.〔중략〕그리고 맨 끗헤 열둣 재 할멈이 말을 하러난데 어대션지 오늘 이 자리에 참례 안이 하엿던 열셋 재 요술 로파가 튀여 나와셔 "이 애가 커셔 열다섯 살 되는 해에 실 뽑는 꾸리에 찔녀 죽으리라!" 하고는 그냥 휙- 가 바렷습니다.

방정환 역에서는 그 나라에 요술 할멈이 열세 명이 있었지만 열두 명뿐이라고 착각을 해서 한 명을 초대하지 않았다는 과오를 범했지만 나

18〔일본어 원문〕
其の時此の国には十三人の巫女がありましたが、王様は此の巫女達に食べさせるのに十二枚の黄金の皿を用意しましたから、其の中の一人は除かれることになりました。〔中略〕そして十一番目が斎んだ時に、突然招かれない十三人目の巫女が火のやうになつて入つて来て、遠慮会釈もなく大きな声で怒鳴りました。「十五の年に此の王女は紡錘で自分を刺して死んでしまふ」然う言つたきり何も言はずに引き返して、館を出て行つてしまひました。

카지마 코토 역에서는 열세 명인 것을 알았지만 황금 접시를 열두 장밖에 준비하지 못했기 때문에 한 명을 제외하고 열두 명만 초대하는 과오를 범한다. 또, 모리카와 켄노스케 역에서는 열세 명을 초대했지만 황금 접시가 열두 개밖에 없었기 때문에 한 명만 황금 접시 앞에 앉지 못했다는 과오를 범한다. 즉, 원작과 일본어 역에서는 왕이 열세 번째 무녀에게 원한을 산다는 설정인 것에 반해 방정환 역에서는 의도적으로가 아니라 단순히 몰랐기 때문에 초대하지 못했다는 설정으로 왕을 악의 없는 인물로 설정했다.

그리고 마법사(현명한 여자)를 일본어 역에서는 '무녀(巫女)'라고 번역한 것에 반해 방정환 역에서는 '요술 할멈'이라고 번역한 점이 시선을 끈다. 『코우지엔(広辞苑)』(제5판, 岩波書店, 1998)에 의하면 일본어 '무녀(巫女)'의 의미는 '신에게 바치는 카구라(神楽: 신에게 제사 지낼 때 연주하는 일본 고유의 무악)와 기도를 하거나 신의(神意)를 받아 신탁(神託)을 전하는 자'로 정의되어 있다. 원작의 '현명한 여자'에 적합한 단어로써 1900년부터 1920년대까지는 이 '무녀'가 제일 적절했을 것으로 판단된다. 그러나 방정환은 '무녀'라고 번역했을 경우 스토리의 등장 인물의 이미지로 적합하지 않다고 판단했을 것이다. 현대에 있어서 '무녀(巫女)'는 한국어로 번역하면 '무당'이라는 단어가 가장 일반적인데 이 스토리에서의 '무녀'와 한국의 '무당'과는 연결하기 어려운 면이 없지 않다. 이러한 이유로 방정환 역에서는 '요술 할멈'이라는 단어가 창작되었을 것으로 보여진다. 나카지마 코토 역에는 앞에서 언급했듯이 표지 이외에 스토리 중간에도 오카모토 키이치의 삽화가 들어가 있는데 이 삽화의 '무녀'를 보면 '요술 할멈'이라는 단어가 오히려 더 잘 어울린다는 것을 알 수 있다. 방정환은 이 단어가 더 동화에 잘 어울린다고 판단했고 그로 인해 조선의 어린이들도 머리속에서 공상의 나래를 펼 수 있지 않았을까 하고 추측해 본다. 또한 『사랑의 선물』 세 번째 작품인 「산드룡의 류리구두」에서도 '요술 할멈'이 등장하므로 거기에서 힌트를 얻었을 가능성 또한 배제할 수 없다.

그리고 방정환 역과 나카지마 코토 역에서는 초대받지 못했던 열세 번째 무녀가 갑자기 나타나 "왕녀는 열다섯 살이 되는 해에 물레 바늘에 찔려서 죽을 것이다"라고 예언을 하는데 모리카와 켄노스케 역에서는 "이 왕녀는 열다섯 살이 되는 해에 물레 바늘로 자살을 할 것이다"라는 형태로 '자살'이라는 단어를 사용하여 더욱 잔혹한 죽음을 예언하고 있어 어린이를 대상으로 하는 이야기로는 조금 잔인한 면이 없지 않다.

다음은 공주가 열다섯 살이 되어 물레 바늘에 찔려 공주와 함께 성 안의 모든 것들이 깊은 잠에 빠지는 장면이다.

나카지마 코토 역

그러자 그 잠이 성 안 전체에 퍼졌습니다. 그때 성으로 돌아와 큰 홀에 앉아 있던 왕과 왕비도 잠에 빠져 버리고 성 안의 모든 이들도 한 사람도 빠짐없이 잠이 들고 말았습니다. 마구간에 있던 말도 정원에 있던 개도 지붕 위에 있던 비둘기도 벽에 앉아 있던 파리도 벽난로 안에서 타고 있던 불조차도 멈추어 다른 것들과 함께 잠들어 버렸습니다. 꼬치에 꽂혀 있던 고기도 구워지던 채로 멈추고 주방 보조가 뭔가 실수를 했다고 머리카락을 잡아당기려던 주방장도 주방 보조를 내버려 둔 채로 잠들어 버렸습니다.[19]

방정환 역

그리고 곳 그 시각에 그 잠이 대궐 안에 왼통 퍼졋습니다. 나라님도 왕비님

---

19 〔일본어 원문〕
すると此の睡眠が城中に広がりました。其の時もう城へ帰つて来て、大広間に座つて居た王と妃も眠つてしまひ、御殿中の者も残らず眠つてしまひました。厩の中に居た馬も、庭に居た犬も、家根の上の鳩も、壁にとまつた蝿も、炉の中でチラチラ燃えてゐた火さへも静として、他のものと同じやうに眠つてしまひました。串にささつた肉も焼きかけたまんまになり、厨僕が何か粗忽をしたといつて毛を引張りに行きかけた料理人も、厨僕を打棄つて置いて、眠てしまつた。

도 잠이 들고 모든 사람이 모다 잠이 깁히 들엇습니다. 하인은 음식을 맨들다 가 선 채로 자고 료리 맨들려고 닭을 잡다가 자고 쪼겨 가든 닭까지 자고 뜰을 쓸다가 비를 든 채로 자고 개까지 말까지 파리까지 자고 모든 것이 모다 잠이 들어 바렷습니다.

여기에서는 나카지마 코토 역을 비롯한 다른 일본어 역에서는 보여지지 않는 방정환의 독특한 창작이 보인다. '요리 만들려고 닭을 잡다가 자고 쫓겨 가던 닭까지 자고 뜰을 쓸다가 비를 든 채로 자고' 라는 부분이다. 생생하게 상상이 되는 듯한 구체적이고 실감 나는 묘사를 하여 이야기를 더욱 재미있게 하기 위한 골계미를 가미한 방정환만의 고안이 잘 나타나 있다. 『사랑의 선물』의 작품 중에는 어린이들이 웃을 수 있는 스토리나 장면이 거의 없기 때문에 이러한 부분은 아주 드물다. 오자와 토시오(1999)도 1857년판의 그림 동화 원작의 같은 부분에 대해서 그림 형제의 머릿속에서는 들려주기 위한 메르헨이라기보다는 눈으로 읽기 위한 메르헨이라는 방향으로 확실하게 생각이 향하고 있는 것으로 보인다고 논했다.[20] 그것을 거의 그대로 번역한 나카지마 코토 역에 방정환이 창작을 가미해 근대 동화에 더욱 근접시킨 것이다.

방정환 역에는 일본어 역에서는 찾아볼 수 없는 부분이 하나 더 있다. 그것은 공주를 백년 간의 깊은 잠에서 깨우는 역할을 하는 '왕자'에 대한 묘사이다. 나카지마 코토 역을 비롯한 모든 일본어 역에서는 단지 가시 덤불 속 성에 아름다운 왕녀가 잠들어 있다는 소문을 들은 왕자가 아름다운 왕녀를 만나고자 하는 마음으로 가시덤불 속으로 들어가려고 한다. 그러나 방정환 역에서의 왕자는 '어여쁘고 쾌활한' 성격을 가진 사람으로 설정되어 있다. '그 왕자님은 얼굴도 이 속에 잠든 왕녀만 못하

20 小澤俊夫, 『グリム童話考』, 159쪽.

지 않게 어여쁘고 마음으로나 무엇으로나 그 왕녀와 같았습니다'라고 외견에 더해 성격까지 아주 높이 평가되고 있다. 단지 아름다운 왕녀를 만나고 싶어서 성으로 간다는 일본어 역 부분을 개작한 것이다. 남자의 저속한 호기심이 느껴지는 듯한 원작과 일본어 역을 개작하여 어린이들에게 보다 아름다운 이야기를 제공하고 싶었던 것은 아닐까.

다음은 왕자가 왕녀 앞에 등장하여 왕녀가 눈을 뜨는 장면이다. 방정환 역에서는 이 장면 앞 부분에 삽화가 그려져 있다. 나카지마 코토 역에서는 표지로 그려진 오카모토 키이치의 그림([그림 3-2] ①)이 방정환 역에서는 내용의 흐름에 맞추어서 왕자가 성으로 향하는 장면에서 사용되었다([그림 3-2] ③).

나카지마 코토 역

왕자는 왕녀의 귀여운 얼굴을 보자 눈을 뗄 수가 없을 정도였습니다. 왕자는 몸을 구부려서 왕녀에게 입맞춤을 했습니다. 그러자 왕녀는 잠에서 깨어나 커다란 눈을 뜨고 자상해 보이는 왕자의 얼굴을 쳐다보았습니다. 〔중략〕 나중에 왕자와 로자먼드 공주는 성대한 결혼식을 올리고 두 사람은 평생 행복하게 생을 보냈다고 합니다.[21]

방정환 역

왕자는 감안 감안히 그 엽흐로 가셔 허리를 굽히고 그 곱게 잠든 텬사 갓흔 얼골을 고요—히 드려다 보다가 그 꼿갓치 붉고 어엽븐 입셜에 입을 맛추엇습니다. 그러닛가 왕녀가 눈을 떳습니다! 백년 동안 자든 잠이 깨엿습니다. 그리

21 〔일본어 원문〕
王子は王女の可愛らしい寝顔を見ると、眼を離すことが出来ない位でした。王子は身を屈めて王女に接吻しました。すると王女は眼が覚めて、パッチリと大きな眼を開いて、優しさうに王子の顔を眺めました。〔中略〕やがて王子とロザモンド姫とは、盛んな結婚式を挙げて、二人は一生の間幸福に此の世を送りましたと、さ。

고 서늘하고 정다운 눈을 번적 뜨고 왕자를 보고는 빙끗 우섯습니다. 〔중략〕 이렇케 백년의 잠은 깨이고 세상에셔 데일 어엽브고 착한 왕녀와 데일 어엽브고 쾌활한 왕자님과 성대하게 혼인을 하엿습니다. 그때 마침 봄이 와셔 모든 꼿이 왓작 피엿습니다. 그리고 나라님이 도라가시고 왕자와 왕녀가 뒤를 이어 다스릴 때에는 그가 도라갈 때까지 늘 따듯-한 봄 갓햇다 합니다.

위에서 언급한 왕자의 성격이 여기에서도 잘 나타나 있다. '세상에서 제일 어여쁘고 착한 왕녀와 제일 어여쁘고 쾌활한 왕자님'이라고 왕녀와 왕자 두 사람의 외견과 성격을 강조하고 있다. 즉 방정환 동화의 주인공은 언제나 '착한' 사람이어야 한다는 것이다. 그 때문에 이 작품의 두 주인공도 누구보다도 '착하다'고 묘사되어 있다. 그리고 마지막 부분의 나카지마 코토 역에서는 '왕자와 로자먼드 공주는 성대한 결혼식을 올리고 두 사람은 평생 행복하게 생을 보냈다고 합니다'라는 형태로 끝이 난다. 그러나 방정환 역에서는 '그때 마침 봄이 와서 모든 꽃이 활짝 피었습니다. 그리고 나라님이 돌아가시고 왕자와 왕녀가 뒤를 이어 다스릴 때에는 그가 돌아갈 때까지 늘 따뜻한 봄 같았다 합니다'라는 형태로 방정환의 창작 부분이 가미되었다. 나카지마 코토 역에서의 왕녀의 이름 '로즈먼드'가 방정환 역에서는 삭제되어 있는 부분도 주목을 끌지만 그보다 주인공들이 영원히 밝고 좋은 세상에서 살게 하고팠던 방정환의 의도가 아주 흥미롭다.

다. 결론

오자와 토시오(1999)는 「장미 공주」의 각 판을 비교 분석한 결과로써 1810년판은 야콥이 이야기를 들으면서 써 내려간 것임에도 불구하고 중요한 부분은 거의 정확하게 파악하고 있었다고 인정하고 간결하기는 하지만 어느 정도 형태를 갖춘 문장으로 성립되었다고 평가했다. 그것에 비해 1812년판은 빌헬름이 손을 대서 수식문이 조금 늘어나 있지만 1819년판에 비하면 아주 소박한 것으로 1810년판의 구어체에 가까운 형태를 취하고 있다고 했다. 그리고 1819년판은 아주 많은 변화가 엿보이고 1857년판은 거의 완벽하게 읽기 위한 메르헨으로 변하여 창작 동화에 가까워졌다고 논했다.[22] 이와 같이 그림 동화는 판을 거듭하면서 들려주기 위한 메르헨에서 읽기 위한 메르헨으로 변화해 갔다. 그리고 나카지마 코토는 이미 창작동화에 가까운 1857년판 이후의 것을 저본으로써 사용한 것이다. 나카지마 코토의 번역은 원작에 충실한 번역이었다. 그러나 나카지마 코토 역을 저본으로 사용하여 번역한 방정환 역에서는 스토리의 흐름에서는 변화를 보이지 않지만 세밀한 부분에 손을 댄 부분이 엿보인다. 야콥이 들으면서 기록한 메르헨에 빌헬름이 손을 대서 읽기 위한 메르헨으로의 변용을 보인 것처럼 원작에 충실한 나카지마 코토 역에 자신의 창작을 가미하여 개작한 부분이 엿보이는 방정환 역이 탄생한 것이다.

3) 「대도적」에서 「텬당 가는 길」로

앞에서도 언급했듯이 『사랑의 선물』의 여덟 번째 작품은 그림 원작의 「텬당 가는 길(일명 도적왕)」이다. 방정환은 '소파'라는 필명으로 1922년 7월호 『천도교회월보』에도 같은 작품을 발표했다. 『사랑의 선물』 편집 후 그중 한 편을 골라 동 잡지에 게재한 것으로 보인다. 삽화도 그대로 차용했다([그림3-2] ④).

이 「텬당 가는 길」이라는 제목만으로는 원작명을 추측하기 어렵다. 그러나 이 작품의 부제가 '도적왕'으로 표기되어 있고 원작국명란에도 '독

---

22 小澤俊夫, 『グリム童話考』, 179~180쪽.

일'이라고 표기되어 있는 것에서 KHM192번의 '*Der Meisterdieb*'라는 것을 추측할 수 있다. 현대 일본어 역 제목은 「도둑의 명인(泥棒の名人)」[23]인데 이 작품은 인기 작품이라고 하기는 어렵다.

방정환이 저본으로써 사용한 일본어 역은 「잠자는 왕녀」와 마찬가지로 나카지마 코토의 번역이다. 앞에서도 언급했듯이 나카지마 코토의 번역 제목은 '대도적'이라고 쓰고 'おおぬすびと(큰 도둑)'라고 발음이 표기되어 있다. 이것을 참고로 하여 방정환 역에서도 부제로 '도적왕'이라고 부친 것으로 보여진다. 방정환 역의 제목이 「텬당 가는 길」이 된 것은 다음의 줄거리에서 알 수 있다. 백작이 대도적에게 낸 세 번째 과제는 교회 목사와 서기를 교회에서 훔쳐 내는 것이다. 대도적은 신의 사자로 변장을 하여 천국에 데려다 주겠다고 속이고 두 사람을 훔쳐 내는 것에 성공한다. 성으로 향하던 도중에 '천국으로 올라가는 계단'이라는 등의 거짓 설명을 하는 장면이 나온다. 이 '천국으로 가는 길'의 '천국'을 같은 의미의 한국어인 '천당'으로 번역하여 '천당 가는 길(텬당 가는 길)' 이라는 제목을 부친 것으로 보인다.

(1) 줄거리

다른 작품과 마찬가지로 이 작품도 이야기의 흐름은 거의 변화가 없다고 봐도 무방하나 부분적인 개작이 엿보인다. 나카지마 코토 역의 줄거리는 다음과 같다.

> 가난한 노부부가 살고 있었다. 그곳으로 네 마리가 끄는 훌륭한 마차를 탄 신사 여행객이 지나가게 된다. 같이 식사를 하게 해 달라고 부탁을 받은 노부

23 일본어 번역 제목은 타카기 마사후미(高木昌史) 저 『그림 동화를 읽는 사전(グリム童話を読む事典)』에 수록되어 있는 것에 의한 것이다.(427쪽)

부는 볼품없는 식사로 대접을 해 주자 신사는 자신이 어렸을 때 집을 나간 아들이라는 것을 밝히고 지금은 대도적이 되었다고 실토한다. 노부부는 아들이 고향으로 돌아온 것을 기뻐하지만 성에 사는 백작이 도둑이 된 아들을 용서해 줄 리가 없다고 걱정이 이만저만이 아니었다. 아들은 스스로 백작에게 인사를 하러 가 자신이 대도적이 된 것을 밝힌다. 백작은 세 가지 과제를 내고 그것들을 모두 무사히 훔쳐 내면 목숨만은 살려 주겠다고 한다. 아들은 마부들에게 수면제를 탄 술을 마시게 하여 첫 번째 과제인 백작의 애마를 훔쳐 낸다. 그리고 백작으로 변장하여 시체를 자기인 것으로 속이고 두 번째 과제인 백작 부인의 반지와 이불을 훔쳐 낸다. 마지막으로 천국에 데려다 주겠다고 거짓말을 하여 교회의 목사와 서기를 훔쳐 내는 데 성공한다. 백작은 대도적이 훌륭하게 일을 해낸 것에 감탄하지만 다시는 자신의 영지에 들어오지 못하도록 명령하고 목숨만은 살려서 보내 준다.

방정환 역에서도 줄거리는 거의 변화를 보이지 않지만 방정환 번역의 특징인 가족애가 강조되었고 또한 효도를 중시하는 부분이 엿보인다. 그 점에 대해서는 작품 비교 분석에서 상세하게 논하고자 한다.

(2) 작품 비교 분석

이 작품에서 방정환 역의 특징이 크게 엿보이는 부분은 두 군데이다. 하나는 그림 형제의 원작과 나카지마 코토 역에서 보여지는 잔혹한 부분을 삭제하고 개작한 부분이다. 원작과 나카지마 코토 역에서는 대도적이 백작의 두 번째 과제를 수행하는 과정에서 백작에게 범인의 시체를 자기인 것처럼 보이게 하여 총을 쏘게 하는 부분이 있다. 그 부분이 방정환 역에서는 시체가 아닌 어른 크기의 인형으로 개작되어 있다.

나카지마 코토 역

대도적은 어둠에 싸인 형장에 숨어들어 그날 목이 졸려 죽은 죄인의 밧줄을 끊어 성 안까지 업고 왔습니다. 성에 들어가 백작의 침실에 사다리를 걸어 놓고 자신의 어깨 위로 시체를 밀어 올리면서 천천히 올라갔습니다. 그리고 시체의 머리가 창문에 거의 닿을 때까지 올라가자 창가에 숨어 있던 백작은 바로 총을 겨냥하여 쏘았습니다. 그러자 대도적은 바로 시체를 던져 버리고 급하게 사다리를 내려와 어둠 속에 몸을 숨겼습니다. 그날 밤은 마침 달이 밝아 낮처럼 밝았으므로 대도적 쪽에서는 백작이 사다리를 타고 내려와 시체를 정원으로 옮겨 땅에 묻으려고 땅을 파는 것이 잘 보였습니다.[24]

방정환 역

밤이 깁허셔 도젹왕은 발셔 무슨 큰 보퉁이를 들너 메고 이 셩 안에까지 들어 왓슴니다. 이번에는 복장은 꼭 백쟉과 갓치 차리고 얼굴까지 슈염까지 백쟉과 똑갓게 꿈이고 왓슴니다. 그리고는 정말 백쟉이 륙혈포를 들고 직히고 잇는 그 침실들 창밋까지 왓슴니다. 메고 온 보퉁이를 글느더니 그 쇽에셔 사람 하나를 꺼내엿슴니다. 고무로 맨든 사람과 똑갓흔 인형이엿슴니다. 그 다음에는 이 집 헷간에 가셔 사다리를 가져다가 창 밋헤다 노앗슴니다. 그 셔슬에 참말 백쟉은 창 밧그로셔 드러 오는 쥴 알고 륙혈포를 견양하야 들고 잇셧슴니다. 도젹왕은 그 인형을 안고 사다리로 올나 갓슴니다. 그러나 들창까지 다 올나 가지 안코 즁간에셔 인형만 번젹 들엇슴니다. 들창 밧게 사람의 머리가 얼든 보

---

24 〔일본어 원문〕
大盗賊は闇にまぎれて刑場へ忍込んで、其の日首を絞められた罪人の綱を切つて城の中へ背負つて来ました。城へ入ると伯爵の寝室へ梯子を掛けて、自分の肩の上へ死人を差上げながら、ソロソロと登つて行つた。而して死人の頭が窓とすれすれになる位まで登ると、窓掛の蔭に隠れて居た伯爵は、忽ち覗を定めて拳銃を射ちました。すると大盗賊は直ぐに死骸を投り出して置いて、急いで梯子を降りて、物蔭へ身を隠した。其の晩は丁度月夜で昼のやうに明るかつたから、大盗賊の方からは、伯爵が梯子を降りて、死人を庭の方へ運んで行き、而してそれを埋めるために穴を掘り初めたのがよく見えます。

이는 것을 보고 백쟈은 륙혈포로 쏘앗습니다. "앗!?" 소리를 치고 도젹은 쿵하고 떠러졋습니다. 밧게셔는 인형에 피를 흘려 떠러쳐 놋코 도젹왕은 번개갓치 숨어 바렷습니다. 백쟈은 밧그로 나려 와셔 컴컴한데 피를 흘리고 잡바진 갓짜의 송장을 들고 뒷겻으로 갓습니다. 넉즈시 파뭇어 쥬려는 까닭이엿습니다.

방정환은 죄인이라도 한 번 죽은 시체를 다시 총으로 쏜다는 것이 어린이들에게는 잔인한 장면이라고 판단하여 어른과 같은 크기의 고무 인형을 만들어 내었다. 그리고 총에 맞은 인형이 떨어질 때 '앗' 하는 효과음까지 넣어서 한층 더 긴박함을 더했다. 이 부분에서는 방정환의 이야기꾼으로서의 재주가 잘 드러나 있다고 할 수 있다.

일본어 역과 또 다른 하나의 차이점은 위에서 언급한 가족애, 특히 자식에 대한 부모의 근심과 애정을 표현하고자 한 부분이다. 원작과 일본어 역에는 없는 다음과 같은 부분이 방정환 역에서는 과제를 하나씩 수행하기 전의 각 장면에 추가되어 있다.

방정환 역

도젹은 실행 일을 대담히 약쇽하고 도라왓습니다. 늙은 부모님은 그 얘기를 듯고 아들의 목숨이 위태하야 몹시 근심하엿습니다. [중략] 이번에야말로 위험한 일이라고 늙은 부모는 잠을 안자고 근심하고 잇셧습니다. [중략] 아들의 목이 발셔 버혀지게 된 것갓치 두 늙은이는 슯허하얏습니다.

'늙은'과 '늙은이'를 강조한 이 부분에서는 부모는 나이가 들어도 언제까시나 자식을 걱정한다는 사실을 표현하고자 한 것으로 보여진다. 그림 형제의 메르헨은 주인공이 어떤 과제를 제시받으면 그 과제를 해결해 가는 과정이 중심이 된다. 앞에서 논한 것처럼 그림 동화 제7판은 빌헬름의 창작이 더해져 수식 부분이 늘었다고 전해지는데 방정환은 거기에다 감정 묘사까지 더하여 부모가 자식을 걱정하는 마음과 슬픔을 표현하고자 한 것으로 보인다.

결말 부분에도 가족애를 강조한 부분이 눈에 띈다. 또 거기에는 백작의 따뜻한 인정과 도적왕의 효행이 더해져 있다. 그리고 「잠자는 왕녀」에서도 보여졌듯이 이 작품에도 골계미를 느끼게 하는 부분이 있다. 그것은 세 번째 과제를 수행한 도적왕이 백작 앞에 목사와 서기를 데려온 장면이다.

나카지마 코토 역

목사와 서기가 천국에 올라왔다고 착각을 하며 비둘기집 안에서 자고 있는 것을 보고 두 사람을 보자기에서 꺼내 주었습니다.[25]

방정환 역

쥬머니를 글너 노흐닛가 목사와 사무원이 갑갑햇든 듯이 튀여 나오면서,

"여긔가 텬당임닛가? 백쟉께셔는 어느 틈에 와 계심닛가?"

"쥬님은 어대 계심닛가?"하면셔 물엇습니다.

아모말도 아니하고 여긔는 텬당도 아니고 아모데도 아니니 어셔 도라 가라고 일너 보냇습니다.

엇진 까닭을 모르는 두 사람은 모든 것을 이상히 보면셔 도라갓습니다.

나카지마 코토 역에서는 목사와 서기가 자고 있는 한심한 모습을 보고 백작이 말 없이 보자기에서 꺼내 준다는 형태로 아주 간결하게 묘사되어 있는 것에 반해 방정환 역에서는 쉽게 천국으로 갈 수 있다고 믿

---

25 〔일본어 원문〕
牧師と書記が天国へ昇つたつもりで鳩舎の中に寝てるるのを見て、二人を袋から、出してやりました。

고 있던 목사와 서기가 정말로 천국에 올라왔다고 착각을 하고 있는 장면으로 묘사되어 있다. 그곳에 백작이 있는 것을 보고 놀라는 모습과 예수님을 찾는 모습을 넣어 코믹한 장면을 만들어 냈다. 조마조마해하던 어린이 독자들이 웃음을 터뜨리는 장면이다. 여기에서도 방정환의 참신한 독창성이 엿보인다고 할 수 있다.

그리고 마지막 부분에도 방정환이 개작한 부분이 있다.

나카지마 코토 역

"너는 진정한 대도적이다. 그리고 내기에 이겼으니 이번에는 무사히 돌려 보내 주지만 앞으로는 내 영지에 들어오지 않는 것이 좋을 것이다. 앞으로 내 주변에 오게 된다면 다음에는 무사하지 못할 것이라는 것을 명심하거라."

그리하여 대도적은 백작 앞에서 물러나 부모님께 작별 인사를 하고 그대로 먼 나라로 가 버렸고 그 이후로 아무도 그 남자의 모습을 보았다는 사람도 소문을 들었다는 사람도 없었습니다.[26]

방정환 역

"너는 참말 도적왕이다. 약속대로 목숨은 살려 쥬는 것이니 도라가되 내가 다스리는 디경안에는 일절 오지 못하느리라. 어느 때던지 내가 다스리는 디경안에를 오려면 조흔 사람이 된 증거를 가지고 오던지……. 그 대신 네가 업드래도 너의 부모는 이로붓터 내가 끔직이 보호하야 아모 근심 업도록 할 것이니 안심하고 가거라." 하엿슴니다.

26 〔일본어 원문〕
「お前は本当に大盗賊だ、而して賭に勝つたから、今度は無事に帰らせてやるが、併し俺の領分へは近寄らぬやうにするがよい、此の次又俺の手近へ来るやうなことがあつたら、もう生命は無いものと思つて居ろ」
其処で大盗賊は伯爵の前を下つて、両親に別れを訣げると、其の儘遠くの国へ行つてしまひ、其の後は誰も此の男の姿を見たといふ者も、噂を聞いたといふ者もありませんでした。

그 후 도젹왕은 늙으신 부모에게 그 니얘기를 자세 엿줍고 그리고 반듯이 다시 올 때는 회심하야 도라오마고 약속하고 어대론지 길을 떠낫습니다. 그 후로는 아모도 그 도젹왕을 본 사람도 업고 쇼문을 드른 사람도 업섯습니다.

원작과 나카지마 코토 역에서는 약속대로 백작이 대도적을 살려 주지만 두 번 다시 백작의 영지에 돌아오지 못한다는 것을 조건으로 한다. 그러나 방정환 역에서는 도적질을 그만두고 회심만 하면 돌아와도 좋다고 한다. 도적이 된 주인공을 평생 자신의 고향에 돌아오지 못하도록 못을 박는 원작과 나카지마 코토 역에 반해 방정환 역에서는 갱생의 기회를 준다는 너그러움이 나타나 있다. 그리고 부모님도 백작 자신이 돌볼 테니 안심해도 좋다는 말에서 따뜻한 인정미를 느낄 수 있다. 여기에는 다른 작품에서도 자주 보여지는 방정환 번역 작품의 특징이 잘 나타나 있다고 할 수 있다. 위에서도 언급했듯이 방정환은 등장 인물의 감정에 개입하여 독자에게 인간의 따뜻한 마음, 즉 인정미를 호소하고 있는 것이다.

(3) 결론

이상과 같이 나카지마 코토 역 「대도적(大盜賊)」을 저본으로 하여 한국어로 번역한 방정환의 「텬당 가는 길」은 그림 형제의 원작 및 나카지마 코토 역과 줄거리의 흐름에서는 거의 변화를 보이지 않는다. 그러나 다른 작품과 마찬가지로 부분적인 개작이 가미되어 방정환 번역의 특징이 엿보였다. 그 하나는 잔인한 장면을 삭제하고 개작한 부분이다. 두 번째는 다른 작품에서도 자주 보여지는 특징으로 등장 인물의 성격에 선량함과 동정심 등을 가미하여 한층 더 인간미를 느낄 수 있는 인간상을 만들어 낸 것이다. 그리고 마지막 하나는 「잠자는 왕녀」에서도 보였던 골계미가 가미된 것이다. 또한 이 작품은 효행의 중요함을 환기시키는 작품이기도 하다.

제2장에서도 언급했듯이 방정환의 작품은 '눈물주의'로 자주 비판받을 정도로 그가 소개한 번역동화를 비롯한 많은 작품에는 슬픈 이야기가 많다. 그러나 모든 작품이 그렇지만은 않다는 사실이 이 두 편의 그림 동화에서 밝혀졌다. 불쌍한 상황에 처해져 있던 당시의 독자들, 즉 당시 조선의 어린이들에게 '눈물'만이 아닌 '웃음'도 제공하고자 노력한 것이다. 제2장에서 논했듯이 『어린이』를 편집할 때 방정환은 '눈물을 알지 못하고서는 웃는 것도 알 수 없다'고 주장을 하고 '슬플 때는 마음껏 울게 하고', '웃을 때에는 마음껏 웃을 수 있는' 작품을 목표로 하여 이러한 '웃기고 재미있는' 내용도 동화에 넣은 것으로 보여진다.

4. 『세계동화보옥집』에서의 번역 작품

제3장에서 이미 언급했듯이 『킨노후네(金の船)』 제2권 제4호에는 『세계동화보옥집(世界童話寶玉集)』의 광고란이 크게 실려 있다.[27] 이 광고란에서 『세계동화보옥집』의 존재를 알게 되어 수록된 작품을 저본으로 사용하기 시작하게 된 것으로 추측된다.

『세계동화보옥집』은 편집뿐만 아니라 번역에서도 쿠스야마 마사오가 활약한 동화집으로 1919년 12월에 출판되었다. 그리고 『킨노후네』 제2권 제4호의 광고문에서는 이 동화집이 후잔보에서 출판된 작가별로 정리한 기존의 동화집과는 달리 '스물한 편에 달하는 세계 각국의 동화 및 전설, 그리고 여러 나라의 동요와 자장가, 동시 등을 계절별로 편집한

27 제3장 [그림 2-4] 참조.

[그림 3-3(1)] 『세계동화보옥집』 복각판

[그림 3-3(2)] 『세계동화보옥집』 광고

아주 특별한 동화집'이라고 선전했다. 번역은 쿠스야마 마사오 본인과 미즈타니 마사루(水谷勝: 1894~1950)가 담당했다. 쿠스야마 마사오는 1906년에 와세다대학 영문과를 졸업하였는데 어학에 능통하여 영어 외에도 독일어와 프랑스어를 독학했다. 나중에는 안데르센 동화를 번역하기 위해 덴마크어도 습득했다고 한다.[28] 미즈타니 마사루 또한 1918년에 와세다대학 영문과를 졸업하여 영어에는 능통했을 것으로 보인다.

『세계동화보옥집』의 편집자 쿠스야마 마사오는 '비망록'에서 다음과 같이 서술하고 있다.

28 瀬田貞二, 「楠山正雄解説」, 387쪽.

> 편집자는 이 책을 모든 가정에—어린아이는 말할 것도 없고 연령이 다른 사람들을 포함한—바치고자 합니다. 아주 어린 아이들을 위해서는 세계 각국에서 몇 백 년 또는 몇 천 년 전부터 전해져 내려오는 아주 오래된 이야기를, 그 나라에서는 누구든지 모르는 사람이 없는 오래된 이야기를 각 나라에서 하나씩 골라 보았습니다. 그리고 연령대가 조금 위인 사람들을 위해서는 세계 각국에서 유명한 근대 작가들이 새로운 취미로 쓴 동화 문학의 걸작을 마찬가지로 각 나라에서 하나씩 골라 보았습니다. 그중에는 원작의 문장을 그대로 옮긴 것도 있고 원작의 스토리를 조금만 따서 다르게 개작한 것도 있습니다.[29]

이 글에서는 어린이뿐만 아니라 성인들을 포함한 모든 연령층의 독자를 대상으로 하여 각 연령대에 맞추어서 작품을 골랐다고 하는 편집자의 섬세한 배려를 엿볼 수 있다. 그리고 번역뿐만 아니라 번안에 의해서도 보다 나은 동화를 제공하고자 한 편집 방침이 엿보인다. 또 2페이지에서 7페이지에 걸쳐 목차 역할을 함께 하는 '내용(内容)'이 실려 있는데 여기에는 원작자명과 원작국명, 작품의 출전 등 작품에 대한 설명이 기록되어 있다. 방정환이 저본이 될 작품과 자료를 찾으려고 했을 때 이 '내용(内容)'이 큰 도움이 되었을 가능성이 아주 높다.

---

29 楠山正雄,「おぼえがき」,『世界童話寶玉集』, 冨山房, 1919, 1쪽.
〔일본어 원문〕
編者は此の本を、すべての家庭に—幼い人たちはいうまでもなく、いろいろな年齢のちがった人たちをふくめた—捧げたいと思います。極幼い人たちのためには、世界の各国に何百年、または何千年の昔から語り伝えられた古い古いお話を、その国々では誰でも知らないもののない古い古いお話を、各国から一つずつ選び出して見ました。またやや年の進んだ人たちのためには、世界の各国で名高い近代の作家たちが新しい趣味で書いた童話文学の傑作を、同じく各国から一つずつ選び出して見ました。その中には原作の文章をそっくりうつしたものもあり、ほんの原作の筋だけを採って、別に書き直したものもあります。

1)「한네레의 승천」과「한네레의 죽음」

(1) 삽화

『사랑의 선물』의 다섯 번째 작품으로는 게르하르트 하우프트만(Gerhart Hauptmann: 1862~1946)[30]의「한넬레의 승천」(*Hanneles Himmelfahrt*, 1893)을 원작으로 하는「한네레의 죽음」이 수록되어 있다. 그 저본이 된 작품을『세계동화보옥집』에 수록되어 있는 미즈타니 마사루 역「한네레의 승천(ハンネレの昇天)」이라고 봐도 무방할 것이다. 앞에서 언급한 '비망록' 마지막 부분에는 이 동화집에 실린 작품 중『한네레의 승천(ハンネレの昇天)』을 비롯한 열 편의 작품이 편집자인 쿠스야마 마사오의 후배인 미즈타니 마사루에 의한 번역임을 밝히고 감사의 뜻을 전한다고 남겼다.[31]

「한네레의 승천(ハンネレの昇天)」을 저본으로 추정한 결정적인 증거는 삽화이다. 방정환의「한네레의 죽음」에는 전부 세 점의 삽화가 그려져 있는데([그림 3-4] ①②③), 그중 두 점은『세계동화보옥집』에 수록되어 있는「한네레의 승천(ハンネレの昇天)」의 삽화와 동일하며([그림 3-4] ④⑤), 다른 한 점은『킨노후네』제2권 제5호의 사이토 사지로(斎藤佐次郎)가 번역

---

30 독일의 극작가이며 소설가이자 시인이다. 독일에서의 자연주의 연극의 중심적 인물로도 잘 알려져 있다. 주요 작품으로는『해 뜨기 전』(Vor Sonnenaufgang, 1889),『직조공들』(Die Weber, 1892), 풍자 희극(Den Biberpelz, 1893), 낭만주의적인 작품『한넬레의 승천』(Hanneles Himmelfahrt, 1893), 그리고 상징주의적인 작품『침종』(Die Versunkene Glocke, 1896) 등이 있다. 그 외에도 역사극과 동화극 등을 썼고 자연주의에 국한되지 않고 여러 양식을 시도한 극작가라고 할 수 있다.(横溝政八郎,『ゲルハルト・ハウプトマン―人と作品』, 郁文堂, 1976 참조)

31「おぼえがき」,『世界童話宝玉集』, 冨山房, 1919, 1쪽.
〔일본어 원문〕
此の本の中の『ハンネレの昇天』、『イワンの馬鹿』、『魔法の笛』、『新浦島』、『呪詛の指環』、『乞食の騎士』、『靴を穿いた猫』、『嘘くらべ』、『霜の花嫁』、『クリスマスの木』の十篇は、編者のために、友人水谷勝君が特に書いてくれたものです。同君の厚意を感謝したいと思ひます。

[그림 3-4] 「한네레의 죽음」과 「한네레의 승천」 삽화

한 「왕자와 제비」의 삽화와 동일하다([그림 3-4] ①). 이 삽화들은 앞에서도 언급했듯이 모두 오카모토 키이치의 작품이다.

(2) 일본에서의 「한넬레의 승천」의 번역

「한넬레의 승천」은 하우프트만의 원작이 동화극이므로 다음의 [표3-3]에서 보여지는 것처럼 일본에서 번역된 거의 모든 작품이 근대극으

로 번역되어 있다. 1914년에 번역된 작품은 현물이 남아 있지 않아 확인할 수 없지만 1919년에 번역된 미즈타니 마사루 역만이 동화로써 번역되었다. 그리고 미즈타니 마사루 역 권두에는 '게르하르트 하우프트만작 동화극'이라고 표기되어 있고 『세계동화보옥집』 목차에 해당하는 '내용(内容)'에도 '독일 현대 제일의 극시인 게르하르트 하우프트만이 쓴 1막 2장의 동화극의 줄거리를 빌려 써 보았습니다'[32]라는 설명이 덧붙여져 있다. 1913년에 오사나이 카오루(小山内薫: 1881~1928)가 번역한 희곡 「한네레의 승천(ハンネレの昇天)」은 성인을 대상으로 한 근대극으로써 소개되었다.

[표 3-3]에서도 알 수 있는 것처럼 오사나이 카오루가 번역한 이 작품은 각각 다른 출판사에서 출판된 근대극집에 수록되어 있고 1926년에 처음으로 한 편의 동화극으로써 『세계동화대계(世界童話大系)』에 소개되었다. 이 『세계동화대계』의 '서설(序說)'에서는 하우프트만의 이 작품에 대해서 '오사나이 카오루의 명역으로서 각 방면에 연출도 되고 저서도 반포되어 있다'[33]고 명기되어 있고 일본에서는 근대극으로 가장 널리 알려져 있다는 해설이 첨부되어 있다. 오사나이 카오루에 의해 번역된 하우프트만의 작품은 1907년의 「목가(牧歌)」를 시작으로 하고 있다. 그리고 일본에서는 이미 메이지시대부터 극작가로서의 하우프트만의 이름이 알려져 있었다.

〔표 3-3〕 일본에서의 「한네레의 승천」의 번역 연표(메이지·다이쇼)

발행연도	번역 제목	번역자	『서명』 발행소
1913년	「ハンネレの昇天」	小山内薫	『近代劇五曲』 大日本図書
1914년	「ハンネレの昇天」	未確認	『世界少女文学』 博文館

32 「内容」, 『世界童話寶玉集』, 7쪽.
33 『世界童話大系』, 世界童話大系刊行会, 1926, 2쪽.

1919년	「ハンネレの昇天」	水谷勝	『世界童話寶玉集』冨山房
1921년	「ハンネレの昇天」	小山内薫	『近代劇五曲』金星堂
1922년	「ハンネレの昇天」	小山内薫	『近代劇大系』近代劇大系刊行会
1926년	「ハンネレの昇天」	小山内薫	『世界童話体系21』世界童話大系刊行会

위에서도 확인했듯이 삽화가 일치하는 점으로 미루어 보아 미즈타니 마사루 역이 저본이라는 확실한 증거를 찾았지만 이렇게 동화로 번역한 작품이 미즈타니 마사루가 번역한 것밖에 없다는 사실 또한 중요한 의미를 가진다고 할 수 있다. 미즈타니 마사루(水谷勝)는 필명 '水谷まさる(미즈타니 마사루)'로 서정 시인으로서 널리 알려져 있었다. 그는 시, 동요, 동화, 번역 등 다방면의 일을 하고 있어 재인(才人)이라는 이름이 어울린다고 평가받고 있다.[34] 『킨노후네』=『킨노호시』[35]에는 창작동화를 열여섯 편이나 남겼다.

이러한 재인이었기에 희곡에서 동화로 고치는 작업에서 미즈타니 마사루의 창작과 개작이 가미되었을 가능성이 높다고 할 수 있다. 그것을 방정환이 어떻게 번역했는가를 다음 절에서 비교 분석을 하면서 확인하고자 한다. 방정환은 『어린이』에 동화극을 다수 발표했으므로 이 작품의 경우도 만약 희곡 그대로의 오사나이 카오루 역을 먼저 봤더라면 동화극으로 번역했을 가능성도 있다고 볼 수 있다.

(3) 비교 분석

「한넬레의 승천」은 마테른의 양녀인 한넬레가 마테른의 학대를 이겨내지 못하고 천국으로 떠난다는 이야기이다. 한넬레는 학대를 견디다

34 斎藤佐次郎, 『斎藤佐次郎 · 児童文学史』, 373쪽.

35 『킨노후네(金の船)』는 1922년 6월호부터 『킨노호시(金の星)』로 이름이 바뀌었다. 그 때문에 개명 이후의 동 잡지에 대해서는 『킨노후네』=『킨노호시』로 표기한다.

못해 먼저 천국으로 간 어머니가 계시는 곳으로 가고자 연못에다 몸을 던지고 마는데 학교 선생님의 구조를 받아 다행히 목숨은 건진다. 그러나 일상적인 학대로 몹시 약해져 있던 한넬레는 돌아가신 어머니와 천사의 환상이 보이거나 노래 소리가 들리거나 하다가 마지막에는 하늘에서 온 사람에 의해 천국으로 떠난다. 이 이야기에서는 현세의 비참함과 천국에 대한 동경이 대비되어 나타나 있다. 그리고 현세의 고난을 이겨 내고 천국의 광명에 이른다는 이념이 나타나 있다.

이 작품은 '처음으로 운문이 사용되었다는 점, 그리고 엄숙한 묘사가 로맨틱한 몽환경에 녹아 스며들어 있다는 점, 또 신로맨티시즘으로의 길이 암시되어 있다는 점 등에서 하우프트만의 드라마로써는 이른바 획기적인 의의를 가졌으나 또한 그 이유로 인해 각종의 논의를 불러일으킨 작품'이라고 평가되었다.[36] 당시의 종교계에서는 비록 아이의 열병에서 오는 환상이라고는 해도 예수의 모습을 무대에 올린 것에 대해서 많은 비난을 받았다.[37] 이렇듯 종교계에 있어서 문제작이었던 하우프트만의 「한넬레의 승천」이 방정환에 의해 어떻게 개작되었는가가 아주 흥미롭다. 제2장에서도 언급했듯이 방정환은 천도교도이며 그의 작품에는 방정환의 종교관이 크게 작용하고 있기 때문이다. 이러한 면에서는 최초의 번역 작품인 「왕자와 제비」와 유사한 특징을 가진 작품으로 보아도 무방할 것이다.

여기에서는 저본 미즈타니 마사루 역 「한네레의 승천(ハンネレの昇天)」과 방정환 역 「한네레의 죽음」을 비교 분석하여 두 작품의 유사점과 차이점을 밝힘으로써 방정환 역의 특징에 대해 고찰하는 것을 목적으로 한다. 그러나 앞 절에서 언급한 것처럼 하우프트만의 원작은 희곡이므

36 横溝政八郎, 『ゲルハルト・ハウプトマン―人と作品』, 153쪽.
37 横溝政八郎, 위의 책, 153쪽.

로 희곡으로써 번역된 오사나이 카오루 역과의 내용 대비도 함께 하고자 한다.

가. 도입 부분의 줄거리의 변화

이 작품은 방정환의 최초 번역 작품인 「왕자와 제비」와 마찬가지로 도입 부분부터 희곡 형식의 원작과는 많은 차이를 보인다. 물론 형식 면에서 비교하는 것은 어렵지만 여기에서는 줄거리를 가지고 차이점에 대해서 논하고자 한다. 먼저 오사나이 카오루 역과 미즈타니 마사루 역, 그리고 방정환 역의 도입 부분을 각각 비교해 보자.

오사나이 카오루 역에 바탕을 둔 장면 설명[38]

제1부 어느 산골 빈민원의 한 방. 때는 12월 폭풍이 부는 어느 날 밤. 낡은 침대와 가구가 어수선하게 놓여져 있다. 빈민원의 사람들이 각자 구걸을 하다가 돌아와 배급 때문에 큰 소리로 욕을 퍼붓고 난장판이 되었다. 그곳에 눈이 흩날리는 격한 바람 속을 뚫고 초등학교 선생님인 고트월트가 한네레를 안고 들어왔다. 고트월트가 거의 반은 죽은 듯한 한네레를 벽 쪽 침대에 눕히자 조금 있다가 나무꾼이 불빛을 들고 들어 온다.

미즈타니 마사루 역

한네레는 돌집을 하는 마테른의 딸이었습니다. 그러나 양녀였고 거기에다 마테른이라는 남자는 대주가이며 성격이 나빠서 조금도 귀여워해 주지 않았습니다. 귀여워해 주기는커녕 언제나 심하게 학대만 하므로 한네레는 그것을 슬퍼하여 어머니만 그리워하였습니다. 어머니는 두 달 전쯤에 저세상으로 가 버렸습니다.[39]

---

38 오사나이 카오루 역은 희곡이므로 필자가 장면 설명으로 바꿔 썼다.

방정환 역

한네레는 돌-일 하는 마테른의 딸이엿슴니다. 그러나 마테른이 나은 딸은 아니엿슴니다. 한네레의 어머님이 한네레의 언니와 한네레 두 형뎨를 다리고 엇더케 살아가는 슈가 업서셔 궁리를 하다 하다 못하야 언니는 머나먼 불란셔 셔울 파리에 잇난 아지머님 댁으로 보내고 한네레는 다리고 마테른에게로 온 지가 삼 년재엿난대 마테른이 늘- 술만 먹고 성질이 사나와셔 고생만 하시다가 두 달 젼에 그만 도라가셧담니다.

오사나이 카로루 역은 원작 그대로의 장소와 때, 즉 공간적 배경과 시간적 배경을 묘사하여 빈민원 사람들이 싸우는 장면에서 시작된다. 그곳에 학교 선생님이 거의 반 죽음이 된 한네레를 안고 들어오는 장면이 이어진다. 즉, 사건이 일어난 후 등장인물들의 대화 속에서 한네레의 주변 이야기와 사건 동기 등이 밝혀진다. 반면 동화 형태로 고쳐 쓴 미즈타니 마사루 역에서는 도입 부분에서 한네레의 주변 이야기와 상황 등을 묘사하고 있어 사건의 동기가 되는 요소가 복선으로 암시된다. 그러나 오사나이 카오루 역에서도 나중에 밝혀지기는 하지만 '한네레는 돌 집을 하는 마테른의 양녀이고 어머니와 둘 다 그에게 학대를 받다가 어머니는 먼저 저 세상으로 가 버리고 말았다'는 한네레의 처지에 대한 묘사는 미즈타니 마사루 역과 마찬가지이다. 그에 비해 방정환 역에서는 개작이 엿보인다. 원작과 미즈타니 마사루 역에서는 등장하지 않는 '언니'의 존재나 파리로 보내졌다는 언니의 처지에 대한 묘사가 더해져 있

---

39 〔일본어 원문〕
ハンネレは石屋のマッテルンの娘でした。けれども継子でしたし、それにこのマッテルンといふ男は、大へんな酒飲みで、そのうへ意地悪でしたから、ちっとも可哀がっては貰へませんでした。どうして、可哀がっては貰うどころか、いつもひどくいぢめられてばかりゐましたので、ハンネレはそれを悲しがって、ほんたうのおかあさんばかりを慕ってをりました。おかあさんは二月ほど前に、あの世へ行っておしまひになったのです。

고 술만 마시고 난폭한 마테른 같은 사람과 어머니가 왜 결혼을 했는지에 대해서도 부연 설명을 하고 있다.

이와 같은 도입부에 이어 미즈타니 마사루 역에서는 마테른이 술집에서 술을 마시고 있어서 부재중이던, 눈이 흩날리는 어느 폭풍의 밤에 한네레가 자신의 처지를 이겨내지 못하고 연못에 몸을 던져 자살을 시도한다. 그리고 다행히 길을 지나가던 나무꾼과 고트월트 선생님의 도움을 받게 된다는 사건 설명이 이어진다. 그러나 방정환 역에서는 마테른의 귀가를 기다리던 한네레가 구걸을 하며 찾아온 거지에게 마테른의 분으로 남겨 두었던 식사를 건넨다. 그 때문에 한네레는 귀가한 마테른에게 얇은 옷만 입은 채로 맨발로 집에서 쫓겨나게 된다. 아무리 울면서 용서를 빌어도 문을 열어 주지 않자 한네레는 그 길로 연못에 투신을 하고 만다는 줄거리로 개작되었다. 여기에서는 주인공인 한네레의 착하고 헌신적인 성격을 더함으로써 나중에 전개될 한네레의 죽음에 대한 안타까움을 강조했다. 구연회의 청자이기도 하고 독자이기도 한 어린이들에게 슬픔을 더욱 고조시켜 극에 더 빠져들게 하려는 방정환의 의도가 엿보인다. 어린이 독자들을 비롯한 당시 조선의 독자들은 이러한 불쌍한 한네레의 처지에 자신의 처지를 오버랩시켜 그 슬픔이 배로 느껴졌을 것이다.

방정환의 번역 작품 중에는 이처럼 독자에게 눈물을 흘리게 하는 부분이 많이 보여지는데 이것은 앞에서도 언급한 것처럼 '눈물주의'라는 비난의 대상이 되기도 한다. 그러나 방정환의 문학은 단순한 '눈물주의'가 아니다. 원종찬(2004)도 논했듯이 방정환의 문학에는 식민지의 현실과 대면하고자 하는 현실주의적인 성격이 강하기 때문이다.[40] 어린이의 세계가 존중되고 어린이를 대상으로 한 책을 손에 넣기 쉬웠던 다이쇼

---

40 원종찬, 『동화와 어린이』, 창비, 2004, 332쪽.

시대의 일본 어린이들에게는 한네레의 이러한 불쌍한 처지가 단순히 안쓰럽게만 느껴졌을지도 모른다. 그러나 당시 조선의 어린이들에게는 자신들의 현실이기도 하고 자신들의 슬픔이기도 했을 것이다. 방정환은 이러한 현실을 조선의 어린 독자들에게 공감시킴으로써 보다 강하게 살아가는 힘을 주고자 한 것으로 보여진다.

나. 기독교적인 부분의 삭제와 개작

또 방정환 역에는 원작과 일본어 역의 기독교적인 부분이 삭제되고 방정환에 의해 개작된 부분이 많이 보여진다.

오사나이 카오루 역

오래된 갈색 여행 망토를 걸친 한 남자가 들어 온다. 30세 정도로 검고 긴 머리에 얼굴은 창백하고 어딘가 초등학교 교원 고트월트를 닮은 부분이 있다.

마테른에게: 저는 발에서 피가 날 때까지 걸었습니다. 그것을 씻어 내고 싶으니까 물을 주십시오. 저는 뜨거운 햇볕에 탔습니다. 목을 축이게 포도주를 좀 주십시오. 〔중략〕

돌집 마테른, 나는 너에게 심부름을 왔단다. 아버지로부터 온 것이다. 그리고 아버지가 계신 곳으로 갈 것이다. 너는 아버지의 아이에게 어떻게 했느냐? 너의 집에는 시체가 하나 있지.

한네레에게: 나는 너의 초라한 부분을 모두 걷어 줄 것이다. 나는 너의 눈에 영원한 빛을 줄 것이다. 〔중략〕 나는 너의 귀가 신의 모든 천상계의 모든 천사들의 모든 기쁨이 들리도록 해 줄 것이다. 〔입에 손을 갖다댄다〕 나는 너의 굳어 가는 혀의 긴장을 풀고 너의 혼과 전능한 신의 혼으로 바꾸어 줄 것이다. 이 눈물로 나는 너의 혼에서 이 세상의 먼지와 고통을 씻어 내려 줄 것이다. 나는 너의 발을 별 위에다 올려다 줄 것이다.[41]

미즈타니 마사루 역

갑자기 얼굴이 새파랗고 머리가 긴 낯선 이가 들어와 마테른에게 정중하게 고개를 숙였습니다. 그 남자는 어딘가 고트월트 선생님을 닮았습니다. 그리고 아주 피곤하므로 물과 빵을 달라고 부탁했습니다. 그러나 마테른은 한마디로 거절했습니다. 〔중략〕 "(마테른에게) 나는 아버지인 신이 있는 곳에서 심부름을 온 것이다. 조심하는 것이 좋을 것이다. 너의 집에는 관이 있구나." 〔중략〕 "(한네레에게) 나는 너의 초라한 부분을 모두 덜어줄 것이다."라고 말했습니다. 그리고 눈에 손을 대어 영원의 빛을 주었습니다. 귀에 손을 대어 천사들이 기뻐함에 감동하는 것을 느꼈습니다. 그러자 기쁨의 눈물이 흘러 내렸습니다. 그것을 본 낯선 사람은 "나는 이 눈물로 너의 혼에서 이 세상의 먼지와 고통을 씻어 내려 줄 것이다. 그리고 너의 발을 신의 별 위에 올려 줄 것이다."고 말했습니다.[42]

---

41 〔일본어 원문〕

古びたる褐色の旅行マンテル著たる一人の男入り来る。三十歳許りにして、黒く長き髪の毛を蓄へ、顔は蒼白して、小学教員ゴットワルトの面影あり。

マッテルンに: わたしは足から血が出るまでに歩いたのです。それを洗ふのですから、どうか水をください。わたしは熱い日に焼かれたのです。生き返るやうに、葡萄酒を飲まして下さい。〔中略〕
石屋のマッテルン、わしはお前のところへ使に来たのだぞ。
父から来たのだ。そして父へ帰るのだ。お前は父の子供をどうした。
お前の家には死骸が一つあるぞ。

ハンネレに: 私はお前の卑しいところをみんな取つて遣る。わしはお前の眼に永遠の光を与えて遣る。〔中略〕わしはお前の耳を神の諸天の総ての諸天使の総ての喜びが聞えるやうにして遣る。〔口に手を触る〕わしはお前の吃り勝ちの舌を弛めて、その上にお前の魂と全能の神の魂とを置いて遣る。
この涙でわしはお前の魂からこの世の塵と苦しみとを洗ひ落として遣る。わしはお前の足を星の上に置いて遣る。

42 〔일본어 원문〕

ところが不意に顔の青い、髪の長い、見知らぬ人が入つて来て、マッテルンに向つて、丁寧に頭を下げました。その男はどこかゴットワルト先生に似てゐました。そしてたいへん疲れたから、水とパンを下さいといつて頼みました。けれどマッテルンは一言で刎ねつけてしまひました。〔中略〕『(マッテルンに)わたしは父の神様のところから使に来たのだ。気をつけるがいい、お前の家には棺があるぞ。』〔中略〕『(ハンネレに) わたしはお前から卑しいところを皆取つてあげる。』といひました。それから眼に手をあてて、永遠の光を与えました。

원작은 물론 오사나이 카오루 역 및 미즈타니 마사루 역의 제2막 마지막 부분에도 '낯선 이'이라는 인물이 등장한다. 한네레를 학대하고 자살까지 하게 만들고도 전혀 반성의 기미가 보이지 않는 마테른 앞에 갑자기 이 '낯선 이'가 나타난다. 하우프트만은 '낯선 이'의 존재에 대해서 '낯선 이'를 구세주의 모습으로 보는 이들이 있지만 구세주라고 하지 않은 것은 외적 이유가 아닌 내적이며 예술적인 이유에서라고 밝혔다. 나아가 이 인물은 현실에 존재하는 자가 아닌 꿈 속의 환상이며 한네레의 이상적인 남성—고트월트 선생님—의 화신이므로 무언가 종교적 관념이 고트월트를 둘러 싸고 있다고 해도 '낯선 이'로서 생각하지 않으면 안 된다고 논했다.'[43] 그리고 자신의 의도는 이 '낯선 이'를 구세주처럼 보이게 하는 것이 아니라 어디까지나 꿈속에 나타나는 현실과 비현실의 혼효를 예술적으로 표현하고자 했을 뿐이라고 주장했다. 그러나 '저는 주의 품에서 왔고 주의 품으로 돌아갈 것입니다'라는 등의 '낯선 이'의 대사는 독자와 관객들에게 구세주, 즉 예수님이라고밖에 판단할 수 없게 하는 요소를 포함하고 있다.

하우프트만의 의도가 어떻든 오사나이 카오루 역이나 미즈타니 마사루 역에서는 기독교적인 구세주로 번역되었다. 그 사실에 위화감을 느꼈는지 방정환 역에서는 '낯선 이'의 존재가 완전히 사라지고 없다. 이것은 「왕자와 제비」의 경우와 마찬가지로 방정환의 종교인 천도교와 관련이 있다고 봐도 무방할 것이다. 이러한 점은 다음의 미즈타니 마사루 역에서 보여지는 천국의 묘사에서도 마찬가지이다. 다음과 같은 천국의

耳に手をあてて、天使達の喜びに震へるのを感じました。そして嬉しい涙があふれて落ちました。それを見た見知らぬ人は、『わたしはこの涙でお前の魂からこの世の塵と苦しみとを洗ひ落としてあげる。そしてお前の足を神様の星の上に置いてあげる』といひました。

43 하우프트만은 1893년 9월 18일에 WienのBurgtheater의 의장 Max Burckhard에게 이 작품을 보냈지만 답이 없어 연이어 한 통을 더 보내게 되는데 그 안에 이러한 글을 첨부했다.(横溝政八郎, 『ゲルハルト・ハウプトマン——人と作品』, 153~154쪽 재인용)

모습이 오사나이 카오루 역과 미즈타니 마사루 역에서는 '낯선 이'에 의해 묘사되지만 방정환 역에서는 모두 삭제되었다. 그 대신 어머니와 언니의 환영을 등장시킴으로써 한네레가 가족을 얼마나 그리워하는지 그 때문에 얼마나 슬퍼하고 있는지가 한층 더 강조된 것이다.

미즈타니 마사루 역

은총을 받은 마을은 아름답다. 그곳에는 평화와 행복이 언제까지나 존재한다. 집은 대리석으로 되어 있다. 금으로 인 지붕, 그리고 은으로 된 도랑에는 빨간 포도주가 흐르고 희디흰 마을 길거리에는 여기저기 꽃이 흩어져 있다. 〔중략〕 아름답게 꾸민 사람들은 손에 손을 잡고 천국 안을 여기저기 걸어 다니다가 머지않아 보랏빛 바닷속에 은총의 빛이 빛나는 자신의 몸을 던진다. 그리고 다시 바다에서 기슭으로 기뻐하며 튀어 올라올 때에는 어떤 죄라도 구원을 받아 주 예수의 피로 씻겨 내려지는 것이다.[44]

다. 결말 부분

결말 부분도 오사나이 카오루 역과 미즈타니 마사루 역과 달리 방정환 역에서는 많은 부분이 개작되어 있는 것을 확인할 수 있다.

방정환 역

괴롭고 압흐고 쓸쓸하고 쉽던 짤막한 일생을 맛치고 이럿케 죽어간 어린 한네레는 교장과 녀션생님과 빈민과 어린 학생들의 울면셔 부르는 노래 소리를

44 〔일본어 원문〕
恵まれた町は美しい。そこには平和と幸福とが、いつ迄もある。家は大理石で出来てゐる。屋根は金で葺いてある。そして銀の溝には赤い葡萄の酒が流れ、白い、白い町の通りみちは、花が撒き散らされてゐる。〔中略〕美しく着飾つた人々は手と手をつないで、天国の中をあちこちと歩き続け、やがて紫の海中に、恵みの光に輝く自分の體を投げ込む。そして再び海から岸へと、喜んで飛び上がる時には、どんな罪でも救ひ主イエスの血に洗ひ落とされるのだ。

드르며 기인- 기인 꿈속 나라로 들어갓습니다.

가장 쉽게 가장 애닯게 눈물의 세월을 보내던 어린 동모 한네레는 사랑하시는 어머님과 그립던 그립던 언니의 꿈을 땃듯-이 꾸면서 마즈막 듯던 노래를 늘 듯고 잇슬 것입니다. 어느 때까지던지 어느 때까지던지…….

오사나이 카오루 역과 미즈타니 마사루 역의 결말 부분에서는 한네레가 '낯선 이'에 의해서 천국으로 인도되는 환상적인 장면에 이어 의사가 수녀님에게 한네레는 드디어 저세상으로 떠났다는 사실을 전하는 장면으로 끝난다. 이것에 반해 방정환 역에서는 다같이 부르는 노래를 들으면서 어머니와 언니의 꿈을 꾸면서 저세상으로 떠난다는 간결한 결말로 바뀌어 한네레의 인생이 얼마나 불쌍한 인생이었는지를 강조하여 독자들에게 깊은 동정심을 살 수밖에 없는 내용으로 개작되었다. 이 작품은 위에서 언급했듯이 방정환의 동화 구연회에서 자주 구연되던 작품 중의 하나라고 전해지는데 이러한 결말을 구연할 때의 방정환의 표정과 목소리에 감화되어 어린이 청중들이 얼마나 많이 울었을지를 상상하는 건 어렵지 않다.

라. 결론

이 작품은 방정환의 다른 번역 작품에 비해 그의 개작이 가장 많이 보여지는 작품이라도 해도 과언이 아니다. 위에서도 논했듯이 하우프트만의 원작에는 기독교적인 색채가 강하게 나타나 있으므로 천도교도인 방정환은 이 작품을 번역하면서 다른 작품의 경우와는 달리 적지 않은 위화감을 느꼈음에 틀림없다. 그 때문에 구세주의 역할을 하는 '낯선 이'의 존재와 천국의 모습에 대한 묘사를 모두 삭제한 것이다.

그리고 원작과 일본어 역에서는 부정적으로 묘사된 빈민원의 사람들에 대해서 '돈은 없어도 마음만은 아주 따뜻하고 사랑이 가득한 사람들'

이라고 묘사하여 인간의 선량함을 강조하고자 한 부분이 엿보인다. 죽어 가는 불쌍한 한네레에게도 구원의 손을 내밀어 주었다는 형태로 어린이들에게 따뜻한 인간 세계를 보여 주고자 노력한 것이다. 이 작품에서도 「왕자와 제비」와 마찬가지로 신에 의해서만 구원받을 수 있다는 기독교적인 내용을 개작하여 따뜻한 마음의 인간들에 의해서 구원받는다는 내용으로 변용되었다.

2) 방정환 역 「호수의 여왕」

방정환은 1922년 7월에 『사랑의 선물』을 간행함과 동시에 『개벽』 7월호와 9월호의 2회에 걸쳐 아나톨 프랑스(Anatole France: 1844~1924)[45] 원작의 「호수의 여왕」을 번역하여 발표한다. 한편 이 작품과 동명의 작품이 쿠스야마 마사오에 의해 번역되어 『세계동화보옥집』에 수록되어 있다. 그리고 목차를 대신한 '내용(內容)'에는 이 작품이 아나톨 프랑스의 창작 동화라고 소개되어 있다.

앞 절에서 『사랑의 선물』의 다섯 번째 동화 「한네레의 죽음」이 『세계동화보옥집』에 실려 있는 미즈타니 마사루 역 「한네레의 승천(ハンネレの昇天)」을 저본으로 한 것이라는 사실을 논증했는데, 방정환은 「한네레의 승천」과 마찬가지로 이 「호수의 여왕」에서도 일본어 역에 실려 있는 세 점의 삽화를 차용했다. 이러한 점으로 보아 「한네레의 죽음」에 이어 이 작품을 번역하여 『개벽』에 발표한 것으로 추측된다. 여기에 사용된 삽화 또한 모두 오카모토 키이치의 그림이다. 『사랑의 선물』이 이미 출판

---

45 대표작으로는 『내 존재의 아픈 얼굴(1996)』 『실베스트르 보나르의 죄(1881)』, 『페도크 여왕의 불고기집(1893)』 『제롬 쿠아냐르의 견해(1893)』 『타이스(1890)』 『붉은 백합』 『코린트의 결혼(1876)』 『에피퀴르의 정원(1895)』 등이 있으며 1921년 『펭귄의 섬』으로 노벨문학상을 수상했다. 일본에서는 아쿠타가와 류노스케(芥川龍之介: 1892~1927)가 심취해 있었던 것으로 유명하다.

된 후였지만 방정환은 『세계동화보옥집』에서 다른 작품을 선정하여 번역 작업을 계속하고 있었던 것이다. 이러한 관계로 『사랑의 선물』에는 실리지 않은 작품이지만 이 작품도 본 연구의 작품 분석 대상으로 다루고자 한다.

따라서 본 절에서는 두 번역의 삽화를 비교함과 동시에 작품 내용의 비교 분석을 행함으로써 쿠스야마 마사오 역 「호수의 여왕(湖水の女王)」이 방정환의 저본임을 확인하기 위해 살펴보고자 한다. 그리고 이 작업을 통해서 근대 한국의 아나톨 프랑스 수용에 있어서 근대 일본 아동문학의 영향을 받았다는 사실에 대해서 고찰함과 동시에 방정환 번역의 특징에 대해서도 밝히게 될 것이다.

(1) 1922년 7월 발행 『개벽』 임시호와 방정환 역 「호수의 여왕」

방정환 역 「호수의 여왕」의 줄거리는 다음과 같다. 어릴 때부터 친구인 유우리와 아베이유가 어느 날 금단의 호수에 갔기 때문에 유우리는 호수의 마녀에게 잡혀 가고 아베이유는 소인 왕국으로 잡혀가게 된다. 아베이유는 소인 왕국의 왕인 로쿠로부터 청혼을 받지만 어머니와 유우리를 그리워하며 울고만 지낸다. 그 모습을 본 왕이 유우리를 마녀의 나라에서 구출해 내어 두 사람을 어머니 곁으로 돌려 보내 준다. 왕의 도움을 받은 아베이유는 감사하는 마음에 해마다 소인 왕국을 방문하게 된다는 이야기이다.

이 작품은 먼저 '『개벽』 창간 2주년 기념 대특호'(1922년 7월 10일 발행)의 '외국 걸작 명편 부록'에 실린 일곱 편의 작품 중 한 편으로 전반부가 실렸다. 이 호는 『개벽』 창간 2주년을 기념하기 위해 외국 작품 특집호로 부록이 딸려 있었다. 이 특대호에 대해서는 당시의 신문 《동아일보》와 《매일신보》에서도 크게 홍보되었다.[46]

1922년 7월 15일자의《동아일보》에는 '『개벽』 창간 2주년 기념 특대호'라는 제목으로 본권의 목차 및 부록의 목차와 함께 다음과 같은 글이 실려 있다.

〔전략〕 글이면 다 글이 안이고 飜譯이면 다 飜譯이 안입니다. 眞正한 意味의 飜譯! 飜譯 가튼 飜譯은 實로 創作 以上의 困難이 그 中에 包含되여 잇슴니다. 오늘날 우리 朝鮮 文壇과 갓치 英語만 알아도 飜譯, 日語만 알아도 飜譯! 小說이 무엇인지 脚本이 무엇인지 詩가 무엇인지 ABC만 알면 곳 飜譯하며 カナタ만 알면 곳 飜譯 大家로 自處하는 現荷의 文壇에서 적어도 世界 名作으로 各自의 專門家가 自信 잇는 그것을 公開하게 됨은 實로 우리 文壇에 자랑꺼리요 우리 飜譯界에 模範이 되게도다. 滿 天下의 文人 諸士! 今銷夏에는 이 册을 手中에 버리지 말고 傑作의 傑作된 事然을 알며 名篇의 名篇된 眞味를 맛보며 飜譯의 飜譯다운 眞理를 알다…….[47]

여기에서는 '창간 2주년 기념 특대호'라는 선전 문구로 기존의 번역과는 다른 전문가에 의한 번역다운 번역이 실려 있다고 강조했다. 그리고 전문에서는 번역의 어려움과 번역가의 자격 및 자세 등에 대해서 언급했다.

또, '개벽 2주년 기념호 부록'의 권두에서는 편집 동기에 대해서 다음과 같이 밝히고 있다.

우리는 이 二週年 生日을 當하여 무엇으로써 우리를 自己一身가티 사랑하여 주는 여러분에게 萬分之一이라도 報答할가? 여러 方面으로 생각한 結果 紀念附錄으로 外國 名作을 譯하기로 作定이 되엇습니다.

46《동아일보》(1922년 7월 15일자) 광고란,《매일신보》(1922년 7월 17일자) 광고란.
47《동아일보》(1922년 7월 15일자) 광고란.

우리의 文壇을 돌아볼 때에 얼마나 그 作家가 적으며 얼마나 그 內容이 貧弱한지는 여러분과 한 가지 이 開闢 學藝部에서 더욱이 느낌이 만흔 것이올시다.

이러한 現狀을 밀우어 보면 우리의 只今 文壇은 創作 文壇보담도 飜譯 文壇에 바랄 것이 만코 어들 것이 잇는 줄 밋습니다.[48]

『개벽』 2주년 기념을 맞이하여 애독자들에게 무언가 보답하고자 하여 외국 문학의 번역 특집을 기획했다고 밝히고 당시 문단의 약점에 대해서 지적했다. 창작을 위해서는 훌륭한 작품을 읽는 것이 중요하며 그를 위해서는 먼저 번역 작품을 제공하는 것이 가장 중요하다고 강조한 적절하고 바람직한 지적이다.

'외국 걸작 명편 부록'에는 러시아 작가 프세볼로트 미하일로비치 가르신(Всеволод Михайлович Гаршин: 1855~1888)의 작품 「4일간」(1877)[49]과 월트 휘트먼(Walter "Walt" Whitman: 1819~1892)의 시집 '『풀잎』에서'(1855), 그리고 존 밀링턴 싱(John Millington Synge: 1871~1909)의 작품 「바다로 달려가는 사람들」(1904)의 세 편을 비롯한 여섯 편의 작품과 함께 방정환의 번역이 실려 있다. 이 작품들 중에서 동화는 방정환의 작품뿐이다. 『개벽』은 어른들을 독자층으로 하는 잡지였지만 천도교도의 한 사람이던 방정환에게는 창간 이래 문필 활동의 장이었던 것은 말할 필요도 없고 무엇보다 동화를 소개하기 위한 장이기도 했다.

7월호에 게재된 작품 마지막 부분에는 '동화로써도 취미가 고상하며 작가인 아나톨 프랑스 선생의 "심절"한 우의가 한 편에 내재된 이 작품

48 『개벽』(1922.7월 임시호, 2~3쪽), 개벽사 〈영인본〉 제7권, 1969.

49 염상섭(1897~1963)에 의해 번역된 이 작품은 일본에서는 「겁쟁이의 4일간(臆病者の四日間)」이라는 제목으로 번역되었다. 염상섭은 케이오기주쿠대학(慶応義塾大学) 문학부를 중퇴한 후 1921년에 『개벽』에 단편소설을 발표하여 이름이 알려지게 되어 근대 사실주의 작가로서 활약하게 된다. 부록의 다른 작품에 대해서는 본문의 주제와 직접적인 관련이 없으므로 여기에서는 생략한다.

은 아주 가치 있는 작품'이라고 쓰고 편집 관계상 동호에는 반만 게재한다고 밝히고 있다. 여기에서 이 작품을 번역하여 게재함에 있어서 인간의 '심절(深切)함'을 독자에게도 느끼게 하고 싶었던 방정환의 의도가 엿보인다. 그리고 두 달 후에 간행된 9월호에는 「호수의 여왕」의 후반부가 게재되었다.

(2) 저본 쿠스야마 마사오 역에 대해서
—앤드류 랭 역에서 쿠스야마 마사오 역으로

앞에서도 언급했듯이 방정환의 번역동화 「호수의 여왕」의 저본이 된 것은 후잔보의 『세계동화보옥집』에 수록되어 있는 쿠스야마 마사오 역 「호수의 여왕(湖水の女王)」이다. 여기에서는 먼저 쿠스야마 마사오 역의 저본에 대해서 언급하고자 한다.

앞에서 언급한 『세계동화보옥집』의 목차 역할을 겸한 '내용(内容)' 중에서 '오월 이야기(五月の話)' 중 하나인 「호수의 여왕(湖水の女王)」에는 다음과 같은 설명이 첨부되어 있다.

> 프랑스의 현대 문호(文豪) 아나톨 프랑스가 쓴 창작동화입니다. 편자는 영국의 앤드류 랭이 재화한 이야기에 의거하였습니다.[50]

다른 작품의 원작자에 대해서는 생몰연은 물론 주요 저자 소개 등 어느 정도 상세한 기록을 남기고 있는 반면 이 단문에서는 원작자명과 출

---

50 『世界童話寶玉集』, 「内容」, 4쪽.
〔일본어 원문〕
フランス現代の文豪アナトール・フランスの書いた創作の童話です。編者はイギリスのアンドルー・ラングが書き直したものに拠りました。

처만 밝히고 있고 설명이 아주 간결하다. 그 이유로는 당시의 쿠스야마 마사오 자신이 가지고 있던 원작자에 대한 지식이 별로 없었기 때문일 것으로 추정된다. 그러나 이렇듯 빈약한 정보란이라도 방정환이 「호수의 여왕」의 원작자명을 확인할 수 있었다는 사실은 아주 중요한 의미를 가진다고 할 수 있다.

아나톨 프랑스는 19세기부터 20세기 초에 걸쳐서 프랑스를 대표하는 소설가이자 비평가이다. 그는 수많은 작품을 집필하여 1921년에는 노벨 문학상을 수상하는 등 프랑스 문학사상에 그 이름을 남겼지만 수많은 작품 중에서 아동문학으로써 평가받은 것은 「소년과 소녀」(1887)와 「귀여운 아이들」(1900) 정도이고 아동문학 작가로서의 명성은 그다지 높다고 할 수는 없다.[51] 그러나 토미타 히토시(富田仁, 1981)에 의해 작성된 「메이지기 프랑스 문학 번역 연표(明治期フランス文学翻訳年表)」를 참조하면 메이지 44년, 즉 일본에서는 1911년 이후에 아나톨 프랑스의 작품이 번역되었다는 사실이 확인된다.[52] 그리고 1914년 2월에 발간된 『신사조(新思潮)』[53]에는 아나톨 프랑스의 작품 *Balthasar and Other Works*(1909)가 아쿠타가와 류노스케(芥川龍之介: 1892~1927)에 의해 번역되어 게재되어 있는 것으로 보아 쿠스야마 마사오가 「호수의 여왕(湖水の女王)」을 번역하여 발표한 1919년 당시 일본에서 그 이름이 어느 정도 알려져 있었던 것은 틀림없는 사실이다. 나아가 1921년에 발표된 시마자키 토손(島崎藤村: 1872~1943)의 「동화에 대해서(童話について)」라는 글에서 '아나톨 프랑스의 『소년과 소녀』라는 작품이 있는데 그것이 어린이를 위한 읽을거리이다'[54]라는 언급에서 알 수 있듯이 쿠스야마 마사오가 「호수의 여왕(湖

51 神宮輝夫, 『世界児童文学案内』(理論社,1972, 152~154쪽), 古屋健三 · 小潟昭夫編著, 『19世紀フランス文学事典』(慶応義塾大学出版会, 2000, 484~487쪽)

52 富田仁, 『フランス小説移入考』, 東京書籍 , 1981, 251~284쪽.

53 1907년(메이지40년)에 오사나이 카오루가 해외 신사조를 소개하는 것을 목적으로 창간된 문예 잡지.

水の女王)」을 번역하여 발표한 1919년에서 1921년에 걸친 일본의 문학계에서 일반문학뿐만 아니라 어린이를 대상으로 한 작품도 남긴 작가로서 아나톨 프랑스의 이름이 알려져 있었다는 사실은 확실하다.

또 1939년에서 1950년에 걸쳐서 하쿠스이샤(白水社)에서 『아나톨 프랑스 단편소설전집(アナトオル・フランス短篇小説全集)』이 출판되었는데 일본에서 아나톨 프랑스의 전집이 출판된 것은 아마도 이것이 처음이었던 것으로 보여진다. 그중 제1권으로써 프랑스의 단편 작품집 『아나톨 프랑스 단편소설 전집 제1권 바르타자르(アナトオル・フランス短篇小説全集第1巻 バルタザアル)』가 간행되었다. 필자는 그 작품집에 이치하라 토요타(市原豊太: 1902~1990)가 번역한 「아베이유 공주(アベイユ姫)」라는 작품이 수록되어 있다는 사실을 확인했다. 이치하라 토요타가 사용한 저본을 확인할 수 없는 관계로 원작에 가까운 번역일 것이라는 추측에 의존할 수밖에 없지만 이치하라 토요타 역에는 '제8장 죠루주 드 브랑슈란드가 마녀가 사는 호수에 갔기 때문에 받게 되는 응보를 알게 되다'[55], '제9장 아베이유 공주가 소인국으로 끌려 가게 된 이유를 알게 되다'[56] 등과 같이 각 장 별로 제목이 붙어 있어 그 내용을 추측할 수 있도록 되어 있다. 이와 같은 부분을 확인하는 것만으로도 내용면에서 쿠스야마 마사오 역 「호수의 여왕(湖水の女王)」과 같은 이야기라는 사실을 추측할 수 있고, 「호수의 여왕(湖水の女王)」은 「아베이유 공주(アベイユ姫)」의 일부분일 가능성이 높다는 사실 또한 추측할 수 있다. 즉 「아베이유 공주」("L'Abeille", 1883)가 「호수의 여왕(湖水の女王)」의 원작인 것이다.[57]

---

54 島崎藤村, 「童話について」, 『早稲田文学』, 187巻, 1921.6, 19쪽.

55 第8章 ジョルジュ・ド・ブランシュランドが魔女の棲む湖に近づいたために得た報いのわかる

56 第9章 アベイユ姫が侏儒の国に連れて行かれた次第のわかる

57 필자는 市川豊太訳, 「アベイユ姫」, 『アナトール・フランス小説集 6 バルタザール』(白水社, 2000, 125~250쪽)에서 확인했다.

그렇다면 쿠스야마 마사오는 앤드류 랭(Andrew Lang: 1844~1912)[58]의 작품군 중 어디에서 「호수의 여왕(湖水の女王)」의 저본이 된 작품을 찾아낸 것일까? 앤드류 랭은 프랑스의 페로나 독일의 그림 형제와 같은 위치에서 평가받는 영국의 민속학자이다. 1889년에서 1910년에 걸쳐 쓰여진 *The Blue Fairy Book*을 비롯한 세계 각국의 옛날이야기와 신화, 전설, 동화를 재화하여 열두 색으로 나누어 색깔별로 편집한 동화집은 저명하다. 그 외에도 1884년에 간행된 *The Princess Nobody*에서 최초로 어린이를 대상으로 한 작품을 쓰기 시작하여 *The Gold of Fairnilee*(1888), *Prince Prigio*(1889), *Tales of a Fairy Court*(1906) 등 요정의 세계로 독자를 초대하는 듯한 작품을 다수 남겼다.[59] 쿠스야마 마사오가 번역한 「호수의 여왕(湖水の女王)」도 소인이 등장하는 스토리이므로 앤드류 랭은 자신의 창작은 아니지만 소인이 등장하는 아나톨 프랑스의 작품에 흥미를 가지게 되었을 것이다.

위에서 언급한 작품 중에서 '앤드류 랭이 번역한 것에 의한' 아나톨 프랑스의 작품이 수록되어 있을 가능성이 가장 높은 것은 역시 '열두 색의 동화집'이다. 조사 결과 1907년에 발표된 *The Olive Fairy Book*의 네 번째 작품 'The Story of Little King Loc'이 쿠스야마 마사오 역의 저본이라는 사실이 확인되었다. 일본에서 처음으로 열두 색의 동화집 시리즈가 번역된 것은 도쿄소겐샤(東京創元社)에서 1958년부터 59년에 걸쳐 출판된 카와바타 야스나리(川端康成: 1899~1972) 교열, 노가미 아키라(野上

58 시인, 비평가, 수필가, 민속학자, 역사학자, 고전학자로서 다방면으로 활약했지만 무엇보다 요정 이야기의 작자, 편자로서 저명하다. 1884년에 최초로 어린이를 대상으로 한 작품『ないない姫』를 쓴 이래로 기존의 연구와 폭넓은 학식을 쏟아부어 아동문학에 의욕을 불태우기 시작했다.(三宅興子,「フェアリー・テールズの伝播者――A.ラング」,『英米児童文学読本』, 桐原書店, 1982, 80~81쪽)

59 高杉一郎,『英米児童文学』, 中教出版, 1977, 227쪽.
三宅興子,「フェアリー・テールズの伝播者――A.ラング」, 80쪽.

彰: 1909~1967) 번역의 『랭 세계 동화 전집(ラング世界童話全集)』이었다. 그로부터 18년 후에 이 전집을 그대로 사용하여 1977년에 카이세이샤(偕成社)에서 출판된 전집이 있다. 그러나 이것은 '전집'이라고 선전을 하고 있지만 아나톨 프랑스 원작의 이 이야기는 수록되어 있지 않다. 필자가 확인한 바로는 앤드류 랭의 'The Story of Little King Loc'이 일본어로 번역된 것은 이 쿠스야마 마사오 역뿐이다. 이렇게 일본에서도 거의 번역되지 않았던 이 작품을 방정환이 한국에 소개한 것은 그의 업적 중 하나로 평가해도 무방할 것이다.

앤드류 랭 원작의 서문에는 '"Little King Loc"은 아나톨 프랑스의 창작 작품이며 아나톨 프랑스는 친절하게도 랭이 원작 "L'Abeille"를 저본으로 하여 재화하는 것을 허락해 주었다.'[60]고 기록되어 있고 작품의 마지막 부분에도 '아나톨 프랑스에 의한 "L'Abeille"라는 이야기에서 짧게 재화했다.'[61]고 덧붙여져 있다. 이렇게 번역되는 과정에서 번역자와 재화자에 의해서 번역명이 여러 가지 형태로 변화된 것이다. 아나톨 프랑스의 원작 'L'Abeille'가 앤드류 랭에 의해 'Little King Loc'으로, 또 쿠스야마 마사오에 의해 「호수의 여왕(湖水の女王)」으로 변화해 간 것이다. 앤드류 랭은 서문에서도 밝히고 있듯이 동화로써 짧게 재화했기 때문에 재화한 스토리에 맞추어서 제목을 바꾸고 또 쿠스야마 마사오는 일본어로 번역할 때 소인 왕국의 왕인 로크의 이야기보다는 금단의 호수에 갔기 때문에 소인들에게 끌려가 소인 왕국의 여왕이 된 주인공 아베이유의 스토리를 중심으로 하여 '호수의 여왕'이라는 제목으로 바꾼 것이다. 또한 작품의 제목을 바꿈으로써 한층 더 신비감을 표현하고 싶었던

60 'Little King Loc' is an original invention by M.Anatole France, which he very kindly permitted Mrs.Lang to adapt from L'Abeille.(Andrew Lang , 'Preface', *The Olive Fairy Book*, 1907, p.3)

61 Adapted and shortened from the story of Abeille, by M.Anatole France.(Andrew Lang, 'The Story of Little King Loc', *The Olive Fairy Book*, 1907, p.3)

것은 아닐까 하고 추정된다.

나아가 쿠스야마 마사오 역은 '원작을 꼼꼼히 살펴 독해를 했다는 점, 쉽고 단려한 일본어 문장으로 써 내려갔다는 점'[62]이 많은 사람들에게 높이 평가받고 있는 것처럼 앤드류 랭이 재화한 'Little King Loc'에서 특별한 변화를 주지 않고 충실하게 번역되어 있어 쿠스야마 마사오 특유의 특징은 보여지지 않는다. 그러나 알기 쉬운 일본어라는 점은 방정환에게 있어서 아주 감사할 만한 일이었을 것이다.

(3) 방정환 역과 쿠스야마 마사오 역의 비교 분석

가. 삽화에 의한 대비

쿠스야마 마사오 역에는 [그림 3-5]와 같이 전부 다섯 점의 삽화가 그려져 있고 방정환 역에는 [그림 3-6]과 같이 세 점의 삽화가 그려져 있다. 양쪽 삽화을 비교해 보면 [그림 3-5]의 ②③④가 그대로 방정환 역에서 사용되었다는 것을 알 수 있다.

다음으로 [그림 3-5]의 ③⑤를 보면 두 페이지에 걸쳐 그려져 있어 중간이 약간 떨어져 있기는 하지만 한 장의 그림으로써 완성되어 있다. 그중 한 점([그림 3-5] ③)이 방정환 역에서는 좌우가 바뀌어 아베이유의 다리와 나무가 절단된 상태로 그림의 완성도가 훼손되어 있는 상태이다.([그림 3-6] ②)[63] 나아가 다른 연도의 복각판에서는 [그림 3-7]에서 보여지는 것처럼 그림의 배치가 90도, 또는 180도로 회전되어 있어 저본의 삽화 이미지가 완전히 사라져 버렸다. 그리고 삽화가 들어 있는 페이지도 [그림 3-6]에서는 74~75쪽이고 [그림 3-7]에서는 76~77쪽으로

---

62 子どもの本・翻訳の歩み研究会編,『図説子どもの本・翻訳の歩み事典』, 63쪽.
63 [그림 3-5]의 ①에 대해서는 본 장4, 4)에서 상세하게 논할 것이므로 여기에서는 생략한다.

[그림 3-5] 쿠스야마 마사오 역 「호수의 여왕(湖水の女王)」 삽화

[그림 3-6] 방정환 역 「호수의 여왕」 삽화 1

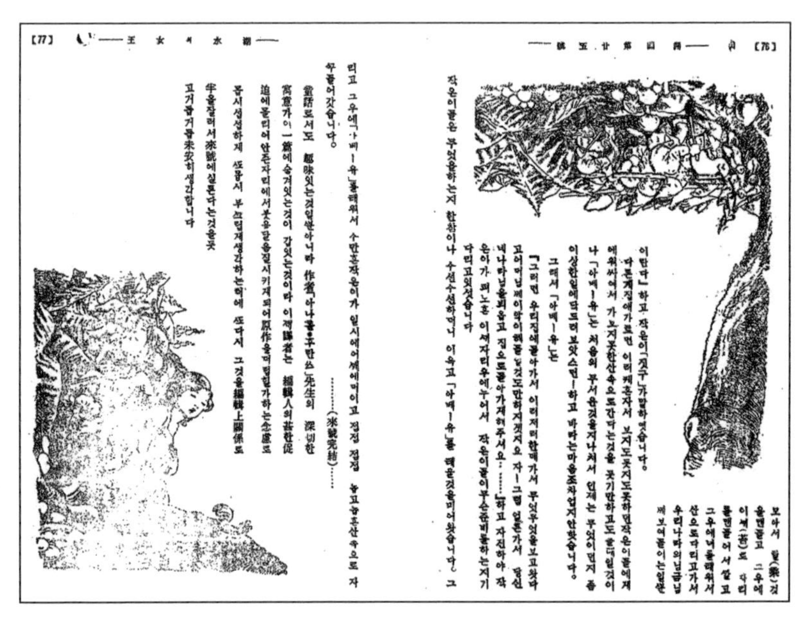

[그림 3-7] 방정환 역 「호수의 여왕」 삽화 2

다르다는 것을 알 수 있다. 이것은 『개벽』이 출판되었을 당시와 복각판의 편집상의 문제로 보여진다.

『개벽』의 복각판은 개벽사판(1969~1970), 오성사판(1982), 한일문화사판(1987) 등이 있다. 개벽사판과 오성사판은 『개벽』을 그대로 저본으로 하고 있지만 저본으로 한 판이 다르기 때문에 상당한 차이가 있다. 『개벽』은 판매 부수에 따라서 재판되거나 하여 개벽사판과 오성사판은 각각 초판과 재판을 저본으로 하여 복각된 것이다. 또 한일문화사판은 개벽사판을 재복각, 그리고 박이정판은 한일문화사판을 재복각하였는데 이 각각의 재복각에 있어서도 작업을 할 때 실수가 있었기 때문에 미세한 차이가 생겨 났다.

나아가 기사와 광고 내용에 관해서도 저본이 본호인지 아니면 호외 또는 임시호인지에 따라, 또는 초판인지 재판인지에 따라서도 그림 배

치에 문제가 생겨 복각판에 대해서 논하는 것은 어렵다고 볼 수 있다.[64]

본절에서 필자가 텍스트로 사용한 복각판은 1969년의 개벽사판이지만 [그림 3-7]이 들어 있는 복각판은 1982년에 복각된 오성사판이다. 즉, 1922년에 출판된 『개벽』 7월호는 특별호로써 아주 인기가 많아 재판을 거듭한 것으로 추측된다. 그 재판의 과정에서 편집상의 문제가 발생하여 [그림 3-7]과 같이 기묘한 삽화가 생겨난 것이다. 여기에서는 당시 『개벽』이 재판될 정도의 인기였다는 사실을 알 수 있지만 동시에 당시 조선의 출판 기술이 어느 정도였는지를 엿볼 수 있고 또한 편집 기술이 많이 미숙했다는 문제점도 발견할 수 있다.

나. 내용 비교 분석

방정환 역은 내용면에서는 쿠스야마 마사오 역의 주인공 이름이나 지명 등도 그대로 따르고 있으며 줄거리도 거의 바꾸지 않고 아주 충실하게 번역했다. 번역문의 일부를 실제로 대비해 보기로 하자.

① 도입 부분의 정경 묘사

쿠스야마 마사오 역

프랑스 해안에서 2-3마일 바다로 들어가면 바람이 없는 평온한 날이면 배 위에서 깊디깊은 해저에 큰 나무가 숲을 이루고 있는 것이 보입니다. 몇 만 년 전에는 이 무성한 나무들이 하나의 크디큰 숲의 일부가 되어 있었고 그곳에는 여러 종류의 새들과 짐승들이 무리를 짓고 있었습니다. 그리고 그 숲 저편에는 아름다운 마을이 있었고 그곳에는 클라리드 공작의 성이 서 있었습니다.[65]

64 최수일, 「1920년대의 문학과 『개벽』의 위상」, 성균관대학교 박사논문, 2002, 11쪽.

방정환 역

불란서의 해변에서 한 이삼 마일쯤 바다로 나아가면 거긔서는 바람만 안 불고 청명하게 개인 날이면 배우에서 깁듸깁흔 바다 속 바닥에 커-다란 나무가 수(數)업시 무성히 자라서 숩을 이루어 잇는 것이 보입니다. 몃 만 년이나 이전에는 이 나무 잇는 곳이 물속에 잇지 아니하고 바다 우에 잇서서 그 숩 속에는 여러 가지 새와 짐승들이 떼지어 잇섯습니다. 그리고 그 나무 숩 저쪽에는 훌륭한 마을이 잇고 그 마을에는 '크라리―드' 공작(公爵)의 계신 성(城)이 잇섯습니다.

② 아베이유의 슬픔에 대한 로크왕과 소인들의 반응

쿠스야마 마사오 역

"조그만 로크왕님, 그리고 이 나라의 친구 여러분은 모두 좋은 사람들이고 친절한 사람들로 제가 슬퍼하고 있으면 같이 슬퍼해 주시는군요. 저도 가능하다면 즐거워하며 지내고 싶지만 슬픔이 저 자신의 마음보다도 힘이 세답니다. 제가 슬퍼하고 있는 것은 제가 진심으로 사랑하는 유우리를 만나지 못하게 되었기 때문입니다. 그것은 어머니와 헤어진 것보다 더 싫은 슬픔이랍니다. 어머니는 어디에서 무엇을 하고 있을지 알고 있지만 유우리는 죽었는지 살았는지 그것조차 모르니까요."

소인들은 모두 입을 다물고 있었습니다. 이 사람들은 이렇듯 친절하지만 원래 인간이 아니므로 큰 기쁨도 깊은 슬픔도 느낄 수가 없었습니다. 다만 로크

---

65 〔일본어 원문〕
フランスの海岸から二三哩沖中へ出ますと、風のない穏やかな日なら舟の上から深い、深い海の底に、大きな樹が林になつてゐるのが見えます。何萬年といふ以前にはこの樹の茂みが一つの大きな大きな森の一部になつてゐて、そこにはいろいろな鳥や獣が群れてゐたのでした。そしてその森の彼方には奇麗な町があつて、クラリードの公爵のお城がそこに立つてゐたのでした。

왕만 웬일인지 기쁨과 슬픔을 조금은 느낄 수 있었으므로 공주의 마음을 안쓰럽게 여겼습니다.[66]

방정환 역

"쪽으만 로크의 님금님! 그리고 이 '적은이' 나라의 여러분! 여러분은 모다 친절하고 조흔 분이어서 나를 끔직이 위하고 이러케 자조 위로를 해 주시지만 나도 될 수만 잇스면 여러분께 슯흔 빗을 아니 보이고 질겁게 질겁게 지내고 십지만, 그러치만! 슯흔 생각이 내 힘보다도 더 강한 것을 어쩝니까. 내가 슯허하는 것은 내가 제일 사랑하는 유—리를 맛나지 못하는 까닭입니다. 어머니는 우리 집에 잘 계신 줄을 알고 잇지만 유—리는 죽엇는지 살엇는지도 모르니까요……… 여보십시오. 어떠케든지 유—리의 잇는 곳을 좀 차저 주셔요."

애련한 이 사정을 듯고 작은이들은 모다들 잠자코 잇섯습니다. 왕도 잠자코 잇섯습니다. 그러나 속으로는 다가티 어떠케든지 하야 유-리를 차저 주어야겟다하고 잇섯습니다.

66 〔일본어 원문〕
「小さなロクの王さま、それからこの国のお友達の皆さん、みんないい人で深切な人で、わたしがかなしさうにしてゐると一緒にかなしさうにしてゐて下さいますのね。わたしもできることなら楽しさうにしてゐたいと思ふんですけれど、悲しみの方がわたし自身の心よりも力が強いのですよ。わたしの悲しんでゐるのはね、わたしの心から愛してゐるユウリに逢ふことができなくなつたからですわ。それはおかあさまにお別れしたよりももつといやな悲しみなんですよ。おかあさまの方はどこで何をしてゐらつしやるか、わたしには分かつてゐるんでせう、けれどユウリは死んでゐるのか生きてゐるのか、それさへ分からないんですものね。」
小人たちはみんな黙つてゐました。此の人たちはこんなに深切でしたけれど、もともと人間ではないものですから、大きな喜びも深い悲しみも感じることがないのでした。ただロクの王だけはどうやら喜びも悲しみもぼんやり感じるやうになつてゐたものですから、姫の心を可哀さうに思ひました。

③ 결말 부분의 아베이유의 귀성과 후일담

쿠스야마 마사오 역

이렇게 여러 가지 신기한 선물을 받고, 그리고 많은 슬픈 추억의 씨앗을 남긴 채, 아베이유 공주는 7년만에 어머니의 성으로 돌아왔습니다. 그 후 5-6일 지나서 공주와 백작의 결혼식이 무사히 끝났습니다. 그러나 그 이후로는 아무리 즐거운 일에 마음이 쏠리어 있어도 아무리 바쁜 일에 쫓기어도 한 달에 한 번 씩 아베이유 공주는 지하의 옛 친구들을 찾아가는 일만은 잊지 않았습니다.[67]

방정환 역

이러케 감사한 인사를 들이고 겸하야 마즈막 인사를 들이고 왕과 여러 작은 이가 정으로 주는 여러 가지의 선물을 정표로 바다 가지고 아베—유는 칠년만에 어머님의 성으로 돌아왓습니다. 그후 오륙일 지나서 아베—유 색시와 부라수탠드 댁의 유—리 백작의 혼례 의식은 성대하게 지내엇습니다. 그러나 그후부터는 아모리 바쁘거나 질거운 일에 분망하여도 한달에 한번식 아베—유 색시는 땅속 나라의 녜—전 동모를 차저가기를 잇지 아니하엿습니다.

도입 부분의 정경 묘사에서는(①참조) 다음 절에서 논할 한국어로 번역하는 과정에서 생기는 문체적인 특징은 다소 보이지만 줄거리의 흐름은 거의 차이가 없다고 할 수 있다. 아베이유의 슬픔에 대한 로크왕과

---

67 〔일본어 원문〕
かうしてさまざまのめづらしいお土産の品をもらつて、そして後にはさまざまの悲しい思ひ出の種をのこしたまま、アベイユ姫は七年ぶりにおかあさまのお城へ歸りました。その後五六日して姫と伯爵の結婚の儀式はめでたく濟みました。けれどそれからはどんなに樂しいことに紛れてゐても、どんなに忙しい爲事に追はれてゐても、月に一度づつアベイユ姫は地の下の昔のお友達を訪ねることだけは忘れませんでした。

소인들의 반응에 대한 부분에서(②참조) 쿠스야마 마사오 역에서는 소인들은 원래 인간이 아니기 때문에 인간의 슬픔과 기쁨 등의 감정을 잘 이해할 수 없다고 묘사되고 로크왕만이 공주의 슬픔을 조금 느끼고 이해할 수 있다고 되어 있다. 이에 반에 방정환 역에서는 왕뿐만 아니라 소인들 모두가 슬픔을 느끼고 도와 주려고 하는 것으로 묘사되어 있다. 제3장에서 이미 논했듯이 이것은 오스카 와일드 원작의 「행복한 왕자」의 방정환 역 「왕자와 제비」에서도 결국 신에 의해서만 구원받을 수 있다고 하는 오스카 와일드의 비정한 현실에 대한 풍자 묘사에 반해 방정환은 어린이들에게 보다 따뜻하고 이상적인 인간 세계를 보여 주고자 마을 사람들에 의해 왕자와 제비가 구원을 받는다는 결말로 개작한 것과 비슷한 것으로 보여진다. 인간은 모두가 친절하고 착하길 바라고 그러한 따뜻한 인간 세계를 만들고자 하는 그의 바람이 여기에서도 나타난 것이 아닐까 추측된다. 그러한 면은 결말 부분(③참조)에서도 잘 나타나 있다. 소인 왕국의 선물에 대한 묘사이므로 쿠스야마 마사오는 '여러 가지 신기한 선물'이라는 형태로 신기함을 강조하여 번역했지만 방정환 역에서는 '왕과 여러 작은이가 정으로 주는 여러 가지의 선물'로 번역하여 단지 신기한 선물이 아닌 소인들의 '정의 표시'임을 강조하였다. '정'이란 단어는 방정환의 번역에서 자주 등장한다. 「왕자와 제비」에서도 오스카 와일드가 묘사한 '싫증을 잘 내고 돌려 말하는 것을 싫어하는' 제비의 성격이 방정환 역에서는 '정이 많은' 성격으로 변해 있는데 이것 또한 위에서 언급한 방정환의 이상적인 인간상과 관련이 있다고 할 수 있다. 그리고 쿠스야마 마사오 역에서는 확인할 수 없는 장면인 아베이유 공주가 작별과 함께 감사의 인사를 하는 장면이 더해져 있는 부분(③참조)에서도 인간의 도리를 표현하고 있다. 나아가 '슬픈 추억의 씨앗을 남겨 둔'이라는 부분을 생략하여 전체적으로 해피엔딩으로 끝나 있다.

이상과 같이 부분적인 변화를 제외하면 앞에서 논했듯이 방정환 역 「호수의 여왕」은 거의 완역에 가깝다고 할 수 있다. 1921년에 번역한 「왕자와 제비」의 경우와 비교해 보면 그 번역은 와일드의 원작에서 상당히 많은 변화를 보이므로 많은 선행 연구에서는 방정환의 번역의 특징에 대해서 번안 또는 재화라고 논해지고 있다. 그런 의견에 대해 필자는 제3장에서 방정환이 저본으로 사용한 사이토 사지로 역 「왕자와 제비(王子と燕)」와 비교해 보면 구조는 거의 그대로이고 결말 부분의 개작을 제외하면 큰 변화는 보여지지 않는다고 밝혔다. 즉 방정환 역 「왕자와 제비」는 부분적인 개작일 뿐 번안이 아닌 것이다. 「왕자와 제비」와 비교해 볼 경우 「호수의 여왕」에서는 앞에서 언급한 소인들에 대한 묘사 이외에는 거의 변화가 보이지 않고 아주 충실한 번역이라고 할 수 있다. 즉, 개작은 거의 보여지지 않고 오히려 완역에 가까운 번역인 것이다. 그러나 1923년 『어린이』 창간호의 권두에 게재된 안데르센 원작의 방정환 역 「석냥팔이 소녀」에는 당시 조선의 사정에 맞춘 번안의 특징이 많이 보여진다. 1921년에서 1923년에 걸친 방정환의 이상의 세 편의 번역동화를 보면 이렇게 부분적인 개작에서 거의 완역에 가까운 것, 그리고 번안이라는 형태로 변천하고 있는 것이다. 이와 같은 변천의 원인에 대해서는 지면을 달리하여 고찰하고자 한다.

다. 문체의 특징

방정환 번역동화의 문체에서의 특징 중 가장 눈에 띄는 것은 전문이 한글로 표기된 데다가 '합니다'체의 문말 표현을 사용하고 있다는 점이다. 이것은 한자를 못 읽는 어린이 독자층을 의식해 쓴, 즉 동화라는 것을 의식한 특징이라고 할 수 있다. 「호수의 여왕」이 게재된 『개벽』 임시호에 수록되어 있는 다른 작가의 여섯 작품과 비교해 보면 그 특징이 현저히 드러난다.

프세볼로트 가르신 원작의 염상섭 역 「4일간」과 비교해 보면 한자어는 거의 그대로 한자로 표기되어 있고 또한 문말 표현에는 '한다'체가 사용되었다. 오세란(2006)에 의하면 『어린이』지의 모든 번역동화는 '합니다'체를 사용했다. 오세란은 동화의 장르에서 이러한 습관이 시작된 것은 1913년부터라고 밝히고 나아가 1915년에 아동을 대상으로 쓰여진 소설에서 '한다'체가 사용되기 시작한 후 동화의 장르에만 유일하게 남겨지게 되었다고 논했다.[68] 이 연구에 의하면 '합니다'체와 같은 문말 표현을 사용한 것은 방정환만의 특징이 아니라는 것이 되는데 1920년대 이후 방정환과 천도교 소년회의 '어린이들에게 경어 사용하기 운동'이 시작되어 동화에서의 이와 같은 어미의 사용은 한층 더 보급되었다. 또한 이것은 방정환의 동화 구연 활동에서도 사용되어 정착하게 되었다. 『개벽』 임시호의 작품 중에서 방정환의 작품만이 한자어가 일반적인 단어의 경우에는 괄호 안에 한자를 표기하여 어린이들이 읽기 쉽도록 하고 기본적으로는 한글만으로 표기했다. 이러한 특징에는 앞에서 언급했듯이 어린이와 동화라는 장르에서 방정환이 추구하는 이상적인 모습에 대한 생각이 드러나 있는 것이다.

김성연(2004)은 구술 문화에서 문자 문화, 즉 인쇄 문화로 변천해 가는 과도기적인 시대의 특징으로써 구술 필기라는 방식을 통해 언행을 그대로 문장으로 옮긴다는 사고방식에 근저를 두고 '쓰는' 것을 단순히 '듣는' 것의 보조 수단으로써 이용하는 방법과 청자를 향하여 이야기하고 있는 듯한 느낌으로 문장을 써 내려 가는 방법이 널리 사용되게 되었다고 논했다.[69]

방정환 역의 또 하나의 문체적인 특징으로 들 수 있는 것은 어린이들

---

68 오세란, 「『어린이』지 번역 동화 연구」, 충남대학대학원 석사학위논문, 2006, 70쪽.

69 김성연, 「근대 동화의 문체 형성 과정 연구—문말표현 『했습니다』의 정착 과정을 중심으로」, 연세대학 석사학위논문, 2004 참조.

이 알기 쉽게 가능한 한 단순한 표현을 사용하면서도 수식어의 반복과 과장된 표현이 많다는 것이다.[70] 그 구체적인 예로써는 「호수의 여왕」에서의 '질겁게 질겁게'와 같이 수식구를 반복하는 용법과 '네—전', '커—다란', '하—얀' 등과 같이 수식어에 일본어의 장음 기호 '—'를 삽입하여 강조하는 표기법을 들 수 있다. 이것은 위에서 언급한 '청자를 향해서 말하고 있는 듯한 글을 쓰기' 위한 특징으로 보여진다. 실제로 동화구연을 할 때 강조하고 싶은 곳에서 수식구를 반복하거나 또는 길게 발음하거나 한 것을 문장에서도 그러한 기호를 사용하여 표현한 것으로 보인다. 이와 같은 기호는 원래 한국어 표기에는 없는 것으로 일본어의 장음 표기를 빌린 것이다. 방정환 역에서는 작품의 주인공 이름이나 지명 등을 표기할 때도 일본어 표기법을 빌려서 사용하고 있다. 예를 들면 주인공의 이름을 일본어에서는 'ユウリ(유우리)', 'アベイユ(아베이유)', 'クラリード(크라리—드)' 등과 같이 프랑스어와 영어의 장모음을 표기하기 위해 모음을 하나 더 넣거나 장모음 기호 '—'로 표기하거나 했는데 방정환 역에서는 그러한 부분을 모두 '유—리', '아베—유', '크라리—드'와 같이 장모음 기호'—'를 삽입하여 표기했다.[71]

장모음 기호 '—'를 사용한 표기법은 일본어에서 영향을 받은 것으로 봐도 무방할 것으로 보여지는데[72] 이러한 일본어의 기호를 방정환이 자기 나름대로 활용했다는 사실은 흥미롭다. 이러한 특징은 이 작품뿐만 아니라 본 연구에서 논하는 방정환의 모든 번역 작품에서 공통적으로 보여지는 특징이다.

---

70 이 점에 대해서는 많은 연구자들이 언급하고 있다. 오세란(2006)도 방정환 번역의 이러한 특징에 대해서 회화문을 예로 들면서 논했다.(오세란, 「『어린이』지 번역 동화 연구」, 67쪽)

71 참고로 현행의 한국어 '외래어 표기법'에서는 '외국어의 장모음은 표기하지 않는다'고 규정되어 있다. (국립국어원 「어문규정」의 「외래어표기」 제1절 「영어 표기」 제7항 및 제6절 「일본어 표기」 제2항에 의함)

72 한국어에 있어서 일본어 장음 기호인 '—'의 사용은 전후에도 이어져 70년대에도 자주 보여진다.

(4) 결론

이상과 같이 방정환 역 「호수의 여왕」을 삽화가 일치한다는 명백한 사실과 함께 내용면에 있어서도 완역에 가까운 충실한 번역이라는 사실을 근거로 하여 쿠스야마 마사오 역 「호수의 여왕(湖水の女王)」을 저본으로 보고 두 작품의 삽화와 내용을 비교 대조하였다.

필자는 번역을 다음의 세 가지의 형태로 나누고자 한다. 그중 하나는 이야기 안의 세계를 그 나라로 옮기고 이야기의 골격도 그 나라의 특정 시대와 장소에 맞게 바꾸어서 쓰는 것으로 창작과의 구별이 어려운 '번안'이다. 두 번째는 작품을 소개하는 사람이 원작 전체를 파악한 후 자기 나름대로 고쳐 쓰는 '개작'이다. 이것은 '번안'과는 달리 그 나라와 시대에 맞춰 고쳐 쓰기보다는 작가의 작품관 등에 맞추어서 작가가 부분적으로 내용을 고쳐 쓰는 것을 말한다. 이 두 방법에 반해 원작을 충실하게 번역한 것을 '완역'이라고 칭한다.

방정환 역 「호수의 여왕」은 위 세 형태 중에서 '완역'에 가깝다고 판단된다. 이 작품은 동화로써의 첫 작품인 1921년의 「왕자와 제비」가 결말을 부분적으로 개작하고 1923년 『어린이』 창간에 맞추어서 번역하여 게재한 「석냥파리 소녀」가 한국의 문화에 맞추어서 번안된 것에 반해, 스토리는 물론 구조적으로도 거의 변화를 보이지 않고 등장인물인 소인들의 성격을 조금 고친 것 외에는 거의 완역에 가깝다고 할 수 있다. 오카모토 키이치의 삽화를 그대로 활용하는 과정에서 당시 조선의 출판 사정 등에 의해 삽화의 편집에 다소 문제가 발생하기는 했으나 방정환은 쿠스야마 마사오 역을 충실하게 번역하여 옮긴 것이다.

그러나 부분적으로는 「왕자와 제비」의 결말 부분의 개작에서도 보여진 것처럼 '원래 인간이 아니고 그 때문에 인간의 슬픔과 기쁨 등의 감정을 잘 이해하지 못하는 생물'이라고 묘사된 소인을 방정환은 '소인 모두가 공주의 슬픔을 느끼고 도우려고 했다'고 수정하여 소인에 대해 호의적으로 묘사했다. 방정환은 인간미를 느낄 수 없는 부분이 있으면 이렇게 고쳐 써서 어린이들에게는 적어도 동화 안에서만이라도 친절하고 따뜻한 인간 세계를 보여 주려고 노력한 것이다.

그리고 문체면에서는 어린이를 염두에 두고 어린이들이 읽기 쉽게 전문을 한글로 표기하고 한자는 모두 괄호 속에 넣는 등의 배려를 했다. 나아가 어린이를 존중하고 어린이에게 경어를 사용하자고 한 천도교의 방침에 따라 번역동화 안에서도 경어적인 문말 표현을 사용했다. 방정환은 이러한 문말 표현을 보급하기 위해서 구연뿐만 아니라 동화 번역에 있어서도 노력을 아끼지 않은 것이다. 또한 동화를 구연할 때 보여지는 구어적인 문체가 많이 보여지는 것도 방정환의 번역동화의 특징으로 들 수 있다.

나아가 한 마디 더 덧붙이자면「호수의 여왕」이라는 한 편의 작품에 그치기는 했지만 1920년대 초의 한국에 아나톨 프랑스의 이름과 그 동화를 소개한 것에도 크나큰 의의가 있다고 할 수 있다.

3)「욕심쟁이 거인」과「털보장사」

방정환은 1922년『개벽』11호에「털보장사」라는 제목으로 오스카 와일드(Oscar Fingal O'Flahertie Wills Wilde: 1854~1900)의 동화「욕심쟁이 거인」("The Selfish Giant", 1888)[73]을 번역하여 발표했다([표 3-1] 참조). 1921년 2월호『천도교회월보』에 번역하여 발표한「왕자와 제비」의 서문에서는 단지 '외국의 유명한 동화의 하나'라고만 소개하고 오스카 와일드의 동화

73 원작명은 "The Selfish Giant'이며 1888년에 출판된 동화집『행복한 왕자와 그 외 이야기들』(*The Happy Prince and Other Tales*)을 통해 발표된 작품이다. 어른들과 아이들 간의 소통을 주제로 하고 있으며 어른들의 이기적인 행동에 대한 풍자를 표현한 내용을 담고 있다.

라는 점에 대해서는 전혀 언급하지 않았다. 그것은 「왕자와 제비」의 저본인 『킨노후네(金の船)』에 실린 사이토 사지로의 번역동화 「왕자와 제비(王子と燕)」에도 원작명과 원작자에 대해서 아무런 정보도 기입되지 않았던 사실과 관계가 있을 것으로 추측된다. 그러나 1년 9개월 후에 발표된 「털보장사」의 서문에서는 오스카 와일드에 대한 여러 가지 정보를 제공하고 있다. 그뿐만 아니라 「왕자와 제비」의 원작자가 오스카 와일드라는 것에 대해서도 언급했다.

> 이 一編은 彼 有名한 『사로메』의 作者 또는 『架空의頹廢』의 論者로 有名한 오스카─ · 와일드 (一八五六年生一九○○年死) 의 名作 童話 中의 一이다. 〔중략〕 어떠케 보면 童話로서는 넘우 寓意가 깁고 難解할 點이 만하서 一般 壯年들에게도 그 眞意를 捕捉키 어려운 것이 만흔 것으로나 그 中에 사랑의 힘을 몹시 强하게 가르친 이 一篇은 寓意가 깁흐면서도 몹시 보들업게 씨운 것이라 이제 讀者께 紹介하기로 한 것이다. (거듭)이 一篇은 一八八八年에 公刊된 『幸福한 王子와 其 他의 物語』라는 冊에 실려 잇는 것이요, 拙譯 『사랑의 선물』에 실려 잇는 「王子와 제비」라는 것이 그 冊의 題目인 「幸福한 王子」의 譯인 것을 이 機會에 말해 둔다.[74]

아마도 방정환은 「왕자와 제비」를 번역할 당시에는 아직 오스카 와일드에 대해서 자세히 몰랐을 것이다. 그랬던 것이 『세계동화보옥집』을 손에 넣게 된 후 오스카 와일드의 경력과 다른 작품에 대해서도 알게 되었을 것으로 추측된다. 다음 자료는 앞 절에서도 언급한 『세계동화보옥집』의 '내용(内容)' 중 '2월 이야기(二月のお話)'의 한 편으로 소개된 「욕심쟁이 거인(わがままな大男)」에 대한 소개로 이 점에 대해서 입증해 주는 좋

74 방정환, 『개벽』, 1922.11월호, 43쪽.

은 자료가 된다.

> 욕심쟁이 거인(와일드 = 영국)——영국의 근세에 유명한 시인 오스카 와일드(1856년생, 1900년 사망)가 쓴 동화집 『행복한 왕자』 안에 있는 이야기이다. 와일드의 동화는 어린이들에게는 우의가 너무 어렵지만 그 안에서 사랑에 대한 가르침을 설명한 이 작품은 우선 자연스럽고 좋은 읽을거리입니다.[75]

이 두 자료는 동화뿐만 아니라 이 '내용(内容)' 부분도 참고로 하여 번역했다는 사실을 단적으로 보여 주고 있다. 와일드의 정확한 탄생 연도는 1854년이지만 이 글에는 1856년으로 되어 있고 방정환의 서문에도 틀린 정보가 그대로 인용되어 있다.

이 자료에 더해 하나 더 참고로 사용한 것으로 보이는 것은 1916년에 출판된 혼마 히사오(本間久雄: 1886~1981)가 번역한 『석류의 집(柘榴の家)』의 '서(序)'이다. 이것은 5페이지에나 달하는 서문으로 오스카 와일드의 작품에 대해 상세하게 소개되어 있고 그에 대한 평가도 함께 쓰여져 있다. 위에서 인용한 「털보장사」의 서문과 비교해 보면 『석류의 집』 '서(序)'에는 위에서 밑줄을 그은 부분에 해당하는 기술은 찾아볼 수 없다. 그러나 밑줄 친 부분 이외에 방정환이 소개한 작품명 등은 혼마 히사오의 '서(序)'에서도 소개된 것으로 방정환이 이 부분을 참고로 했을 가능성이 아주 높다. 다음은 '서(序)'의 일부이다.

---

75 『世界童話宝玉集』, 「内容」, 3쪽.
〔일본어 원문〕
我がままな大男(ワイルド=イギリス)——イギリスの近世に名高い詩人オスカー・ワイルド(一八五六年生、一九〇〇年死)の書いた童話集『幸福な王子』の中にあるお話です。ワイルドの童話は幼い人たちにはやや寓意がむずかしすぎますが、その中で愛のおしえを説いた此の作は、まずなだらかで、よい読みものです。

『살로메(サロメ)』의 작가로서 『도리언 그레이의 초상』의 작가로서 혹은 과격하고 기발한 논문 『가공의 퇴폐(架空の頽廃)』의 논자로서 오스카 와일드가 근대 문학 위에 특집(特集)의 지위를 지키고 있는 것은 여기에서 다시 말할 필요도 없지만 〔중략〕 와일드의 동화는 1891년에 공개된 『석류의 집(柘榴の家)』과 1888년에 공개된 『행복한 왕자와 그 외 이야기(幸福の皇子及びその他の物語)』의 두 권에 수록된 장단편을 합쳐 전후 아홉 편밖에 없다. 여기에 번역하여 수록한 것은 즉 아홉 편으로 「젊은 왕(若い王様)」 이하 「별의 아이(星の子)」까지는 『석류의 집(柘榴の家)』에 수록된 것이고, 「행복한 왕자(幸福な皇子)」 이하 「명성 높은 봉화(名高い狼煙)」까지는 『행복한 왕자와 그 외 이야기(幸福の皇子及びその他の物語)』에 수록된 것이다.[76]

위에서 언급했듯이 오스카 와일드의 작품으로써 『살로메』와 『가공의 퇴폐』를 예로 들고 있는 것과 「행복한 왕자」가 『행복한 왕자와 그 외 이야기』에 수록되어 있다는 것에 대한 내용도 거의 같다.

쿠스야마 마사오 역 「욕심쟁이 거인(わがままな大男)」에는 오카모토 키이치의 그림 다섯 점이 삽화로 사용되었는데 방정환 역에는 삽화가 한 점밖에 없다. 그리고 번역 제목이 쿠스야마 마사오 역 「욕심쟁이 거인(わがままな大男)」과도 『석류의 집』에 실려 있는 혼마 히사오 역 「욕심쟁이 산사나이(我儘な山男)」와도 전혀 다르다는 것을 알 수 있다. 방정환이

76 本間久雄, 『柘榴の家』, 春陽堂, 1916, 1~2쪽.
〔일본어 원문〕
『サロメ』の作者として『ドリアン・グレー』の作者として、或は嬌激奇抜な論文『架空の頽廃』の論者としてのオスカア・ワイルドが近代文学の上に特集の地位を保つてゐることはここに改めて云ふまでもないが、〔中略〕ワイルドの童話は、一八九一年に公けにされた『柘榴の家』と一八八八年に公けにされた『幸福な皇子及びその他の物語』の二書に収められた、長短併せて前後九篇に尽きてゐる。ここに訳出したのはすなはちこの九篇で、「若い王様」以下「星の子」までは『柘榴の家』に収められたもの、「幸福な皇子」以下「名高い狼煙」までは『幸福の皇子及びその他の物語』に収められたものである。

번역한 작품의 스토리 안에서 주인공에 대한 묘사 중 '얼굴에 털이 많고 힘이 세서 털보장사라고 합니다'라고 하는 설명이 부연되어 있다. 물론 이것은 원작에도 일본어 역에도 없는 방정환의 창작이다. 혼마 히사오 역의 삽화에는 분명히 얼굴에 털이 많고 커다란 몸집을 한 주인공의 모습이 그려져 있다. 방정환은 그 삽화를 보고 이와 같은 제목으로 한 것이 아닐까 추측된다.

내용을 비교해 보면 이 작품에는 다른 작품에서 자주 보이는 개작이나 창작이 거의 보이지 않는다. 혼마 히사오 역을 포함한 두 개의 일본어 역은 내용면에서 거의 차이가 없고 방정환 역도 물론 이 두 일본어 역과 거의 다르지 않다. [표 3-1]에서 보여지듯이 1922년 7월에서 9월에 걸쳐서 『세계동화보옥집』에서 「한네레의 죽음」과 「호수의 여왕」의 두 편의 작품을 번역하여 발표한 점을 보면 같은 해 11월에 번역하여 발표한 작품도 같은 책 『세계동화보옥집』의 「욕심쟁이 거인(わがままな大男)」이 그 저본이 되었을 가능성이 높다. 그러나 위에서 언급했듯이 혼마 히사오 역의 '서(序)'를 참고한 점이나 내용이 그다지 차이가 없다는 점으로 볼 때 혼마 히사오의 『석류의 집』도 참고로 했을 가능성이 높다고 할 수 있다.

4) 그 외의 삽화

앞에서 논한 작품 이 외에도 『세계동화보옥집』에서 흥미로운 삽화 두 점을 발견했다. 그중 한 점은 앞에서 언급한 쿠스야마 마사오 역 「호수의 여왕(湖水の女王)」에 그려져 있는 그림 중 하나이다([그림3-8] ①). 주인공 유우리와 아베이유는 어느 날 금단의 호수 저편에 무엇이 있는지 알아 보려고 모험을 떠나는데 그 도중에 아베이유의 신발 속에 돌이 들어가 유우리가 신발 끈을 풀어서 그것을 빼 주려고 하는 장면의 삽화이다.

[그림 3-8] 「산드룡의 류리구두」 삽화

이 그림을 방정환은 『사랑의 선물』의 세 번째 작품 「산드룡의 류리구두」에서 왕자의 사신이 산드룡의 발에 구두를 신겨 보는 장면에서 사용했다([그림3-8] ②).[77]

그리고 『세계동화보옥집』에 실린 미즈타니 마사루 역의 「바보 이완(イワンの馬鹿)」에는 왕이 된 이완과 공주님이 의자에 나란히 앉아 있는 삽화가 있는데([그림3-8] ③) 방정환은 이 그림도 「산드룡의 류리구두」의 마지막 장면에서 왕비가 된 산드룡의 그림에 사용했다([그림3-8] ④).[78] 여기에서는 2인용 의자를 반으로 자르고 거기에 왕비만을 그려서 아주 훌륭하게 활용했다. 의자의 디자인과 왕비의 의상, 왕관, 목걸이와 왕비가 손에 쥐고 있는 부채 등 아주 섬세한 부분까지 그대로 모사를 했다.

이렇게 방정환은 전혀 관계가 없는 스토리의 삽화까지 차용해서 훌륭하게 활용했다. 제5장에서 상세하게 논하겠지만 「산드룡의 류리구두」의 저본은 쿠스야마 마사오가 번역한 「산드리용 이야기, 별명, 유리구두(サンドリヨンの話, またの名, ガラスの上靴)」(『당나귀 가죽』, 1920)이다. 이 일본어 역에는 삽화가 없기 때문에 이와 같이 다른 스토리의 작품에서 각 장면에 어울리는 삽화를 찾아내어 그것을 훌륭하게 활용한 것이다.

5. 『안데르센 오토기바나시』와 방정환 역 「석냥파리 소녀」와 「천사」

방정환이 다음으로 시선을 돌린 것은 나가타 미키히코(長田幹彦: 1887~1964)가 번역한 '모범가정문고' 시리즈 제3권인 『안데르센 오토기바나시(アンデルセン御伽噺)』이다. 방정환은 1923년 3월에 간행된 『어린이』 창간호의 권두 작품으로 「석냥파리 소녀」를 번역하여 발표한다. 거기에는 한 점의 삽화([그림 3-9])가 그려져 있는데 이것은 『안데르센 오

77 『사랑의 선물』, 35쪽.
78 『사랑의 선물』, 37쪽.

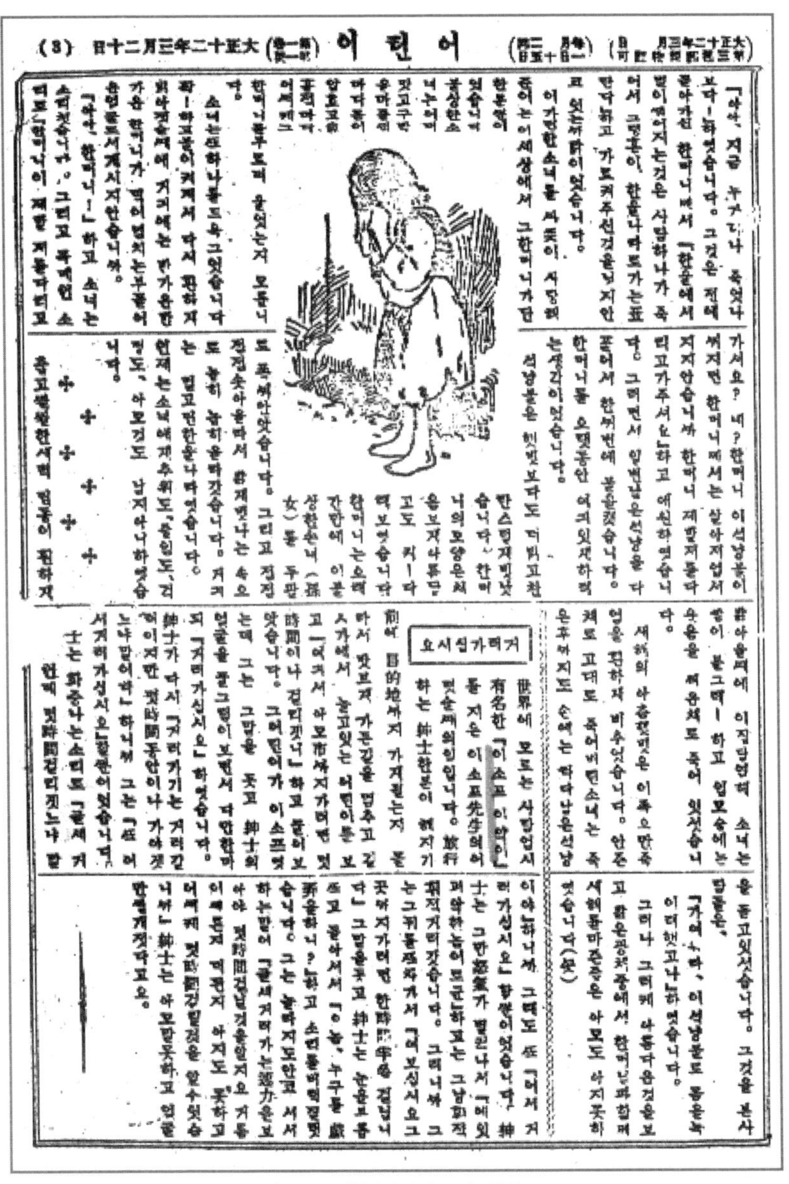

(8) 大正十二年三月二十日 (第一卷 第一號) 어린이 (每月一日十五日二回發行) 大正十二年三月 第三種郵便物認可

「아아, 지금 누구가나 죽엇나보다-」하엿슴니다。그것은 전에 돌아가신 한머니께서 「한울에서 별이 떠러지는것은 사람하나가 죽어서 그영혼이 한울나라로가는표란다」하고 가르켜주신것을 생각한고 잇는까닭이엇슴니다。

이 가련한소녀를 싸뜻이 사랑해주어 는이세상에서 그한머니가단한분뿐이엇습니다 불상한소녀는어머니를잇고 우마를여의다음에 압흐고슯흔맘이 어서 한머니뿐을 부르며 울엇는지 모름니다。

소녀는또하나를드윽그엇슴니다 확!하고불이커져서 다시 환하게 되엿슬때에 거긔에는 한가운한 가운 한머니가 맘이 범치는부드러운얼골로서계시지안슴니까。

「아아, 한머니-!」하고 소녀는 소리첫슴니다。그리고 목메인 소리로「한머니 제발 저를다려고 가서요? 네? 한머니 이석냥불이 써지면 한머니께서는 살아지겟서 지지안슴니까 한머니 제발저를다려고가주서요」하고 애원하엿슴니다。그러면서 압벗남은성냥을 다 꺼어서 한꺼번에 불을켯슴니다。한머니를 오랫동안 여긔잇게하려는생각이엇슴니다。

성냥불은 힛빗보다도 더밝고찬란스럽게빗낫슴니다。한머니의모양은씨음보지 아름답고도 키-다랏게 보엿슴니다 한머니는오래간만에 이불상한손녀(孫女)를 두팔로 폭 싸안앗슴니다。그리고 점점점점 솟아올라서 환하게빗나는 속으로 놉히 놉히올라갓슴니다。거긔는 칩고편한운나라엿슴니다。현재는 소녀에게 추위도 슬픔도 걱정도 아모것도 남지아니하엿슴니다。

✢ ✢ ✢ ✢ ✢

춥고쌀쌀한새벽 길옆이 환하지 밝아올때에 이집담엽헤 소녀는 발이 불그레-하고 입모숨에는 웃음을 씌운채로 죽어 잇섯슴니다。

새해의 아츰햇빗은 이쪽으만족엄을 환하자 비추엇슴니다。안즌채로 고대로 죽어버린소녀는 죽은후에도 손에는 타다남은성냥을 들고잇섯슴니다。그것을 본사람들은、「가여워라、이성냥불로 몸을녹이려햇고나」하엿슴니다。

그러나 그러케 아름다운것을보고 깃분광경중에서 한머니와함께 새해를마즈러온 아모도 아지못하엿슴니다(쯧)

요시십가려거

世界에 모르는 사람업시 有名한「이소프 이약이」를 지은 이소프先生의 어렷슬때의일입니다。旅行하는 紳士한분이 허지기前에 目的地까지 가재될는지 몰라서 맛브게 가든길을 멈추고 길ㅅ가에서 놀고잇는 어린이를 보고「여긔서 아모市까지가려면 멧時間이나 걸리겟나」하고 물어보앗슴니다。그어린이가 이소프엿는데 그는 그말을 듯고 紳士의 얼골을 쌀그럼이 보면서 따만한마되「거러가십시요」하엿슴니다。紳士가 다시「거러가기는 거러갈터이지만 멧時間동안이나 가야겟느냐말이야」하니까 그는「또 어서거러가십시오」할뿐이엇슴니다。紳士는 화증나는소리로「글세 거러면 멧時間걸리겟느냐 말이야」하니까 그때도 또「어서 거러가십시오」할뿐이엇슴니다。紳士는 그만怒氣가 벌컥나서「예잇 괴악한놈이로군」하고는 그냥휘적휘적 거러갓슴니다。그러니까 그는그뒤를짜라가서「여보십시요 그곳까지가려면 한時間半쯤 걸닙니다」그말을듯고 紳士는 눈을크게 뜨고 돌아서서「이놈、누구를 戲弄을하니?」하고 소리를버럭질럿슴니다。그는 놀래지도안코 서서하는말이「글세거러가는速力을보아야 멧時間걸닐것을알지요 거름이 빠른지 더된지 아지도못하고 어떠케 멧時間걸닐것을 알수잇슴니까」紳士는 아모말못하고 얼골만빨개젓다고요。

[그림 3-9]「석냥파리 소녀」 삽화

토기바나시』에서 옮겨 온 그림이 아니라 『킨노후네(金の船)』 제2권 제5호에 게재된 사이토 사지로(斎藤佐次郎) 역 「왕자와 제비(王子と燕)」의 마지막 부분에 실려 있는 '성냥팔이 소녀'의 그림이다. 또한 이 그림은 앞에서 소개한 『사랑의 선물』 다섯 번째 작품 「한네레의 죽음」에 사용된 그림과 동일하다.

그리고 『어린이』 창간 2개월 전인 1923년 1월 3일자 《동아일보》에도 안데르센 동화인 「천사」를 번역하여 발표했다. 이 작품 또한 나가타 미키히코 역 『안데르센 오토기바나시』의 한 작품 「천사(天使)」가 저본이 되었을 것으로 추정된다.

그러나 두 작품에는 『안데르센 오토기바나시』에서 옮겨 온 삽화는 사용되지 않았다. 『안데르센 오토기바나시』도 오카모토 키이치가 디자인을 하기는 했지만 삽화는 미즈시마 니오우(水島爾保布: 1884~1958)가 담당했다. 즉 『사랑의 선물』을 비롯한 방정환의 모든 번역동화에 사용된 삽화는 오카모토 키이치의 그림에 국한된다. 단행본인 『사랑의 선물』에서는 책을 편집하고 디자인을 할 때 그림의 통일성을 고려하여 모든 삽화를 오카모토 키이치의 그림만을 사용했을 것으로 추정할 수 있지만 다른 잡지와 신문 등에 발표한 번역 작품의 삽화까지도 왜 오카모토 키이치의 그림을 고집하였을까? 여기에서는 이러한 일관성은 방정환의 특질에 관계되는 문제일 것이라는 것만을 강조해 두고자 한다.

6. 나오기

이상과 같이 '모범가정문고' 시리즈를 저본으로 번역한 방정환의 작품에 대해서 검토한 결과 [표 3-1]과 같은 일람표에서도 알 수 있듯이 시리즈 중에서 제일 먼저 관심을 가진 것은 『그림 오토기바나시』라는 것을

알 수 있다. 먼저 거기에서 「대도적(大盜賊)」과 「잠자는 미인(睡美人)」 두 편을 골라 번역한 후 『사랑의 선물』과 『천도교회월보』에 발표한다. 그리고 2년 후에는 거기에서 「개구리 왕자(蛙の王子)」를 번역하여 『어린이』지에 발표한다. 그 다음으로 이용한 것이 『세계동화보옥집』으로 거기에서 「한네레의 승천(ハンネレの昇天)」과 「호수의 여왕(湖水の女王)」, 그리고 「욕심쟁이 거인(わがままな大男)」의 세 편을 골라 각각 『사랑의 선물』과 『개벽』에 번역하여 발표한다. 여러 나라 동화가 소개되어 있는 『세계동화보옥집』의 특징을 잘 살려서 독일, 프랑스, 영국 동화를 각 한 편씩 번역한 것이다. 또한 그 다음으로 사용한 것이 『안데르센 오토기바나시』이다. 『사랑의 선물』 출판 후 호평을 받고 있을 때 『어린이』의 창간 준비를 하고 있던 방정환은 먼저 《동아일보》에 안데르센 원작의 「천사」를 번역하여 발표한다. 그 후 『어린이』 창간호에 「석냥파리 소녀」를 권두 작품으로써 게재한다. 이러한 과정을 거슬러 올라가 보면 시리즈의 각 권에서 번역한 작품의 발표 시기가 서로 아주 비슷하다는 것을 알 수 있다. 방정환은 한 권의 텍스트를 발견하면 그것을 집중적으로 탐독한 후 거기에서 계속해서 두세 편을 번역하는 경향이 있었던 것으로 보여진다.

또한 번역을 할 때 각각의 저본에서는 스토리뿐만 아니라 삽화도 그대로 모사를 했다. 그 모든 삽화는 오카모토 키이치(岡本帰一)의 그림이었고, 혹 저본으로 사용한 작품에 다른 작가의 삽화가 있어도 그것을 사용하는 일은 일체 없었다. 이렇게 오카모토 키이치의 그림을 고집한 이유를 한마디로 정리할 수는 없지만 방정환이 오카모토 키이치의 그림을 얼마나 마음에 들어했었는지는 잘 알 수 있다.

이상과 같이 『사랑의 선물』이 번역되어 출판된 1922년에서 1924년까지 2년에 걸쳐서 번역된 방정환의 번역동화의 저본으로 추정되는 일본어 역을 찾아내어 삽화와 내용을 비교 대조함으로써 저본을 확인하여 고찰했다.

방정환은 '모범가정문고' 시리즈의 제3권째인 『그림 오토기바나시』와 제5권째인 『안데르센 오토기바나시』, 그리고 제7권째인 『세계동화보옥집』에서 모두 여덟 편에 달하는 동화를 선정하여 번역했다. 읽을거리가 거의 없었던 당시 조선의 어린이들에게 가능한 한 많은 동화를, 가능한 한 많은 나라의 동화를, 거기에 예술성이 높은 삽화가 그려진 동화를 제공하고자 했던 방정환에게 이 동화집 시리즈는 다른 어떤 것과도 바꿀 수 없는 최고의 텍스트였을 것이다. 그런 면에서 이 '모범가정문고' 시리즈는 근대 한국의 아동문학에서 크나큰 의의를 가지는 동시에 그것을 번역하여 근대 한국에 소개한 방정환의 업적은 더없이 크다고 할 수 있다.

제5장

『쿠오레』 『당나귀 가족』 『세계 오토기바나시』에서의 번역 작품

1. 들어가기

제3장과 제4장에서는 방정환이 『사랑의 선물』을 집필할 당시 주로 사용했던 아동 잡지 『킨노후네(金の船)』와 그 잡지에서 힌트를 얻었을 것으로 추측되는 '모범가정문고(模範家庭文庫)' 시리즈 중 세 권의 단행본에서 선정하여 번역한 작품에 대해서 고찰했다. 여기에서는 방정환이 그 외의 단행본을 선정하여 번역에 이르기까지의 과정에 대해서 고찰하고자 한다.

먼저 『사랑의 선물』의 첫 번째 작품인 「란파션」의 저본을 찾아 그에 대해서 고찰할 것이다. 이 작품은 이탈리아 작가 에드몬도 데 아미치스(Edmondo De Amicis: 1846~1908)[1]의 작품집 『쿠오레』(1886)에 실려 있는 '이

1 아미치스(Amicis, Edmondo De: 1846~1908)는 이탈리아 리그리아 지방 오네리아에서 태어났다. 도덕심과 애국심이 강한 아이로 이탈리아 독립운동에 참가하려고 했지만 연령이 못 미쳐 거절을 당한 적이 있을 정도라고 전해진다. 성장한 후에는 군인이 되지만 콜레라에 걸려 전선을 떠나 이탈리아 통일을 계기로 본격적인 작가 활동에 매진한다. 1886년에 출판된 『쿠오레』는 박애와 애국을 묘사하여 베스트셀러가 되었다. 일본에서는 『쿠오레』의 삽화(挿話) 중 하나인 「아페니니산맥에서 안데스산맥까지」가 「엄마 찾아 삼천리(母をたずねて三千里)」로써 널리 알려져 있다. 한국에서는 「엄마 찾아 삼만리」로 번역되어 소개되었다.

달의 이야기' 중 마지막 작품 「난파선」이 그 원작이다. 필자는 방정환의 「란파션」의 저본을 1920년에 가정독물간행회(家庭読物刊行会)에서 출판된 마에다 아키라(前田晁) 번역의 「난파선(難破船)」으로 추정한다. 제3장에서 논했듯이 마에다 아키라는 『사랑의 선물』 여섯 번째 작품 「어린 음악가」의 저본 「잃어버린 바이올린(失くなったヴァイオリン)」(『킨노후네』 제2권 제4호)의 작가이다. 한편 『킨노후네』 제3권 제2호에도 미야케 후사코(三宅房子, 본명 사이토 사지로(斎藤佐次郎))가 번역한 「난파선(難破船)」이 게재되어 있다. 제3장에서 이미 언급한 것처럼 방정환이 『사랑의 선물』을 집필했을 당시 『킨노후네』를 많이 참고했다는 것을 생각해 보면 미야케 후사코의 번역도 저본으로서의 가능성을 버릴 수 없다. 따라서 본 장에서는 마에다 아키라 역과 미야케 후사코 역 양자가 저본일 가능성이 있다고 보고 둘 중 어느 쪽이 방정환 역의 저본이 되었을지에 대해서 고찰하고자 한다.

다음으로 졸론(2005)[2]에서 고찰한 『사랑의 선물』 두 번째 작품인 「산드룡의 류리구두」에 대해서도 재고하고자 한다. 이 작품의 저본은 쿠스야마 마사오(楠山正雄)가 번역하고 편집한 『당나귀 가죽(驢馬の皮)』(1920)에 실린 작품 중 하나인 「산드리용 이야기, 별명, 유리구두(サンドリヨンの話, またの名, ガラスの上靴)」로 추정된다. 그 이유에 대해서는 뒷부분에서 논할 것이다.

그리고 『사랑의 선물』의 네 번째 작품인 「요슐왕 아아」의 저본을 1907년에 하쿠분칸(博文館)에서 간행된 이와야 사자나미(巌谷小波) 번역의 『세계 오토기바나시(世界お伽噺)』 중 97번째 작품인 「마왕 아아(魔王アヽ)」로 추정하고[3] 두 작품을 비교 분석하여 그 사실을 검증하고자 한다.

---

2 졸고, 「方定煥の児童文学における翻訳童話をめぐって──『オリニ』誌と『サランエ　ソンムル(愛の贈り物)』を中心に」, 오사카대학대학원 석사논문, 2005, 21~26쪽.

3 방정환 역 「요슐왕 아아」의 저본이 이와야 사자나미(巌谷小波) 역 「마왕 아아(魔王アヽ)」

2. 『쿠오레』 수록 작품 「난파선」과 방정환 역 「란파션」

1) 『쿠오레』의 시대

앞에서도 언급했듯이 『사랑의 선물』의 첫 번째 작품인 「란파션」의 원작은 이탈리아 작가 아미치스의 작품집 *Cuore*(1886) 중 '이달의 이야기'의 마지막 작품으로 실려 있는 「난파선」이다.

『쿠오레』는 이탈리아의 초등학교 3학년인 엔리코가 신학기가 시작되는 10월부터 다음 해 7월까지의 10개월에 걸쳐 써 내려간 일기 형식을 하고 있다. 그리고 거기에 매달 한 번씩 선생님이 아이들에게 글씨 연습을 명하여 쓰게 한 '이달의 이야기'가 삽입되어 있다. 「난파선」은 그중 마지막 이야기이다. 그리고 엔리코의 일기에 대해서 아버지, 어머니, 누나가 덧붙여 쓴 '가족의 충고'와 나중에 일기를 다시 읽어 보고 더해 쓴 '감상'도 있다. 이렇듯 『쿠오레』는 조금 독특한 작품으로 아주 복잡한 구성을 하고 있다.

저자인 에드몬도 데 아미치스는 누구보다도 애국자였는데 『쿠오레』가 쓰여진 당시의 이탈리아는 이러한 작품을 필요로 한 시대라고 할 수 있다. 이탈리아는 긴 세월 각 지방에 소국가를 분립하여 스페인, 오스트리아, 프랑스 등의 각 왕조가 번갈아가며 그 소국가들을 지배하여 국왕을 보내왔다. 19세기에 들어서자 이탈리아 통일의 기운이 높아지기 시작했는데 아미치스는 그 국민 운동이 한창일 때 소년기를 보내게 된다.

이탈리아는 통일이 되었지만 그 이후에도 여러 가지 문제와 불안정한

(1907)라는 사실에 대해서는 나카무라 오사무(仲村修, 1999) 「方定煥研究序論——東京時代を中心に」(『青丘学術論集』 第14集, 91쪽)에서 이미 밝혀져 있었고 그것을 참고로 하였다. 그러나 저본과의 비교 분석에 의한 검증을 한 사실은 확인되지 않기 때문에 본 연구에서 일본어 저본과 방정환 역과의 비교 분석에 의해 검증을 하여 방정환 역의 특징에 대해서 고찰하고자 한다.

요소를 품고 있어 『쿠오레』는 이렇게 아직 각 지역의 애국심과 계급 대립의 요소를 품고 있던 이탈리아가 진정한 통일을 확립하기 위해 쓰여진 국민 교육 이야기였다고 할 수 있다.[4] 피에몬테 출신으로 제3차 이탈리아 독립 전쟁(1866)에도 직업 군인으로서 참가한 아미치스는 말하자면 부흥운동 시대의 인간인 것이다. 이러한 그가 파토스에 호소하는 여러 가지 에피소드를 나열하여 어린이들의 '쿠오레', 즉 '마음'을 움직이는 것을 부흥운동의 가치관으로 하여 다음 세대를 짊어져야 할 어린이들에게 전하고자 쓴 것이 바로 『쿠오레』이다. 초등학교의 부독본으로써 가을 신학기에 맞추어서 출판된 『쿠오레』는 1년 사이에 40판을 거듭하여 베스트셀러가 되었다. 1923년까지는 100만 부가 팔렸다고 하고 6년 뒤에는 영어로도 번역되어 현재에 이르기까지 세계에서 얼마나 읽혀졌는지 그 정확한 숫자를 파악하기는 어렵다.[5]

폴 아자르(1988)는 이 작품에 대해서 '무엇보다도 먼저 어린이들에게 애국심을 심어 주기 위한 일독기도서(日讀祈禱書 : 매일 읽는 기독서)이며 이탈리아 정신이 넘쳐난다'[6]고 논했다. 『쿠오레』에 담겨진 애국심의 육성과 희생, 용기, 배려 등의 새로운 가치관의 창조는 19세기 이탈리아의 국민 형성에 있어서의 지상 명제였으며 그러한 애국심과 가치관은 20세기 파시즘과 이데올로기에도 연결되는 것이었다.

그중 '이달의 이야기'는 각각 파도바와 피렌체, 제노바라는 각 지역 대표 소년을 주인공으로 하고 있다. 그들은 각 지역의 미덕을 상징함과 동시에 그 지역성을 넘어 통일 이탈리아의 미래를 짊어질 젊은이로서 묘사되고 있다. 저자는 바로 이러한 '국민'을 만들어 내는 것을 목표로 한 것이었다. 이러한 저자 아미치스의 『쿠오레』, 특히 '이달의 이야기'

---

4 長山靖生, 「クオーレ」, 『新潮』 45, 新潮社, 2002, 174~175쪽.
5 藤澤房俊, 『「クオーレ」の時代』, 筑摩書房, 1998, 7~9쪽.
6 ポール・アザル著, 矢崎・横山訳, 『本・子ども・大人』, 紀伊国屋書店, 1988, 175쪽.

에 담겨진 의도가 방정환에게도 전해진 것일까? 방정환은 그중 한 편만을 번역하여 『사랑의 선물』에 실었지만 거기에는 당시 조선의 어린이들에게 애국심을 육성하고 용기와 배려 등을 가르치고자 한 의도가 있었을 것으로 보여진다.

2) 일본어 역 「난파선」과 방정환 역 「란파션」의 저본

『쿠오레』는 일본에서도 일찍부터 번역되어 많은 독자들에게 읽혀지고 있었다. [표 4]에서도 알 수 있듯이 「난파선」은 일본에서 메이지시대부터 번역되기 시작했다. '이달의 이야기' 중 그 유명한 「엄마 찾아 삼천리」(원제 「아페닌산맥에서 안데스산맥까지」)는 쯔보우치 쇼요(坪内逍遥: 1859~1935)의 제자인 스기타니 다이스이(杉谷代水: 1874~1915)에 의해서 번역되었다. 「난파선」 또한 스기타니 다이스이에 의해 「난선(難船)」이라는 제목으로 일찍부터 번역되었다. 그 이후 20년 가까이 다른 번역은 보여지지 않고 1920년에 들어서 드디어 마에다 아키라가 번역하여 『쿠오레(クオレ)』라는 제목의 책 일부로써 출판되었다. 스기타니 다이스이 역의 서명은 『학동일지(学童日誌)』로 번역되어 있어 일기 형식의 이야기라는 것을 쉽게 추측할 수 있지만 아미치스 원작 그대로의 이탈리아어 제목 '쿠오레'로 출판된 것은 마에다 아키라 역이 최초였던 것으로 보인다.

〔표 4〕 일본에서의 「난파선」 번역 연표(메이지 · 다이쇼기)

간행년월	번역 제목	번역자	게재된 책 또는 잡지명 · 발행처
1902년 12월	「難船」	杉谷代水저 · 坪内逍遥열	『(教育小説)学童日誌』 東京春陽堂
1920년 6월	「難破船」	前田晃	『クオレ』 家庭読物刊行会(精華書院)
1921년 2월	「難破船」	三宅房子	『金の船』 第3巻第2号 キンノツノ社
1922년 6월	「難破船」	三浦修吾	『愛の学校』 東京誠文堂
1924년 7월	「難破船」	石井真峰	『クオレ:学童日記』 東京春秋社

이 단행본은 가정독물간행회(家庭読物刊行会)가 '세계소년문학명작집(世界少年文學名作集)' 시리즈 제12권으로 출판한 것이다. 제1권은 1919년 7월에 출판된 마크 트웨인(Mark Twain: 1835~1910) 원작의 『톰소여 모노가타리(トム・ソウヤー物語)』이다. 가정독물간행회는 이 시리즈에 꽤 힘을 싣고 있었던 것으로 보이는데 필자가 확인한 바에 의하면 현재 남아 있는 단행본은 제22권까지이지만 그 이후로도 계속 발행되었을 가능성을 배제할 수 없다. 1919년 7월부터 시작하여 1922년 7월까지 제22권을 발행하여 3년 동안에 무려 22권이나 되는 단행본을 출판한 것을 보면 일본 아동문학사에 남을 만한 기록이라고 할 수 있다.[7]

7 필자의 조사에 의하면 현존하는 '세계소년문학명작집(世界少年文學名作集)' 시리즈 단행본은 제22권까지이다. 각 단행본을 소개하면 다음과 같다. 제12권까지는 한 달에 한 권씩 발행되었고 그 이후로는 두 달에 한 권, 또는 불규칙적으로 발행되었다는 사실을 알 수 있다. 그리고 당시 수많은 작가들이 아동문학 번역에 참가를 했으며 세계의 수많은 아동문학이 일찍부터 일본에 소개되었다는 사실을 확인할 수 있다.
제1권 マーク・トウエーン作, 佐々木邦譯『トム・ソウヤー物語』(1919.7)
제2권 トルストイ作, 昇曙夢譯『トルストイ物語』(1919.8)
제3권 テオドール・シュトルム作, 茅野蕭々譯『人形つかひ』(1919.9)
제4권 シユエル作, 加藤朝鳥譯, ウヰダ作, 加藤朝鳥譯『黒馬物語, フランダースの犬』(1919.10)
제5권 バーネット作, 田中純譯『秘密の庭』(1919.11)
제6권 キングスレー作, 中島孤島譯『希臘英雄譚』(1919.12)
제7권 ポールシャ作,秋田雨雀譯.フェネロン作,秋田雨雀譯『雪中の三ケ月.フェネロン物語』(1920.1)
제8권 ヨハンナ・スピリイ作, 野上彌生子譯『ハイヂ』(1920.2)
제9권 ルイス・カロル著, 楠山正雄譯『不思議の國』(1920.3)
제10권 ドーデー作, ラ・モット・フウケエ作, 藤澤古雪譯『快男兒タルタラン. アンデイン』(1920.4)
제11권 アンスチー作, 佐々木邦譯『あべこべ物語』(1920.5)
제12권 アミーチス作, 前田晁譯『クオレ』(1920.6)
제13권 ディッケンス作, 中島孤島譯『クリスマス・カロル』(1920.8)
제14권 セギュール夫人作, 八木さわ子譯『可憐兒』(1920.?)
제15권 エエブネル・エッシェンバッハ作, 茅野蕭々譯『兄と妹』(1920.11)
제16권 セルマ・ゲルレェフ作, 野上彌生子譯『ゲスタ・ベルリング』(1921.1)
제17권 エクトル・マロー作, 楠山正雄譯『家の無い兒』(1921.5)
제18권 木下杢太郎譯『支那傳説集』(1921.7)
제19권 マーク・トウェーン作, 佐々木邦譯『ハックルベリー物語』(1921.9)
제20권 フェネロン作, 秋田雨雀譯『テレマック冒險譚』(1921.10)
제21권 ソログーブ作, 前田晁譯『影繪』(1922.1)
제22권 エザレル作, 藤澤古雪譯『廣い世界』(1922.7)

마에다 아키라 역 『쿠오레』의 「서(序)」에는 "'쿠오레(Cuore)"는 이탈리아어로 "마음"이라는 뜻이며 이미 서양 제국의 번역본도 대부분은 원어인 Cuore를 그대로 표제로 하고 있을 정도로 이 책은 세계적인 것'이라고 써 이 책의 저명함을 강조하고 있다. 그리고 마에다 아키라는 이 책을 번역하는 동기로써 '『쿠오레』만큼 일본의 소년 제군들을 위해서 동시에 세계 문화를 위해서, 또한 자기 자신의 인생에 대한 봉사를 위해서 보람 있는 번역은 없었다'[8]고 밝히고 있다. 이러한 마에다 아키라가 『쿠오레』를 번역한 동기 및 이 작품에 담겨진 바람은 아미치스의 의도와 함께 당시 조선의 어린이들을 사랑하고 조선의 장래를 걱정하고 있던 방정환의 마음에도 닿았음이 분명하다.

제3장에서 이미 언급했듯이 마에다 아키라는 와세다대학 영문과 출신으로 타야마 카타이(田山花袋: 1872~1930) 주필의 『문장세계(文章世界)』를 편집하거나 소설을 쓰는 일과 함께 번역도 자주 하였으며 문예 저널리스트, 문예 평론가로서도 저명했다. 아동문학에서는 아미치스의 『쿠오레』를 번역한 일로 알려지게 되었다.[9] 앞에서 언급한 「서(序)」에는 『쿠오레』가 출판되기 10여 년도 전에 영어 역으로 읽었던 사실이 기록되어 있으며 자신이 사용한 저본 또한 영어 역임을 밝히고 있다. 와세다대학 영문과 출신인 것으로 보아도 그 사실은 쉽게 추측할 수 있다. 그리고 일본에는 4, 5년 전에 이미 활동 사진 필름이 들어와 있어 그 정도로 이 작품이 사랑을 받고 있었다는 사실도 덧붙이고 있다.[10]

『쿠오레』가 간행된 것은 1920년 6월이지만 마에다 아키라는 이미 후배이자 『킨노후네』의 창간자이던 사이토 사지로의 의뢰로 같은 해 4월에 『킨노후네』 제2권 제4호에 번역 작품 「잃어버린 바이올린(失くなった

8 前田晃(1920), 「序」, 『クオレ』, 家庭読物刊行会, 1920, 1쪽.
9 斎藤佐次郎, 『斎藤佐次郎 · 児童文学史』, 331쪽.
10 前田晃, 「序」, 『クオレ』, 1쪽.

ヴァイオリン)」[11]을 발표했다. 간행 시기에 두 달의 간격이 있는 것으로 보아 「잃어버린 바이올린(失くなったヴァイオリン)」의 번역 작업은 『쿠오레』의 출판을 기다리던 중이었거나 『쿠오레』의 번역 작업 중에 동시에 진행되었던 것으로 추측할 수 있다. 방정환이 마에다 아키라 역 『쿠오레』를 저본으로 하여 「란파선」을 번역했다고 한다면 먼저 『킨노후네』에서 마에다 아키라 역 「잃어버린 바이올린(失くなったヴァイオリン)」을 발견하여 그 작품을 번역한 것을 계기로 마에다 아키라의 존재에 대해서 알게 되었을 것으로 보여진다. 즉, 「잃어버린 바이올린(失くなったヴァイオリン)」을 저본으로 하여 「어린 음악가」를 번역한 후 마에다 아키라가 번역한 단행본 『쿠오레』를 찾아내었을 것으로 추정된다.

마에다 아키라 역 『쿠오레』가 출판된 후 약 8개월 뒤 『킨노후네』 제3권 제2호(1921.2)에는 미야케 후사코(三宅房子) 역 「난파선(難破船)」이 발표되었다. 앞에서 언급했듯이 미야케 후사코는 사이토 사지로의 다른 필명이다.[12] 미야케 후사코 역에는 다음의 [그림 4-1]과 같은 오카모토 키이치의 삽화 세 점이 그려져 있다.

그러나 오카모토 키이치의 그림으로 통일된 『사랑의 선물』의 삽화 중에서 이러한 삽화는 찾아볼 수 없다. 그 대신 제3장에서 언급한 『킨노후네』 제2권 제5권에 실려 있는 오사나이 카오루(小山内薫)의 장편동화 「코토의 타로우(琴の太郎)」([그림 2-4] ②③ 참조)라고 하는 「난파선」과는 전혀 관계가 없는 작품 중 한 점의 삽화를 모사하여 사용했다.[13] 방정환은 배가 뒤집혀 사람들이 물에 빠진 장면을 「난파선」의 한 장면에 걸맞게 삽입한 것이다. 같은 오카모토 키이치의 그림임에도 불구하고 미야케

---

11 제3장 4절 참조.

12 이 사실에 대해서는 미야자키 요시히코(宮崎芳彦), 「作家としての斎藤佐次郎」(『斎藤佐次郎・児童文学史』(斎藤佐次郎」編), 金の星社, 1996, 658~660쪽)를 참조하였다.

13 『金の船』 第2巻 第5号, 39쪽.

[그림 4-1] 미야케 후사코 역 「난파선(難破船)」의 삽화(『킨노후네(金の船)』 제3권 제2호)

후사코 역 「난파선(難破船)」에 삽입되어 있는 삽화를 왜 사용하지 않았을까 하는 의문을 제기해 본다. 여기에서 미야케 후사코 역이 방정환 역 「란파션」의 저본일 가능성은 낮다는 사실을 알 수 있다.

그리고 내용면에서도 그 가능성은 한층 더 낮아진다. 미야케 후사코 역은 전체적인 스토리는 그다지 변함이 없지만 세세한 묘사는 적지 않게 편집되어 있어 전체적인 길이도 원작에 비해 아주 짧아졌다. 또한 표현 방식도 미야케 후사코 역과 방정환 역에서는 많은 차이를 보인다. 당시 일본에서는 아미치스의 작품이 『쿠오레(クオレ)』 또는 『사랑의 학교(愛の学校)』라는 단행본으로 다수 번역되어 소개되어 있었지만 미야케 후사코 역처럼 '이달의 이야기' 중 한 편만을 번역한 예는 없다. 방정환은 『킨노후네』 제3권 제2호에 게재된 미야게 후사코 역 「난파선(難破船)」을

힌트로 하여 단편으로써 아미치스의 작품을 소개하게 되었을 가능성이 높다. 저본으로써는 사용하지 않았다고 하더라도 작품 선정에 있어서 힌트를 얻었을 가능성은 충분히 생각해 볼 수 있다.

이상과 같은 이유로 방정환 역 「란파션」의 저본은 마에다 아키라 역 『쿠오레』의 한 작품인 「난파선(難破船)」일 것으로 추정한다. 다음 절의 작품 분석에서 보다 상세하게 고찰하고자 한다.

3) 작품 분석

(1) 줄거리

「난파선」의 내용은 배에서 알게 된 여자아이의 목숨을 구하고 자신은 배와 운명을 같이 하여 죽어 가는 소년 마리오를 그린 것으로 어린이들이 마리오의 용기와 희생 정신에 감동을 받게 하려는 이야기이다. 그 줄거리는 다음과 같다.

> 리버풀에서 출항하여 마루다섬으로 향하는 기선에는 200명 이상의 사람들이 타고 있었다. 그중 60명은 선원이었는데 선장과 수부들 대부분은 영국 사람이었다. 그 배에는 부모님을 여의고 아직 본 적도 없는 친척을 찾아 모국 이탈리아로 향하는 소년 마리오와 같이 살던 고모님이 돌아가셔서 이탈리아에 계신 부모님 곁으로 돌아가게 된 소녀 줄리엣이 타고 있었다. 두 사람은 금방 친해져서 즐겁게 이런저런 이야기를 나눈다. 그러나 대서양에 접어든 배가 갑자기 폭풍에 휘말려 침몰하게 된다. 많은 사람들이 죽고 배 안은 패닉 상태가 되었다. 그러한 가운데 구명 보트에는 마지막으로 한 명밖에 탈 수 없는 상황이 되고 마리오는 자신이 다쳤을 때 도와준 줄리엣을 보트에 태우고 자신은 배와 함께 가라앉게 되는 길을 택한다.

이 작품은 방정환이 「한네레의 죽음」과 함께 자주 구연을 하던 작품 중 하나이다. 천도교당에서 「난파선」의 구연을 듣고 하루 종일 눈물을 흘리던 소년 둘이 있었다는 일화도 있다.[14] 이재복(2004)은 이 작품을 '어린이들과 함께 울어 주는 문학'의 하나로 들고 있다.[15] 방정환이 그것을 의도하여 이 작품을 선정했는지는 확실하지 않지만 '희생'과 '우정' 등을 테마로 한 이 작품에 당시 조선의 어린이들이 감동을 받아 많은 눈물을 흘렸을 것임에는 틀림없다.

(2) 비교 분석

앞에서 언급했듯이 방정환 역은 마에다 아키라 역과 큰 차이를 보이지는 않는다. 그러나 다른 작품에도 많이 보여지는 특징으로 주인공의 성격 묘사에서 '착한 아이'라는 것을 강조하고 있다. 마에다 아키라 역의 여자아이 기우리엣타(ギウリエッタ)는 일반적인 열두 살의 여자아이로 자기만 생각하고 다른 사람 일에 신경을 쓰거나 하는 아이가 아니다. 그러나 방정환 역에서는 마리오의 불쌍한 처지를 듣고 눈물을 짓거나 하는 등 다른 사람의 슬픔과 아픔을 잘 아는 착한 아이로 묘사되어 있다.

방정환 역

쇼녀 쮸리엣트는 마리오의 애닯흔 신세를 듯고 눈물이 눈에 고여서 퍽 언짠아햇슴니다. 그러나 쮸리엣트도 그다지 즐겁고 복스런 신세는 아니엿슴니다. 〔중략〕

풀이 업시 숙이고 안젓는 마리오를 보고 퍽 딱해하는 마음으로 물엇슴니다. 〔중략〕 "에그 너를 미워하면 엇더커니……" 쇼녀는 또 눈이 저젓슴니다.

---

14 이재복, 『우리 동화 이야기』, 76쪽.
15 이재복, 위의 책, 75쪽.

방정환은 이렇게 친절하고 착한 줄리엣을 위해서라면 마리오가 자신을 희생해도 된다고 여기도록 미리 설정을 해 두고자 한 것일지도 모른다. 또한, 결말 부분에서도 마에다 아키라 역에는 없는 장면으로 방정환 역에는 마지막으로 한 명만 그것도 가벼운 아이라야 구명 보트에 태울 수 있다고 했을 때 서로 양보하는 장면이 있다. 여기에서도 역시 여자아이가 착한 성품을 지녔다는 것을 강조하고자 한 의도가 엿보인다. 그리고 살아남게 되면 부모님과 형제들도 만날 수 있다고 여자아이에게 말하는 마리오의 말을 통해서 가족의 소중함과 가족의 애정을 강조하고 있다.

마에다 아키라 역

마리오는 자기 목소리라고는 생각할 수 없는 목소리로 소리질렀습니다. "이 아이가 더 가벼워요! 기우리엣타, 너야! 너에게는 아버지도 어머니도 있어! 난 혼자야! 너에게 양보할게! 어서 나와!"

"그 아이를 바다에 던져." 하고 수부들이 소리쳤습니다.

마리오는 기우리엣타의 몸을 잡고 바닷속으로 던졌습니다.

여자아이가 앗 하는 소리를 내자 풍덩하고 물소리가 났습니다. 수부 한 사람이 여자아이의 팔을 잡아서 보트 위로 끌어 올렸습니다.

소년은 배 쪽에 서 있었습니다. 머리를 높이 들고 머리카락을 바람에 흩날리면서 가만히 움직이지 않고 침착하게, 그리고 숭고하고 거룩하게.[16]

---

16 〔일본어 원문〕
マリオは、自分の声とはもう思はれないやうな声で叫びました。「この子の方が軽いんだ！ ギウリエッタ、あなただ！ あなたにはおとうさんもおかあさんもある！ 僕は一人ぼっちだ！ あなたに譲ります！ お出で！」
「その子を海へ投げろ!」と水夫達が叫びました。
マリオはギウリエッタの身体を摑んで、海の中へ投げ込みました。
女の子が一と声叫びを発したと思ふと、ぱつと水がはねました。一人の水夫が彼女の腕を摑んでボートの中へ引き入れました。

방정환 역

"이 애가 나보다 가볍습니다!" 하고 쮸리엣트더러 타라 하엿습니다.

쮸리엣트는

"아-니 네가 타라 네가 나보다 어리다" 하고는 굿이 듯지 안엇습니다. 아래셔는 작고 소리를 치며 그냥 떠나겟다고 합니다. 다시 마리오는 떨니는 목소래로 "쮸리엣트야 네가 타고 가거라. 나는 아버지도 어머니도 아니 계시고 어린 동생도 업다. 나를 기다려 쥴 사람도 업고 가셔 맛나야 할 사람도 업다. 너는 기다리시는 부모가 계시고 어린 동생이 잇지? 네가 죽으면 너의 부모와 너의 동생들이 오즉 슯허하겟니? 네가 살아야 한다. 어서 타거라!" 하고는 고개를 축 숙엿습니다. 그리고는 굵은 눈물이 발등에 펑펑 쏘다졋습니다.

"마리오야" 하고 쮸리엣트는 훌적훌적 흐늣겨 울엇습니다.

어서어서 소리가 빗발치듯 하엿습니다. 마리오는 다시

"어서가거라. 가셔 어머님 아버님을 만나 뵈여라. 나는 죽어도 슯허할 사람도 업다. 내가 죽을께니 네가 살아가거라." 하엿습니다. 그러나 쮸리엣트는 눈물이 비오듯이 울면서 마리오를 노치 안엇습니다. 〔중략〕 큰 배는 아조 잠기가는데 마리오 쇼년은 머리를 놉히 들고 머리털을 사나운 바람에 날니며 꼼작 안코 웃둑 섯습니다.

살아 있기만 하면 가족들을 다시 만나 행복하게 살 수 있다고 믿고 다른 사람의 행복을 바라며 자신을 희생하는 마리오의 행동에 당시 조선의 어린이들은 적지 않게 감동을 했을 것이다. 구연을 듣던 어린이들이 단지 주인공들이 불쌍하고 슬프다는 이유만으로 그렇게 울었을까? 염희경(2007)은 「난파선」이 그려 내는 이미지, 즉 승객들을 죽음에 이르게 한 '침몰하는 배'의 긴박한 상황은 당시 한국이 놓여진 식민지 현실을

少年は船側に立つてゐました。頭を高く挙げて、髪を風に吹かれながら、ぢつと動かずに、落ちついて、神々しく。

은유했을 가능성이 높다고 논했다.[17] 그 가능성에서 본다면 당시 조선의 어린이들은 마리오 소년의 행동에서 절박한 상황에 놓여진 동족을 돕기 위해서는 용기를 내어 자신을 희생해야 한다는 메시지를 받았을지도 모른다. 그리고 어떠한 상황에 놓여 있어도 살아 있기만 하면 가족을 만날 수 있다고, 어떠한 상황에서도 가족과 함께 있을 수 있는 것이 얼마나 행복한 일인지도 절실히 느꼈을 것이다.

(3) 결론

염희경(2007)도 언급하고 있듯이 이정호 역 『사랑의 학교』(1929)의 「서문」에는 다음과 같은 방정환의 글이 실려 있다.[18]

> 『쿠오레』! 이것은 내가 어릴 때에 가장 애독하든 책입니다. 나의 어릴 때의 일긔에 가장 만히 적혀 잇는 것도 이 책에서 어든 늣김입니다. 나에게 유익을 만히 준 것처럼 지금 자라는 어린 사람들께도 만흔 유익을 줄 것을 밋고 나는 한업시 깃븐 마음으로 이 책을 어린 동모들께 소개 또 권고합니다.[19]

여기에는 어릴 때부터 『쿠오레』를 애독했다고 하는 방정환의 증언과도 같은 말이 기록되어 있는데 여기서 말하는 어릴 때란 과연 언제를 말하는 것인지 의문이 생긴다. 근대 한국에 『쿠오레』가 소개된 것은 적어도 일본보다 뒤의 일이다. 필자의 조사에 의하면 일본에서 『쿠오레』가 최초로 번역되고 소개된 것은 1902년의 스기타니 다이스이(杉谷代水)가

17 염희경, 「소파 방정환 연구」, 2007, 128쪽.

18 염희경은 이정호 역 『사랑의 학교』(1929)의 「난파선」 부분이 방정환의 『사랑의 선물』에 수록되어 있는 「란파션」을 그대로 옮긴 것이라는 사실을 밝혔다.(염희경, 「소파 방정환 연구」, 123쪽)

19 방정환, 「서문」, 『사랑의 학교』(이정호역), 이문당, 1929.(1933년 5쇄)

번역한 『교육소설 학동일지(教育小説 学童日誌)』이다. 한국에 『쿠오레』가 본격적으로 소개되기 시작한 것은 1925년에 『어린이』지에 「엔리코의 일기」(홍정인 역)가 번역되어 발표되고부터이다.[20] 그 후 4년 뒤에는 위에서 언급한 이정호 역 『사랑의 학교』가 출판되어 드디어 『쿠오레』의 전체 내용을 담은 단행본이 나왔다. 1902년에 일본에서 번역되어 출판된 스기타니 다이스이 역 『학동일지(学童日誌)』가 한국에서 일찍 번역되었다고 하더라도 1910년대에서 1920년대 사이의 일일 것이지만 아직 확인된 것은 없다. 그렇다면 방정환은 어릴 때에 일본어 역을 읽었다는 것일까? 아니면 위에서 인용한 방정환 자필의 글에 약간의 허위 사실이 있는 것일까? 사실이 어떠하든 방정환은 『쿠오레』를 자신도 그랬듯이 어린이들에게도 아주 유익한 책일 것이라고 믿고 있었다는 사실은 틀림없다.

『쿠오레』가 쓰여진 시대의 이탈리아에는 '이탈리아인을 만들기' 위해서 무엇보다 중요하고 또한 불가결하였던 수단이 교육이었다. 이탈리아의 독립과 통일을 위해 한몸을 바쳤던 카밀로 카보우르(Camillo Cavour: 1810~1861)는 '이탈리아인을 만들고자' 했지만 병으로 쓰러지고 말았다. 그는 마지막 남은 힘을 내어 병상에서 '어린이를 교육하라, 청년을 교육하라. 자유로 나라를 다스려라!'고 말했다고 한다. 이것은 아미치스가 『쿠오레』에서 전개하고자 한 가장 중요한 테마이기도 했다.[21] '어린이를 교육'하고 '자유로 나라를 다스린다'는 것은 『쿠오레』를 읽던 방정환에게도 절실하게 느껴졌을 것이다. 일제 식민지하에 놓여 있던 조선의 장래는 어린이들에게 달려 있다고 생각했던 것이다. 어린이들을 향한 단순한 애정만이 그에게 『사랑의 선물』을 집필하게 한 것이 아니라 이러

20 오세란, 『「어린이」지 번역 동화 연구』, 35쪽.
21 藤澤房俊, 『『クオーレ』の時代』, 64~65쪽.

한 '어린이를 교육한다'는 의도야말로 근저에 있었던 것으로 보여진다. 방정환이 마에다 아키라 역 『쿠오레』를 저본으로 「란파션」을 번역했을 당시 아미치스의 이러한 의도를 직접 느꼈을지 어떨지는 알 길이 없지만 방정환 역 「란파션」에는 타인을 위해 자신을 희생할 수 있다는 마리오 소년의 숭고한 가르침이 강하게 나타나 있다.

그러나 마에다 아키라가 의도했던 번역 동기가 방정환에게 직접적인 영향을 끼쳤다는 사실은 명백하다. 마에다 아키라 역 『쿠오레』의 「서(序)」에서 다음과 같은 글을 찾아볼 수 있다.

> 이번에 이 책을 번역하게 되고 보니, 하나는 나에게 초등학생인 아들이 있기 때문일지도 모르지만 아버지가 자기 아이의 교육을 위해서 얼마나 깊은 애정을 가지고 진지하게 임하고 있는지가 절실하게 가슴에 와닿는 것을 느꼈습니다. 저는 이것을 번역하면서 아버지의 깊은 애정에 대해서 몇 번이나 감격해서 눈물을 흘렸는지 모릅니다. 〔중략〕 저는 이 책이 소년 제군들에게 가장 이상적인 읽을거리임과 동시에 진정으로 내 아이의 장래를 생각하는 아버지 어머니들에게, 그리고 진정으로 내 제자의 장래를 걱정하는 교사들에게도 또한 가장 의의 있는 읽을거리의 하나일 거라고 믿고 있습니다.[22]

마에다 아키라가 『쿠오레』를 번역했을 당시 이 작품에 담은 집필 의

22 前田晃, 「序」, 『クオレ』, 3~4쪽.
〔일본어 원문〕
今度この書を翻訳することになつて見ますと、一つは自分に小学校である男の子がある為めかも知れませんが、父親がわが子の教育の為めに、いかに深い愛情を以て真剣に向つてゐるかがひしひしと胸にこたへて感じられました。私はこれを翻訳しながら、父親の深い愛情に対して、幾度感激して涙を流したか知れません。〔中略〕わたしはこの書が少年諸子の最も理想的な読物であると同時に、真にわが子の将来を思はれる父親母親の方が、及び真にわが教へ子の将来を慮かられる教師の方々にもまた、最も意義のある読物の一つであらうと信じて居ります。

도는 아주 특별한 것이었다. 실제로 아이를 키우는 부모로서 또한 아동문학을 짊어지고 있는 작가로서 어떤 작품을 어린이들과 어른들에게 제공해야 할지를 진지하게 고려했다는 것을 잘 알 수 있다. 마에다 아키라는 또한 「서(序)」에서 자신이 『쿠오레』를 집필하기 10년 전부터 이미 이 작품을 애독했었는데 그 당시는 아직 어려서 『쿠오레』에 담겨져 있는 깊은 의미를 이해하지 못했다고 밝혔다. 아이를 교육하는 입장이 되고서야 그가 느끼게 된 어린이를 위해 어른이 가져야 할 애정이란 어린이들에게 '용기'와 '희생', 그리고 '타인을 위한 배려'를 가르치는 것이었던 것이다. 방정환도 이러한 마에다 아키라의 번역 동기에 동감했기에 당시 조선의 어린이들에게 '용기'와 '희생', 그리고 '타인을 위한 배려'의 중요함을 전하고자 「난파선」을 선택한 것으로 보여진다.

3. 『당나귀 가죽』에서 「산드룡의 류리구두」

필자가 조사한 바로는[23] 『사랑의 선물』이 간행된 1922년을 기점으로 전후 10년 이내에 일본에서 번역된 페로 원작 「상드리용의 유리구두」는 1920년에 쿠스야마 마사오(楠山正雄)가 번역하여 출판된 『당나귀 가죽, 페로집(驢馬の皮 ペロール集)』(이하 『당나귀 가죽(驢馬の皮)』)이라는 단행본에 수록되어 있는 「산드리용 이야기, 별명, 유리구두(サンドリヨンの話, 又の名, ガラスの上靴)」 한 편뿐이다. 이 단행본은 '세계동화명작집 제1편(世界童話名作集 第1編)'이라는 타이틀로 가정독물간행회(家庭読物刊行会)가 발행했다.

---

23 단행본에 관해서는 大阪府立国際児童文学館, 大阪市立中央図書館, 大阪大学附属図書館, 国立国際こども図書館, 国立国会図書館, 三康図書館의 소장 도서를 조사하여 당시 간행되었던 아동문학지 목차를 중심으로 조사했다.

『당나귀 가죽』의 마지막 페이지에는 [그림 4-2]와 같이 '세계동화명작집' 시리즈에 대한 광고가 실려 있다. 앞으로의 출판 예정 단행본에 대한 정보를 알 수 있지만 필자의 조사에 의하면 동 시리즈로 남아 있는 단행본은 '세계동화명작집 제4편'으로 안데르센 원작, 나카지마 코토(中島孤島) 역 『이상한 오리(變な家鴨)』(1921) 한 권뿐이었다. 광고란에서 확인할 수 있는 제4편은 분명 마에다 아키라(前田晁)의 작품이지만 실제로 출판된 것은 나카지마 코토의 작품집이었던 것이다. 즉 '세계동화명작집' 시리즈는 앞 절에서 언급한 마에다 아키라 번역의 『쿠오레』가 그 한 권인 가정독물간행회의 '세계소년문학명작집' 시리즈에 비하면 출판 활동이 불확실하고 저조하였던 것으로 보인다. 이러한 상황으로 미루어 볼 때 『당나귀 가죽』은 아주 귀중한 자료로 남아 있다는 사실을 확인할 수 있다. 그리고 쿠스야마 마사오는 '세계소년문학명작집' 시리즈 제9권으로 루이스 캐럴(Lewis Carroll: 1832~1898) 원작의 『이상한 나라의 앨리스』(1865)를 『이상한 나라(不思議の國)』(1920.3)로 번역하여 발표했다. 『당나귀 가죽』이 1920년 9월에 발표되었으니 6개월 전의 일이다. 쿠스야마 마사오는 '가정독물간행회'의 주요 필자로서 비슷한 시기에 양 시리즈에 번역동화를 발

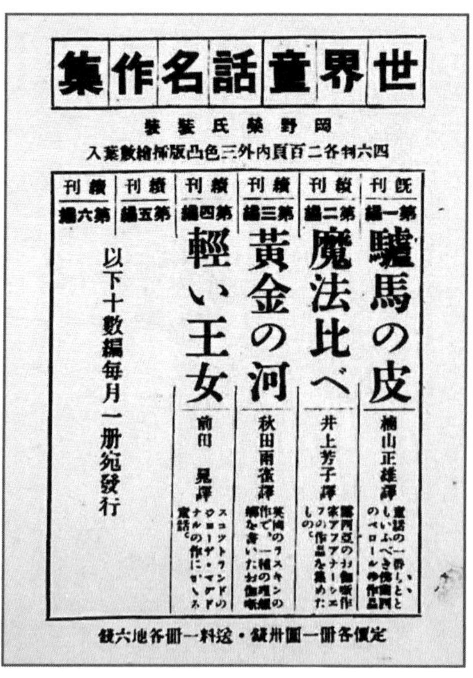

[그림 4-2] 『당나귀 가죽(驢馬の皮)』 광고란

표했던 것이다.

한편 제3장에서 소개한 『킨노후네』 제3권 제5호(1921.5)에는 [그림 4-3]과 같은 『당나귀 가죽』의 광고가 실려 있어 거기에서 힌트를 얻었을 가능성이 높다. 이 광고란에는 '동화계에 있어서 최신식 편집법에 의한 세계동화 명작집'이라는 타이틀로 제1편으로써 『당나귀 가죽』이 간행되었다는 내용과 함께 '프랑스의 샤를 페로라고 하는 사람이 쓴 오래된 동화로

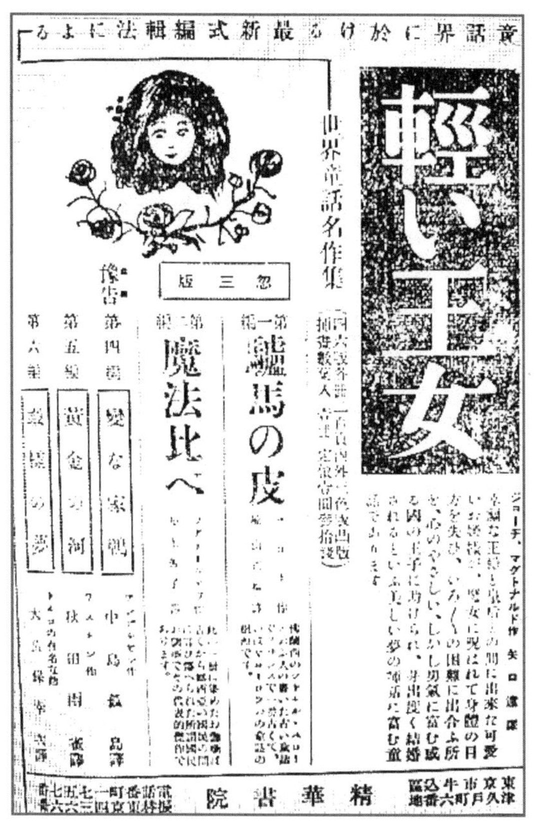

[그림 4-3] 『킨노후네』 제3권 제5호 광고란

프랑스에서 가장 오래되었고 말하자면 유럽 동화의 근원이라고 할 수 있습니다'[24]라고 소개되어 있다. 이러한 광고는 2개월 후에 간행된 『킨노후네』 제3권 제7호(1921.7)에도 실려 있어 이것은 『킨노후네』를 많이 참고한 방정환에게 있어서 작품 선정에 좋은 힌트가 되었음에 틀림없다. 그리고 제4장에서 논한 것처럼 『세계동화보옥집』의 편집 및 번역을

24 『金の船』 第3巻第5号 広告欄.

쿠스야마 마사오가 담당했다는 사실에서도 이 작품을 선정하는 데 있어서 어떤 형태로든 영향을 받았을 것이라는 사실을 추측하는 것은 어렵지 않다.

따라서 본 절에서는 쿠스야마 마사오가 번역한 단행본 『당나귀 가죽』에 수록되어 있는 「산드리용 이야기, 별명, 유리구두(サンドリヨンの話, 又の名, ガラスの上靴)」를 『사랑의 선물』의 두 번째 작품 「산드룡의 류리구두」의 저본으로 추정하고 두 작품을 비교 분석하면서 검증을 하고자 한다. 현대 일본어 역은 『완역 페로 동화집(完訳ペロー童話集)』(新倉朗子訳, 1982)을 참고로 할 것이다.

방정환 역에는 세 점의 삽화가 들어 있는데([그림 2-4] ⑥, [그림 3-8] ②④ 참조) 그중 한 점은 『킨노후네』 제2권 제5호에 실려 있는 오카모토 키이치의 삽화이고 다른 두 점은 제4장에서 언급한 것처럼 쿠스야마 마사오의 『세계동화보옥집』에 실려 있는 오카모토 키이치의 삽화이다.

1) 「상드리용」과 「신데렐라」, 그리고 「재투성이」

「상드리용(Cendrillon)」 즉 「신데렐라(Cinderella)」의 원작으로써 그림 형제의 「재투성이(Aschenputtel)」(KHM21)를 상정하는 것이 일반적이므로 이 원작의 문제에 대해서 조금 언급해 두고자 한다.

샤를 페로(Charles Perrault: 1628~1703)는 루이14세 통치하의 프랑스 학사원의 회원으로서 민담과 옛날이야기 등을 썼는데 그중 하나가 「상드리용」(1697)이다. 그러나 페로의 반세기 전에 이미 이탈리아의 지암바티스타 바실레(Giambattista Basile: 1566~1632)라는 민속학자가 펴낸 『펜타메로네(Pentamerone)』(1634~36)라는 저서의 여섯 번째 작품으로 「고양이 신데렐라」(혹은 「재아가씨」, 「재투성이 수고양이」) 이야기를 확인할 수 있다. 1697년에 페로는 바실레의 작품을 저본으로 하여 다시 썼고 그것은 『교훈과 함께 하는 지난 시절의 이야기 혹은 콩트집』(일반적으로는 다음 해에 암스테르담에서 출판된 재판에 따라 『어미 거위의 콩트』)이라는 제목으로 출판되었다. 그중 한 편의 작품으로 「상드리용」 이야기가 수록되었다. 원제 「상드리용, 또는 유리구두」라고 하는 이 이야기는 왕조풍의 우아함과 시대와 작가 자신의 취향에 맞추어서 재화한 것으로 창작성이 짙다. '유리구두' 모티프를 비롯하여 궁정 문화에 유래하는 수식이 많고 '유리구두'와 '호박을 파내어 만든 마차', '12시까지 돌아와야 한다는 금기' 등의 모티프는 다른 유화에서는 볼 수 없는 페로만의 창작이다. 바실레와 그림 형제의 이야기에서 보여지는 잔인함이 없고 오늘날의 '동화' 이미지에 가까운 표현이 많이 사용되었다. 여기에 페로의 동화작가로서의 재능과 특질이 잘 나타나 있다고 해도 좋을 것이다. 따라서 많은 아동문학가들, 특히 동화 연구자들은 페로를 민담학자라기보다는 전승동화작가로서 평가하고 있다.[25] 이야기의 마지막 부분에 바실레의 원작에서도 보여지는 '교훈'과 '우의'가 더해져 바실레 작품의 재화라는 성격도 인정된다. 그러나 내용면에서 검토하여 페로의 「상드리용」이 바실레의 작품에서 영향을 받았다고 하는 것을 부정하는 설도 있다.[26] 1888년에 앤드류 랭에 의한 영어 역이 출판되었는데(제목은 『푸른 요정의 책』), 거기에 수록된 「신데렐라」가 현대에서는 원제의 「상드리용」보다 더 잘 알려져 있다.

한편 그림 형제(Jacob Grimm: 1785~1863, Wilhelm Grimm: 1786~1859)는 독일의 문헌 학자이자 민속 학자이며 동화작가로서 잘 알려져 있다. 형제의 『어린이와 가정을 위한 민담(Kinder- und Hausmärchen, Grimms Elfenmärchen)』(제1권 1812년, 제2권 1814년)에 스물한 번째 이야기로 수록된 작품이 「재투성이」이다. 이것은 상당히 옛날이야기다운 내용과 스타일을 가진 것으

25 김정란, 「페로의 상드리옹, 또는 작은 유리구두 연구」, 『동화와 번역』, 건국대학 동화와 번역 연구소, 2002, 147쪽.
26 김정란, 위의 논문, 151쪽.

로 우리가 자주 보는 「신데렐라」 이야기와는 많은 차이를 보이고 있으며 동화라고 보기에는 어려울 정도의 잔인함이 보여진다. 앞에서 언급한 페로의 '유리구두' 등의 모티브가 사용되지 않은 점에서 고려해 볼 때 우리에게 잘 알려져 있는 「상드리용」, 즉 「신데렐라」의 원작은 그 줄거리나 제목에서 보더라도 그림 형제의 「재투성이」가 아닌 페로의 「상드리용」이 틀림없다고 할 수 있다. 물론 위에서 언급했듯이 페로 이전에 바실레의 작품이 있었지만 「상드리용」에서 보여지는 주요 모티브는 페로의 것으로 봐도 무방할 것이다.[27] 이상의 내용을 전제로 하여 작품의 비교 분석에 들어가고자 한다.

2) 쿠스야마 마사오 역 「산드리용 이야기, 별명, 유리구두」

앞절에서 언급했듯이 가정독물간행회는 1920년에 '세계동화명작집' 시리즈 제1편으로써 쿠스야마 마사오가 번역한 『당나귀 가죽』을 간행하였다. 그중 한 편이 「산드리용 이야기, 별명, 유리구두(サンドリヨンの話, 又の名, ガラスの上靴)」이다.

번역자인 쿠스야마 마사오는 앞 장에서도 언급했듯이 『킨노후네』에 '중국 이솝 이야기(支那伊蘇普物語)', '인도 이솝 이야기(印度イソップ物語)'라는 코너가 만들어질 정도로 우화를 비롯한 외국 동화의 번역에 있어서 많은 활동을 한 인물이다. 『킨노후네』 이외에 『아카이토리』에도 많은 번역 작품이 실려 있다. 『킨노후네』 편집자인 사이토 사지로는 쿠스야마 마사오의 작품에 대해서 독특한 부드러움이 있는 문장으로 모두 창

---

27 「상드리용의 유리구두」의 역사에 대해서는 다음 문헌을 참고로 하였다.
　アラン・ダンダス編, 池上嘉彦・山崎和恕・三宮郁子訳, 『シンデレラ－9世紀の中国から現代のディズニーまで』, 紀伊国屋書店, 1991.
　山室静, 『世界のシンデレラ物語』, 新潮選書, 1978.

작이나 재화이며, 창작이라고 해도 쿠스야마 마사오의 작품은 국내외로 재료를 수집한 재화풍이 많았다고 밝혔다.[28] 그는 우화에서 아동문학 즉 여러 나라의 동화까지 번역하여 다양한 언어를 구사하였으며 다채로운 재능이 있었던 것으로 추측된다. 1921년에는 가정독물간행회의 '세계소년문학명작집' 시리즈의 한 권으로 프랑스 작가 엑토르 말로(Hector Malot: 1830~1907)의 『집 없는 아이』(1893)를 『집이 없는 아이(家の無い児)』라는 제목으로 번역하여 정화서원(精華書院)에서 출판되었다. 이것으로 보아 『당나귀 가죽』도 프랑스어 원작을 사용하여 번역한 것으로 추측되며 쿠스야마 마사오는 특히 프랑스어에 능통했던 것으로 보여진다.[29]

『당나귀 가죽』에는 쿠스야마 마사오의 다음과 같은 「비망록(おぼえがき)」이 첨부되어 있다.

> 「당나귀 가죽(驢馬の皮)」 이하 아홉 편의 이야기는 지금으로부터 350년 정도 전에 프랑스의 샤를 페로라는 사람이 쓴 오래된 동화집에 있는 이야기로 그 전부가 프랑스에서 가장 오래되고 이름 높은 이야기일 뿐만 아니라 말하자면 유럽 동화의 근원이라고 해도 좋을 정도로 유명한 이야기뿐입니다. 「당나귀 가죽」은 원래는 운문으로 쓰여진 이야기이고, 그 다음의 「잠자는 숲의 왕녀(眠の森の王女)」 이하 여덟 편의 이야기는 『거위 아주머니의 이야기, 별명, 옛날에 있었던 이야기(鵞鳥のおっかさんのお話又の名むかしあった物語))』라는 운문 동화집 안의 이야기 전부입니다. 그중에는 그림 동화집과 그 외의 잘 아는

---

28 斎藤佐次郎, 『斎藤佐次郎・児童文学史』, 338~339쪽.

29 쿠스야마 마사오는 와세다대학 영문과 출신으로 후일 와세다대학에서 '특집연구과'의 '근대극'을 강의했다. 사이토 사지로도 그 강의를 실제로 수강했다고 한다.(瀬田貞二, 「楠山正雄年譜」, 『日本児童文学大系十一巻』, 431쪽; 斎藤佐次郎, 『斎藤佐次郎・児童文学史』, 602쪽) 또한 제4장에서 이미 논했듯이 쿠스야마 마사오는 1906년에 와세다대학 영문과를 졸업했지만 어학에 능통하여 영어 이외에도 독일어와 프랑스어도 독학했다고 한다. 나중에는 안데르센을 번역하기 위해 덴마크어도 공부했다고 전해진다.

이야기도 있습니다만 페로 쪽이 말하자면 본가로 따라서 이야기의 줄거리는 비슷해도 느낌이 다른 점을 비교하면서 읽어 보십시오.[30]

여기에서도 그림 동화와 페로 동화의 공통점과 차이점에 대해서 약간 언급하고 있어 앞에서 언급한 「산드리용 이야기, 별명, 유리구두(サンドリヨンの話, 又の名, ガラスの上靴)」의 원작이 그림 형제가 아니라 페로의 작품이라는 사실을 증명하고 있다. 당시 일본에서는 일찍이 프랑스 문학이 번역되어 소개되었는데 아동문학에 있어서는 그 예가 많지 않다. 그렇기 때문에 쿠스야마 마사오의 『당나귀 가죽』은 프랑스 동화집으로서는 첫 단행본으로 일본 아동문학사에서도 크나큰 의의를 가진다고 평가해도 좋을 것이다. 그리고 이 작품에서도 사이토 사지로가 언급했듯이 쿠스야마 특유의 부드러움이 있고 재화적인 요소가 잘 나타나 있다고 할 수 있다.

3) 작품 분석

(1) 비교 분석

쿠스야마 마사오 역과 방정환 역의 전체적인 스토리의 전개는 거의

---

30 楠山正雄, 「おぼえがき」, 『驢馬の皮, ペロール集』, 家庭読物刊行会, 1920, 1~2쪽.
〔일본어 원문〕
『驢馬の皮』以下の九つのお話は、今から三百五十年ほど前、フランスのシャルル・ペロールという人の書いた古い童話集にあるお話で、そののこらずがフランスで一ばん古くて、名高いお話であるばかりでなく、いわばヨーロッパの童話の根源だといってもいいほどの名高いものばかりです。『驢馬の皮』は、もとは韻文で書いてあるお話、その次の「眠の森の王女」以下八つのお話は、「驢鳥のおっかさんのお話又の名むかしあった物語」という、韻文の童話集の中のお話のこらずです。中にはグリムの童話集その他でおなじみの話もありますが、ペロールの方がいわば本家で、従ってお話の筋は似ていても、趣のちがっているところを比べて読んで下さい。

비슷하다. 그러나 부분적인 묘사에는 시대와 독자에 맞추려고 한 방정환의 노력이 엿보인다.

쿠스야마 마사오 역

옛날 옛적 어느 마을에 아무런 부족한 것 없이 잘 사는 신사가 있었습니다. 두 번째로 맞이한 부인이 둘도 없는 오만한 여자였습니다. 전남편 사이에 두 아이가 있었기 때문에 두 아이를 데리고 시집을 왔는데 그 딸들도 또한 심술궂어서 모든 부분이 어머니를 쏙 빼닮은 나쁜 아이들이었습니다. 그 신사에게는 전 부인과의 사이에 딸이 하나 있었는데 성품이나 마음가짐이 죽은 어머니를 닮아서 더없이 순수하고 착한 아이였습니다.[31]

방정환 역

어엽브고 착한 어린색씨 산드룡의 어머님이 돌아가신 후로는 살님이 더 할 수 업시 쓸쓸하여젓습니다. 그나마 아버님이 매일 보시는 일로 아츰에 나아가시면 산드룡 색씨가 혼자 집을 보면셔 어머님이 그리워서 날마다 날마다 울며 지내엿습니다. 다행한 일인지 불행한 일인지 그후 얼마 오래지 안아서 다른 새어머니가 오시엿는데 성정이 사나우신 데다가 다른 데서 나은 딸 두 사람까지 다리고 오셧습니다. 그런데 그 딸 두 색씨까지 성질이 고읍지를 못하여서 작난만 심하고 심술만 부리고 하야서 동리 사람들까지 미워하게 되엿습니다.

쿠스야마 마사오 역은 '옛날 옛적 어느 마을에'라는 옛날이야기의 발

---

31 〔일본어 원문〕
むかしむかしある所に不自由なくくらしている紳士がありました。その二度目にもらった奥さんというのは、それはそれは二人とない高慢な女でした。前の御亭主に二人子供があって、連れ子をしてお嫁に来たのですが、その娘というのがやはり我儘な、何から何までかあさんにそっくりな、いけない子供でした。その紳士には、先妻のはらにも一人若い娘がありましたが、それは気立なら、心がけなら、亡くなった母親に似て、この上ない素直なやさしい子供でした。

단 부분에서 사용되는 어구로 시작되어 옛날이야기 같은 분위기로 시작된다. 이에 반해 방정환 역에서는 현대 가정을 묘사한 것 같은 어조로 표현되어 있다. 당시의 일반적인 가정의 모습처럼 '아버님이 매일 보시는 일로 아침에 나가시면 산드룡 색씨가 혼자 집을 보면서'라고 묘사되어 있다. 그리고 '어머님이 그리워서 날마다 날마다 울며 지냈습니다'라는 부분도 쿠스야마 마사오 역에서는 직접 언급되지 않은 것에 반해 방정환 역에는 그의 창작으로써 삽입되어 있다. 옛날이야기 같은 특징을 지닌 쿠스야마 마사오 역에 비해서 방정환 역은 아주 평범한 가정의 모습을 묘사하여 읽는 사람으로 하여금 자신의 일인 듯한 현실감을 느끼게 해 준다는 것이 그 특징이다. 그리고 '산드룡의 어머니가 돌아가시고 나서'라는 식으로 시간적인 경과에 따라서 이야기가 전개되는 방정환의 번역은 페로 동화의 특징이자 쿠스야마 마사오 역에서도 자주 보여지는 민담적인 성격은 보여지지 않는다. 즉, 방정환의 번역은 아주 리얼한 이야기의 전개 방식으로 실제 생활을 상상하게 하는 성격을 강하게 느끼게 한다.

페로 동화의 또 하나의 특징은 가족 관계 중심으로 이야기가 전개되는 것인데 방정환은 공동체적인 분위기를 의식하여 번역했다고 할 수 있다. 그 예로써 위에서 든 '동네 사람들까지 미워하게 되었다'는 표현이나 '산드룡 색시의 마음 착하고 얌전하다는 소문만 점점 높아가는고로 새어머니는 몹시 성이 나셔서'라는 등의 묘사를 들 수 있다.

또 다음의 쿠스야마 마사오 역과 현대 일본어 역(니이쿠라 아키코(新倉朗子) 역, 1982)에서는 산드리용이 무도회에 갈 수 있도록 마술로 예쁜 의상과 마차를 준비해 준 '교모'가 등장하는데 방정환 역에서는 '하얗게 옷을 입은 예전 어머니 같은 선녀 같은 이'라고 번역되어 있다.

쿠스야마 마사오 역

그때 산드리용의 선례식에 참석하여 이름을 지어준 교모(教母)가 나타나서 산드리용이 울고 있는 것을 보고 왜 그러냐고 물었습니다. 〔중략〕 이 산드리용의 교모라는 사람은 요녀(妖女)였습니다. 〔중략〕 손에 든 지팡이로 콩콩하고 세 번 두드리자 호박이 점점 금으로 칠한 멋진 마차로 변했습니다. 〔중략〕 교모는 그때 아주 살짝 지팡이 끝으로 산드리용에게 대자 덧감을 대서 고친 옷이 점점 여기저기 보석이 박힌 금은의 의상으로 바뀌었습니다. 그러고 나서 요녀는 산드리용에게 아주 아름다운 유리구두를 한 켤레 주었습니다.[32]

방정환 역

그때에 어대셔 왓난지 누구인지도 모르게 하—야케 옷을 닙은 예젼 어머니 갓흔 션녀 갓흔 이가 낫하나셔 산드룡의 우는 것을 보고 〔중략〕 집행이로 세 번을 치닛가 별안간에 그 호박이 훌륭한 황금 마차가 되엿습니다. 〔중략〕 집행이로 산드룡을 툭 쳣습니다. 그러닛가 엇덧습닛가 이때까지 그럿케 더러운 옷을 닙고 계을너 보이던 산드룡이 어느 틈에 세상에 업는 보석으로만 장식을 한 죠—흔 옷을 닙고 잇섯습니다. 그것을 보고 요슐 녀인은 우스면서 죠—흔 유리 구두를 내여 쥬엇습니다.

일본어 역에서는 '어머니'의 존재에 대한 언급을 전혀 찾아볼 수 없는 것에 반해 방정환은 이러한 형태로 산드룡의 어머니에 대해서 언급하

---

32 〔일본어 원문〕
その時サンドリヨンの洗礼式に立ち合った名付け親の教母が出て来て、娘が泣き伏しているのを見ると、どうしたのだといってたずねました。〔中略〕このサンドリヨンの教母というのは妖女でした。〔中略〕手にもった杖でこんこんと三度叩くと、南瓜はみるみる金ぬりの立派な馬車に変わりました。〔中略〕教母はその時、ほんの僅か杖の先でサンドリヨンにさわったと思うと、見る見るつぎはぎだらけの着物は、宝石をちりばめた金銀の衣裳に変わってしまいました。それがすむと妖女はサンドリヨンに、それはそれは美しいガラスの上靴を一足くれました。

고 있다. 죽은 어머니가 선녀 같은 모습으로 조력자로서 나타났다는 식의 이야기를 만들어 어머니의 존재를 어떤 형태로든 표현하고 싶었던 것이다. 그리고 한국에는 '이름을 지어 주는 교모'라는 문화가 없기 때문에 '어머니 같은 선녀 같은 이'라는 표현으로 바꾸고, 쿠스야마 마사오의 '요녀'라는 표현도 한층 더 동화다운 '요술 여인'으로 바꾸었는데 그쪽이 어린이들에게는 더 친근하고 적절한 단어라고 판단했기 때문일 것으로 보여진다.

결말 부분에서 일본어 역과 방정환 역 둘 다 착한 산드룡의 부탁으로 두 언니들도 성에서 함께 살게 되었다는 내용에는 거의 변함이 없다. 그러나 방정환 역에서는 계모도 궁전에서 함께 살게 되었다는 형태로 바뀌어 있어 산드룡의 관대함이 한층 더 강조되었다.

(2) 결론

쿠스야마 마사오 역을 들어 방정환의 「산드룡의 류리구두」의 저본 추정을 시도한 결과 전체적인 스토리의 전개에서는 거의 변화를 보이지 않았지만 발단 부분을 비롯하여 부분적인 묘사에서는 많은 차이를 보였다. 그러나 앞에서도 언급했듯이 1880년부터 1920년대 사이에 일본에서 번역된 페로 동화가 쿠스야마 마사오의 『당나귀 가죽』 한 편이라는 점과 방정환이 다른 외국어에는 지식이 없었다는 사실을 고려해 볼 때 이것이 방정환 역의 저본일 가능성은 충분하다.

그리고 쿠스야마 마사오 역과 비교해 볼 때 전체적으로 방정환 역은 한 문장 한 문장이 길다는 것을 알 수 있다. 그것은 문장 안에서 '-아서'와 '-니까'와 같은 이유를 나타내는 접속어미가 사용된 표현이 많기 때문이다. 또 방정환 역은 각 문장이 설명조로 마치 구연하고 있는 것을 그대로 글로 옮긴 것 같은 문장으로 되어 있다는 것을 느낄 수 있다. 이러한 특징은 다른 번역동화에서도 자주 보여지는 방정환 동화의 특징이라고 할 수 있다.

방정환의 「산드룡의 류리구두」는 페로 원작과 비교할 때 세세한 부분을 제외하면 그다지 변화를 보이지 않는다. 또한 쿠스야마 마사오 역과도 마찬가지다. 위에서 언급한 부분을 제외하고는 전체적인 흐름과 모티브에서는 큰 차이점을 찾아 볼 수 없다.

페로는 민담 안에서 보여주고자 하는 교훈을 어린이들의 성장에 필요한 가치라고 판단하고 그것을 다시 써서 어린이 독자들에게 맞는 스토리로 재화했다. 그러나 그것은 단지 어린이들만을 독자로서 한정한 것은 아니었다. 페로가 재화한 동화는 공주를 위해 쓰여진 것이었으며 주된 독자는 17세기 프랑스의 귀족들이었다. 그리하여 민담을 재화하는 과정에서 크게 작용한 것은 그 귀족들에게 어울리는 이야기를 상정하는 것이기도 했다.[33] 그와 같은 부분은 쿠스야마 마사오 역에서도 거의 그대로 이어졌지만 방정환에 의해 번역되면서 조금씩 변용해 가게 된다. '프랑스 장식'과 '빨간 빌로드', '다이아몬드 가슴 장식' 등의 서양적인 궁정 문화의 상세한 묘사가 모두 생략된 것이 그 대표적인 예이다. 일제 식민지하에 놓여 있던 시대 배경과 당시 조선의 가난한 환경 속에서 살던 어린이들에게는 이러한 것은 상상하기 어려웠을 것이기 때문이다.

33 박현수, 「산드룡, 재투성이 왕비, 그리고 신데렐라」, 『상허학보』 제16집, 상허학회, 2006, 267쪽.

4. 『세계 오토기바나시』에서 「요술왕 아아」[34]

1) 『세계 오토기바나시』 제97편 「마왕 아아」
—『시칠리아 메르헨』에서 이와야 사자나미의 『세계 오토기바나시』로

『사랑의 선물』의 네 번째 작품 「요술왕 아아」는 시칠리아의 민담 「아아 이야기」가 원작으로 이와야 사자나미(巖谷小波)가 『세계 오토기바나시(世界お伽噺)』의 97번째 작품으로써 발간한 「마왕 아아(魔王アヽ)」가 그 저본이다. 그리고 이와야 사자나미 역의 저본이 된 것은 로라 곤젠바하(Laura Gonzenbach: 1842~1878)의 『시칠리아 메르헨』(*Sicilianische Märchen*, 1870)[35]에 스물세 번째 작품으로 수록된 「아아 이야기(Die Geschitd vom Ohimä)」이다.

로라 곤젠바하에 의한 원작의 표지에는 'Laura Gonzenbach에 의해 민중의 입으로부터 수집한 *Sicilianische Märchen*'이라고 쓰여 있다. 이 작품집은 독일어로 쓰여져 있다. 이와야 사자나미는 독일 유학의 경험이 있었고 그러므로 독일 문학과 독일어에 관한 지식이 풍부했다는 사실은 언급할 필요도 없을 것이다. 그러나 필자는 처음에 이 단행본은 시칠리아의 메르헨이므로 이탈리아어로 쓰여져 있을 것이라고 추측을 했기 때문에 이와야 사자나미가 독일어뿐만 아니라 이탈리아어에도 능통했을까 하는 의문을 가졌었다. 그러나 원본을 확인한 결과 1870년에 쓰여진 것으로 구독일어이긴 하지만 독일어로 쓰여 있음에는 틀림이 없

34 이 절은 박사논문에서는 발견하지 못했던 이와야 사자나미 역 「마왕 아아(魔王アヽ)」의 저본에 대해서 보충한 졸론 「巖谷小波の『お伽噺』から方定煥の『近代童話』へ——方定煥の翻訳童話『妖術王アア』の比較研究」(『梅花児童文学』 第18巻, 2010, 59~75쪽)를 일부 편집하여 정리하였다.

35 본 연구에서 사용한 텍스트는 1970년에 복각된 것이다. Laura Gonzenbach, *Sicilianische Märchen*, Georg Olms Verlag, Hildesheim · New York , 1970(1870).

[그림 4-4]『세계 오토기바나시』 제97편「마왕 아아(魔王ア、)」

다는 사실을 알게 되었다. 아래에 인용한 것은 성직자이자 교사로서 시칠리아에 5년간 체재를 했던 독일인 오토 하르트빅(Otto Hartwig)이 『시칠리아 메르헨』의 전문으로써 쓴 글의 일부이다.

> da ja außer einigen höchst unbedeutenden Aufzeichnungen von den in Sicilien im Volksmunde fortlebenden Märchen und Sagen noch gar Nichts gedruckt ist*). Da ich aber wohl wußte, daß in Sicilien noch eine Menge von Märchen im Volksmunde leben — hatte mir mein Freund Dr. Saverio Cavallari doch gelegentlich das eine oder andere erzählt**) —, so wendete ich mich an meine verehrte Freundin Fräulein Laura Gonzenbach in Messina — seitdem mit dem italienischen Oberst Herrn La Racine vermählt — und bat dieselbe, mir einige Märchen aufzuschreiben, ich beabsichtige dieselben als Anhang zum zweiten Bande meines Buches drucken zu lassen, wenn sie mir als von specifisch sicilianischer Färbung erschienen. Fräulein Laura Gonzenbach, in Sicilien geboren und des Dialektes von Messina vollkommen mächtig, kannte ich als eine treffliche Märchenerzählerin.

(한국어 역) 시칠리아에서 구승으로 남아 있는 메르헨과 전설은 거의 의미가 없는 것이 기록되어 있거나 거의 아직 아무것도 지면에 인쇄되어 있지 않기 때문이다. 그래서 나는 시칠리아에는 아직 상당수의 메르헨이 구승문학으로 남아 있다고 보고 벗 자베리오 가바라 씨에게 기회가 있을 때마다 하나씩 이야기를 해 달라고 했다. 그리고 멧시나에 사는 존경하는 벗 로라 곤젠바하 양—그 당시부터 이탈리아인 대령 라 라쮜네 씨와 결혼해서 살고 있었는데—그녀에게 메르헨을 기록해 달라고 부탁했다. 나로 말할 거 같으면 당시 이것들이 나에게는 특별히 시칠리아의 특색이 짙은 것이라고 여겨졌기 때문에 이것들을 내 책의 제2권에 실으려고 생각하고 있었다. 로라 곤젠바하 양은 시칠리아에서 태어나 멧시나 방언을 완벽하게 구사할 수 있는 사람으로 나는 그녀가 메르헨 이야기꾼으로서 적격이라고 인식하고 있었다.[36]

이 글에서 알 수 있듯이 원작자, 정확하게 말하자면 민담 수집가이자 기록자인 로라 곤젠바하는 시칠리아 태생의 이탈리아인이다. 그녀가 이처럼 이탈리아 민담을 수집하여 기록하게 된 것은 독일인 오토 하르트빅(Otto Hartwig)의 부탁을 받아서였다. 이러한 경위로 로라 곤젠바하는 시칠리아 각지를 돌아다니며 92편의 민담을 수집하여 기록했다. 이것들을 당시 선교사로서 시칠리아에 체류중이었던 오토 하르트빅이 독일어로 번역을 하여 독일에서 출판되게 되었던 것이다.

그리고 이어지는 인용문에서 편집자인 오토 하르트빅은 이 모든 메르헨이 이탈리아어 원문뿐만 아니라 자신이 번역한 독일어 역에 있어서도 완전히 시칠리아 사람들의 어투를 흉내내어 썼으며 장식 문구나 부드러운 표현 등 의식적으로 덧붙인 것은 일체 없다는 것을 강조하고 있다.

---

36 Otto Hartwig, 「서문Vorwort」, 『*Sicilianische Märchen*』, Georg Olms Verlag, Hildesheim · New York, 1870, 6~7쪽. 독일어의 번역에 대해서는 지인 이시하라 타케쯔구(石原丈嗣) 씨가 충실한 현대 일본어로 번역해 준 것을 필자가 다시 한국어로 번역했음을 밝혀 둔다.

Wie Jedermann, der diese Märchen durchblättert, rasch erkennen wird, sind dieselben getreu so niedergeschrieben, wie sie die Erzählerinnen vorgetragen haben. Die originellen Wendungen, die theilweise etwas schwerfälligen Uebergänge („Lassen wir nun Diesen, und sehen was aus dem Andern geworden ist"), das sittliche Urtheil über die erzählten Vorgänge, der neidische Rückblick auf das Glück des Helden derselben im Gegensatz zu den ärmlichen Verhältnissen der Erzählerin und der Hörer u. s. w., alles das ist vollkommen den Wendungen der Sicilianerinnen nachgebildet. Daß keine willkührlichen Zusätze zu den Erzählungen gemacht, keine verschönernden oder abschwächenden Einschiebsel hinzugethan sind, ist kaum nöthig hervorzuheben. Auch die Aufeinanderfolge der einzelnen Thaten und Leiden des Helden einer Geschichte, die theilweise recht kaleidoskopisch aus allen möglichen Erzählungen zusammengerüttelt sind, sind hier genau in der Aufeinanderfolge mitgetheilt worden, wie sie in Sicilien erzählt werden.

〔중략〕

Ueber den Ton der deutschen Uebersetzung dieser Märchen darf ich selbst, glaube ich, mich auch hier lobend aussprechen, da nur ganz leise Aenderungen von mir im Ausdruck vorgenommen worden sind und ich nur einige Verschen neu gereimt habe.

(한국어 역) 이 모든 메르헨을 책장을 넘겨서 본 사람은 누구나가 이것들이 이야기꾼이 전한 대로 충실하게 써 내려갔다는 사실을 바로 알 수 있을 것이다. 독특한 어투나 부분적으로 몇 군데 어색한 이야기의 흐름 (이런 부분은 별로 신경을 쓰지 말고 다른 부분에서 어떻게 전개되는지를 보자), 일어난 일에 대한 도덕적 평가, 이야기꾼과 듣는 사람의 가난한 상황과는 정반대가 되는 주인공의 행복에 대한 부러움 등등 이것들 모두는 완전하게 시칠리아 사람들의 말투를 흉내내어 작성하였다. 의식적인 덧붙임이나 장식 문구와 부드러운 표현 등을 덧붙이지 않았다는 사실을 한 번 더 강조할 필요는 없을 것이다. 이야기의 주인공 개개의 행동과 고뇌 등 이야기의 흐름은 부분 부분 천변만화로 전개되지만 여기에서는 시칠리아에서 전해져 오는 흐름을 충실하게 전하고자 했

다. 〔중략〕 내 입으로 말하는 것은 좀 그렇지만 이들 메르헨의 독일어 역의 음감에 대해서는 칭찬할 만한 가치가 있다고 본다. 그 이유로는 표현에 있어서 거의 조금 고친 것 이외에는 단지 몇 개의 동사에 새로운 운을 띄웠을 뿐이기 때문이다.[37]

나아가 다음 인용에서는 로라 곤젠바하가 민중의 입으로부터 어떻게 메르헨을 수집했는지 그 생생한 상황이 잘 나타나 있다.

Die Sammlerin schrieb mir im Betreff aller dieser Dinge einmal unter Anderm folgendes: „Nun möchte ich Ihnen auch noch sagen, daß ich mein Möglichstes gethan habe, um die Märchen recht getreu so wieder zu geben, wie sie mir erzählt wurden. Den ganz eigenthümlichen Reiz aber, der in der Art und Weise des Erzählens der Sicilianerinnen selbst liegt, habe ich nicht wiedergeben können. Die Meisten erzählen mit unendlicher Lebhaftigkeit, indem sie dabei die ganze Handlung mitagiren, mit den Händen sehr ausdrucksvolle Geberden machen, mitunter sogar aufstehen, und wenn es gerade paßt, in der Stube herumgehen. Auch wenden sie niemals ein: „Er sagt“ an, da sie den Wechsel der Personen stets durch die Intonation angeben.

(한국어 역) 수집자는 나에게 이것들에 관해서 아래와 같이 써 주었다. : '여기에서 내가 말하고자 하는 것은 나는 들은 메르헨을 아주 충실하게 재현하기 위해서 가능한 한 노력을 했다는 것입니다. 그러나 시칠리아 사람들의 이야기 방법에서 나타나는 가장 독특한 매력은 재현할 수가 없습니다. 거의 모든 사람이 모든 장면을 다 같이 연기하면서 그리고 그때 손도 사용해서 풍부한 표현으로 몸짓을 더하거나 경우에 따라서는 그야말로 서서 하거나 또 상황에 맞는다면 방을 오가거나 하면서 한없이 활발하게 이야기를 해 주었습니다. 그리고 등장인물을 바꿀 때에는 항상 억양을 바꾸어서 '그는 말했다'라는 형식으로 말하

37 Otto Hartwig, 「서문(Vorwort)」, 8~9쪽.

는 것이었습니다.[38]

이와 같이 수집된 92편 중 스물세 번째 작품 「아아 이야기」를 이와야 사자나미가 저본으로써 사용한 것이다. 이 사실을 더욱 확실하게 뒷받침해 주는 것이 아래에 인용한 「마왕 아아(魔王ア、)」의 '해제(解題)'이다. 이와야 사자나미 역 「마왕 아아」는 다음과 같은 '해제'와 함께 '이탈리아의 부(イタリアの部)'에 실려 있다. 편저자명은 오에 사자나미(大江小波)라는 필명으로 되어 있다.

『세계 오토기바나시 97편(世界お伽噺第九十七編)』의 「해제(解題)」 이탈리아의 부

라우라 콘젠바하 여사가 수집한 시칠리아 오토기바나시 중에 『아아(ア、)』라는 제목의 이야기가 이 이야기의 원문입니다. 시칠리아라고 하면 지중해의 한 섬으로 이탈리아에 속한 곳이므로 이탈리아의 부에 넣었습니다.[39]

『세계 오토기바나시』는 전 10권으로 제1집에는 「세상의 시작(世界の始)」을 비롯하여 스무 편의 이야기가 수록되어 있어 전부 200편에 달한다. 그중에서 「마왕 아아」는 제6집에 수록되어 있어 전체적으로 보면 제97편째에 해당한다.

『시칠리아 메르헨』의 목차에 기록되어 있는 제목은 「Die Geschitd vom Ohimë(오히메 이야기)」라고 되어 있는데 'Ohimë'란 이탈리아어로

38 Otto Hartwig, 「서문(Vorwort)」, 9쪽.

39 大江小波, 「解題」, 『世界お伽噺第九十七編 魔王ア、』, 博文館, 1907, 1~2쪽.
〔일본어 원문〕
『世界お伽噺第九十七編』の「解題」伊太利の部
ラウラ、コンツエンバッハ女史の集めた、シ、リヤお伽噺の中に、『ア、』と云ふ題であるのが、この話の原文です。シ、リヤと云へば地中海の一島で、伊太利に属した所でありますから、伊太利の部に入れます。

'아아'라는 의미이다. 그러나 목차의 제목에는 없지만 본문 중의 제목에는 괄호 속에 독일어로 'Ach!'라고 덧붙여져 있다. 이것을 확인한 이와야 사자나미는 위에서 인용한 '해제(解題)'에서 원작명을 「아아(ア、)」라고 쓴 것으로 보여진다.

그리고 『사랑의 선물』 목차의 원작명란에는 '시시리아'라고 기록되어 있어 이 '해제'를 봤다는 사실을 확인할 수 있다. '이탈리아'가 아닌 '시시리아(시칠리아)'라고 한 것은 원작자 로라 곤젠바하 여사의 원작을 존중한 것으로 보여진다. 염희경(2007)은 B.C 8세기 경부터 이민족에게 지배받고 있던 시칠리아가 1860년대에는 이탈리아 왕국에 합병되었다는 역사적인 배경을 알고 그것을 일본 식민지하에 놓여 있던 당시 한국의 상황과 겹쳐서 봤기 때문에 방정환은 의도적으로 '이탈리아'가 아닌 '시시리아'로 소개한 것이라고 논했다.[40]

이와야 사자나미가 번역한 「마왕 아아(魔王ア、)」는 그 제목에서도 추측할 수 있듯이 원문을 그대로 번역한 것이 아니라 소재를 충분히 자신의 것으로 한 후에 독자적인 오토기바나시를 만들어 낸 것이었다.[41]

일본에서 쇼와 이래에 다시 간행되었을 때에 '사자나미 세계 오토기바나시(小波世界お伽噺)'라는 타이틀을 붙인 것도 그 때문이다. 이와야 사자나미의 둘째 아들이자 아동문학 연구가인 이와야 에이지(巖谷栄二, 1947)는 이와야 사자나미의 오토기바나시에 대해서 '소박하고 간결하며 명료한 문장, 단백한 해학과 경쾌미, 광명적이고 낙천적'이라고 평가했다.[42] 이렇게 이와야 사자나미의 '세계 오토기바나시'도 유쾌하며 재미있고, 또한 누구에게나 알기 쉽고 친숙하다는 특색을 지니고 있다. 방정환이 그중 한 편인 「마왕 아아(魔王ア、)」를 골라 번역한 것은 이 작품에

40 염희경, 「소파 방정환 연구」, 133쪽.

41 巖谷栄二, 「刊行の言葉」, 『幸福の花』(巖谷小波著), 生活社, 1947, 1쪽.

42 巖谷栄二, 위의 글, 1쪽.

있어서도 그러한 이와야 사자나미의 작품 세계에 공감할 수 있었기 때문일 것이다.

2) 작품 분석

(1) 줄거리

먼저 원작의 줄거리를 간단하게 소개하고자 한다.

옛날에 한 가난한 나무꾼이 아름다운 세 손녀와 함께 살고 있었다. 어느 날 나무꾼이 숲에서 일을 하다가 너무 힘들어서 큰 돌 위에 앉아 '아아' 하고 한숨을 쉬었다. 그러자 갑자기 거한이 나타나 자신의 이름은 '아아'라고 하는데 무슨 일로 자기를 불렀냐고 물었다. 나무꾼의 사정을 알게 된 아아는 손녀에게 일을 시켜 주고 돈을 줄 테니 제일 큰 손녀를 데리고 오라고 했다. 할아버지에게 이 이야기를 들은 제일 큰 손녀가 아아를 따라서 아아가 사는 곳으로 갔지만 죽임을 당한 젊은 여자들이 가득 누워 있는 넓은 광으로 데리고 가 자기 말을 듣지 않으면 이렇게 죽게 될 것이라고 했다. 며칠 후 죽은 사람의 다리를 먹으라고 했지만 먹지 못했기 때문에 제일 큰 손녀는 죽임을 당한다. 둘째 손녀도 똑같이 죽임을 당하고 만다. 그러나 자매들 중 제일 예쁘고 영리한 막내 마르자는 죽은 어머니의 영의 도움으로 지혜롭게 살아남는다. 아아의 신뢰를 얻은 마르자는 죽은 사람을 되살릴 수 있다는 약과 광의 열쇠를 받아 아아가 없을 때 죽은 왕자를 발견한다. 돌아온 아아에게 아아를 죽일 수 있는 방법을 지혜롭게 알아 내어 아아를 죽인 후 왕자와 언니들, 그리고 다른 여자들도 살려낸다. 왕자와 결혼한 마르자가 행복하게 살고 있던 어느 날 다시 살아난 아아가 은으로 만든 상에 숨어서 성으로 몰래 들어온다. 왕자와 성의 모든 사람들이 잠든 사이 아아가 가져온 약으로 마르자를 죽이려고 한다. 그러나 눈을 뜬 왕자의 도움으로 아아는 마르자를 죽이기 위해 끓인 기름 속에 자신이 던져져 죽게 된다.

다음으로 이와야 사자나미 역 「마왕 아아(魔王ア、)」의 줄거리를 살펴보도록 하자.

가난한 나뭇꾼 할아버지가 세 명의 손녀들과 함께 살고 있었다. 어느 날 산속에서 일을 하다가 잠시 쉬고 있을 때 '아아' 하고 한숨을 내쉬면서 매일 열심히 일을 해도 가난한 생활은 조금도 나아지지 않는 자신의 처지를 혼잣말로 한탄하고 있는데 마왕 아아가 나타났다. 나뭇꾼의 이야기를 들은 마왕 아아는 돈을 줄 테니 손녀를 자신의 집으로 일을 보내라고 했다. 그 이야기를 듣자마자 첫째 손녀를 보내고 큰 돈을 받는다. 그러나 사실은 사람을 잡아먹는 마왕이었던 아아에게 첫째와 둘째 손녀는 차례대로 잡혀 먹히고 말았다. 그리고 그런 사실을 꿈에도 모른 채 막내 손녀까지 일을 보낸다. 아무것도 모르는 마르자는 언니들을 만날 수 있다고 믿고 마왕이 사는 성으로 간다. 가자마자 마왕 아아는 마르자에게 사람의 팔을 먹으라고 한다. 세 자매 중에서 가장 지혜로운 마르자는 마왕을 속이고 죽음을 면한다. 그리고 마왕의 신뢰를 얻어 열심히 일을 한다. 마왕이 외출 중일 때 언니들을 찾아 광으로 가 죽어 있던 이 나라의 왕자를 마왕이 맡긴 약으로 살려 낸다. 그 후 마왕의 약점을 알아 내어 마왕을 퇴치하고 왕자와 함께 성으로 돌아와 결혼하게 된다. 다시 살아난 마왕이 두 사람을 죽이려고 성에 몰래 숨어 들었지만 마르자가 또 다시 퇴치한다. 그리고 두 사람은 평생 안락하게 살게 된다.

이렇듯 일본어 역 「마왕 아아(魔王ア、)」에는 마왕에게 잡아먹힌 언니들은 구하지 못한 채 왕자만을 구해 내어 성으로 돌아와 행복하게 산다고 하는 스토리로 구성되어 있다. 그러나 방정환 역 「요술왕 아아」는 도입 부분은 이와야 사자나미 역 「마왕 아아(魔王ア、)」와 그다지 큰 변화

를 보이지 않지만 결말 부분은 다음과 같이 많은 변화를 보이고 있다.

두 언니들은 요술왕에게 죽은 사람의 다리를 먹으라는 말을 듣고 먹었다고 거짓말을 하여 죽임을 당하고 만다. 요술왕은 마르자에게 언니들이 보고 싶어 한다고 거짓말을 하여 자신의 시녀로 데려 간다. 마르자는 두 언니와는 달리 사람의 발을 먹었다고 지혜롭게 속이고 요술왕의 신뢰를 얻게 된다. 어느 날 요술왕한테서 죽은 후 21일이 지나지 않은 사람이라면 누구라도 살릴 수 있는 약과 광의 열쇠를 맡게 된다. 요술왕이 외출을 한 사이에 언니들을 찾으려고 광으로 갔다가 검에 찔려 죽어 있는 젊은 남자를 발견한다. 그래서 그 약을 한 방울 먹였더니 이 나라의 왕자였던 젊은 남자가 살아나 요술왕의 약점을 알아내 달라는 부탁을 한다. 마르자는 요술왕의 약점을 알아 내어 요술왕이 자고 있는 사이에 퇴치한다. 그리고 요술왕에게 죽임을 당한 두 언니도 살려 내어 왕자와 함께 무사히 할아버지가 있는 집으로 돌아온다. 그러나 다시 살아난 요술왕은 또 다시 마르자의 집을 찾아온다. 이번에도 마르자는 지혜를 내어 요술왕을 퇴치하고 이번에는 왕자에게 요술왕을 태워 죽이라고 한다. 왕자는 마르자를 왕비로 맞이하여 할아버지와 언니들과 함께 행복하게 살았다고 한다.

방정환 역에서는 이렇게 언니들을 구해내어 할아버지가 기다리고 있는 집으로 돌아간다는 구성으로 이루어져 있다. 그리하여 왕자와 결혼한다는 해피엔드의 스토리는 일단 가족의 행복을 되찾은 후 제일 마지막 부분에 배치했다. 손녀들을 생각하는 할아버지의 마음과 자매들을 생각하는 손녀들의 마음을 소중하게 생각하는 가족애를 테마로 한 줄거리가 중심이 되어 있다.

[표 4-2]는 로라 곤젠바하의 원작과 이와야 사자나미 역, 그리고 방정환 역을 비교한 것이다. 다음 절에서는 이 [표 4-2]를 참고로 하면서 비교 분석을 행하고자 한다. [표 4-2]는 세 작품을 ①에서 ⑩까지의 항

목으로 비교한 것이다.

〔표 4-2〕 비교표

	로라 곤젠바하 원작 (1870)	이와야 사자나미 역 (1907)	방정환 역 (1922)
①아아를 불러내는 인물	가난한 나무꾼	가난한 나무꾼	가난한 나무꾼
②아아의 정체	거한	마왕, 식인 괴물	요술왕
③아아가 세 손녀들에게 낸 과제	죽은 사람의 다리 → 죽은 사람의 다리 → 죽은 사람의 팔	인간의 정강이 → 인간의 발목 → 죽은 사람의 팔	인간의 다리 → 인간의 다리 → 인간의 팔
④두 언니의 죽음	아아에게 죽임을 당해 광에 보관된다.	정강이부터 먹힌다 → 머리부터 먹힌다	죽임을 당해 광에 보관된다.
⑤마르자를 돕는 목소리	죽은 마르자의 어머니 영의 목소리	하늘로부터의 목소리	하늘로부터의 목소리
⑥아아에게서 맡은 물건	죽은 사람에게 바르면 다시 살아난다는 약과 열어서는 안 되는 문의 열쇠	죽은 지 아무리 오래된 시체라도 바로 살려내는 묘약과 광의 비밀 열쇠	죽은 지 21일 이내의 시체라면 살려낼 수 있는 약과 광의 열쇠
⑦아아의 약점	죽일 수는 없지만 약초 잎을 귀에 넣으면 깊은 잠에 빠지게 된다.	연한 버드나무 가지를 귀에 넣으면 쓰러져 버린다.	버드나무 잎을 귀에 넣으면 쓰러져 버린다.
⑧아아를 퇴치한 후	왕자를 비롯하여 언니들과 다른 여자들도 구해서 돌려보낸 후 왕자와 성으로 돌아가 결혼한다.	왕자를 구해서 성으로 돌아가 결혼한다.	왕자를 구해낸 후 언니들도 함께 구해낸다. 그 후 할아버지가 기다리고 있는 집으로 돌아간다.
⑨아아의 부활	은으로 된 상 속엔 들어가 성으로 숨어 들어간다.	움직이는 장치 인형 속에 들어가 성으로 잠입한다.	마르자와 가족들이 있는 마르자의 집으로 숨어 들어간다.
⑩결말	아아가 가져온 약으로 왕자와 신하들이 잠든 뒤 마르자를 죽이려고 한다. 그러나 다시 눈을 뜬 왕자의 도움으로 아아는 마르자를 죽이려고 끓인 기름 속에 결국 자신이 던져져 죽고 만다.	아아가 가져온 약으로 왕자와 신하들이 잠든 후 마르자를 죽이려고 한다. 그러나 다시 눈을 뜬 왕자의 도움으로 아아는 마르자를 죽이려고 끓인 기름 속에 결국 자신이 던져져 죽고 만다.	죽을 뻔한 언니들과 할아버지를 구해낸 후 아아를 묶어 두고 성에 연락을 한다. 왕자의 신하들이 와서 아아는 끓는 기름 속에 던져져 죽게 된다. 마르자는 성으로 가서 결혼한다.

(2) 비교 분석

이와야 사자나미의 일본어 역은 전체적인 줄거리는 원작과 거의 변함이 없지만 부분적으로 세부적인 묘사를 덧붙이거나 개작한 흔적이 보인다. 「마왕 아아(魔王アヽ)」라는 제목에서도 추측할 수 있듯이 원문을 그대로 번역한 것이 아니라 소재를 충분히 자신의 것으로 소화한 다음 독자적인 오토기바나시를 만들어낸 것이다. 한편, 방정환 역 「요술왕 아아」는 도입 부분은 이와야 사자나미 역 「마왕 아아(魔王アヽ)」와 그다지 큰 변화를 보이지 않지만 [표4-2]의 ⑧과 ⑩에서 보여지듯이 결말 부분에서 크나큰 변화를 보인다. 이것에 대해서는 다음 절에서 보다 상세하게 논하고자 한다.

가. 인물 설정

먼저 가장 큰 변화를 보이는 부분을 들어 보자면 ②의 아아의 정체이다. 이와야 사자나미 역의 큰 특징은 아아를 '식인 괴물'로 설정한 것이다. 그리고 인물 설정의 특징에서는 할아버지와 손녀들에 대한 묘사에서도 적지 않은 변화를 보인다. 그러나 원작이나 이와야 사자나미 역에서는 인물의 성격이 엿보이는 묘사가 아주 단순하게 묘사되어 있다.

돈 때문에 손녀들을 마왕에게 바로 보낸다는 일본어 역에서의 할아버지의 설정과는 달리 방정환 역에서는 다소 많은 차이를 보인다. 손녀를 자신의 하녀로 보내 주면 많은 돈과 편안한 생활을 보장하겠다는 마왕의 말에 '노인은 기뻐하였습니다. 가난한 집에 밤낮 데리고 있어서 고생만 시키느니보다도 저런 훌륭한 이에게로 보내면 저도 좋고 집안도 잘 살겠고 하니까 얼른 대답하였습니다'라는 식으로 돈보다는 손녀들을 먼저 생각한다. 그리고 일본어 역에서는 그날 바로 손녀를 데리고 와서 마왕에게 보낸다는 부분이 방정환 역에서는 하루는 가족들간의 이별의 시간을 가진다는 형태로 할아버지를 자상한 성격의 소유자로 변화시켰다.

그리고 세 손녀 또한 보다 따듯한 마음의 소유자로 설정되어 있다. 동생들과 헤어지는 것은 싫었지만 할아버지의 말을 잘 듣기로 한 첫째 손녀와 두 동생들은 자매들을 더없이 사랑하고 생각하는 인물로 설정되어 있다. '매일매일 혼자서 언니가 보고 싶어서 울고 있던 마르자', '세 손녀를 마왕에게 보낸 후 매일 혼자서 울고 있던 할아버지'라는 식으로 방정환 역의 등장 인물들은 뿔뿔이 흩어진 가족을 생각하며 우는 장면이 아주 많다. 그리고 '집에서 지낼 때보다 언니들이 보고 싶어서 참을 수 없었고 혼자 남겨진 할아버지가 어떻게 지내는지 걱정이 되어서 참을 수 없었습니다'라는 부분에서도 보여지듯이 항상 가족을 생각한다. 이렇듯 인물의 감정 표현과 인간미가 느껴지지 않는 원작과 이와야 사자나미 역에 반해서 방정환 역에서는 등장 인물의 인격과 성격이 세부적으로 묘사되어 있다.

나. 잔혹한 장면의 삭제 ([표 4-2] ②③④)

방정환 역에서는 이와야 사자나미 역에서 보여지는 잔혹한 장면이 삭제되거나 개작된 부분이 많다. 이와야 사자나미 역에서는 마왕이 세 자매에게 순서대로 죽은 사람의 '정강이' '발목' '팔'을 먹으라고 명령을 하자 두 언니들은 먹었다고 거짓말을 한다. 그러자 식인 괴물인 마왕은 '너를 정강이부터 먹어 주마' '너를 머리부터 먹어 주마'라고 하면서 손녀들을 잡아 머리부터 씹어 먹는다. 이러한 이와야 사자나미 역의 잔인한 장면이 방정환 역에서는 삭제되었다. 죽은 사람을 절단한 장면을 연상시키는 일본어 역에서 '다리'와 '팔'만으로 바뀌어 있거나, 마왕이 직접 잡아먹는다는 장면도 방정환 역에서는 '죽여서 광 속에 넣어 둔다'는 식으로 개작을 했다. 그러나 이러한 부분은 이와야 사자나미 역과는 변화를 보이지만 원작에는 더욱 가까워져 있다는 것을 알 수 있다. 원작에서도 아아는 식인 괴물이 아니라 단지 거한으로 묘사되어 있으며 자신의 말을 듣지 않는 두 언니를 죽여서 광 속에 넣어 둔다고 묘사되어 있어 방정환 역과 완벽하게 일치한다.

이상과 같이 이와야 사자나미 역에서는 원작에는 없는 잔인한 장면이 많이 더해져 사자나미류의 오토기바나시로 개작되었다. 그러나 방정환 역에서는 어린이들에게 잔인한 장면을 보여 주고 싶지 않아 삭제하는 등 개작한 부분이 눈에 띈다. 그러한 부분이 우연히도 원작에 더 가까워지는 결과를 낳았다는 사실을 알 수 있다.

다. 죽은 마르자 어머니의 영의 등장 ([표 4-2] ⑤)

원작에서는 죽은 마르자 어머니의 영의 목소리가 등장하여 마르자를 돕는 부분이 있는데 이와야 사자나미 역과 방정환 역에서는 단순히 하늘에서 들려오는 목소리로 변화되었다. 그리고 방정환 역에서는 '노래 소리'로 번역되어 있어 장면에 대한 설명과 대사로 이루어진 원작과는 달리 이와야 사자나미 역과 아주 흡사하게 마치 노래 가사를 열거한 듯한 부분이 아주 흥미롭다.

원작

,was soll ich nun thun! ach! ich Unglückliche! wie kann ich diesen Todtenarm essen! O, heilige Seele meiner Mutter, gebt mir einen guten Rath und helft mir!" Auf einmal hörte sie eine Stimme, die rief: „Maruzza, weine nicht, denn ich will dir helfen. Heize den Backofen so heiß wie möglich, und laß den Arm so lange darin, bis er zu Kohle gebrannt ist. Dann zerstoße ihn zu feinem Pulver, und binde dir dieses in einem feinen Läppchen fest um den Leib, so wird Ohime nichts merken, und dich verschonen." Diese Stimme aber war die heilige Seele ihrer Mutter, die der armen Maruzza half.

(한국어 역) "도대체 어떻게 하라는 거야! 아아! 나는 너무 불행해! 어떻게

이런 죽은 사람의 팔을 먹을 수 있단 말인가! 오오, 어머니의 정령이여, 나에게 올바른 길과 가호를 주소서!" 그녀는 갑자기 큰 목소리를 들었습니다. "마르자, 내가 도와줄 테니 이제 울지 말거라. 가마를 가능한 한 뜨겁게 데우거라. 그리고 그 팔을 가마에 넣어 재가 될 때까지 그 팔을 가능한 한 오랫동안 그 안에 두거라. 그리고 그것을 가루가 될 때까지 빻아서 그것을 주머니에 싸서 네 몸에 묶어라. 그렇게 하면 아아도 아무것도 눈치 채지 못하고 너를 귀여워해 줄 거야." 이 목소리는 불쌍한 마르자를 도우려는 그녀의 어머니의 영의 목소리였습니다.

이와야 사자나미 역

이제 어떻게 해야 할까 하고 혼자서 생각하고 있는데 하늘에서 목소리가 들려 와

"이것 봐 아가씨 그 팔을

먹지 않아도 걱정하지 않아도 돼.

구워서, 가루로 해서, 재로 만들어,

천으로 싸서 배에 감아!

천으로 싸서 배에 감아!"

하고 누군가 가르쳐 주었습니다.[43]

---

43 〔일본어 원문〕

さて何うしたら可かろうかと、ひとり考えて居りますと、空の方で声がして、
『コレコレ娘その腕を、
食うとて心配せぬがよい。
焼いて、粉にして、炭にして、
巾に包んで腹に巻け!
巾に包んで腹に巻け!』
と、教えてくれる者があります。

방정환 역

마르쟈 색시는 이것을 먹을 슈도 업고 그냥 둘 슈도 업고 엇지 할가 하고 근심을 하고잇난대 그 때 어대션지 공즁에셔 노래 소리가 들니면셔

여보여보 마르쟈 어엽븐 색씨

그까짓 것 그다지 근심 마시요

불에 태워 갈어셔 재를 맨들어

슈건에다 잘 싸셔 배에 감으오!

슈건에다 잘 싸셔 배에 감으오!

이렇케 가르쳐 쥬는고로

라. 결말 부분의 변화 ([표 4-2] ⑧⑩)

나아가 가장 큰 변화를 보이는 것은 결말 부분이다. [표 4-2]의 ⑧에 해당하는 텍스트의 일부를 아래에 인용해 보고자 한다.

원작

So ließ sie ihn im Garten liegen, und eilte wieder ins Haus, nahm die Salbe, und bestrich zuerst den Königssohn, daß er wieder lebendig wurde; dann lief sie auch in den Saal, wo die todten Mädchen lagen, und bestrich sie Alle mit der Salbe; zuerst ihre Schwestern, dann auch die anderen Mädchen, die der böse Ohime nach und nach umgebracht hatte. Als sie nun Alle wieder lebendig waren, beschenkte Maruzza sie reichlich, und ließ sie in ihre Heimath zurückkehren, sie selbst aber und der Königssohn nahmen die übrigen Schätze, und gingen fort nach der Heimath des Königssohnes. Denkt euch nun die Freude des Königs und der Königin als ihr Sohn wiederkam, den sie seit so vielen Jahren für todt beweint hatten, und nun kam er wieder und brachte erst noch ein so schönes, kluges Mädchen mit. Da wurde eine prächtige Hochzeit gefeiert, und der Königssohn heirathete die schöne Maruzza, und lebte mit ihr glücklich und zufrieden.

(한국어 역) 그리하여 그녀는 그를 마당에 둔 채로 다시 집으로 급히 들어가 바르는 약을 가지고 와 왕자에게 바르자 그는 다시 살아났습니다. 그리고 그녀는 죽은 언니들이 누워 있는 광으로 달려가 모두들에게 약을 발랐습니다. 먼저 언니들에게, 그리고 아아에게 차례대로 죽임을 당한 다른 아가씨들에게도. 모두가 살아난 후에 마르자는 모두에게 보물을 나누어 주고 집으로 돌려보냈습니다. 그녀는 왕자와 함께 남은 보물을 챙겨서 왕자의 성으로 갔습니다. 왕과 왕비는 몇 년이나 왕자의 죽음을 애도하고 있었는데 왕자가 다시 돌아오자 너무 기뻤습니다. 그리고 다시 살아 돌아온 것뿐만 아니라 아름답고 영리한 아가씨를 데리고 온 것이었습니다. 그리고 성대한 결혼식을 올렸습니다. 왕자는 아름다운 마르자와 결혼해서 그녀와 행복하게 만족하며 살았습니다.

이와야 사자나미 역

"자, 그럼 이제는 여기에 더 이상 볼일은 없소, 빨리 나의 성으로 갑시다." 하고 왕자는 마르자의 손을 잡고 마왕의 성을 나와서 자신의 성으로 돌아가자, 거기에는 왕도 기다리고 있었습니다. 왕자가 무사히 돌아온 것을 기뻐하며 같이 데리고 온 아가씨를 왕자를 구해낸 공을 높이 사 그대로 왕자의 아내로 추천하여 성대한 결혼식을 올리고 한때는 대단한 성황을 이루었습니다.[44]

방정환 역

왕자님과 둘이셔 광마다 열어 보닛가 송쟝이 둘씩 셋씩 잇셧스나 아모리 약을 먹여도 죽은지 스무하루가 지난 모양이여셔 아모도 사라나지를 못하엿습니다. 맨 나종에 한광을 여닛가 거긔 반가운 반가운 두 언니가 누어 잇셧습니다.

---

44 〔일본어 원문〕
「でわもう此処に用わ無い。早く私の城え行こう。」と、王子わマルザの手を取つて、やがて魔王の棲所を出て、自分のお城え帰りますと、此処に王様も待つて居らしつて、王子の無事をお喜びになり、また一所に連れて来た娘わ、王子を助け出した手柄によつて、そのまま王子のお妃に挙げられ、盛んな御祝もありまして、一時わ大層な賑いでありました。

물론 여긔 온 지가 스므날이 되지 아니 하닛가 약을 흘녀 너어셔 살려내엿습니다. 꼿 갓흔 색씨 형뎨는 거긔셔 반갑게 맛나셔 엇지 죠하하는지 몰낫습니다. 나아가는 길은 왕쟈님이 잘 알고 잇셧슴으로 왕쟈님과 색씨 삼형뎨는 오래간만에 밧갓 세상에 나와셔 우션 산 밋 죠부님에게로 갓습니다. 돈이 만하셔 집도 죠아지고 살님도 넉넉하여졋스나 숀녀딸 생각을 하고 늙은 로인은 혼쟈 울고 잇셧습니다. 그리다가 일시에 도라온 삼형뎨를 보고 엇지할지를 모르게 죠와하엿습니다. 오래간만에 맛난 네 식구가 반가웁고 깃븜에 날뛰느라고 왕쟈님이 대궐로 도라가신 것도 모르고 떠들고 잇셧습니다.

이와야 사자나미 역에서는 언니들이 마왕에게 잡아먹혔기 때문에 구해낼 수가 없었고 결국 어떻게 되었는지도 모른 채 마르자는 마왕을 퇴치한 후 왕자와 탈출한다. 그러나 원작에서는 왕자뿐만 아니라 언니 둘을 포함한 아아에게 죽임을 당한 모든 사람들을 구해 내어 보물까지 챙겨 주고 고향으로 돌려보낸다. 원작의 착한 마음씨를 가진 마르자가 이와야 사자나미 역에서는 전혀 묘사되어 있지 않은 것이다.

방정환 역에서는 왕자를 살려낸 후 같이 언니들을 찾아 내어 약으로 살려 낸다. 이와야 사자나미 역에서는 죽은 후 아무리 오래되어도 살려낼 수 있는 약임에도 불구하고 언니들을 살려 내는 장면은 보이지 않고 전반에서 아아에게 잡아먹힌 후 마지막까지 언니들을 찾는 장면 또한 보이지 않는다. 그에 반해 방정환 역에서는 21일 이내라는 한정된 기일 이내가 아니면 죽은 사람을 살려낼 수 없다는 설정임에도 불구하고 언니들을 포기하지 않고 찾아낸다. 그러나 그 제약 때문에 다른 아가씨들을 구해내지는 못한다. 왜 21일이라는 설정을 만들어 냈는지 그 이유는 알 수 없지만 더욱 긴박감을 자아내는 설정임에는 분명하다. 여하튼 원작의 착한 마르자가 방정환 역에서도 동일하게 묘사되어 있는 것이다.

그러나 결말 부분에서 원작과 이와야 사자나미 역에서는 마르자와 왕자 두 사람이 성으로 돌아와 바로 결혼을 한다는 스토리로 되어 있지만 방정환 역에서는 언니들과의 재회를 우선시하고 그 이후에도 혼자 남겨진 할아버지 곁으로 돌아가 함께 기쁨을 나눈다는 장면으로 개작되었다. 이렇게 방정환 역에서는 가족애가 중심 테마라는 사실을 알 수 있다.

그리고 [표 4-2]의 ⑩에서 마르자가 마왕을 퇴치하고 왕자와 언니들을 구해 내는 부분에서 결말 부분까지는 방정환에 의해서 거의 전체가 개작되어 새로운 스토리가 전개되어 있다. 일본어 역에서는 다음과 같이 다시 살아난 마왕이 성의 엄중한 경비를 속이려고 장치 인형을 조정하여 왕자와 마르자 두 사람을 죽이러 가는 장면이 방정환 역에서는 마르자가 아직 성이 아닌 할아버지와 언니들이 있는 집에 있기 때문에 요술왕이 침입하는 방법뿐만 아니라 퇴치하는 과정과 방법 또한 다르다.

그 예를 다음 텍스트에서 확인해 보도록 하자.

이와야 사자나미 역

왕자도 왕비도 이 신기한 장치 인형이 아주 마음에 들었으므로 그대로 옆에 두자 마왕은 해가 지는 것을 기다려 인형의 배에서 살짝 밖으로 빠져 나와 가지고 온 마약병을 높이 들어 올려 흔들었습니다. 그러자 이 마약의 힘으로 왕도 왕자도 부하들도 모두 잠들어 버렸는데 왜인지 왕비인 마르자만 혼자 눈을 뜨고 있었습니다.

〔중략〕 "너를 지금부터 가마솥에 끓여 주마."라고 하면서 부엌 쪽으로 가서 그곳에 있던 큰 가마에 부글부글 물을 끓여서 그 끓어 오른 물속에 잔혹하게 마르자를 던져 넣으려고 했습니다.

〔중략〕 그러자 사방에서 마왕에게 매달렸지만 본디 마술을 쓰는 자였기 때문에 한때는 날뛰고 날뛰어 궁전도 부서지기만 했는데 다수에게는 무력한 터라 드디어 붙잡혀 마르자를 죽이려고 했던 그 큰 가마의 끓인 물속에 오히려 자신이 던져져 빨갛게 익어서 죽고 말았습니다.

그 사이에 또 왕자는 마르자를 도와 일으켰는데 한때는 위험했지만 별로 다친 데도 없어 서로 무사함을 기뻐했습니다. 그리고 그 뒤로는 마왕도 오지 않고 아무런 뒤탈도 없었으므로 두 사람은 사이 좋게 평생 평화롭게 살았습니다. 경사스럽게![45]

방정환 역

그날 밤이엿습니다. 고요히 자든 마르쟈가 언뜻 보닛가 무셔운 무셔운 악마요슐왕이 싯뻘거케 달은 화젓가락을 듣고 두 눈을 호랑이갓치 번쩍어리며 방문을 부스스 열고 드러왓습니다. 그것을 본 마르쟈는 그만 죽는 듯이 깜으라쳣습니다. 다라나려야 다라날 곳도 업고 하는 슈 업시

"하라버지!" 하고 소래를 치러 하엿스나 발셔 요슐왕이 밧삭 와서셔 한숀으로 목줄 듸를 잔득 눌느고 화젓가락을 번적 츅혀 들엇습니다. 〔중략〕

"요년! 요 앙큼한 년! 너 하나는 내가 꼭 밋고 잘- 길너셔 내 안해를 삼으려고 모든 비밀까지 아르켜 쥬엇더니 네가 나를 쥭이고 형까지 왕쟈까지 살려 가지고 도망을가?" 〔중략〕

"에그머니!" 소래를 질넛습니다. 자긔 소래에 자긔가 깜쟉 놀내여셔 눈이 훌

---

45 〔일본어 원문〕
王子もお妃も、この珍しい仕掛人形が、大層気に入りましたので、その儘側に置きますと、やがて日の暮れるのを待つて、例の魔王わ人形の腹から、そつと外え脱け出して、持つて来た魔薬の罎を、高くかざして振りました。するとその魔薬の力で、王様も王子も家来の者も、皆一時に眠つてしまいましたが、何故かお妃のマルザ許りわ、一人眼を覚まして居たのです。
[中略]「貴様をこれから釜煮にしてやるぞ」と、云いながら台所の方え行つて、其所にあつた大釜に、グラグラと湯を沸かし立て、されその沸き上がった湯の中え、無残やマルザを投げ込もうとしました。
[中略]それツと云ふと八方から、魔王に掛つて行きますと、元より魔者の事ですから、一時わ暴れに暴れまわつて、御殿も破れる許りでしたが、多勢に無勢でその中にわ、とうとう皆に取つて抑えられ、マルザを入れて殺そうとした、その大釜の煮湯の中え、却つて自分が投げ込まれて、真赤に成つて死んでしまいました。
その間に又王子わ、マルザを助け起こしますのに、一時わ危い所でしたが、別に怪我もありませんでしたから、互いに無事を喜びましたが、これから後わ魔物も来ず、何の祟りもありませんで、二人わ仲睦まして、一生安楽に暮らしました。めでたしく!

쩍 띄여 보닛가 자긔는 머리 위 침대 란간을 붓잡고 이불은 차내여던지고 몸에는 차듸찬 땀이 쭉 흘러 잇셧습니다.

'아아 꿈이여서 다행하엿다— 그러나 정말 그 악마가 살어낫스면 엇져나……' 생각하닛가 몸이 쭙볏하엿겻습니다.

〔중략〕 뒷겻에 가셔 버드나무 가지를 꺽거 들고 삽풋삽풋 다시 와셔 언니 방을 드려다 보닛가 둘재 언니는 잔득 결박을 당하햐 쓰러졋고 정말 요슐왕이 지금 버둥버둥하는 큰언니를 빗그러 매고 잇섯습니다. 마르쟈는 얼른 그 버드나무 가지로 요술왕의 귀를 건드리닛가 요슐왕은 그만 큰언니를 묵든 끈을 스르르 노코 쓰러졋습니다.

〔중략〕 왕쟈님이 그 소식을 드르시고 병정 여덜 사람을 보내여 가져 오라 하서셔 그 요슐왕은 끌는 기름 쇽에 너셔 죽이셧습니다. 그 후부터는 산 쇽에 잡혀 가셔 죽는 사람이 업게 되엿습니다.

그후 닐헤채 되든 날 나라님 분부로 마르쟈를 다리다가 왕쟈님의 색씨를 삼으시고 그 날 그 나라에 뎨일 큰 잔채를 여셧습니다. 일반 백셩은 장사와 사무를 쉬이고 이 날을 질겁게 보내엿습니다. 그 후에 두 언니 색시도 다 각각 나라님의 분부로 조코 훌륭한 곳으로 싀집 보내시고 늙은 로인은 대궐 뒤 죠그마한 별당에셔 한가히 지내게 하셧습니다고요.

마지막 부분에서 원작과 일본어 역에서는 마왕이 마르자를 죽이려고 하자 왕자가 구해낸다는 장면이 있지만 방정환 역에서는 마르자 자신이 아아에게 죽임을 당할 뻔한 것은 단지 꿈이었을 뿐 마르자가 직접 아아에게 잡힌 언니들과 할아버지를 다시 구해 낸다는 식으로 개작되었다. 방정환 역의 마르자는 원작과 일본어 역에서 그려진 마르자보다 훨씬 지혜롭고 또한 강인하다. 염희경(2007)은 이 작품도 「난파선」과 마찬가지로 민족주의 사상을 독자들에게 내면화시키고자 한 작품이라고 논했다.[46] 그렇다고 한다면 다른 누구의 힘도 빌리지 않고 가족과 나라를 지키고자 마지막까지 활약하는 주인공의 모습에 당시 조선의 어린이들의 모습을 겹쳐 묘사하고자 한 의도가 작용했을 수도 있다. 마지막까지 평화를 구하고자 싸우던 마르자 자신뿐만 아니라 언니들과 할아버지까지도 행복하게 살게 된다는 최고로 이상적인 결말로 매듭지어져 있다. 이것이 방정환이 염원하던 민족 해방의 모습이었던 것이다.

마. 결론

이와야 사자나미 역 「마왕 아아(魔王ア、)」는 이와야 사자나미에 의해 특색 있는 오토기바나시로 개작된 부분이 많이 보여진다. 그에 반에 방정환 역 「요슐왕 아아」는 자신의 창작을 더하거나 부분적으로 개작을 함으로써 근대 동화의 성격이 강해졌다고 할 수 있다. 박현수(2006)는 1920년대에 번역되어 발표된 「신데렐라」 이야기를 예를 들어 원작과 다른 이러한 번역의 특징은 당시 한국에서의 번역동화의 정착 과정으로 민담이 근대라고 하는 시대에 맞춰 동화로 변용되어 가는 과정을 의미한다고 논했다.[47] 이것은 방정환 역 「산드룡의 류리구두」에서만 보여지는 특징이 아니다. 이 작품 「요슐왕 아아」에서도 민담의 비인과적인 요소가 인과적으로 변형되어 어린이들이 더욱 이해하기 쉽도록 현실성을 부가한 부분이 많이 보인다.

거기에다 등장인물의 성격을 보다 인간미를 느낄 수 있는 인물로 바꾸고 가족애를 중심적인 테마로 하는 등의 변용이 부가되었다. 또한 민담에서 많이 보여지는 잔인한 장면을 삭제하여 어린이들을 위한 더욱 동화다운 동화를 만들고자 한 노력이 엿보인다.

그리고 염희경이 말한 민족 해방을 추구하는 방정환의 염원이 담겨져

---

46 염희경, 「소파 방정환 연구」, 134쪽.
47 박현수, 「산드룡, 재투성이 왕비, 그리고 신데렐라」, 277쪽.

있어 일본어 역보다 한층 더 현명한 주인공을 만들어 낸 것이다.

3) 마무리

로라 곤젠바하의 원작에서는 이야기의 중간중간에 '그러자 어떻게 되었을까요'라는 주창 문구와 마지막에 '그리고 우리는 여기에'라는 형태로 메르헨의 특징을 가진 주창 문구를 볼 수 있다. '민중의 입으로부터 수집한 시칠리아의 메르헨'은 이야기꾼의 말투를 그대로 살려 시칠리아에서 직접 듣는 듯한 흐름으로 충실히 쓰여진 참된 메르헨이라고 할 수 있을 것이다.

그러나 메르헨의 큰 특징을 보여주는 주창 문구가 이와야 사자나미 역에서는 보여지지 않는다. 그것은 메르헨에서 오토기바나시로 변화했기 때문이라고 할 수 있을 것이다. 이와야 사자나미 역 「마왕 아아(魔王アヽ)」는 이와야 사자나미에 의해 특색 있는 오토기바나시로 개작된 부분이 많아 '들려 주기 위한 메르헨'이라기보다는 '읽기 위한 오토기바나시'로써 새로이 탄생한 것이다. 그러나 원작에서는 보여지지 않는 잔인한 장면이 더해져 '민담의 요소'가 더욱 강해진 부분이 있는 것도 사실이다.

방정환은 이와야 사자나미의 오토기바나시에 자신의 창작을 더하거나 부분적인 개작을 함으로써 한국적인 근대 동화의 성격을 가진 작품 「요술왕 아아」를 만들어 냈다. 등장 인물의 성격을 보다 인간미 넘치는 성격으로 설정을 바꾸고 가족애를 중심적인 테마로 하는 등의 변용을 가미했다. 또한 잔인한 장면을 삭제하여 어린이들에게는 민담의 잔인한 부분을 생략한 동화다운 동화를 제공하고자 노력한 사실이 엿보인다. 이러한 어린이들을 위하는 마음에서 형성된 방정환의 동화관이 한국적인 근대 동화를 탄생시켜 이와야 사자나미의 번역을 넘어서 원작에 보다 근접하는 결과를 낳은 것이다. 그리고 거기에는 염희경이 말하는 방정환의 민족 해방의 염원이 담겨져 원작과 이와야 사자나미 역보다 한층 더 현명하고 강인한 주인공을 만들어 낸 것이다.

5. 나오기

이상과 같이 본 장에서는 단행본 『쿠오레(クオレ)』(마에다 아키라 역, 1920)와 『당나귀 가죽(驢馬の皮)』(쿠스야마 마사오 역, 1920) 그리고 『세계 오토기바나시(世界お伽噺)』(이와야 사자나미 역, 1907) 세 권의 단행본에서 『사랑의 선물』의 세 작품에 대한 저본을 찾아 비교 분석을 함으로써 각 작품의 저본임을 검증했다. 먼저 『쿠오레』에서는 「난파선(難破船)」이 『사랑의 선물』의 첫 작품인 「란파션」의 저본이 되었다는 사실을 검증했다. 그리고 『당나귀 가죽』의 한 작품인 「산드리용 이야기, 별명, 유리구두(サンドリヨンの話, 又の名, ガラスの上靴)」가 『사랑의 선물』의 두 번째 작품인 「산드룡의 류리구두」의 저본이라는 사실에 대해서 고찰하고, 나아가 『세계 오토기바나시』의 97번째 작품 「마왕 아아(魔王アヽ)가 『사랑의 선물』의 네 번째 작품인 「요슐왕 아아」의 저본이라는 사실을 확인했다. 작품들의 검증에서는 저본으로 추정되는 일본어 역과의 비교 분석을 행하여 방정환 역이 일본어 역에서 어떻게 변용되어 어떠한 특징을 가지게 되었는지에 대해서 고찰했다.

『쿠오레』와 『당나귀 가죽』은 두 작품집 다 '가정독물간행회(家庭読物刊行会)'가 각각 1920년 6월과 9월에 발행하였다. 전자는 '세계소년문학명작집(世界少年文學名作集)' 시리즈 제12권으로, 후자는 '세계동화명작집(世界童話名作集)' 시리즈 제1편으로 간행되었다. 제2장에서 이미 언급했듯이 방정환이 일본에 건너간 것은 1920년 9월이다. 『사랑의 선물』을 번역하여 편집한 것은 일본에 건너가서부터 다음 해 말까지였다. 일본에 건너자마자 간행된 지 얼마되지 않은 두 작품집을 발견했다는 것이 된다.

『쿠오레』와 『당나귀 가죽』의 번역자는 두 사람 다 본 연구 제3장과 제4장에서 언급한 아동잡지 『킨노후네』와 '모범가정문고' 시리즈와도 적지 않은 관련이 있으므로 거기에서 이미 책 제목을 알고 있었을 가능성이 높다. 그러나 그 이전에 '가정독물간행회'를 주시하고 있었을 가능성 또한 배제할 수 없다.

『당나귀 가죽』의 마지막 페이지에는 '가정독물간행회'의 출판물에 대한 광고란이 2페이지에 걸쳐 마련되어 있다. 어느 쪽을 먼저 발견하여 번역을 시작했다고 하더라도 같은 발행소이자 같은 출판사이므로 이러한 광고란에서 다음 작품 선정의 힌트를 얻을 수 있었다는 사실을 쉽게 짐작할 수 있다.

마에다 아키라 역 『쿠오레』에서는 작가가 실제로 어린이들을 키우고 있는 부모로서 또한 아동문학을 짊어지고 있는 작가로서 어떠한 작품을 어린이들과 어른들에게 제공해야 할지를 진지하게 생각했었다는 사실을 잘 엿볼 수 있다. 그리고 어린이들을 교육하는 입장에 선 그에게 느껴졌던 어린이들을 위한 일, 어른들이 가져야 할 애정이란 어린이들에게 '용기'와 '희생', 그리고 '타인에 대한 배려'를 가르쳐 주는 일이었다는 사실이 잘 나타나 있다. 방정환도 그러한 마에다 아키라의 생각에 공명하여 당시 조선의 어린이들에게 '용기'와 '희생', 그리고 '타인에 대한 배려'의 중요성을 전하고자 「난파선(難破船)」이라는 작품을 선정한 것으로 보인다.

그리고 쿠스야마 마사오 역 「산드리용 이야기, 별명, 유리구두(サンドリヨンの話, 又の名, ガラスの上靴)」에서는 원작과 같이 민담의 특징이 많이 보여지는 것에 반해 방정환 역 「산드룡의 류리구두」에는 가족과 공동체를 의식한 부분이 적지 않게 보여져 방정환 동화의 특색이 엿보였다.

이와야 사자나미의 『세계 오토기바나시』의 작품에서는 유쾌하고 재미있으며 또한 누구나 알기 쉽고 친근한 작품, 그중에서도 특히 「마왕 아아(魔王ア、)」라는 작품을 선정하여 번역했다. 방정환 역 「요술왕 아아」에서는 이와야 사자나미 역에는 없는 부분이 방정환의 독특한 개작에 의해 많이 보여지고 「산드룡의 류리구두」와 마찬가지로 민담에서 방정환 동화로 변용되어 가는 과정의 일면이 많이 나타나 있다고 할 수 있다.

제6장
아동잡지 『오토기노세카이』와 『도우와』에서의 번역 작품

1. 들어가기

제3장에서 살펴본 것처럼 방정환이 『사랑의 선물』을 집필할 당시 잡지 『킨노후네(金の船)』에서 많은 도움을 받았다. 그렇다면 방정환은 『킨노후네』가 아닌 다른 잡지에서도 작품 선정에 도움을 받았을 가능성이 크다고 할 수 있다.

이러한 추정에서 『킨노후네』 이외의 잡지를 조사한 결과, 먼저 『오토기노세카이(おとぎの世界)』 제3권 제5호(1921.5)에서 『사랑의 선물』의 아홉 번째 작품 「마음의 꼿」과 동일한 제목의 작품인 후쿠나가 유우지(福永友治)의 「마음의 꽃(心の花)」이란 작품을 발견할 수 있었다. 이 작품은 『사랑의 선물』의 목차에도 유일하게 원작국명란이 '미상'으로 되어 있고 스토리도 거의 알려져 있지 않은 작품이어서 그 저본을 찾아내는 일은 쉽지 않았다. 그러나 필자가 확인한 결과 스토리가 일치하는 점과 이 작품 이외에 유사한 작품이 없는 관계로 후쿠나가 유우지의 작품 「마음의 꽃(心の花)」이 방정환이 번역한 「마음의 꼿」의 저본일 가능성이 높다고 판단했다. 『오토기노세카이』 제3권 제5호의 목차에는 「마음의 꽃(心

の花)」이 '동화'로 분류되어 있지만 여기에도 원작국명과 원작자에 대한 정보는 전혀 기록되어 있지 않다. 방정환이 원작국명란에 '미상'으로 표기한 이유가 여기에 있을 것으로 보여진다.

한편 『아카이토리(赤い鳥)』와 『킨노후네』와 어깨를 나란히 하는 다이쇼시대의 3대 아동문예지로 불리던 또 하나의 잡지는 『도우와(童話)』이다. 잡지명이 '동화(童話)'라는 점에서도 방정환의 시선을 끌기에는 충분했을 것이다. 그리하여 창간호에서부터 목차를 중심으로 하여 게재된 작품을 조사한 결과 『도우와』 제2권 제10호(1921.10)에서 『사랑의 선물』의 마지막 작품 「꽃 속의 작은이」의 저본으로 추정되는 작품을 발견할 수 있었다. 하마다 히로스케(濱田廣介: 1893~1973)가 번역한 「장미 소인(薔薇の小人)」이라는 작품이다. 이 작품이 저본이었을 것으로 추측하는 이유에 대해서는 후술하고자 한다. 방정환 역 「꽃 속의 작은이」는 후일 1937년 8월 4일부터 6일까지 세 번에 나누어서 《매일신보》에 안데르센에 대한 소개와 함께 연재되어 재차 독자들에게 읽혀지게 된다.

방정환이 『사랑의 선물』의 작품 번역을 마무리한 것은 1921년 말이다.[1] 그리고 앞서 기술한 저본으로 추정되는 일본어 역 두 작품 중 「마음의 꽃(心の花)」이 『오토기노세카이』에 발표된 것은 1921년 5월이며, 「장미 소인(薔薇の小人)」이 『도우와』에 게재된 것은 같은 해 10월이다. 이 부분에서 「마음의 꽃」과 「꽃 속의 작은이」 두 작품이 열 편의 작품 중 아홉 번째와 열 번째 작품으로써 나란히 배치된 이유를 추측해 볼 수 있다. 즉, 이 두 작품은 방정환이 열 편의 작품을 선정하여 번역해 간 과정에서 제일 마지막에 발견한 작품인 것이다. 열 편의 작품 모두를 발견한 순서대로 배치했다고는 단언할 수 없지만 이 두 작품에 한해서는 그럴

1 이 시기에 대해서는 제2장의 각주에서 간략하게 논했지만 『사랑의 선물』의 첫 페이지에 실려 있는 방정환의 집필 동기와 같은 글의 마지막 부분에 쓰여 있는 '신유년(辛酉年) 말에'라는 부분에서 알 수 있다.

가능성이 높다고 볼 수 있다.

본 장에서는 『오토기노세카이』와 『도우와』 두 잡지에 게재된 이 두 작품을 방정환 번역동화의 저본으로 추정하여 작품을 비교 분석함으로써 방정환 번역의 특징을 고찰하고자 한다.

2. 『오토기노세카이』에서 「마음의 꼿」

1) 아동잡지 『오토기노세카이』와 「마음의 꽃」 원작의 문제

『오토기노세카이』는 오가와 미메이(小川未明: 1882~1961)의 감수로 1919년 4월에 창간되어 9월호까지 오가와 미메이의 이름이 잡지의 표지를 장식했다. 제7장에서도 방정환의 동화론(1923)과 오가와 미메이의 동화론(1921)의 영향 관계에 대해서 상세히 고찰하겠지만 『사랑의 선물』 출판 준비를 하고 있었던 방정환은 이미 오가와 미메이의 이름을 알고 있었을 것으로 보인다. 오가와 미메이는 스물세 살 때부터 소설을 쓰기 시작하여 와세다대학에 재학 중일 때 이미 신진 작가로서 인정받고 있었다. 와세다대학을 졸업한 다음 해인 1906년에 와세다문학사(早稲田文学社)에 들어가 시마무라 호게쯔(島村抱月: 1871~1918)의 지도하에서 잡지 『소년문고(少年文庫)』를 편집했다.[2] 시마무라 호게쯔는 이 잡지에 오가와 미메이의 동화를 실었고 그것을 계기로 오가와 미메이의 동화작가로서의 인생이 시작된다. 오가와 미메이는 『아카이토리』를 중심으로 다이쇼 시대의 거의 모든 아동잡지에 동화를 발표하였고 1921년 《동경일일(東京日日)》과 『와세다문학(早稲田文学)』에 '소설의 붓을 끊고 동화 문학에 전

2 船木枳郎, 『小川未明童話研究』, 研文館, 1954, 2쪽.

념할 것이다'라고 '동화 선언'을 했다.[3] 이렇게 방정환이 일본에 건너가 체재했을 당시 오가와 미메이는 동화 문학에서의 지위를 확실하게 구축하였던 것이다. 오가와 미메이의 이름만으로도 『오토기노세카이』는 방정환의 시선을 끌기에 충분했을 것이다.

토리고에 신(鳥越信, 1984)은 일본 아동문학사에서 『오토기노세카이』의 위치에 대해서 동 잡지는 『아카이토리』의 성공을 직접적인 계기로 하여 창간되었다는 사실은 틀림없지만 단순한 모방 잡지는 아니었다고 논했다.[4] 나아가 "『오토기노세카이』만의 독특한 분위기가 있었으며 야마무라 보쵸(山村暮鳥: 1884~1924)로 대표되는 기독교적인 분위기, '새로운 마을(新しき村)'의 작가들로 대표되는 인도주의적인 분위기, 그리고 '러시아동화호(ロシア童話号)'와 '폴란드동화호(ポオランド童話号)'와 같이 같은 유럽이라도 영국과 독일과는 다른 나라들을 주목한 기획 등을 살펴보면 거기에는 편집자 이노우에 타케이치(井上猛一: 1895~1996)[5]가 걸어온 사상이 투영되어 있다"[6]고 『오토기노세카이』를 높이 평가했다.

『오토기노세카이』는 1919년 4월에 창간되었으나 1920년에 일본으로 건너간 방정환이 창간호로 거슬러 올라가 이 잡지를 숙독했는가에 대해서는 조사할 방법이 없다. 그러나 위에서 언급했듯이 『오토기노세카이』 제3권 제5호(1921.5)에는 『사랑의 선물』 아홉 번째 작품의 저본으로 단정할 수 있는 후쿠나가 유우지의 「마음의 꽃(心の花)」이라는 작품이 수록되어 있다. 『오토기노세카이』 제3권 제5호 목차에는 '동화'라고 분류되어 있을 뿐 이 작품에 관해서도 작가 후쿠나가 유우지에 관해서도 아

---

3 船木枳郎, 위의 책, 13쪽.

4 스즈키 미에키치(鈴木三重吉)가 『오토기노세카이(おとぎの世界)』 『코도모잡지(こども雑誌)』 『킨노후네(金の船)』의 세 잡지에 대해서 『아카이토리(赤い鳥)』를 흉내낸 '세 마리의 원숭이'라고 비판하여 당시 큰 화제가 되었던 사실에 대해서는 제3장 2절에서 논하였으므로 그 부분을 참조 바람.

5 후일 오카모토 분야(岡本 文弥)라는 이름으로 개명하여 그 이름으로 더욱 유명했다.

6 鳥越信, 「『おとぎの世界』の位置」, 『雑誌『おとぎの世界』復刻版別冊』, 岩崎書店, 1984, 13쪽.

[그림 5-1] 『오토기노세카이(おとぎの世界)』 표지

무런 정보가 기록되어 있지 않다. 그러므로 이 작품을 번역동화라고 단정 짓기도 어렵다. 또한 창간호에서 제3권 제12호(1921.12)까지의 목차를 모두 조사해 본 결과 후쿠나가 유우지에 의한 작품은 「마음의 꽃(心の花)」 한 작품뿐이었다. 그러므로 후쿠나가 유우지 작품군의 경향 등에 관해서 추측하는 것은 어렵다.[7] 위에서 언급한 것처럼 『사랑의 선물』 목

7 필자는 『일본근대문학대사전(日本近代文学大事典)』을 조사했지만 후쿠나가 유우지(福永友治)라는 이름을 발견하지는 못했다. '유우지(友治)' 혹은 '토모하루(友治)'를 필명이라는 전제하에 후쿠나가 반카(福永挽歌: 1886~1936)와 후쿠나가 쿄스케(福永恭助: 1889~1971) 두 사람의 가능성을 생각해 보았다. 먼저 후쿠나가 반카는 시인이자 소설가이며 번역가이다. 본명은 키요시(渙)이며 별호는 후유우라(冬浦)였다. 1908년에 와세다대학 영문과를 졸업하여 일찍부터 『와세다문학(早稲田文学)』 『문장세계(文章世界)』 등에 시와 소설을 발표했고, 산문시 27편을 『습작(習作)』(岡村盛花堂, 1912)에 정리했다. 소설집은 조금 늦은 감이 있지만 『밤 바다(夜の海)』(東京評論社, 1920)가 첫 작품이자 유일한 소설집이었다. 번역으로는 듀마의 『춘희(椿姫)』(石渡正文堂, 1915)가 있다. 후쿠나가 쿄스케(福永恭助)도 소설가이긴 하지만 국자국어문제 연구가(国字国語問題研究家)이기도 했다. 해군 생활에서 취재한 소년을 대상으로 한 해양 소설(海洋小説)과 전기소설(戦記小説)을 『소년구락부(少年倶楽部)』 등에 발표하였고 해양 소설의 번역도 있다.(日本近代文学館編 『日本近代文学大事典』 第3号, 講談社, 1977)

차에는 각 작품에 대한 원작국명이 기록되어 있지만 이 작품에 한해서는 '미상'으로 표기되어 있다. 그 때문에 이 작품의 원작은 물론 일본어본의 저본을 찾기는 아주 어렵다고 볼 수 있다.

2) 작품 분석

(1) 줄거리

후쿠나가 유우지 작 「마음의 꽃(心の花)」은 '옛날 어느 나라에'로 시작되고 있어 옛날이야기와 같은 요소를 포함하고 있다. 줄거리는 다음과 같다.

> 옛날 어느 나라에 현명하고 어진 임금님이 있었다. 임금님의 나라는 작았지만 아주 아름답고 백성들은 부유한 생활을 하고 있었다. 백성들의 욕심을 걱정한 임금님이 나라의 축일인 4월 15일에 백성들을 시험하고자 '마음의 꽃'이라는 꽃의 꽃씨를 나누어 준다. 그 꽃씨는 마음이 착하고 순수한 사람에게는 아주 아름다운 꽃이 피는데 1년 후에 가장 아름다운 꽃을 피운 사람에게는 10만 엔을 상으로 준다고 한다. 백성들은 기뻐하며 꽃을 피우고자 한다. 병이 든 어머니와 둘이서 가난한 생활을 하던 마링그도 정성을 다해서 꽃을 키우지만 1년이 지나도 싹이 나지 않았다. 1년이 지난 후 임금님이 나라 안을 돌며 백성들이 보여주는 아름다운 꽃을 확인하지만 왠지 슬퍼하기만 한다. 해가 질 무렵 임금님은 자기만 마음이 착하지 않기 때문에 꽃을 피우지 못했다고 울고 있는 마링그를 발견하게 된다. 임금님은 꽃을 피우지 못한 마링그의 꽃이 가장 아름

두 사람 다 가능성이 있다고도 볼 수 있지만 또한 가능성이 없다고도 볼 수 있다. 현 단계에서는 후쿠나가 유우지에 대해서 더 이상 조사할 방법을 찾을 수가 없지만 앞으로의 과제로 남겨두고자 한다.

답다고 상을 준다. 사실은 '마음의 꽃' 꽃씨는 철로 만들어진 것으로 꽃을 피울 리가 없는 씨앗이었다. 솔직하고 마음이 착한 마링그가 임금님에게 칭찬을 받자 욕심 많은 백성들은 부끄럽게 여기고 사람은 항상 솔직하고 반듯하게 살아야 한다는 것을 깨닫게 된다.

방정환의 「마음의 꽃」도 전체적인 내용은 거의 비슷하다. 그러나 인물 묘사에서 등장인물의 착한 마음을 강조하는 부분은 다른 번역 작품과 다르지 않다. 다음의 도입부에서도 그러한 부분이 보여진다.

(2) 도입부

아래에서 알 수 있듯이 후쿠나가 유우지 작품과 방정환 역의 도입부는 내용면에서는 거의 같다. 그러나 후쿠나가 유우지 작품에서의 임금은 '세상 누구보다도 현명하다고 칭송받는 임금님'으로만 묘사되어 있는 반면 방정환 역에서는 '어질고 착하신 나라님'으로 '현명함'에 덧붙여 '착함'이 가미되어져 있다.

후쿠나가 유우지 작

옛날 어느 곳에 현명한, 세계 어느 누구보다도 현명하다고 칭송받는 임금님이 있었습니다. 그 임금님의 나라는 그림을 그린 듯이 아름답고 신기한 경치로 가득한 나라였지만 실은 아주 작은 나라로 성의 높은 곳에서 내려다 보면 그 나라의 구석구석까지 보일 정도로 작은 나라였습니다.

그리고 그곳에 살고 있는 백성들은 항상 아름다운 옷을 입고 놀고 있었는데 단지 일년 중에서 봄과 가을에만 일을 했습니다. 〔중략〕 그리고 백성들은 아직 한 번도 '시험'에 들어 본 적이 없었습니다. 그보다 '시험'이라는 것이 무엇인지도 몰랐습니다. 그렇기 때문에 지금 자신이 하고 있는 일은 어떤 일이든지 다들 좋다고 여기고 있었고 또한 그 부유한 나라에서는 누구나가 원하는 것은 다 이루어졌습니다. 그러나 가장 나쁜 것은 이 나라의 백성들은 부자가 가장 잘난 척할 수 있는 현명한 사람이라고 생각했습니다. 그것이 현명한 임금님을 가장 슬프게 했습니다.[8]

방정환 역

녯날 녯적 어느 나라에 어질고 착하신 나라님이 한 분 계셧습니다. 그 나라님이 다스리시고 계신 나라는 그리 넓지는 아니한 조곰아한 나라엿스나 경치던지 무엇이던지 그린 그림갓치 아름답고 깻긋한 죠흔 나라엿습니다. 그리고 토지가 몹시 기름져셔 곡식이 잘 되는고로 일반 백성들은 늘 죠흔 옷을 닙고 늘 죠흔 음식을 먹고 놀면서 일이라고는 일년에 봄과 가을 두 번밧게 하지 안앗습니다. 〔중략〕 그럿케 백성들이 살님이 부자롭고 구차한 꼴이 업시 평호롭게 지내이는 것이 나라님 마음에는 대단히 깃거우신 일이엿습니다. 그러나 그 대신 다른 죠흔 일이나 지식이 적고 다만 돈 만흔 것을 뎨일로 알고 돈만 만흐면 귀하고 죠흔 줄 아는 것이 나라님께셔 늘 심려하시며 늘 걱정하시는 일이엿습니다.

뭐든지 손에 넣을 수 있고 거기에서 오는 물질만능주의적인 백성들을 보고 슬퍼하며 고심하는 후쿠나가 유우지 작품의 '임금님'과 조금 달리, '백성들이 살림이 부자롭고 구차한 꼴이 없이 평화롭게 지내는 것이 나

8 〔일본어 원문〕
昔或処に賢い、それは世界の誰よりも賢いと云はれた王様がありました。その王様のお国と云つたら絵にでも書いた様な奇麗な珍しい景色に富んだと国でありますが、然し実に小さいお国でお城の高い櫓から見下ろせば国の隅々迄見えるやうな狭いお国でした。
そしてそこに住んでゐる人民と云つたら、いつも美しい着物を著て遊んでゐて、只一年の内春と秋とだけしか働きませんでした、〔中略〕そして人民共はまだ一度も「試み」と云ふものに逢つたことがありませんでした、第一「試み」と云ふものがどんなものか解かりませんでした、ですから只自分のしてゐる事はどんなことでも皆いいのだと思つてゐますし、又この富んだ国では誰も誰も思ふことが叶ひました、けれども一番悪いことにはこの国の人達はお金持が一等威張れる賢い人だと思つてゐました、それが最も賢い王様を悲しませてゐました。

라님 마음에는 대단히 기쁜 일이었습니다'라는 식으로 '어짐'뿐만 아니라 '착한' 면도 있는 '나라님'으로서 설정되어 있다. 방정환의 번역 작품에는 '아주 마음이 착한' 인물이 반드시 등장한다. 나쁜 사람의 나쁜 짓에 대해서는 보다 강조하는 경우도 있지만 잔인한 부분에 있어서는 삭제하는 경우가 많다. 한편 '좋은 사람'은 몇 배로 더 좋은 사람으로 설정한다는 특징이 있다. 그러한 점은 다음 절에서도 엿볼 수 있다. 그리고 여기에서는 후쿠나카 유우지 작품에서 강조하고 있는 '시험'에 대한 내용이 방정환 역에서는 모두 삭제되었다는 것을 알 수 있다. 물질만능주의에 빠져 있는 백성들을 '시험'에 들게 한다는 것에 중점을 둔 후쿠나가 유우지 작품에 반해서 방정환 역에서는 백성들의 안정적인 생활에 대한 임금님의 기쁨을 보다 강하게 표현하고 있다.

다음 부분에서는 대화의 형식을 그대로 답습하고 있다는 사실이 흥미롭다. '갑'과 '을'을 들어서 마을 사람들의 대화 형식을 설정하고 있는 것은 후쿠나가 유우지 작품과 일치한다.

후쿠나가 유우지 작

어느 틈에 봄이 숲을 빠져나와 먼 산에서 멀리 멀리 지구의 끝으로 도망쳐 나이팅게일을 데리고 여름이 찾아왔습니다.

백성들은 모두가 일하는 것을 그만두고 무엇을 하면서 놀면 좋을까 하고 그것만 생각하고 있었습니다. 그리고 봄밤에 심어 놓은 '마음의 꽃' 이야기는 매일매일 온 나라 안 사람들의 입에서 시끄러울 정도로 나왔습니다.

갑 "그 댁에서는 싹이 나왔습니까?"

을 "나왔지요. 훌륭한 수정과 같은 싹이 나왔습니다. 그런데 그 댁에서는……"

갑 "우리 집에는 다이아몬드 같은 빛을 가진 싹이 나왔습니다."[9]

방정환 역

어느 틈에 봄도 점으러 바리고 샛파란 녀름이 왓습니다. 백셩들은 발셔 일들을 그치고 인제는 매일 놀러 나다니며 모이면 마음의 꽃 이애기를 하게 되엿습니다.

갑 "당신 댁에는 잘 큼닛가?"

을 "크고 말고요 훌륭한 싹이 나와셔 작고 큼니다. 당신 댁에는 잘 큼닛가? 얼마큼이나 컷슴닛가?"

갑 "우리집 것은 슈졍갓치 깨끗한 싹이 금방 금방 커감니다."

후쿠나가 유우지 작에는 '나이팅게일을 데리고 여름이 찾아왔습니다' 라는 부분이 있는데 방정환 역에서는 그러한 묘사가 생략되고 간결하게 '여름이 왔습니다'로 번역되어 있다. '나이팅게일'은 항상 가난한 사람들과 병든 사람들에게 아름다운 소리로 노래를 들려주어 사람들을 위로한다는 작은 새 나이팅게일을 말한다. 병든 왕을 구한다는 안데르센 동화 「나이팅게일」(1844)과 젊은 청년을 사랑하게 된 작은 새 나이팅게일이 그 청년의 연인에게 바치는 빨간 장미를 자신의 죽음으로 전하는 헌신적인 사랑이야기인 오스카 와일드의 「나이팅게일과 장미꽃」(1888)을 연상하게 한다. 후쿠나가 유우지의 「마음의 꽃」에도 이러한 안데르센과 오스카 와일드의 착한 '나이팅게일'의 모티프가 사용된 것으로 보

---

9 〔일본어 원문〕

其の内春が森を抜けて山のかなたから遠い遠い地球の端の方へ逃げてナイチンゲールをつれて夏がやつて来ました。

人民は誰も誰も働く事を止めてどんなことをして遊んだらいいかとそればかり考へてゐました、そして春の夜に播いた「心の花」の話は毎日々々国中の人々の口から八釜しい程出ました。

甲「あなたの宅では芽が出ましたか」

乙「出ましたとも、立派な立派な水晶の様な芽が出ました、しかしあなたの宅では……」

甲「私の宅にはダイヤモンドの様な光りをもつた芽が出ました。」

여진다.

그리고 다음 단락에서도 변화가 보인다. '마음의 꽃' 이야기로 떠들썩한 온 나라 안에서는 일을 그만두고 놀거나 '마음의 꽃' 이야기만 나누고 있다. 그러나 방정환 역에서는 봄 일을 제대로 마치고 나서 놀고 있는 것으로 묘사되어 있다. 여기에서는 어른들의 한심스러운 모습을 조금이라도 삭제하여 어린이 독자들에게 성실하고 좋은 사람들의 모습을 보여 주고자 한 것으로 보여진다.

(3) 결말 부분

「왕자와 제비」와 마찬가지로 이 작품에서도 결말 부분에서 많은 변화를 보여 방정환 특유의 개작이 보여진다.

후쿠나가 유우지 작

마링그는 눈물을 흘리며 무릎을 꿇고 앉아 있었습니다. 임금님은 기뻐하며 사타라와 함께 성으로 돌아갔습니다. 그 나라 사람들은 모두 후회를 했습니다. 부끄러웠습니다. '시험'이라는 것을 알게 되었습니다. 사람은 바르게 살지 않으면 안 된다는 것을 알게 되었습니다.[10]

방정환 역

마링그는 절을 공손히 하고 그 함을 집에 어머님 압헤 갓다 노아 달나하엿습니다. 나라님도 그 집에까지 가서셔 만흔 충찬과 만흔 위로를 쥬섯습니다. 병

10 〔일본어 원문〕
マリングは涙をポロポロ落してひざまづいていました、王様は喜び勇んでサラタと共にお城に向つてお帰りに成りました。お国の人達は皆後悔いたしました、はづかしさを感じました。「試み」と云ふことを知りました、人間は正しく生きて行かなければならないと云ふことを知りました。

든 어머님은 나라님이 오신 것을 보고 알는 것도 이져바리고 황망히 이러나셔 나라님께 뵈엿슴니다. 나라님께셔는 여러가지로 모자의 신세를 드르시고 더욱 마링그의 효성에 감동하샤 무한히 깃버하시면셔 이 날은 도라가셧슴니다. 그러는 서슬에 마링그의 어머님은 웬일인지 그때 이러나셔는 다시 누읍지 안어도 압흐지 안케 병이 나으셧슴니다. 그 다음 다음 날 일반 백성 즁에 꼿을 구해다 꼿은 백성은 벌금 백원식에 처하시는 일과 함께 효셩스런 쇼년 마링그는 다만 한 분뿐이신 나라님의 따님과 결혼하야 사위를 삼으실 일을 함께 발표하셧슴니다.

후쿠나가 유우지 작에서는 마링그의 아름다운 마음과 성실함에 대한 감동이 표현되어 있기는 하지만 백성들에 대한 '시험'이 더욱 큰 테마로 '사람은 바르게 살아야 한다'는 교훈성을 가진 결말로 끝나 있다. 그에 반해 방정환 역에서는 마링그의 효심에 감동하고 거짓말을 한 백성들에게는 벌칙을 준다는 것에 중점을 두었다. 또한 올바른 행동을 한 사람에 대한 신으로부터의 기적, 즉 신기하게도 어머니의 병이 낫게 되었다는 신의 힘을 느끼게 하는 듯한 장면이 추가되어 있다. 마지막에는 '산드리용' 이야기와 마찬가지로 가난했던 생활을 벗어나 임금님의 하나뿐인 딸과 결혼을 하는 것으로 지위 상승을 하게 된다는 메르헨을 연상시키는 결말로 바뀌어 있어 아주 흥미롭다. 앞에서도 언급했듯이 사람의 착한 마음이 중요하다는 것을 강조하고자 한 방정환의 교육관과 동화관이 엿보인다.

(4) 결론

여기에서는 필자의 조사에 한해서 볼 때 유사한 스토리로는 유일한 일본어 작품인 후쿠나가 유우지 작 「마음의 꽃(心の花)」을 방정환 역 「마음의 꽃」의 저본으로 추정하고 두 작품을 비교 분석하여 고찰하였다. 그 결과 주인공의 이름과 전체적인 내용의 일치로 보아 후쿠나가 유우지 작 「마음의 꽃(心の花)」이 방정환 역 「마음의 꽃」의 저본임이 틀림없다는 사실을 검증했다. 그러나 후쿠나가 유우지 작은 번역 작품이라는 사실을 증명할 만한 자료를 찾지 못한 관계로 창작인지 번역동화인지에 대해서는 밝히지 못했다.

작품의 비교 분석에서는 다른 작품에서도 자주 보여지듯이 이 작품에서도 방정환 특유의 개작을 확인할 수 있었다. 예를 들어 주인공 마링그가 후쿠나가 유우지 작에서는 '꽃장수'인 것에 반해 방정환 역에서는 '나무꾼' 일을 하여 병 든 어머니를 돌보고 있는 것이나, 후쿠나가 유우지 작에서는 현명한 왕으로 묘사되어 있는 반면 방정환 역에서는 현명한 데다 아주 착한 왕이라고 묘사되어 있는 부분 등이다. 1920년 당시 조선은 거의 모든 사람들이 아주 가난한 생활을 하고 있었으므로 '나무꾼' 일을 하는 사람은 적지 않았을 것으로 보여진다. 옛날이야기에서 자주 등장하는 '할아버지는 산으로 나무를 하러 가고, 할머니는 강으로 빨래를 하러 간다'는 식의 풍경 묘사가 당시 조선에서는 여전히 자주 보여지는 풍경이었을지도 모른다. 그래서 당시로는 동화의 세계 속에서나 있을 법한 '꽃장수'보다는 '나무꾼' 쪽이 더 친근감을 느끼게 해 주었음에 틀림없다.

그러나 이러한 생활감이 느껴지는 부분도 있는 반면 결말 부분은 '효성스런 소년 마링그는 다만 한 분뿐이신 나라님의 따님과 결혼하여 사위를 삼으실 일을 함께 발표하셨습니다'라고 개작하여 정직함에 대한 보상을 받고 해피엔딩으로 스토리가 끝났을 뿐 후쿠나가 유우지 작에서 강조한 '사람은 바르게 살아야 한다'는 교훈은 삭제되었다. 여기에서는 가난하고 고된 생활을 하던 당시 조선의 어린이들에게 교훈보다는 항상 착한 마음을 가지고 정직하게만 살면 반드시 복을 받는다는 희망을 전하고자 한 것으로 보인다. 즉, 후쿠나가 유우지 작에서는 교훈성이 직접적으로 드러나 있는 반면 방정환 역에서는 직접적이지 않고 독자들에게 스스로 생각하고 판단하게 하려고 한 것으로 보여진다.

3. 『도우와』에서 「꽃 속의 작은이」

『사랑의 선물』 마지막 작품으로 안데르센의 「장미 요정」(The Elf of the Rose, 1839)이 원작인 「꽃 속의 작은이」라는 작품이 수록되어 있다. 필자는 이 작품의 저본을 아동잡지 『도우와(童話)』 제2권 제10호(1921.10)에 수록되어 있는 하마다 히로스케(濱田廣介: 1893~1973)의 번역 작품 「장미소인(薔薇の小人)」이라는 작품으로 추정하고 검증을 하고자 한다.

『도우와』가 창간된 것은 『킨노후네』의 창간 5개월 후인 1920년 4월이었다. 발행소는 코도모사(コドモ社)이고 편집 및 발행인은 키모토 히라타로(木本平太郎)이다. 타나카 료(田中良: 1884~1974), 카와카미 시로(川上四郎: 1889~1983), 카와메 테이지(河目悌二: 1889~1958) 등에 의한 표지화로 장식된 이 잡지는 외견상으로는 『아카이토리』와 『킨노후네』와 거의 다를 바 없었지만 당시 유명했던 문단작가를 선전 도구로 사용하지 않고 오히려 하마다 히로스케, 키타무라 히사오(北村寿雄: 1895~1982), 치바 쇼조(千葉省三: 1892~1975), 소마 타이조(相馬泰三: 1885~1953) 등 독자적인 동화작가를 내세웠다는 점이 평가받는다.[11] 창간호에는 편집인 키모토 히라타로가 쓴 것으로 보이는 창간사를 대신하는 「여러분께(みなさま)」라는 제목의 글이 실려 있다. '도우와(童話)는 전부 어린이를 위한 잡지입니다', '도우와(童話)는 가장 자유로운, 가장 생생한, 구석에서 구석까지 재미있는 이야기들만으로 이루어진 잡지입니다'[12]라고 쓰여진 이 글에서

11 鳥越信, 『日本児童文学史研究』, 風濤社, 1971, 70쪽.

[그림 5-2] 『도우와(童話)』 표지

는 잡지에 대한 소개와 함께 잡지에 대한 자부심이 잘 나타나 있다.

1) 일본에서의 안데르센 동화 소개와 「장미 요정」의 번역

일본에서 처음으로 안데르센(Hans Christian Andersen: 1805~1875)이 소개된 것은 안데르센의 사후 11년이 지난 1886년에 「성냥팔이 소녀」[13]와 「벌거숭이 임금님」[14]이라는 작품이 소개되면서이다. 1900년대에 들어서서야 겨우 아동을 대상으로 한 번역서가 출판되기 시작하였고 아동문학자로서의 안데르센의 이름이 알려지게 되지만 일반적으로 널리 소

12 「みなさまに」, 『童話』 創刊号, コドモ社, 1920.4, 1쪽.
13 河瀬清太郎訳, 「小サキ燧火木売ノ女兒」, 『ニューナショナル第三読本直訳』, 開新堂, 1886.2.
14 ヤスオカシュンジロウ訳, 「王の新しき衣裳」, 『羅馬字雑誌』, 羅馬字会, 1886.11.

개된 것은 다이쇼시대부터이다. 다이쇼시대는 아동문학 잡지의 전성기로 이들 잡지에는 안데르센의 동화가 수없이 번역되어 게재되었다. 1922년 5월에 일본동화연구회(日本童話研究会)가 창립되고 7월부터는 기관지 『동화연구(童話研究)』가 발행되는데 창간호의 권두화로 안데르센 상을 싣고 아시야 로손(蘆谷蘆村: 1886~1946)[15]이 집필한 안데르센 평전을 내세우는 등 이후 많은 호에서 안데르센의 소개가 활발하게 진행되어 더 많은 관심을 사게 된다.

그리고 다이쇼 말기에 들어서자 아동문학 연구서가 간행되기 시작한다.[16] 이들 저서 중에서 안데르센을 소개한 것을 살펴보면 우선 아시야 로손의 저서 『영원한 어린이 안데르센(永遠の子供アンデルセン)』(コスモス書院, 1925)을 들 수 있다. 이것은 안데르센 사후 50주년 기념 출판으로 『동화연구』에 실렸던 것을 정리한 것으로 전기로는 최초의 것이다. 그 후 같은 저자의 『대동화가의 생애 안데르센전(大童話家の生涯 アンダーセン伝)』(教文館 , 1935)이 발행되었는데 권말에 오가와 미메이의 「안데르센관(アンダアセン観)」이 실렸다.

나아가 아시야 로손의 『세계동화연구(世界童話研究)』(早稲田大学出版部, 1924)에서는 제1편 고전동화, 제2편 구비동화, 제3편 예술동화 중에서 제3편 중 한 장을 할애하여 「안데르센 동화(アンダアセンの童話)」가 논의되어 그 특징, 동심의 풍부함, 현대 예술동화와의 비교, 독창성, 공상성과 정서성, 문장과 유머, 종교적 사상에 대해서 논했다. 또한 전기적(傳記的) 작품의 예화로써 「눈의 여왕」, 「인어공주」, 「천국의 정원」이 소개되고 단편 작품의 예화로써는 「전나무」를 들고 있다.

다이쇼시대에 가장 먼저 출판된 동화 관련 연구서로는 1916년에 출

---

15 아시야 로손은 일본의 구연동화 연구가이자 아동문학 작가이다. 기독교 정신과 유럽과 미국의 동화를 기반으로 하여 전승동화 연구의 기초를 다졌다.

16 福田清人, 「日本におけるアンデルセン紹介史」, 『アンデルセン研究』, 小峰書店, 1969, 33쪽.

판된 타카기 토시오(高木敏雄: 1876~1922)의 『동화의 연구(童話の研究)』(婦人文庫刊行会)와 니헤이 카즈쯔구(二瓶一次)의 『동화의 연구(童話の研究)』(戸取書店)가 있는데 타카기 토시오의 저서에서는 그림 형제에 대해서는 종종 언급하고 있지만 안데르센에 대한 언급은 전혀 찾아볼 수 없다. 니헤이 카즈쯔구는 '대표적 동화의 연구(代表的童話の研究)'라는 제목의 장에서 '서양의 대표적인 오토기바나시'로써 그림, 이솝, 아라비안나이트와 함께 안데르센 동화에 대해서도 소개했다.[17] 여기에서는 그림 동화와 비교하여 그림 동화가 간결하고 소박한 것에 비해 현란하고 화려함을, 중고적(中古的) 시대미에 비해 주로 근대적 색채로 가득 찬 형식과 내용에 대해서 논하고 사상에 대해서도 언급했다. 감정과 정조를 묘사하고 있는 점, 교묘한 기교 등을 들어 고급스러운 느낌이 있어 과거 및 현재 일본인들의 일반 생활과는 동떨어진 안데르센의 동화는 구연해 주는 동화가 아닌 음미하며 읽어야 하는 이야기라고 강조했다. 한편 동화를 문학으로만 볼 경우 안데르센이 뛰어나지만 동화의 유일한 무기인 단순 간결이라는 점에서는 그림 형제에게 뒤쳐진다고 평가했다.

다이쇼 중기 '아카이토리' 운동이 시작되었을 즈음 예술성 있는 창작동화로의 관심과 함께 안데르센에 대한 관심이 한층 더 높아져 안데르센 동화의 번역과 소개의 번성기인 쇼와시대(昭和: 1926~1989)로 이어진다. 이러한 과정을 거쳐 일본에 안데르센과 안데르센 동화가 소개되는데 이러한 다이쇼 초기의 그림 형제와 안데르센에 대한 사회적 관심의 고조는 당시 일본에 유학 중이었던 방정환에게도 큰 영향을 끼쳤을 것으로 보여진다.

제4장에서 이미 논했듯이 1923년 『어린이』 창간호의 권두에도 방정환이 번역한 안데르센의 대표작 「석냥파리 소녀」가 수록되어 있다. 그

17 福田清人, 「日本におけるアンデルセン紹介史」, 34쪽.

저본은 나가타 미키히코(長田幹彦)가 번역한 『안데르센 오토기바나시(アンデルセン御伽噺)』에 수록된 「성냥팔이 아가씨(マッチ売りの娘)」였다. 나아가 1925년 1월 1일자 《동아일보》에도 안데르센의 「천사」가 방정환에 의해 번역되어 게재되었다. 이 작품 또한 『안데르센 오토기바나시』에 같은 작품명으로 동일 작품이 수록되어 있어 방정환 역의 저본이 되었을 것으로 추정된다. 그러나 이 단행본에는 「장미 요정」에 해당하는 작품은 수록되어 있지 않다. 『킨노후네』 제2권 제10호(1920.10)에는 '세계명작동화집 안데르센호(世界名作童話集アンデルセン号)'라는 부제로 안데르센 특집호를 마련하여 「인어 공주」와 「벌거숭이 임금님」을 포함한 전부 열 편에 해당하는 안데르센 동화가 번역, 소개되었다. 그러나 여기에서도 「장미 요정」은 찾아볼 수가 없다. 『사랑의 선물』 출판연도로 볼 때 방정환은 '모범가정문고' 시리즈의 『안데르센 오토기바나시』를 발견 후 「석냥파리 소녀」를 번역하여 1923년 『어린이』 창간호에 발표하기 전에 다른 텍스트에서 「꼿 속의 작은이」의 저본을 찾아냈다는 결과가 된다. 그 사실에 대해서는 다음 절에서 상세히 논하고자 한다.

필자의 조사에 따르면 일본에서 메이지에서 다이쇼시대에 걸쳐서 번역된 「장미 요정」은 다음의 [표 5]과 같다.

〔표 5〕 「장미 요정(バラの花の精)」의 번역 연표(메이지 · 다이쇼)[18]

발간 연월	번역 제목	번역자	게재된 책 또는 잡지명 · 발행소
1897년 3월	「花の復讐」	太田玉茗	『文芸倶楽部』 博文館
1908년 6월	「花の精」	相馬御風	『花と鳥』 久遠堂書店
1910년10월	不思議の仇討	和田垣謙三 · 星野久成	『教育お伽噺』 小川尚栄堂
1911년 3월	「薔薇の精」	内山春風	『アンデルゼン物語』 光世館
1921년 10월	「薔薇の小人」	濱田廣介	『童話』第2巻第10号 コドモ社
1924년 8월	「ばらの精」	楠山正雄	『アンデルセン童話全集』 新潮社

2) 번역 제목과 저본 문제

필자는 방정환이 아동잡지 『킨노후네』와 함께 『도우와』도 애독하였고 그곳에서도 작품 선정의 힌트를 얻었을 것이라는 가능성을 생각하여 창간호부터 모든 수록 동화를 조사했다. 그 결과 하마다 히로스케 역 「장미 소인(薔薇の小人)」을 찾을 수 있었다. 1911년에 발표된 우치야마 슌푸(内山春風) 역 「장미 요정(薔薇の精)」도 저본으로써의 가능성은 있다. 그러나 [표 5]에서 보이는 여섯 작품을 살펴보면 그중 하마다 히로스케의 작품명만이 제목에 '小人(소인)'이라는 단어가 들어가 있어 방정환의 작품명 「꽃 속의 작은이」의 '작은이'라는 단어와 근접하다는 것을 알 수 있다.

먼저 번역 제목을 검토해 보자. 메이지에서 현대에 이르기까지 출판된 안데르센 동화집 안에 수록되어 있는 "The Elf of the Rose"의 일본어 번역 제목을 보면 거의가 「장미 요정(薔薇の精)」 아니면 「장미꽃 요정(薔薇の花の精)」으로 번역되어 있다. 영어의 'elf'를 일본어 사전에서 그 의미를 살펴 보면 ①엘프(エルフ(신화나 민화 전승에 등장하는 작은 요정, 神話や民間伝承に登場する小妖精)), ②개구장이 남자아이, 장난꾸러기 아이(わんぱくな小僧, いたずらな子), ③소인, 난쟁이(小人, 一寸法師) 등의 의미로 풀이되어 있다.[19] '정(精)'이 '정령' 또는 '요정'을 의미한다고 했을 때 가장 적절한 번역이라고 할 수 있다. 그러나 분명 사전에 '소인'이라는 의미 또한 포함되어 있다. 그리고 하마다 히로스케만이 '정령'이나 '요정'이 아닌 '소인(小人)'으로 번역하였고 방정환도 일본어의 '소인'을 순우리말로 그대로

18 표 작성에 있어서 메이지시대에 발표된 두 작품에 대해서는 「안데르센 동화 번역문학 연표 메이지편(アンデルセン童話翻訳文学年表(明治編))」(川戸道昭 · 榊原貴教, 『明治の児童文学翻訳編』, 五月書房, 1999)을 참고로 하였다.

19 小西友七 · 南出康世編集主幹, 『ジーニアス英和大辞典』, 大修館書店, 2007.

옮긴 듯한 '작은 사람'이라는 의미의 '작은이'로 번역했다고 할 수 있다. 제4장에서 언급한 「호수의 여왕」에도 '소인'이 등장하는데 거기에서도 방정환은 마찬가지로 '작은이'로 번역했다.

또한 방정환에 의해 쓰여진 다른 글에서도 '어른'이라는 의미의 일본어 '대인(大人)'을 '큰 사람'이라는 의미로 '큰이'라고 번역한 것을 찾아볼 수 있다. '大人'이라는 일본어는 한국어로는 '어른'이라는 단어가 있음에도 불구하고 '큰이'라고 번역한 것도 흥미롭다. 일본어의 '大人'을 'おとな(어른)'으로 해석한 것이 아니라 '큰 사람'이라는 뜻으로 직역하여 거기에 '어른'이라는 의미를 부가한 것으로도 보여진다.

염희경(2007)은 당시 한국의 독자들에게는 '정령'이나 '요정'이라는 단어가 익숙하지 않았으므로 '작은이'로 번역한 것으로 보여진다고 추측했지만[20] 사실은 방정환이 저본으로 한 작품의 제목이 「장미 소인(薔薇の小人)」이었기 때문이었을 가능성이 높다. 그러나 '薔薇'를 '장미'로 그대로 번역하지 않고 '꽃(菓)'으로 번역한 것은 흥미롭다. 방정환이 번역한 작품의 본문 속에서는 분명히 '장미'라고 쓰고 괄호 안에 '薔薇'라는 한자도 넣었다. 그렇다면 방정환은 왜 제목에 장미라는 단어를 넣지 않은 것일까 궁금해진다. 하마다 히로스케 역 첫머리에는 '가장 아름다운 꽃 속에 한 사람의 소인이 살고 있었습니다(一番美しい花の中に一人の小人が住んでいました)'라는 부분이 있다. 방정환은 이 부분에서 힌트를 얻어 제목을 '꽃 속의 작은이(花の中の小人)'라고 정한 것으로 보여진다.

이상과 같은 이유로 필자는 『도우와』에 게재되어 있는 하마다 히로스케 역 「장미 소인(薔薇の小人)」을 방정환 역 「꽃 속의 작은이」의 저본으로 추정하고 그 비교 분석을 행하고자 한다.

하마다 히로스케가 안데르센을 처음으로 알게 된 것은 1914년 5월 경

---

20 염희경, 「소파 방정환 연구」, 127~128쪽.

영어판 *Fairy Tales*(Ward, Lock&Co, 1875)에 접했을 때였다.[21] 당시 하마다 히로스케는 와세다대학 고등예과에 재학 중이었는데 학비를 조금이라도 벌려고 『만조보(万朝報)』에 단편소설을 투고하거나 오토기바나시를 영어판에서 번역하기도 했다고 한다. 그중 한 권이 안데르센의 *Fairy Tales*였고 그의 소장서 중 하나였다. 거기에서 시작된 하마다 히로스케와 안데르센 동화와의 인연은 큰 의미를 가진다고 볼 수 있으나 본 연구에서는 논술의 대상이 아니므로 여기에서는 생략하려고 한다.

3) 작품 비교 분석

여기에서는 하마다 히로스케 역 「장미 소인(薔薇の小人)」과의 비교 분석을 중심으로 하고 1911년의 우치야마 슌푸(内山春風) 역 「장미 요정(薔薇の精)」과 1924년의 쿠스야마 마사오 역 「장미 요정(ばらの精)」과의 비교도 함께 병행하여 방정환 역의 특징에 대해서 고찰하고자 한다. 그리고 참고로 오하타 스에키치(大畑末吉) 역 「장미꽃 요정(バラの花の精)」(1939)도 함께 언급하고자 한다.

(1) 줄거리

안데르센 원작의 「장미 요정」의 줄거리는 다음과 같다.

어느 정원에 한 그루의 장미 나무에 꽃이 가득 피어 있었다. 그중 가장 예쁜 꽃 속에는 작은 요정이 한 명 살고 있었는데 그 요정은 아주 작아서 눈에 보이지 않을 정도였다. 어느 날 서로 사랑하는 젊은 남녀가 장미 나무 아래에서 만

21 原昌, 「浜田廣介とアンデルセン」, 『比較児童文学論』, 大日本図書, 1991, 28쪽.

나고 있었는데 남자는 자신을 싫어하는 여자의 오빠 때문에 어쩔 수 없이 여자에게 작별을 고한다. 둘은 눈물을 흘리면서 헤어졌지만 남자는 숨어 있던 여자의 오빠에게 살해되고 만다. 그것을 목격한 요정은 여자의 귀 속에 몰래 들어가 그 사실을 알려 준다. 여자는 한탄하며 남자의 목을 큰 화병에 넣고 꽃을 꽂아 자신의 방에 두고 매일 바라본다. 그러나 결국 살 희망을 잃어버리고 죽고 만다. 요정은 꽃의 정령과 벌들과 힘을 합쳐 오빠를 죽이고 여자의 원수를 갚는다.

염희경(2007)도 논하고 있듯이 방정환은 위 줄거리에서 보여지는 근친상간적인 요소를 삭제하고 남자 주인공을 죽인 부정적인 인물을 '여자를 잡아 와서 키운 악한'이라고 개작했다.[22] 다음으로 방정환 역 「꽃 속의 작은이」의 줄거리를 정리하여 위에서 소개한 안데르센 원작(영어판)과 비교해 보자.

정원에 예쁘게 피어 있는 장미 속에는 작은이가 살고 있었다. 어느 날 꽃에서 나와 햇볕을 쬐고 있는데 어여쁜 색시와 잘생긴 남자아이가 장미 나무 아래로 와서 앉는다. 색시는 무서운 악한이 데려와서 자유롭지 못한 몸이 되었고 그래서 남자아이는 몰래 색시를 만나러 온 것이다. 헤어질 시간이 되어 색시는 남자아이에게 장미 꽃을 한 송이 건넨다. 그때 작은이는 이 장미 속으로 날아 들어간다. 남자 아이는 색시가 준 장미 꽃에 몇 번이나 입술을 대면서 걷고 있었는데 뒤에서 악한이 나타나 남자아이를 찔러 죽이고 목을 잘라 나무 아래에 묻는다. 그 사이에 악한의 머리 위로 낙엽이 떨어지는 것을 본 작은이는 그 낙엽 속에 숨어 든다. 악한을 따라서 색시의 집으로 간 작은이는 자고 있는 색시의 귀 속으로 들어가 오늘 있었던 일을 이야기하고 그 증거로 낙엽을 두고 간

22 염희경, 「소파 방정환 연구」, 125쪽.

다. 다음 날 색시는 나무 아래를 파 본다. 남자아이의 주검을 보고 슬퍼하며 남자아이를 잘 묻어 주고 그 목만 가지고 돌아간다. 큰 화분에 목을 묻고 거기에 매화를 꽂아 둔다. 색시는 매일 화분 옆에서 울고 있었는데 그 눈물로 매화가 잘 자란다. 그러나 색시는 결국 슬픔을 이겨내지 못하고 죽고 마는데 악한은 색시의 유품으로써 그 매화를 자기 방에 두고 그 향기를 맡으면서 지낸다. 어느 날 작은이는 매화의 정령과 벌들에게 색시의 이야기를 한다. 꽃의 정령들은 독이 묻은 침으로 악한의 혀를 찔러 죽인다. 악한의 죽음을 본 사람들은 매화의 향이 독해서 죽고 말았다고 생각하지만 벌이 날아 와서 화분을 들고 있던 사람의 손을 쏘아 화분을 떨어뜨린다. 화분 안에서 흰 해골이 나와 드디어 이 남자가 악한이라는 것을 알게 된다. 꽃 속의 작은이는 벌과 꽃의 정령들과 함께 원수를 갚았다며 즐겁게 노래하며 춤을 춘다.

위에서 언급했듯이 방정환은 근친상간적인 요소가 들어가 있는 이야기를 어린이들이 읽기에는 어울리지 않는다고 판단하여 가족이 아닌 자신의 욕망을 실현시키고자 하는 탐욕스러운 성격의 인물로써 '악한'을 등장시킨 것이다. 방정환의 작품에서는 언제나 가족애와 가족의 소중함이 잘 나타나 있다. 이 작품도 예외는 아니다. 가족인 오빠가 자신을 사랑하는 사람을 잔인하게 죽인다는 설정은 있을 수 없는 일이었을 것이다. 염희경은 이러한 인물의 변화는 식민지 조선의 현실을 고려할 경우 제국주의적인 침략성을 상징하는 인물을 연상시킨다고도 강조했다.[23]

다음 절에서는 스토리의 흐름에 따라 보다 상세하게 분석해 보고자 한다.

23 염희경, 「소파 방정환 연구」, 125쪽.

(2) 도입 부분—인물, 배경 묘사

원작과 여섯 편의 일본어 역의 도입 부분은 '정원 안에 장미 나무가 있고 꽃이 가득 피어 있었다. 그중 가장 아름다운 꽃 속에 한 요정이 살고 있었다'는 내용으로 거의 동일하다. 그러나 앞서 논했듯이 다른 일본어 역에서는 '요정(妖精)'이나 '정령, 요정(精)'으로 번역되어 있는 단어가 방정환 역과 하마다 히로스케 역에서는 '작은이, 소인(小人)'으로 번역되어 있다. 소마 교후(相馬御風) 역과 우치야마 슌푸 역에서는 제목이 각각 '꽃의 요정(花の精)'과 '장미 요정(薔薇の精)'으로 번역되어 있지만 스토리의 도입 부분에서는 '侏儒'라고 써서 'こびと'라고 발음이 표기되어 있다. '小人'도 또한 'こびと'라고 읽으므로 '侏儒' 또한 '소인'이라는 뜻이 된다. 이에 반해 쿠스야마 마사오의 경우에는 '작은 요정(小さな精)', 오하타 스에키치의 경우에는 '장미 요정(バラの精)'으로 번역되어 있다. 이 점에서 여섯 편의 일본어 역에는 다소 차이가 있다. 그러나 '요정'의 성격 묘사를 살펴보면 모든 일본어 역은 원작에서 거의 벗어나지 않았다. 이에 반해 방정환 역에서는 일부의 변화가 보여진다. 다음으로 하마다 히로스케 역과 방정환 역을 대비해 보자.

하마다 히로스케 역

소인은 어떤 예쁜 아이에게도 지지 않을 정도로 예뻤습니다. 어깨에 나 있는 깃은 발 밑까지 닿아 있었습니다. 방 안은 꽃 향기로 가득했습니다. 어느 벽이나 반짝반짝 빛이 났습니다. 왜냐하면 그 벽이라는 벽은 연한 복숭아색 꽃잎으로 되어 있었기 때문이지요.

어느 날 따뜻한 햇볕을 쬐면서 소인은 깃을 팔랑팔랑거리며 이 꽃에서 저 꽃으로 날아다녔습니다. 〔중략〕 그것은 소인에게는 아주 멀고먼 길이었습니다. 가려고 하는 곳까지 도착하지 못한 사이에 해가 지고 말았습니다. 그러자 이제

늦어져서 아무것도 할 수 없었습니다. 너무 추워져서 이슬이 내리자 바람이 불어왔습니다.

〔중략〕 소인은 정말 곤란해졌습니다. 이제 죽는 일만 남았을지도 모릅니다.

〔중략〕 내일까지 머물자고 생각하며 거기까지 날아갔습니다.

어머나! 사람이 있었네. 젊은 남자와 아가씨가 앉아 있었습니다. 둘은 언제까지나 사이좋게 지내자고 했습니다. 젊은 남자는 아가씨가 너무 좋았습니다. 아가씨도 젊은 남자가 너무 좋았습니다.

"그렇지만 헤어지지 않으면 안 돼." 하고 젊은 남자가 말했습니다. "당신의 오빠가 날 좋아하지 않는걸."[24]

방정환 역

그 작은이는 두 억개에 날개가 돗쳐서 발끗까지 나려오고 몸은 적고하야 여간하여서는 사람의 눈에도 얼든 띄지 안엇습니다. 〔중략〕 그 작은이는 얼골이 이 세상 누구보다도 어엽부고 마음이 끔직이 착해셔 아모 짓도 하지 안코 그 향내 만코 땃듯한 꼿 속 집에셔 날마다 날마다 평화롭게 놀고 잇셧습니다.

---

24 〔일본어 원문〕
小人はどんな綺麗な子供にも負けないくらゐ綺麗でした。その肩に生えてゐる羽は足もとまで届きました。部屋の中は花の匂ひでぷんぷんとにほつてゐました。どの壁もつやつやと光つてゐました。だつて、その壁といふ壁は、うす桃色の花びらで出来てゐるのでありましたもの。
いち日、お日様の暖かい光に照らされながら、小人は羽をひらひらさせて花から花と飛んでゐました。〔中略〕ほんとうにそれは小人には長い長い路でありました。ゆく所までゆかないうちに、お日様が沈んでしまひました。さうなると遅くなつて何も出来ません。大変寒くなつて、露がおりると、風が吹いて来ました。〔中略〕ほんとに小人は困つてしまひました。もう死んでしまはなければならないかも知れません。〔中略〕明日まで眠るとしようと小人は思つて、そこまで飛んでゆきました。
おやおや! 人がゐる—息子さんと娘さんと。二人は腰をかけてゐました。二人はいつまでも仲良く暮らさうと思つてゐました。息子さんは娘さんが大へん好きでありました。娘さんも息子さんが大へん好きでありました。
「だが別れなければならないよ。」と息子さんは言ひました。「だつてあなたの兄さんは私を好かないんだ。」

하로는 하도 볏이 땃듯-하게 빗치닛가 꼿 속의 작은이는 그 꼿닙헤 나와 안져서 가느른 소리로 노래를 부르며 볏을 쬬이고 안졋는대 어대서 부스럭부스럭하는 소리가 나는고로 작은이는 깜작 놀내 보앗습니다.

"에그!? 사람들이 온다!"

정말 어엽븐 색씨 한 사람과 잘생긴 남자 아해 한 사람이 손목을 잡고 무어라고 이얘기를 하면셔 오더니 장미꼿 나무 압헤 와셔 안졋습니다. 꼿 속의 작은이는 이 어엽븐 어린 남녀의 이 얘기하는 소리를 재미잇게 듯고 잇셧습니다.

색시와 어린 남자는 서로 사랑하고 서로 친하게 놀면셔 한시도 못 맛나면 섭섭해하는데 색씨는 무서운 악한 남자에게 잡혀 와서 꼼작 못하는 몸이 되엿습니다. 악한 남쟈는 장차 그 색씨를 자긔 안해를 삼을 욕심이엿습니다. 오날도 넌지시 이 남자 아해가 차져온 것이엿습니다.

하마다 히로스케 역에 비하면 방정환 역은 도입 부분이 아주 짧다. 꽃잎으로 만든 소인의 방에 대한 하마다 히로스케 역의 섬세한 묘사가 방정환 역에서는 거의 생략되었고 작은이의 착한 성격에 대한 묘사가 더해져 있다. '마음이 끔찍히 착해서', '날마다 날마다 평화롭게 놀고 있었습니다'라는 묘사에서는 방정환이 늘 천사라고 예찬하던 조선의 어린이들의 모습을 '작은이'에게 반영시키고 싶었던 것인지 다른 일본어 역에는 없는 요정의 착한 성격을 더했다.

또한 꽃 길에서 길을 잃어 해가 질 때까지 자신의 방으로 돌아가지 못했던 소인이 다른 꽃을 찾아 하룻밤을 지내려고 하다가 두 젊은 남녀를 만나게 된다는 스토리가 방정환 역에서는 모두 삭제되어 있다. 그것을 '가는 소리로 노래를 부르며 볕을 쪼이고 앉아 있는데 사람들이 온다'는 내용으로 개작했다. '평화롭게 살고 있는' 일상에 어울리는 묘사라고 할 수 있다.

그리고 젊은 남자를 싫어하는 여자의 오빠 때문에 어쩔 수 없이 작별을 고한다고 하는 스토리가 방정환 역에서는 오빠가 아닌 '악한 남자'로 변화되어 있다. 위에서도 언급했듯이 가족간의 사랑을 중요시하는 방정환에게는 여자의 오빠가 여동생의 연인을 잔인하게 죽인다는 장면을 스토리 안에 넣는다는 것에 저항감이 있었음에 틀림없다. 원작이나 일본어 역에서도 설정은 '오빠'이지만 '悪者(나쁜 사람)'이나 '悪漢(악한)'이라는 표현도 함께 쓰여졌다. 우치야마 슌푸 역에서는 '悪漢(악한)'이라고 표현되어 있고, 하마다 히로스케 역에서는 '悪者(나쁜 사람)', 그리고 쿠스야마 마사오 역에서는 '悪者の兄弟(나쁜 형제)'로 표현되었다. 방정환이 '오빠'가 아닌 '악한 남자'라는 인물을 만들어 낼 때에 이와 같은 일본어 표현에서 힌트를 얻었을 가능성이 높다. 이렇듯 방정환 역에서는 원작과 저본에 있는 잔인한 부분을 생략하거나 혹은 간결하게 묘사하거나 한 부분이 적지 않게 보여진다.

방정환 역은 하마다 히로스케 역과 비교해 볼 때 이러한 도입 부분과 다음에서 검토하고자 하는 결말 부분을 제외하면 그 외의 이야기의 흐름과 장면 묘사는 거의 변함이 없다. 위에서 논했듯이 등장인물의 설정에서는 조금의 변화를 보이지만 장미 요정한테 연인이 죽임을 당했다는 이야기를 듣고 불쌍한 연인의 시체를 묻어 준 후 목만 가지고 돌아가 그것을 화병에 넣고 꽃을 꽂아 눈물로 꽃을 피우지만 결국 슬픔을 이겨내지 못하고 죽고 만다는 스토리는 거의 동일하다.

(3) 결말 부분

여자의 불쌍한 죽음을 지켜본 장미 요정은 꽃병에 꽂혀 있던 꽃의 정령들을 찾아가 악한이 저지른 악행과 슬픔을 이겨내지 못하고 여자도 죽고 말았다는 사실을 알린다. 그러나 꽃의 정령들은 이미 모든 일을 알고 있었다. 그리고 꿀벌들도 찾아가 악한의 악행을 알린다. 다음 날 장미 요정과 꿀벌들이 원수를 갚기 위해 악한을 찾아오지만 악한은 이미 죽어 있다. 꽃병에 꽂혀 있던 꽃의 정령들이 이미 원수를 갚은 것이었다. 그러나 사람들이 아직 악한의 악행에 대해 모른다는 사실을 알게 되자 꿀벌들과 장미 요정은 한 남자가 꽃병을 옮기려고 하는 찰나에 벌침을 쏘아 꽃병을 떨어뜨리게 하여 악한이 살인자라는 것을 알려 준다. 여기까지는 방정환 역도 하마다 히로스케 역을 비롯한 일본어 역과 거의 차이가 없다. 단지 일본어 역에서는 '자스민(素馨)' 꽃으로 번역되어 있지만 방정환 역에서는 '매화'로 바뀌어 있다. 당시 조선에서는 '자스민'이라는 꽃이 친근하지 않아 예로부터 친근했던 '매화'로 바꾼 것으로 보인다.

그러나 다음과 같은 마지막 부분에서는 방정환 번역의 특징이 잘 엿보여서 아주 흥미롭다. 원작과 다음의 일본어 역 세 작품에는 '작은 꽃잎 속에도 항상 지켜보는 자가 있어서 나쁜 일을 하면 반드시 그 보복을 당하게 된다'는 메시지를 남기고 있다. 즉 사람들에게 '반드시 누군가가 듣거나 보고 있으므로 어디에서든 나쁜 짓을 하거나 나쁜 짓을 해서는 안 된다'는 의미를 가진 '낮 말은 새가 듣고 밤 말은 쥐가 듣는다'라는 속담을 환기시키고 있는 듯하다. 늘 어느 곳에서든 누군가가 지켜보고 있으니 나쁜 짓을 하면 안 된다는 것을 가르쳐 주고자 한 교훈성이 엿보인다고 할 수 있다.

우치야마 슌푸 역

여왕벌은 힘차게 날개를 저어 하늘로 날아올라 꽃의 정령들이 한 복수와 소인이 한 노고를 구가하고 이러한 것을 말하는 것이었다.—아무리 작은 것의 뒤에라도 항상 누군가가 숨어 있어서 나쁜 짓을 폭로하거나 벌을 줄 수도 있다는 것이요.[25]

하마다 히로스케 역

여왕벌은 윙윙거리면서 공중을 날아다니면서 나쁜 사람은 혼내 준다는 벌의 노래를 불렀습니다. 그리고 나쁜 사람은 혼내 준다는 소인의 노래를 불렀습니다. 작고 작은 꽃잎 그늘에는 악행을 폭로하는 자가 있고 보복을 한다고 노래했습니다.[26]

쿠스야마 마사오 역

한편 꿀벌 여왕은 윙윙거리면서 하늘 위로 날아올랐습니다. 그리고 꿀벌들과 장미 요정이 복수를 했다는 이야기를 노래로 부르고 이것은 아무리 작은 꽃잎에라도 악행을 밝히고 그 보복을 하는 자가 있다는 것을 알려 주었습니다.[27]

방정환 역

왕벌은 여러 때벌을 다리고 공즁을 날느며

악한 놈은 쥭엇다! 악한 놈은 쥭엇다!하며 벌의 노래를 부르고 쟉은이도 츔을 츄면서

악한 놈은 쥭엇다!

원슈의 원한 갑핫다!하며 노래를 불릿슴니다.

그러닛가

---

25 〔일본어 원문〕
女王蜂は、羽鳴り勇ましく空を飛び、花の精等が為た復讐や、侏儒が執つた労苦を謳歌し、さて、恁ういふことを言ふのであつた。—如何な小さな物の蔭にも常に何者か潜み居て、よく他の悪事を発きもすれば、升を懲すことも出来るものだと。

26 〔일본어 원문〕
女王蜂はぶんぶんと空中を唸りながら、悪者は打ち凝すといふ蜂の歌を唄ひました。また悪者は打ち凝すといふ小人の歌を唄ひました。小さな小さな花びらの蔭には悪い事をあばくところの者がゐて仕返しをするのであると唄ひました。

27 〔일본어 원문〕
さて蜜蜂の女王はぶんぶん空の上に舞ひ上がりました。そして蜜蜂とばらの精が仇をうつた話を歌に歌つて、これはその上なく小さい花びらにも、悪事を明るみに見せてそのしかへしをするもののあることをつげ知らせました。

악한 놈은 쥭엇다! 색씨 원슈 갑핫다!
신랑 원슈 갑헛다! 악한 놈은 쥭엇다!
고 꼿쇽에셔 꼿의 혼들이 합챵을 하엿슴니다!

방정환의 번역에서는 위에서 언급했듯이 교훈성은 보여지지 않고 방정환만의 독특한 번역이 엿보인다. 원작과 일본어 역에서는 단지 '벌의 노래'와 '소인의 노래', 그리고 '꽃의 정령들의 노래'라고만 표현되어 있는 것에 반해 방정환 역에서는 음율이 있는 노래로 바뀌어 있다. '악한 놈은 죽었다!', '색씨 원수 갚았다!', '신랑 원수 갚았다!'라는 형태로 각각의 구를 일곱 자로 맞추고 두 줄뿐으로 아주 짧기는 하지만 독특한 노래가 탄생했다. 그리고 '느낌표(!)'를 각구에 사용함으로써 리듬감을 느끼게 한다. 악한을 퇴치하는 것으로 독자인 어린이들에게 나쁜 짓을 하면 반드시 처벌을 받는다는 사실을 가르쳐 줌과 동시에 주인공들의 원수를 갚고 같이 기뻐하면서 부를 수 있는 노래를 제공하고자 한 방정환의 의도가 엿보인다.

(4) 결론

위에서 논했듯이 방정환은 『사랑의 선물』 마지막 작품으로 1921년 10월에 간행된 아동 잡지 『도우와』에 발표된 하마다 히로스케 역 「장미 소인(薔薇の小人)」을 저본으로 하여 「꽃 속의 작은이」라는 제목으로 번역했다. 원작과 일본어 역에서는 여자의 오빠로 설정된 인물을 방정환은 여자의 자유를 빼앗고 자신의 부인으로 삼으려고 하는 음흉하고 탐욕스러운 '악한 남자'로 바꾸어 설정하고 근친상간적 요소를 삭제했다. 이 부분에서는 가족애를 중요시하는 방정환의 의도가 엿보인다. 결말 부분에서는 서술적인 원작의 결말을 어린이들과 같이 부를 수 있는 '복수의 노

래'로 바꾸었다. 이와 같은 부분은 원작과 일본어 역에서는 보여지지 않는 것으로 여기에서는 방정환 번역 특유의 신선함을 느낄 수 있다.

이 작품에 대해서 이재복(2004)은 일제에 눌린 조선의 어린이들에게 상황을 뒤집는 듯한 이야기 체험을 통해서 민족의 해방을 꿈꾸는 변혁의 의지를 표현하고자 했다고 논했다.[28] 그리고 염희경(2007)도 원수 갚는 이야기를 마지막 작품으로 배치하여 민족 해방의 염원을 상징적, 은유적으로 표현하고자 했다고 강조했다.[29] 그러나 민족 해방의 염원으로써 스토리를 고쳤을 가능성은 높지만 두 사람이 강조하고 있는 것처럼 이 작품을 마지막에 배치하는 것에 의해 방정환에게 그러한 염원을 보다 효과적으로 나타내고자 한 의지가 있었다고 단정하기는 어렵다. 앞에서 언급한 것처럼 필자가 저본으로 추정하는 하마다 히로스케 역이 발표된 시기와 그것을 방정환이 찾아내어 번역한 시기를 생각하면 단순히 마지막에 선정하여 번역했기 때문에 마지막에 배치했을 가능성 또한 버리기 어렵기 때문이다. 물론 『사랑의 선물』의 작품 배치는 단순히 편집상의 문제로 작품 선정 시기와 번역 시기가 작품의 배치 순서와 반드시 연관이 있다고 단정 짓기 어려운 것 또한 사실이다.

4. 나오기

본 장에서는 잡지 『킨노후네(金の船)』 이외에 당시 간행되었던 잡지로 시선을 돌려 방정환이 그들 잡지도 작품 선정에 사용했을 가능성을 고려하여 아동 잡지 『오토기노세카이(おとぎの世界)』와 『도우와(童話)』를 조

28 이재복, 『우리 동화 이야기』, 82쪽.
29 염희경, 「소파 방정환 연구」, 128쪽.

사했다. 그 결과 두 잡지에서 방정환 번역동화의 저본으로 추정되는 작품들을 각각 한 작품씩 발견할 수 있었다.

먼저 『오토기노세카이』 제3권 제5호(1921.5)에서 『사랑의 선물』의 아홉 번째 작품인 「마음의 꽃」과 동일한 제목의 작품을 발견할 수 있었다. 그것은 후쿠나카 유우지(福永友治)의 작품 「마음의 꽃(心の花)」이다. 방정환 역 「마음의 꽃」과 동일한 스토리를 가지는 일본어 역이 후쿠나가 유우지의 작품 한 편뿐이라는 사실과 주인공의 이름이나 전체적인 내용이 일치한다는 점에서 이 작품이 방정환 역의 저본임에 틀림없다고 판단했다. 다른 작품에서도 자주 보이듯이 이 작품에서도 방정환 특유의 번역과 일부 개작한 부분을 확인할 수 있었다. 특히 결말 부분에서는 '인간은 반듯하게 살아야 한다'는 교훈으로 끝맺은 후쿠나가 유우지 작과 달리 가난하고 힘든 생활을 하던 주인공 마링그가 왕의 외동딸과 결혼한다는 내용으로 개작되었다. 여기에서는 가난하고 고된 생활을 하고 있던 당시 조선의 어린이들에게 교훈보다는 항상 착한 마음가짐으로 정직하게만 살면 반드시 구원을 받는다는 희망을 먼저 전하고자 한 방정환의 배려가 엿보인다. 그리고 후쿠나가 유우지 작에서는 교훈조가 직접적으로 드러나 있는 반면 방정환 역에서는 직접적이지 않고 독자들에게 판단하도록 하고자 했다는 것을 확인할 수 있었다.

다음으로 『도우와』 제2권 제10호(1921.10)에서 『사랑의 선물』 마지막 작품인 「꽃 속의 작은이」의 저본이 된 하마다 히로스케(濱田廣介) 역 「장미 소인(薔薇の小人)」이라는 작품을 찾아냈다. 이 작품이 저본이라고 추정한 이유 중의 하나는 하마다 히로스케의 번역 제목이 다른 일본어 역과는 차이를 보이고 있으며 또한 방정환의 번역 제목과 비슷하다는 점이다. 이 작품에서 보여지는 방정환 역의 크나큰 특징은 원작과 일본어 역에서의 주인공의 오빠를 방정환 역에서는 주인공의 자유를 빼앗아 자신의 부인으로 삼으려고 하는 음험하고 흉악한 '악한(悪漢)'으로 새로 설정하여 근친상간적 요소를 삭제한 부분이다. 여기에서는 가족애를 중요시하는 방정환의 의도가 엿보인다.

『오토기노세카이』에서는 오가와 미메이의 이름과 토리고에 신(鳥越信, 1984)이 말한 '특유의 신비로운 분위기'[30]에 끌리고, 또 『도우와』에서는 '동화'라는 잡지명에 끌려 두 잡지에 관심을 가지게 된 것일까. 각각 한 편씩이긴 하지만 이들 두 잡지에 실린 작품을 『사랑의 선물』에 소개한 것에는 방정환 나름의 이유가 있었을 것이다. 앞에서 언급한 『도우와』 창간사를 대신한 「여러분께(みなさま)」에서는 제1항목으로써 '도우와(童話)는 전부 어린이를 위한 잡지입니다'라고 밝히고 있다. 여기에서는 『아카이토리』에서 보여지는 어른들의 독선적인 지도자 의식과는 달리 언제까지나 아동의 시점에 서서 아동의 세계를 존중하면서 '공락공우(共楽共憂)' 하며 아동을 위해서 보다 높고 아름다운 것을 지향하고자 하는 자세가 나타나 있다. 그리고 물론 지식도 중요하지만 호기심 가득한 아동에게는 재미와 즐거움이 가장 기본이 되어야 한다는 생각도 반영되어 있다. 자유롭고 평온한 상상력의 유희와 관대한 인간성의 토양을 형성한다는 것이 편집 방침인 것이다.[31] 이러한 『도우와』의 편집 방침에 방정환도 공명했기 때문에 한 편뿐이기는 하지만 『도우와』 안에서 동화를 선택하여 번역한 것으로 보여진다.

30 鳥越信, 「『おとぎの世界』の位置」, 『雑誌『おとぎの世界』復刻版別冊』, 岩崎書店, 1984, 13쪽.
31 続橋達雄, 『大正児童文学の世界』, おうふう, 1996, 209~210쪽.

제7장

방정환의
「새로 개척되는 동화에 관하여」에 대한 고찰
—일본 다이쇼시대의 동화 이론과의 영향 관계

1. 들어가기

본 장에서는 1923년에 『개벽』에 발표된 방정환의 동화에 관한 이론 「새로 개척되는 동화에 관하여」를 분석함과 동시에 일본 다이쇼시대(1912~1926)의 동화 이론서와 동화작가들의 동화론 및 동화관에서 영향을 받았다는 사실에 대해서 고찰하고자 한다.

제2장에서 논했듯이 방정환의 동화관은 메이지시대(1868~1912)를 대표하는 아동문학가 이와야 사자나미(巖谷小波: 1870~1933)의 '오토기바나시(お伽噺)'와 다이쇼시대를 대표하는 아동문학가 스즈키 미에키치(鈴木三重吉: 1882~1936)의 '동화(童話)'와 그들의 동화관의 영향을 많이 받았다. 「새로 개척되는 동화에 관하여」는 그것들을 기초로 하여 1916년에 간행된 타카기 토시오(高木敏雄: 1876~1922)의 『동화의 연구(童話の研究)』(이하 『동화의 연구』), 그리고 1921년 6월 『와세다문학(早稲田文学)』(이하 『와세다문학』)[1]에 발표된 오가와 미메이(小川未明: 1882~1961)와 아키타 우자쿠(秋田

1 도쿄전문학교 및 그 후신 와세다대학 문과 관계의 문예 잡지. 도쿄전문학교에 쯔보우치 쇼요(坪内逍遥: 1859~1935) 주재의 문학과가 창설된 다음 해, 1891년 10월에 창간되었다. 1906년

雨雀: 1883~1962)의 동화 이론, 또한, 일본동화협회(日本童話協会)가 1922년 7월에 창간한 동화 연구 전문 잡지 『동화연구(童話研究)』(이하 『동화연구』) 창간호에서 직접적인 영향을 받게 된다.

따라서 본 장에서는 타카기 토시오의 저서와 오가와 미메이, 아키타 우자쿠의 논문 자료, 그리고 잡지 『동화연구』의 창간호가 방정환의 동화론에 어떠한 형태로 영향을 끼쳤는지에 대해서 검증을 하고자 한다.[2]

제2장에서 논한 것처럼 방정환은 1920년에 일본에 건너갔는데 그 시대는 일본에서 아동문학이 가장 번성하던 시기였다. 1918년에 『아카이토리(赤い鳥)』가 창간된 이래 '아카이토리운동(赤い鳥運動)'의 일환으로 '동화·동요운동'이 최전성기를 맞이한 때로 일본의 아동잡지계에서는 '동화'나 '동요'가 수록되어 있는 잡지라면 뭐든지 잘 팔리는 시기이기도 했다.

그러나 그것은 작품뿐만이 아니었다. 일본에서는 메이지시대 때부터 일찍이 어린이와 동화에 관한 연구도 이루어지고 있었다. 이전의 '오토기바나시'와는 다른 새로운 형식의 동화와 동요에 관한 이론이 1900년

부터 1927년까지가 『와세다문학』의 제2기이다. 오가와 미메이와 아키타 우자쿠의 동화 이론이 발표된 것은 이 시기이고 자연주의 문학의 유행기였다.(久松潜一 · 吉田精一編, 『近代日本文学辞典』, 1954, 765쪽)

2 이 영향 관계에 대해서는 이상금(2005)도 언급했지만 텍스트를 사용한 구체적인 분석은 하지 않았다. 이상금은 방정환의 동화에 대한 이론 「새로 개척되는 동화에 관하여」가 당시 일본의 동화 이론, 즉 1921년 1월과 2월의 『예술자유교육(芸術自由教育)』에 게재된 키타하라 하쿠슈(北原白秋: 1885~1942)의 「동요 부흥」과 같은 해 6월의 『와세다문학』에 게재된 오가와 미메이의 「내가 동화를 쓸 때의 마음가짐(私が童話を書く時の心持)」과 아키타 우자쿠 「예술로써의 동화(芸術としての童話)」로부터 큰 영향을 받았다고 논했다.(이상금, 『사랑의 선물—소파 방정환의 생애』, 305~306쪽) 후자의 『와세다문학』에서의 영향 관계는 본 연구에서 검증한 것처럼 그 영향이 크다고 할 수 있다.

한편 『예술자유교육(芸術自由教育)』의 키다하라 하쿠슈의 동요에 관한 이론은 '아동 자유시 선전의 전제'라는 부제로 2회에 걸쳐 게재되었다. 이 논은 메이지 이래의 학교 창가가 유신 후의 일본 어린이들을 그르친 결과가 되었다고 비난했다. 그 이유로 어린이에 대해서도 그리고 그 생활에 대해서도 잘 몰랐다는 사실과 재래의 일본 동요에 대해서도 아무것도 몰랐다는 사실을 원인으로 들고 있다. 그리고 '동요 부흥'의 필요성을 느끼고 창가는 동요를 근본으로 해야 한다고 강조했다. 그러나 방정환이 이 논의를 읽었을 가능성은 있지만 이들 논이 방정환의 동화론에 어떻게 반영되었는지에 대해서는 확인할 수 없다.

대부터 왕성하게 제기되기 시작했다. 먼저 1909년에 실업지일본사(實業之日本社)에서 하타 이치마쯔(波多市松)가 쓴 『어린이의 연구(子供の研究)』가 출판되었다. 4년 후에는 타카기 토시오의 『수신교수 동화의 연구와 그 자료(修身教授 童話の研究と其の資料)』(宝文館, 1913)와 아시야 로손(蘆谷蘆村)의 『교육적 응용을 주로 한 동화의 연구(教育的応用を主としたる童話の研究)』(勧業書院, 1913)가 집필되었다. 그 이후에도 연이어 아시야 로손의 『동화 및 전설에 나타나는 공상의 연구(童話及伝説に現れたる空想の研究)』(以文館, 1914)와 타카기 토시오의 『동화의 연구』(婦人文庫刊行会, 1916), 니헤이 카즈쯔구(二瓶一次)의 『동화의 연구(童話の研究)』(戸取書店, 1916)[3], 마쯔무라 타케오(松村武雄)의 『동화 및 아동의 연구(童話及び児童の研究)』(培風館, 1922)[4]가 출판되었다. 그리고 잡지 또한 질세라 1921년 1월과 2월의 『예술자유교육(芸術自由教育)』에는 키타하라 하쿠슈(北原白秋: 1885~1942)의 「동요 부흥」이 게재되고 같은 해 6월의 『와세다문학』의 특집란에는 '동화 및 동화극에

---

3 책 표지와 서지는 표제와 같은 책 제목이지만 목차에는 '이론과 실제 동화의 연구(理論と実際童話の研究)'라는 부제가 딸려 있다. 부제에서 알 수 있듯이 이론과 구연의 기술론으로 구성되어 있다. 이로 보아 구연을 즐겨 했던 방정환이 이 서적 또한 한 권의 참고 서적으로써 즐겨 읽었을 가능성이 있다고 볼 수 있다. 그리고 이와야 사자나미의 서문이 있어 당대의 아동문학이 놓여진 상황을 엿볼 수 있다. 또한 이론편의 주된 항목은, 「동화 및 동화 발달의 순서(童話及童話発達の順序)」「동화 연구의 순서(童話研究の順序)」「동화의 선택 및 선택 표준(童話の選択及選択標準)」「동화의 교육적 세력(童話の教育的勢力)」「동화와 아동 심리의 교섭(童話と児童心理との交渉)」「동화의 사명(童話の使命)」「서양과 일본과의 비교(西洋と日本との比較)」「대표적 동화의 연구(代表的童話の研究)」의 순서로 구성되어 있다. 이론편에 이어 「구연에 대한 연구(話し方の研究)」에서는 구연의 기술을 논하고 「설화의 실제(説話の実際)」에서는 구연 대본과 함께 상연상의 유의사항을 서술해 그 본보기가 되었다. 서양과 일본과의 비교에서는 특별한 점은 없었으나 일본의 5대 무카시바나시(昔話)에 대해서도 간략하게 서술했다. 다만 모모타로 이야기를 '완벽한 동화'라고 높이 평가한 부분이 눈에 띈다. 그리고 서양의 동화로는 그림, 이숍, 안데르센을 예로 들고 있어 다이쇼시대 초기의 외국 아동문학의 인식도를 엿볼 수 있다.

4 이상금(2005)은 1922년 8월에 출판된 마쯔무라 타케오의 『동화 및 아동의 연구(童話及び児童の研究)』(培風館)가 '한국의 전래동화가 일본의 옛날이야기에 끼친 영향' 등을 연구하여 동화와 교육을 관련시켜 논한 사실 등을 들어 방정환의 「새로 개척되는 동화에 관하여」에 끼친 영향에 대해서 논하고 있다. 그러나 필자가 마쯔무라 타케오의 텍스트를 조사한 결과 마쯔무라 타케오는 방정환이 사용하지 않은 '동심'이라는 말도 많이 사용하고 있는 등 상당한 차이를 보이고 있어 참고로 했을 가능성을 부정할 수는 없지만 직접적인 영향 관계는 찾아볼 수 없었다.

대한 감상(童話及童話劇についての感想)'이라는 제목으로 네 편의 논문이 게재되었다. 1922년 7월에는 드디어 일본동화협회(日本童話協会)에서 동화에 관한 전문 잡지 『동화연구』가 창간되었다. 이와 같이 '동화·동요 운동'을 시작으로 동화에 관한 연구서와 논문이 상당수 출판된 당시의 일본 상황이 방정환에게 얼마나 큰 자극이 되었을지를 상상하는 것은 어렵지 않다.

그중에서도 특히 방정환이 「새로 개척되는 동화에 관하여」를 집필할 때에 가장 큰 영향을 받은 것은 앞서 언급한 것처럼 타카기 토시오의 『동화의 연구』(1916)와 『와세다문학』의 특집란 '동화 및 동화극에 대한 감상'(1921.6)과 잡지 『동화연구』(1922.7) 창간호의 창간사이다.

『와세다문학』의 특집란은 시마자키 토손(島崎藤村: 1872~1943)의 「동화에 대하여(童話について)」(17~19쪽)와 오가와 미메이의 「내가 동화를 쓸 때의 마음가짐(私が童話を書く時の心持)」(19~21쪽), 스즈키 미에키치의 「소년소녀극(少年少女劇)」(22~25쪽), 아키타 우자쿠의 「예술 표현으로써의 동화(芸術表現としての童話)」(25~28쪽)의 네 편으로 구성되어 있다. 그러나 시마자키 토손의 글은 아키타 우자쿠와 쿠스야마 마사오와 함께 개최한 강연회에 대한 감상을 쓴 것으로 자신의 동화론이라기보다는 아키타 우자쿠와 쿠스야마 마사오가 어떠한 내용에 대해서 발표했는지에 대해서 정리한 것이다. 그리고 자작 동화 『어린 이들에게(幼きものに)』를 쓰게 된 동기 등에 대한 잡감에 지나지 않아 방정환의 「새로 개척되는 동화에 관하여」에 끼친 직접적인 영향은 찾아볼 수 없다. 또한 스즈키 미에키치의 글도 '소년소녀극'에 대한 글이므로 직접적인 영향은 없다고 봐도 무방할 것이다.

따라서 본 장에서는 타카기 토시오의 저서 『동화의 연구』와 아키타 우자쿠와 오가와 미메이의 두 편의 동화 이론, 그리고 잡지 『동화연구』의 창간사 「문화 생활과 아동 예술(文化生活と児童芸術)」에 주목하여 이 네

개의 텍스트를 분석함으로써 이들 이론이 방정환의 동화론에 끼친 직접적인 영향에 대해서 고찰하고자 한다. 이러한 실제 자료를 비교 대조하여 검증하는 작업은 일본 다이쇼시대의 아동문학이 방정환에게 끼친 영향 관계를 밝히는 데 있어서 중요한 작업이라고 할 수 있다.

다음 절에서는 먼저 방정환의「새로 개척되는 동화에 관하여」에 대해서 간략하게 서술해 두고자 한다.

2. 방정환의「새로 개척되는 동화에 관하여」의 구성 및 내용

방정환은 1921년『천도교회월보』에 첫 번역동화「왕자와 제비」를 발표함과 동시에「동화를 쓰기 전에 어린애 기르는 부형과 교사에게」(『천도교회월보』 통권126호, 1921.2)를 발표하여 자신의 새로운 활동의 하나로써 동화를 쓰게 되었다는 사실을 밝혔다. 거기에서 아이를 키우는 부형과 교사들에게 "귀여운 어린 시인에게 돈 주지 말고, 과자 주지 말고, 겨를 있는 대로, 기회 있는 대로, 신성한 동화를 들려주시오"라고 하여 동화를 들려주는 것이 얼마나 중요한 일인가를 주장했다. 또한 마지막에 "내가 생각하는 것을 쓰기 전에 외국 동화 한 편을 소개하고 다음부터 자신의 창작을 발표할 것이다"라고 덧붙였다. 동화를 쓰기 전에 창작동화가 아닌 번역동화를 먼저 소개하겠다는 자신의 계획과 의지를 밝힌 것이다. 2년 후 1923년 1월에는『개벽』(제4권 제1호)에「새로 개척되는 동화에 관하여」를 발표하여 동화에 관한 이론, 그리고 자신의 동화관 등에 대해서 논했다. 또 그 2년 후에는《동아일보》에「동화작법(동화를 쓰는 이들에게)」(1925년 1월 1일자)를 발표했다.

5년 동안에 불과 세 편에 지나지 않지만 이러한 동화론에는 방정환의 동화관이 잘 나타나 있다. 특히「새로 개척되는 동화에 관하여」는 방정환의 동화관과 어린이관이 가장 잘 나타나 있는 이론으로 많은 연구에서 언급되고 있으며 근대 한국의 첫 아동문학론으로 높이 평가받고 있다. 심명숙(2002)은 방정환의 「새로 개척되는 동화에 관하여」를 한국 최초의 본격적인 아동문학의 비평 형식을 띈 논이라고 평가했다.[5] 또한 조은숙(2004)은 「새로 개척되는 동화에 관하여」가 '동화란 무엇인가'라는 문제를 정면에 끌어낸 것 등을 들어 한국 근대 아동문학론의 효시라고도 할 수 있다고 평가했고, 「새로 개척되는 동화에 관하여」를 텍스트로 하여 전체적으로 분석함으로써 '동화'라는 새로운 영역을 개척한 역사적인 의의와 근대의 새로운 동화의 표상과 아동문학과의 관계에 대해서 고찰했다. 지금까지 「새로 개척되는 동화에 관하여」 자체를 연구 대상으로 하여 분석한 연구는 없었으므로 아주 의미있는 연구라고 할 수 있다. 그러나 「새로 개척되는 동화에 관하여」가 일본의 영향을 받았다는 사실에 대한 언급을 하고는 있지만 그 중요성에 대해서는 면밀히 밝히지 못했다는 아쉬움이 있다.[6]

1) 구성 및 내용

「새로 개척되는 동화에 관하여」에는 내용이 어느 정도 추측 가능한 다음과 같은 목차가 있지만 전개되는 내용이 순서와는 다르므로 목차라고도 하기 어렵다.[7]

(1) 동화란 무엇인가

(2) 동화에 관한 일반의 이해

---

5 심명숙, 「한국 근대의 아동문학론 연구」, 인하대학교 석사논문, 2002, 18쪽.

6 조은숙, 「'동화'라는 개척지―방정환의 『새로 개척되는 동화에 관하여』(1923)를 중심으로」, 『어문논집』 50, 민족어문학회, 2004, 405~432쪽.

7 번호는 편의상 필자가 붙인 것이다.

(3) 동화는 소년만이 읽을 것인가

(4) 고래동화의 발굴

(5) 지방 청년, 특히 교사, 청년회, 문예부에게 바라는 것

(6) 그 외 잡감

「새로 개척되는 동화에 관하여」는 당시 한국에서 발표된 동화에 대한 논 중에서는 가장 자세한 논이었다고 할 수 있지만 구성이 치밀하지 않은 점과 논리적이지 않은 부분이 있으므로 필자는 다음과 같이 내용에 따라 새로이 각 단락의 제목을 붙이고자 한다.

① 집필 동기

② 동화의 필요성 1

③ 동화의 정의

④ 동화의 필요성 2

⑤ 예술로써의 동화의 장래성

⑥ 동화 작가의 모습

⑦ 영원한 아동성을 위한 동화

⑧ 한국 동화계의 현상(現狀)

⑨ 고래동화 발굴의 필요성

⑩ 그 외 잡감

특히 일본의 동화 이론에서 직접적인 영향을 받았을 것으로 추측되는 부분에 대해서 논하고자 한다. 그중에서 타카기 토시오의 『동화의 연구』에서 영향을 가장 많이 받았을 것으로 보이는 것은 ②④의 '동화의 필요성'과 ③의 '동화의 정의', ⑨의 '고래동화 발굴의 중요성' 부분이다. 그리고 오가와 미메이와 아키타 우자쿠의 동화론의 영향을 가장 많이

받은 것으로 보이는 부분은 ⑤의 '예술로써의 동화의 장래성'과 ⑥의 '동화 작가의 모습', ⑦의 '영원한 아동성을 위한 동화' 부분이다. 또한 잡지 『동화연구』의 창간사에서도 ②④의 '동화의 필요성'에 영향을 받은 것으로 보여진다.

2) 집필 동기

방정환은 서두에서 집필 동기에 대해서 다음과 같이 서술하고 있다.

> 昨今 우리에게서 二三의 童話集이 発刊되고 各種의 雑誌도 다투어 童話를 掲載하게 된 새 現象은 크게 깃븐 傾向이다. 〔중략〕 이 機會에 拙見이나마 童話 研究에 關한 여러가지 問題를 되도록 具体的으로 다음 號나 느즈면 그 다음 號부터 쓰기로 한 바 이제 그것을 쓰기 始作하기 前에 極히 大體로의 童話에 關한 雑感을 몃 가지 써야 할 必要를 나는 느낀다. 그것은 아즉까지도 一部 識者를 除한 外의 一般이 넘우나 童話에 對한 理解가 업는 것을 아는 까닭이다.
>
> (「새로 개척되는 동화에 관하여」, 18쪽)

방정환이 「새로 개척되는 동화에 관하여」를 쓴 목적은 '일반 어른들에게 동화에 대한 이해를 구하는 것'이었다. 이 글에서도 알 수 있듯이 당시 조선에는 아직 동화에 관한 이론이 존재하지 않았고 거의 모든 사람들이 동화의 의미는 물론 동화라는 단어조차 잘 모르는 시기였다.[8] 방

8 방정환의 「새로 개척되는 동화에 관하여」 이외의 1920년대 전반에 발표된 아동문학론은 상술한 방정환의 두 편의 논문 외에는 버들쇠, 「동요를 창작하려는 분께」(『어린이』 1924.2), 버들쇠, 「동요 만드는 법」(『어린이』 1924.4), 전영택, 「소년 문제의 일반적 고찰」(『개벽』 1924.5), 요안자, 「동화에 관한 일고찰—동화작가에게」(《동아일보》 1924.12.29) 등이 있지만 모두 1924년에 쓰여진 것으로 내용적으로도 방정환의 「새로 개척되는 동화에 관하여」만큼 구체적이고 상세한 동화론은 없다.

정환은 실제로 서울 모지에서 '동화극(童話劇)' 대신에 활동 사진의 '활' 이라는 글자를 빌려 '동활극(童活劇)'이라고 표기한 기사를 보고 개탄했다고 밝히고 있다. 제2장에서도 언급했듯이 '동화'라는 용어는 당시 일본에서도 『아카이토리』 창간(1918) 이래 '아카이토리운동'의 일환인 '동화·동요 운동'에 의해 사용되어 널리 퍼진 용어였으며 당시 조선에서는 아직 익숙하지 않은 단어였다. 그러나 방정환은 연이어 동화집이 출판되어 많은 잡지에 동화가 게재되기 시작한 사실은 기뻐할 일이며 이러한 새로운 사업을 위해서는 '동화 연구'에 관한 이론도 필요하다고 강조했다. 여기에서는 방정환이 당시 조선의 아동문학의 현실을 정확하게 파악하고 있었으며 '동화'를 단계적으로 정착시키고자 하는 계획성도 있었다는 사실을 엿볼 수 있다. 그러나 방정환은 다음 회에도 계속해서 논할 것이라고 했지만 그 다음은 없었다. 이 사실에 대해서 조은숙(2004)은 『어린이』 발간 등의 일에 쫓겨 동화에 관한 이론적인 설명을 전개할 여유가 없었을 것이라고 추측했다.[9]

후반부 ⑧의 '한국 동화계의 현상(現狀)'에서는 여태까지 한국에서 발간된 동화집이 『사랑의 선물』을 포함하여 세 권밖에 없다는 사실과 동화 작가도 손가락을 꼽을 만큼 적다며 한국 동화계의 현상에 대한 유감의 뜻을 표했다. 동화를 연구하고 또한 창작하는 동지가 더 늘기를 간절히 바라는 마음을 절실하게 써 내려갔다. 나아가 현재 출판되어 있는 동화집과 잡지에 게재되어 있는 동화는 대개가 외국 동화의 번역이며 창작이 없다는 사실은 아쉬운 일이라고도 논했다. 그러나 동화도 다른 문학과 마찬가지로 일시적인 수입기는 불가피하며 그것이 동화의 세계를 넓혀가는 근저가 될 것임에 틀림없다고 하는 긍정적인 의견도 보인다.

---

9 조은숙, 「'동화'라는 개척지—방정환의 『새로 개척되는 동화에 관하여』(1923)를 중심으로」, 408쪽.

마지막으로 혼자서는 무리겠지만 많은 사람들이 동화의 보급에 힘쓴다면 「파랑새」와 「한네레의 승천」 같은 유명한 동화극도 일반에 공연할 수 있게 될 것이라고 논하고 있는데 여기에서는 방정환이 동화극에 대해서도 관심이 많았다는 사실을 알 수 있다.

3. 타카기 토시오의 『동화의 연구』와 잡지 『동화연구』의 영향

1) 타카기 토시오와 『동화의 연구』

앞에서 언급했듯이 타카기 토시오의 『동화의 연구』는 1916년에 부인문고간행회(婦人文庫刊行会)가 간행한 것이다. 타카기 토시오는 일본 신화연구에 범세계적으로 분포하는 설화를 대상으로 하여 비교 역사적 방법을 적용하여 일찍부터 훌륭한 개별 연구를 진행했다. 『동화의 연구』는 이러한 연구 경험을 기반으로 하여 쓰여진 일본 최초의 동화 연구 개설로 평가받고 있다.[10] 그리고 타카기 토시오는 일본 신화 연구 개척자의 한 사람이며 그 일환으로써 전설과 민간 동화를 채택하여 연구하였다. 타카기 토시오는 독일문학을 전공하였는데 처음에는 신화학에 관심을 가져 일찍부터 주목받고 있었다. 신화의 분석을 시도한 타카기 토시오는 신화와 전승동화가 서로 통하는 부분이 있을 뿐만 아니라 형식에서도 공통된다는 사실에 착목하여 그 수집을 행하고 이론 구축에 관한 집필을 시작했다. 전자가 『일본전설집(日本伝説集)』이고 후자가 『동화의 연구』이다.[11] 그러므로 『동화의 연구』는 일본 최초의 민간 동화 비교 연

10 関敬吾,「この本に寄せて」,『童話の研究』, 講談社学術文庫, 1977, 3쪽.
11 山田野理夫,「解説 高木敏雄のこと」,『童話の研究 その比較と分析』, 太平出版社, 1977, 217쪽.

구의 서설이라는 평가 또한 받고 있다.[12]

신화 연구자였던 타카기 토시오의 동화관은 스즈키 미에키치와 오가와 미메이의 동화관과는 조금 달리 '동화'의 정의 및 분류에서는 민속학적인 경향이 엿보인다. 이에 대해서는 후술하고자 한다.

한편 출판을 담당한 부인문고간행회에서는 두 시리즈, 즉 '부인문고' 시리즈와 '가정문고' 시리즈가 출판되었다. 『동화의 연구』는 후자의 시리즈 중 한 권에 속한다. 이 책은 1916년 1월 31일에 출판되었는데 인기가 많았는지 7월 5일에 재판되었다. 같은 시리즈로 같은 해 11월 30일에는 산다야 히라쿠(三田谷啓: 1881~1962)가 집필한 『아동의 교양(児童の教養)』이 출판되었고 이 연구서 또한 다음 해 4월에 재판되었다. 이와 같이 '가정문고' 시리즈는 일반을 대상으로 한 도서로 아동문학과 아동교육에 관한 책을 출판했던 것으로 보여지며 재판이 이어진 것으로 보아 어느 정도 인기가 있었던 것으로 보인다. 연구서가 출판되기 시작한 시기라 아동문학에 관심을 가지고 있던 작가와 일반인들에게도 많이 읽혔을 것으로 짐작된다.

『동화의 연구』는 전부 11장으로 구성되어 각 장의 제목을 나열해 보면 아래와 같다.

제1장 동화 옛날이야기 오토기바나시(童話 昔噺 お伽噺)
제2장 동화의 목적(童話の目的)
제3장 동화의 기원과 그 전파성(童話の起源とその伝播性)
제4장 동화 선택의 표준(童話選択の標準)
제5장 동화의 적용(童話の適用)
제6장 동화의 변호(童話の弁護)

12 関敬吾, 「解説」, 『童話の研究』, 講談社学術文庫, 1977, 212쪽.

제7장 지력의 승리(知力の勝利)

제8장 성공과 실패(成功と失敗)

제9장 골계취미(滑稽趣味)

제10장 동화와 천연전설(童話と天然伝説)

제11장 사적통관(史的通觀)

각 장의 타이틀만 보아도 '동화'라는 용어의 의미를 시작으로 옛날이야기와 오토기바나시와의 차이점, 동화의 목적, 그 기원 등에 대한 본격적인 연구라는 것을 알 수 있다. 그중에서 방정환이 가장 많이 참고로 한 부분은 제1장 '동화 옛날이야기 오토기바나시'와 제2장 '동화의 목적', 그리고 마지막으로 제12장 '사적통관' 부분이다.

타카기 토시오는 제1장에서 '동화'라는 용어는 메이지시대에 들어서 새로 생겨난 것이 아니며 또한 유럽어에 대한 번역어도 아니라고 논했다. '동화(童話)'라는 말을 '아이(童)의 이야기(話)'라는 의미로 정의하고 일본에서 처음으로 이 의미로 사용된 것은 쿄큐테이 바킨(曲亭馬琴: 1767~1848)의 『연석잡지(燕石雑志)』에서 '童話'라고 써서 'わらべものがたり(아이 이야기)'라고 읽은 것이 최초라고 논하고 있다. 나아가 산토 쿄덴(山東京伝: 1761~1816)의 『골동집(骨董集)』에서도 '童話'라는 용어가 사용되어 'むかしばなし(옛날이야기)'라고 읽었지만 같은 의미로 사용되었다고 논하면서 일본어에서의 '동화'라는 용어의 역사에 대해서 언급하고 있다. 또한 세계의 문명국을 통틀어 가장 적절하고 바른 용어는 일본어의 '동화'와 독일어의 'Kinder-Märchen', 단 두 개뿐이라고 단정지었다.[13] 여기에서는 이 연구서가 '동화'라는 장르에 대해서 얼마나 전문적이며 또한 그를 뒷받침할 만한 본격적인 고찰을 했다는 사실을 알 수 있다. 그

13 高木敏雄, 「童話 昔話 お伽噺」, 『童話の研究』, 婦人文庫刊行会, 1916, 9쪽.

리고 이 부분은 본 연구의 제2장 3절에서 이미 언급했듯이 많은 연구에서 참고로 하고 있어 아주 귀중한 자료라고 할 수 있다.

제2장의 '동화의 목적'에서는 "동화는 오락을 근본적인 취지로 하여 교훈을 목적으로 하며 아동을 위해서 가정에서 들려주는 민간설화"[14] 라고 논하면서 그 정의의 요건으로 다음과 같은 다섯 개의 항목을 들고 있다.

① 오락을 중심 내용으로 할 것
② 교훈을 목적으로 할 것
③ 아동을 상대로 할 것
④ 가정에서 들려주는 것
⑤ 이야기문학의 형식을 겸비할 것

이상의 다섯 가지 요건 중에서 어느 것 하나가 결여되어도 동화로서의 자격을 잃는다고 논하고 '동화'라는 것은 '아동을 상대로 하여 오락을 중심 내용으로 한 것으로 교훈을 목적으로 한 이야기문학의 형식을 가지며 가정에서 들려주는 민간설화'라고 정의하고 있다.[15]

앞 절에서 언급했듯이 방정환의 「새로 개척되는 동화에 관하여」가 타카기 토시오의 『동화의 연구』에서 가장 많은 영향을 받은 것으로 보여지는 부분은 전반부의 '동화의 정의'와 '동화의 필요성', 그리고 후반부의 '고래동화 발굴의 필요성' 부분이다. 다음 절에서는 그 영향 관계를 검증하기 위해서 자료를 비교 분석하고자 한다.

---

14 〔일본어 원문〕
童話は娯楽を旨として教訓の目的を有し、児童のために家庭において物語られる民間説話である。

15 高木敏雄, 「童話 昔話 お伽噺」, 『童話の研究』, 15쪽.

2) 동화의 정의

방정환은 「새로 개척되는 동화에 관하여」의 내용 중 '동화의 정의' 부분에서 다음과 같이 논하고 있다.

童話의 童은 児童이란 童이요, 話는 説話이니, 童話라는 것은 児童의 説話, 또는 児童을 爲하야의 説話이다. 従来에 우리 民間에서는 흔히 児童에게 들려주는 이약이를 '옛날이약이'라 하나 그것은 童話는 特히 時代와 處所의 拘束을 밧지 아니하고 大概 그 初頭가 '옛날 옛적'으로 始作되는 故로 童話라면 '옛날이약이'로 알기 쉽게 된 까닭이나 決코 옛날이약이만이 童話가 아닌즉 다만 '이약이'라고 하는 것이 可合할 것이다.('이약이'의 語源에 關하야는 興味잇는 이약이가 잇스나 다음에 仔細 쓰기로 한다)

(방정환의 「새로 개척되는 동화에 관하여」, 19쪽)

여기에서 방정환은 '동화라는 것은 아동의 설화, 또는 아동을 위한 설화'라고 간단명료하게 정의하고 있다. 그러나 이것은 다음과 같은 타카기 토시오의 동화의 정의를 그대로 답습한 것에 지나지 않는다.

동화의 동은 아동의 동, 화는 설화의 화, 따라서 동화는 아동의 설화, 혹은 아동을 위한 설화이다. 설화라는 것은 물론 이야기라는 뜻이다.[16]

(타카기 토시오, 「동화 옛날이야기 오토기바나시」, 『동화의 연구』, 4쪽)

나아가 방정환은 종래의 옛날이야기를 동화와 동일시하는 관점을 부

16 〔일본어 원문〕
童話の童は児童の童、話は説話の話、したがって童話は児童の説話、あるいは児童のための説話である。説話とはもちろん物語の義である。

정하고 옛날이야기는 단지 동화의 일부라는 사실을 강조하고 있다. 옛날이야기와 동화를 동일시하게 된 원인에 대해서 옛날이야기나 동화 중에는 그 발단부에 '옛날 옛날에'라는 구로 시작하는 것이 많기 때문이라고 설명하고 있는데 그것 또한 아래의 타카기 토시오의 이론을 그대로 답습한 것이라는 사실을 알 수 있다.

> 옛날이야기는 즉 옛날 이야기로 과거의 일을 재료로 한 일절의 이야기는 모두 옛날이야기이다. 다만 특히 옛날이야기라는 용어를 동화와 같은 의미로 사용하게 되었는데 이러한 쓰임이 바른 쓰임이라고 생각하게 된 것은 동화의 발단에는 대체로 '옛날 옛날에'라는 구가 있기 때문에 일어난 일이다.[17]
>
> (타카기 토시오, 「동화 옛날이야기 오토기바나시」, 『동화의 연구』, 12~13쪽)

한국에 옛날이야기는 있지만 오토기바나시는 없다. 그 때문에 동화와 옛날이야기의 차이를 설명하는 것은 가능해도 오토기바나시와의 세 가지 분류는 불가능했고 그 필요성 또한 없었기 때문에 방정환은 옛날이야기와 동화에 대해서만 논한 것으로 보여진다.

타카기 토시오 연구의 도입부는 다음과 같이 '동화란 무엇인가' 라는 질문에서 시작된다. 그러나 방정환은 그 단락을 도치하여 중심부에 '옛날이야기'에 관한 내용을 삽입했다. 단락의 배치를 바꾸기만 하고 용어의 선택은 물론 내용도 타카기 토시오의 이론을 그대로 옮겼다고 할 수 있다.

---

17 〔일본어 원문〕
昔噺はすなわち昔の話で、過去のことを材料とした一切の話はことごとく昔噺である。ただとくに昔噺という語を、童話と同じ意味に用うるようになり、かく用うるのが正しくあるように思われるに至ったのは、童話の発端にはたいてい「むかしむかし」の一句があったから起こったのである。

동화란 무엇인가. 그 질문에 답하기에는 동화의 형식과 내용을 생각하여 그 성질을 밝힐 필요가 있음은 물론 동화를 역사적으로 생각하여 그 기원, 발달, 변천의 흔적을 소상하게 밝혀 동화와 동화와 유사한 것과의 구별을 논하고, 동화의 범위를 정하고 나아가 실제상의 방면으로 보아 동화의 목적, 응용, 아동교육의 재료로써의 동화의 취사선택의 표준, 화법 등까지도 논하지 않으면 안 된다. 만약 한 발 더 나아가 순과학적 입장에서 동화를 관찰하는 단계가 되면 오른쪽에 논한 사항 외에도 동화의 분류까지 들어가 비교 연구를 시도하지 않으면 안 된다.

대체적인 견지에서 보면 동화라는 것이 어떤 것인가 하면 누구나 알고 있는 「猿蟹合戰」과 「かちかち山」와 「一寸法師」 이야기와 「舌切雀」와 같은 것이라는 대답으로 충분하다. 다만 학문적으로 간단명료한 정의를 내리는 것은 아주 어렵다. 먼저 동화라는 성어부터 설명하고자 한다.[18]

(타카기 토시오, 「동화 옛날이야기 오토기바나시」, 『동화의 연구』, 3~4쪽)

이 인용문 중 마지막 단락에 해당하는 방정환의 문장은 아주 흥미롭다. 타카기 토시오는 옛날이야기 중에서도 동화의 성질을 나타내는 이야기의 구체적인 예로 「사루가니갓센(猿蟹合戰)」 「카치카치야마(かちかち山)」 「잇슨보우시(一寸法師)」 「시타키리스즈메(舌切雀)」의 네 편을 들고 있

18 〔일본어 원문〕

童話とはなんであるか。この問いに答えるには、童話の形式と内容とを考えて、その性質を明らかにする必要があるのはもちろんのこと、童話を歴史的に考えて、その起源、発達、変遷の跡をつまびらかにし、童話と童話に類似するものとの区別を論じて、童話の範囲をさだめ、さらに進んで、実際上の方面からして、童話の目的、応用、児童の教育の資材としての童話の取捨選択の標準、話し方などまでも論じなければならぬ。もしなおさらに一歩を進めて、純科学的の立場から童話を観察する段になると、右に述べた事項のほかに、童話の分類にまで立ち入って比較研究を試みなければならぬ。

大体の見地からして、童話とはいかなるものかといえば、誰も知っている「猿蟹合戦」や、「かちかち山」や、「一寸法師」の話や、「舌切雀」のようなものだ、との答えでじゅうぶんである。ただ学問的に簡単明瞭な定義を立てることがいかにも困難である。まず、童話という成語から説く。

다. 이것에 대해 방정환은 다음의 인용에서 한국의 옛날이야기 중에서 동화의 성질을 가진다고 판단한 이야기 네 편을 들고 있다.

> 이 童話라는 어떤 것인가 함에 對하야는 좀 더 詳細히 말하자면 童話의 形式과 內容을 들어 그 性質을 말하고 그 起源과 発達의 経路를 차저서 童話와 다른 類似한 것과의 區別을 세우고 더 一步 나아가서 純科學的 立場에셔 童話를 觀察하자면 童話의 分類에까지 들어가 그 比較研究를 行하지 아니하면 안 될 것인즉 그것은 勿論 다음 番에 次例를 밟아 쓰겟거니와 大體의 見地로 보아 아즉 童話라는 것은 누구나 아는 바 「해와 달」「흥부와 놀부」「콩쥐팟쥐」「별주부(톡긔의 간)」等과 가튼 것이라고만 알아 두어도 조흘 것이다.
>
> (방정환의 「새로 개척되는 동화에 관하여」, 19쪽)

「해와 달」「흥부와 놀부」「콩쥐팥쥐」「별주부전」이야말로 방정환이 생각하던 조선의 동화였던 것이다. 타카기 토시오가 대표적인 동화로써 예로 든 네 편의 일본의 옛날이야기에 상응할 수 있는 조선의 이야기가 바로 이 네 작품이었던 것이다. 이 네 편의 이야기는 예로부터 전해 내려오던 이야기로 조선 사람이라면 누구나가 알고 있고 누구나가 좋아하는 이야기였으므로 동화의 한 예로써 이해하는 데 어려움은 없었을 것이다.[19]

---

19 참고로 1917년 조선의 옛날이야기를 수집하여 동경경문관(東京敬文館)에서 간행된 타카기 토시오의 저서 『신일본교육옛날이야기(新日本教育昔噺)』에는 「兎の生肝(토끼의 생간)」이라는 제목으로 「별주부전」이 수록되어 있고 「瘤取(혹부리)」라는 제목으로 「혹부리 영감」이, 그리고 「新舌切り雀(신 혀 짤린 참새)」라는 제목으로 「흥부전」이 수록되어 있다. 또한 1924년 9월에 간행된 조선총독부편 『조선동화집(朝鮮童話集)』에는 「ノルブと興夫(놀부와 흥부)」라는 제목으로 「흥부전」이 수록되어 있고 「亀のお使い(거북이의 심부름)」이라는 제목으로 「별주부전」이 수록되어 있다. 나아가 1926년에 후잔보(冨山房)에서 출판된 『조선동화집(朝鮮童話集)』에도 「亀のお使い(거북이의 심부름)」이라는 제목으로 「별주부전」과 「燕の脚(제비의 다리)」라는 제목으로 「흥부전」의 두 작품이 수록되어 있다. 일본에서 편집된 조선의 동화집에는 해와 달님이 된 남매의 이야기 「해와 달」과 한국 민담의 형태를 한 신데렐라 이야기 「콩쥐팥

그리고 여기에서는 일반적으로 누구나 동화라는 용어를 마주했을 때 먼저 옛날이야기를 연상하게 된다는 당시의 실정에 대해서 한탄하면서 타카기 토시오의 말을 빌려 '동화의 형식과 내용을 들어 그 성질을 말하고 그 기원과 발달의 경로를 찾고', 한걸음 더 나아가 '순과학적인 입장에서 동화를 관찰하자면 동화의 분류에까지 들어가 그 비교 연구를 하지 않으면 안 된다'고 주장하고 있다. 본격적인 동화의 연구를 하고자 한 것으로 보여지나 동화의 분류와 비교 연구에 대해서는 다음 기회로 미루고 있다. 결국 동화라는 것은 아직 민담과 같은 것이라는 것만 알아두면 된다고 하는 애매한 결론을 짓고 있다. 이것은 타카기 토시오의 이론을 단기간에 흡수했기 때문이기도 했고 한 권의 연구서를 단 몇 페이지로 정리하여 발표하는 것이 어려웠기 때문이었을 수도 있다. 아니면 아직 스스로도 동화 이론이 체계적으로 정립되지 않았던 것일지도 모른다. 방정환의 이 논문은 보다 전문적인 논을 몇 차례에 걸려 연재하기 위한 개론 단계로 쓰인 것으로 보인다. 그러나 앞에서도 언급했듯이 연재하겠다는 약속은 지켜지지 않았다.

3) 동화의 필요성

필자가 작성한 목차의 ②와 ④에 해당하는 '동화의 필요성'을 나타내는 글로 아래와 같은 예를 들 수 있다.

童話는 그 少年, 児童의 精神生活의 重要한 一部面이고 最緊한 食物이다. 文化的으로 進化한 現代에 잇서서는 우리네의 人間的 教養의 一要素로 藝術이

쥐」는 수록되어 있지 않다. 두 이야기 다 한국에서는 옛날부터 전해져 내려와 누구나 알고 있는 이야기이다. 그러므로 방정환에게는 이 이야기들이야말로 '동화'라는 인식이 있었다고 해도 조선의 민담을 수집하던 일본인 수집자에게는 한국에 대한 지식에 한계가 있었을 것이다.

絶對的으로 必要한 것과 가티 現代의 児童에게는 그 人間的 生活의 要素로 童話가 要求되는 것이다.

(방정환, 「새로 개척되는 동화에 관하여」, 19쪽)

여기에서는 방정환이 동화를 '식물(食物)'이라고 표현한 부분이 눈이 띄는데 이것은 후술하는 것처럼 타카기 토시오의 저서에서 많이 사용된 용어를 그대로 답습한 것이다.

방정환은 동화가 아동의 예술로써 필요하다는 사실을 주장했다. 인간의 교양으로써 정신 생활의 중요한 일부분인 예술이 문화가 발전해감과 동시에 더욱 필요해지는 것은 당연하며 그것은 어린이들의 경우도 마찬가지이며 어린이들에게는 그 예술이 즉 '동화'라고 논했다. 그러나 이것은 아래와 같은 『동화연구』의 창간사 「문화생활과 아동 예술(文化生活と児童芸術)」의 일부분과 동일하다.

동화는 아동의 정신 생활의 중요한 일부분이다. 동화는 아동의 예술이다. 문화적으로 진보해가는 현대에 있어서는 우리의 인간적 교양의 한 요소로써 예술이 절대적으로 필요함과 마찬가지로 현대의 아동에게 있어서는 그 인간적 교양으로써 동화가 요구된다.[20]

(「문화생활과 아동 예술」, 『동화연구』, 3쪽)

이 창간사를 누가 썼는지 필자의 이름을 밝히지는 않았지만 주재자인

20 「文化生活と児童芸術——創刊の辞によへて」, 『童話研究』 第1巻第1号, 日本童話協会, 1922.7, 3쪽. 구한자는 필자가 일부 신한자로 바꾸어 썼다.
〔일본어 원문〕
童話は、児童の精神生活の重要なる一部分である。童話は児童の芸術である。文化的に進歩せる現代に於ては、われわれの人間的教養の一要素として、芸術が絶対的に必要なると同じく、現代の児童には、その人間的教養の要素として童話が欲求せられる。

아시야 로손(蘆谷蘆村)이 쓴 것으로 보여진다. 3페이지에 걸쳐 쓰여진 이 글에는 잡지 『동화연구』의 창간 동기와 마음가짐이 잘 나타나 있다. 아동 문제의 이론적 연구지로는 메이지시대에 출판된 타카지마 헤이자부로(高島平三郎: 1865~1946)의 『아동연구(児童研究)』[21](1898년 11월 창간)가 있고 다이쇼기에도 『아동의 세기(児童の世紀)』(1921년 8월 창간)가 있었지만 양자 모두 아동문화와 아동교육을 중심으로 한 것이며 아동문학 전문 잡지로써는 『동화연구』가 최초였다.[22]

창간사에는 '아동의 예술'인 동화에 관한 연구 기관의 출현을 오랫동안 기다려 왔지만 그 갈망이 채워지지 않다가 드디어 동인들에 의해 잡지를 창간하게 되었다고 창간 동기를 밝히고 있다. 그리고 '이것으로 세상의 선배, 동호인의 자유로운 연구 기관으로 하여 조금이나마 그 길을 위해 작은 힘이라도 되고자 함이다'라고 덧붙였다. 또한 '이 기획이 세상의 많은 동호인, 아동을 사랑하는 교사, 자녀를 사랑하는 부형의 동정을 가지고 목적을 달성하는 게 가능하다면 동인들의 기쁨에 그치

---

21 20세기 초반 미국에서는 다위니즘의 영향을 받은 심리학자 스탠리 폴 등에 의해서 아동연구운동(Child Study Movement)이 일어나 그 영향은 세계 각지에 퍼지게 되었고 일본에까지도 이르렀다. 메이지23년(1890)에 심리학자 모토라 유지로(元良勇次郎: 1858~1912), 영어학자 칸다 나이부(神田乃武: 1857~1923), 사회학자 토야마 마사카즈(外山正一: 1848~1900), 교육학자 타카시마 헤이자부로(高島平三郎: 1865~1946)에 의해서 '일본교육연구회(日本教育研究会)'가 창설되었다. 이후 아동심리학자 쯔카하라 세이지(塚原政次: 1871~1946)와 심리학자 마쯔모토 코지로(松本孝次郎: 1870~1932)가 합류하여 메이지 31년(1898)에 월간지 『아동연구(児童研究)』를 발간하기에 이르렀다. 메이지35년(1902)에는 명칭을 '일본아동학회'로 개명하고 심리학, 교육학, 의학의 세 분야에서 종합적으로 연구를 하는 '아동학'을 표방하는 학회가 탄생했다.

22 『동화연구』의 회원으로는 이와야 사자나미(巖谷小波), 치바 쇼조(千葉省三: 1892~1975), 카시마 메이슈(鹿島鳴秋: 1891~1954), 타나카 우메키치(田中梅吉: 1883~1975), 야마노우치 아키오(山内秋生: 1890~1965), 마쯔미 스케오(松美佐雄), 후지사와 모리히코(藤沢衛彦: 1885~1967) 등 당시의 실연계(実演系) 동화가가 거의 참가했다고 한다. 쇼와시대에 들어서 창작동화 작가의 가입이 눈에 띄는데 지면에 실연에 관한 논문이 많았지만 아시야 로손을 비롯한 집필가의 대부분은 전승설화의 연구에서 근대동화의 연구, 그리고 해외 아동문학의 소개에 이르기까지 모든 분야에서 활약했다고 한다.(鳥越信, 『日本児童文学史研究』, 風濤社, 1971, 89쪽)

는 일은 없을 것이다'라고 잡지 간행에 있어서의 염원이 강하게 표현되어 있다.[23]

『동화연구』의 정가는 60전이었지만 회원제 형식을 취하고 있어 일본동화협회의 회비가 구독 대금으로 충당되는 시스템이었다. 그 때문에 판권장에 '비매품'이라고 기입된 호가 있다고 한다.[24] 그렇다면 방정환은 이 잡지를 어떠한 경로로 입수했을까 궁금해진다. 방정환이 「새로 개척되는 동화에 관하여」를 『개벽』에 발표한 것은 1923년 1월이고 『동화연구』가 창간된 것은 1922년 7월이다. 즉 『동화연구』가 발간되고 약 6개월 이내에 이 잡지를 보았다는 사실이 된다. 방정환은 1922년 3월에 토요대학을 퇴학한 후 1923년 가을에 일본에서 완전히 귀국하기 전까지 일본과 한국을 왕래하면서 『개벽』의 기자와 천도교 일을 중심으로 아동문학과 아동문화운동에 보다 열중하고 있었다.[25] 『동화연구』가 회원제 형식이었다고 한다면 간행되고 얼마 되지 않은 시기에 도서관에 있었을 가능성도 낮다고 할 수 있다. 그렇다면 방정환도 회원이었을까? 그 사실을 확인할 방법은 없지만 '동화'라는 단어가 들어가 있는 서적이라면 뭐든지 찾아내어 그것을 탐독할 정도였다고 전해지니 『동화연구』에도 관심을 가졌을 것이라는 사실은 의심할 여지가 없다.

『동화연구』 창간호에는 창간사에 이어서 이와야 사자나미의 「동화연구의 세 방면(童話研究の三方面)」과 아시야 로손의 「동화에 나타나는 민족성(童話に現れたる民族性)」 등 본격적인 동화론이 이어지지만 창간사 이외 부분을 인용하여 번역한 부분은 찾을 수 없다.

방정환은 동화의 필요성에 대해서 논할 때 내용면에서는 『동화연구』

23 「文化生活と児童芸術——創刊の辞によせて」, 『童話研究』, 4쪽.

24 藤本芳則 · 向川幹夫, 「『童話研究』解題」, 『近代児童文学研究のあけぼの』, 久山社, 1989년, 111쪽.

25 염희경, 「소파방정환연구」, 53~54쪽.

를 크게 참고로 하였지만 위에서 언급했듯이 동화를 아동의 '정신적인 식물(食物)'로 표현한 부분은 타카기 토시오의 말을 그대로 답습한 것이다. '식물(食物)'이란 '食べ物'라는 일본어로 '음식, 먹을 것'이라는 뜻이다.[26] 이와 같은 타카기 토시오의 말을 답습한 부분은 더 이어진다.

> 兒童 自身이 童話를 求하는 것은 決코 知識을 求하기 爲함도 아니요 修養을 求하기 爲함도 아니고 거의 本能的인 自然의 欲求일다. 生児가 母乳를 欲求하는 것과 가티 兒童은 童話를 欲求하는 것이라 母乳가 幼兒의 生命을 기르는 唯一한 食物인 것과 꼭 가티 童話는 兒童에게 가장 貴重한 精神的 食物인 것이다. 童話가 어느 時代 어느 곳에던지 업는 곳이 업고 갈 스록 더 그 世上을 넓혀가는 所以는 實로 世界全般 兒童의 生活에 不可缺할 精神的 食物로 本能的, 自然으로 欲求되는 까닭이다.
>
> (방정환, 「새로 개척되는 동화에 관하여」, 20쪽)

어린이들이 동화를 필요로 하는 것은 본능적인 욕구라고 하면서 동화의 필요성을 강하게 주장하고 있다. 여기에서도 한 번 더 정신적인 면에서의 필요성을 호소하고 있는 것이다. 그러나 이 부분은 다시 타카기 토시오의 텍스트로 돌아가 참고를 했다는 것을 알 수 있다. 다음은 『동화의 연구』의 「서(序)」의 일부이다.

> 아동이 동화를 좋아하는 것은 결코 지식을 구하고자 함도 아니요 수양을 위함도 아닌 거의 본능적인 자연의 욕구이다. (중략) 신생아가 모유를 필요로 하는 것과 같이 유소년에게 있어서 동화는 실로 정신적인 식물(食物)이다. 동화

26 타카기 토시오의 텍스트에서 사용된 '식물(食物)'이라는 용어는 '음식' 또는 '먹을 것'이라고 번역을 해야 자연스럽지만 본 연구에서는 방정환의 「새로 개척되는 동화에 관하여」가 타카기 토시오의 저서로부터 받은 영향 관계를 보다 알기 쉽게 나타내기 위해 일부러 '식물(食物)'이라고 그대로 번역했다.

의 존재가 어느 시대, 어느 곳에서도 이제껏 쇠퇴되지 않은 이유는 아마 여기에 있을 것이다.[27]

(부인문고간행회, 「서」, 『동화의 연구』, 1쪽)

「서(序)」의 문말에는 '부인문고간행회(婦人文庫刊行会)'라고 기록되어 있을 뿐 타카기 토시오가 쓴 글이라고는 기록되어 있지 않다. 그러나 다음에 인용하는 타카기 토시오의 텍스트와 마찬가지로 동화를 아동을 위한 '정신적인 식물'이라고 표현하고 있다는 점에서 이 글도 타카기 토시오 본인에 의한 것일 가능성이 높다고 할 수 있다.

나아가 타카기 토시오는 '동화의 목적'에서 다음과 같이 논하고 있다.

동화는 이야기문학으로써 오락을 제공하는 것을 당면의 목적으로 오락 안에서 교훈의 목적을 달성하는 것이다. 아동이 좋아하여 요구하는 각종의 식물(食物) 중에는 영양상 유효한 것이 있다. 아동에게 이런 종류의 식물을 제공하는 것은 아동을 기쁘게 하는 것이 당면의 목적이고 영양의 목적은 부산물로써 저절로 달성되는 것과 같이 동화가 제공하는 교훈은 부산물로써 서서히 암암리에 그 목적을 달성하는 것이다.[28]

(타카기 토시오, 「동화의 목적」, 『동화의 연구』, 38쪽)

---

27 〔일본어 원문〕
児童が童話を好むのは決して知識を求める為めでも修養の為めでもなく、殆ど本能的なる自然の欲求である。謂はば孩児より少年期への、乃至家庭より学校への過渡期に於ける調和的馴致剤である。生児の母乳を要するが如く、幼少年にとつては童話は実に精神的食物である。童話の存在が何時の世如何なる処にも嘗て衰へぬ所以は蓋し茲に在る。

28 〔일본어 원문〕
童話は物語文学として、娯楽を与えるのを当面の目的として、娯楽のうちに教訓の目的を達するのである。児童が好んで要求する種々の食物のうちには、栄養上有効なものがある。児童にこの種の食物を与えるのは、児童を喜ばせるのが当面の目的で、栄養の目的は副産物としておのずから達せられるとちょうど同じように、童話の与える教訓は副産物として、徐々に、暗々裡にその目的を達するのである。

타카기 토시오는 동화의 목적을 '오락 안에서 교훈을 가르치는 것'으로 보고 어린이들에게 '정신적 식물'로써 가장 영양상 유효한 것은 '아동을 기쁘게 하는 것'이며 부산물로써 '교훈'의 목적도 달성할 수 있는 것이라고 논했다. 여기에서도 어린이들에게는 '정신적 식물'로써 동화가 필요하다는 사실을 강조하고 그 동화로 어린이들에게 기쁨을 제공해야 한다고 논했다.

그리고 여기에서는 타카기 토시오가 이와야 사자나미로부터 영향을 받았다는 사실도 엿볼 수 있다. 이와야 사자나미도 소년문학의 제1요소는 '오락'이라고 믿었으며 거기에 '미적'이며 '시적'인 문학성을 가미하지 않으면 안 된다고 논했다.[29] 본 연구의 제2장에서도 언급했듯이 이와야 사자나미의 '소년문학'은 '동화'와 같은 의미를 가지는 용어이며 그 목적도 같다고 할 수 있다. 나아가 이와야 사자나미는 종래의 옛날이야기에서 얻는 교훈과는 차이가 있는 새로운 교훈이 소년문학의 제2의 목적이라고도 논했다.[30] 이러한 사실도 위에서 인용한 타카기 토시오의 '동화의 목적' 부분의 내용과 일치하고 있어 타카기 토시오가 이와야 사자나미의 영향을 적지 않게 받았다는 사실을 알 수 있다. 나아가 그것이 또한 방정환의 동화 이론과 동화관에 영향을 끼친 것이다. 「새로 개척되는 동화에 관하여」가 발표된 2년 후인 1925년에 《동아일보》에 발표된 다음의 「동화작법」의 일부도 이와야 사자나미와 타카기 토시오의 영향을 받았음을 알 수 있다.

그 다음에 童話가 가질 요건은 児童에게 愉悅을 주어야 한다는 것입니다. 児童의 마음에 깃붐과 유쾌한 홍을 주는 것이 童話의 生命이라고 해도 조흘 것입니다. 教育 價値 문뎨는 第三, 第四의 문뎨고 첫재 깃붐을 주어야 하는 것입니

---

29 巖谷小波, 「少年文学に就て」(岡田純也, 『子どもの本の歴史』, 71쪽).

30 巖谷小波, 「少年文学の将来」, 《東京横浜毎日新聞》, 1909年 2月 27日, 1면.

다. 교육뎍 의미를 가젓슬 뿐이고 아모 흥미가 업스면 그것은 童話가 아니고 俚諺이 되고 마는 것임니다. 아모러한 교육뎍 의미가 업서도 童話는 될 수 잇지만 아모러한 喩悅도 주지 못하고는 童話가 되기 어렵습니다.[31]

(방정환, 「동화작법(동화를 짓는 이에게)」)

여기에서도 동화가 가져야 할 가장 중요한 여건은 '유열'이자 '기쁨'이며 또한 '흥미'라는 것을 강조하고 있다. 여기에서 방정환이 말하는 '교육적 가치'는 '교훈'을 말한다. 그리고 다음의 타카기 토시오의 글에서 '동화'와 '이언(俚諺: 속담, 필자주)', 그리고 '우화'와의 차이에 대한 이론을 참고로 한 것이다.

이언(俚諺)과 우화라는 것은 그들이 가지고 있는 교훈의 주지를 확실하게 의식할 때 처음으로 그 목적을 달성하지만 동화는 다만 들어서 재미있기만 하면 그것으로 되므로 교훈의 목적은 모르는 사이에 반드시 달성되는 것이다.[32]

(타카기 토시오, 「동화의 목적」, 『동화의 연구』, 42쪽)

타카기 토시오도 이언과 우화의 목적은 '교훈'에 있지만 동화의 제일 목적은 '재미', 즉 '유열'과 '기쁨'이라는 것을 강조하고 있다.

4) 고래동화 발굴의 중요성

방정환은 논문의 후반부에서 외국 동화의 수입보다도 중요하고 긴급

---

31 방정환, 「동화작법(동화를 짓는 이에게)」, 《동아일보》, 1925년 1월 1일자.

32 〔일본어 원문〕
俚諺と寓話とは、その有する教訓の主旨が判明に意識されて、初めて其の目的を達するのであるが、童話は唯聞いて面白くありさへすれば、それで宜しいので、教訓の目的は知らず識らずの間に、必ず達せられるのである。

한 일은 '고래동화의 발굴'이라고 논하고 그 일이 얼마나 어려운가를 외국의 예를 들어 설명했다. 독일의 그림 동화집은 그림 형제가 50여 년이나 걸려서 필드워크로 완성시킨 것이고 일본에서는 메이지시대에 문부성(文部省)이 일본 고유의 동화 수집을 시도했지만 실패에 이르렀다는 예를 들면서 고래동화의 수집이 얼마나 어려운 일인지에 대해서 논했다. 그러나 그림 형제의 예는 물론 일본의 실패담까지도 타카기 토시오의 『동화의 연구』 제12장 「사적 통관(史的通觀)」의 일부를 그대로 한국어로 번역하여 옮겼다는 사실을 다음의 자료 대조에서 확인할 수 있다.

> 日本서는 明治 때에 文部省에서 日本 固有의 童話를 纂集하기 爲하야 全国各府縣 當局으로하여곰 各 基管内의 各 小學校에 命하야 그 地方 그 地方의 過去 及 現在에 口傳하는 童話를 모으려 하엿스나 成功을 못하엿고 近年에 또 俚謠와 童話を募集하려다가 政府의 豫算 削減으로 因하야 또 못 니루엇다 한다.
>
> (방정환, 「새로 개척되는 동화에 관하여」, 23쪽)

방정환은 일본의 예를 '메이지시대'라고 했지만 타카기 토시오의 글에서는 다음과 같이 '러일전쟁 종결 후'라고 서술했다. 또한 다음에서 알 수 있듯이 타카기 토시오는 '민간 동화'라는 용어를 사용하고 있는 반면에 방정환은 '일본 고유의 동화'라고 표현했다. 나아가 타카기 토시오는 민간 동화의 수집이 제대로 되지 않았던 원인을 각 지방의 보고자가 민간 동화에 대한 지식이 부족했기 때문이라고 논했지만 방정환은 그 사실에 대해서는 언급하지 않았다. 그 대신 정부의 예산 삭감 때문에 이루어지지 못했다고 논했다.

> 러일 전쟁 종결 후 얼마 되지 않아 문부성에서 전국 각 부현에 의뢰를 하여 민간 동화 수집을 시도한 적이 있다. 부현의 당국자는 이 일을 각 군에, 군에서

는 나아가 그 관내의 읍면 소학교에 의뢰했다. 전국 부현의 약 4분의 1은 이 의뢰를 완전히 무시하여 아무런 보고도 하지 않았다. 〔중략〕 이처럼 보고가 결국 하나 둘에 그치지 않은 것은 반드시 보고자의 태만만이 이유라고는 할 수 없고 보고자가 민간 동화 그 자체의 바른 관념을 가지지 못했거나 또는 바른 관념을 얻을 만한 재료를 가지지 못했던 것이 중대한 원인이었을 것으로 보여진다.[33]

(타카기 토시오, 「사적통관」, 『동화의 연구』, 316쪽)

방정환은 위의 인용에 이어 정부와 문부성 등 나라의 원조가 있어도 어려웠던 일을 나라를 빼앗긴 조선이 그 일을 해낸다는 것이 얼마나 어려운 일일지를 걱정하면서도 100년이 걸려도 해내야 된다는 강한 의지를 보이고 있다.

실제로 『개벽』에서는 '조선 고래동화 모집'을 하였는데 1923년 1월 신년호에는 전년도의 공모에서 예상했던 것 이상으로 반응이 좋아 150여 편의 동화를 수집하는 결과를 낳게 되었다는 사실을 보고했다. 이 일에 대해서 방정환은 같은 지면을 빌려 개벽사에 감사의 뜻을 표하며 앞으로 공모에서 수집될 동화 중에서 좋은 원고가 선정될 것을 기대한다고 밝혔다.

이런 부분을 보더라도 타카기 토시오의 연구서를 많이 참고했다는 사실은 물론 당시 일본에서 이와야 사자나미에 의해 발굴되기 시작한 『일본 옛날이야기집(日本の昔話集)』과 『일본 오토기바나시(日本御伽噺)』 등의

---

33 〔일본어 원문〕
日露戦争終結後まもなく、文部省で全国各府県に依頼して、民間童話の蒐集を試みたことがあった。府県の当局者は、この仕事を各郡に、郡ではさらにその管内の町村の小学校に依頼した。全国府県の約四分の一は、まったくこの依頼を無視して、なんらの報告をしなかった。〔中略〕かくのごとき報告がけっして一二に止まらなかったのは、必ずしも報告者の怠慢のみに帰すべきではなく、報告者が民間童話そのものの正しい観念を持たず、あるいは正しい観念を得るだけの材料を持たなかったということが、重なる原因であるらしく思われるのである。

서적을 보고 그것들로부터도 큰 자극을 받았다는 사실 또한 짐작할 수 있다.

연이어 방정환은 다음과 같이 일본 옛날이야기로 유럽에 소개된 「혹쟁이」와 「허리 부러진 새」 등은 일본 고유의 이야기가 아니라 조선에서 건너간 이야기라는 사실을 지적했다.

> 日本童話라 하고 歐羅巴 各國에 翻譯되어 잇는 「猿의生膽」이라는 有名한 童話는 基實 日本 固有한 것이 아니고 朝鮮童話로서 翻譯된 것인데 朝鮮 鱉主簿의 톡기를 원숭이로 고첫슬 뿐이다(東國通史에 보면 朝鮮 固有의 것 가트나 或時 印度에서 온 것이 아닌가 생각도 되는 바 아즉 分明히는 알 수 업다). 그 밧게 「혹쟁이」(혹쟁이가 독갑이에게 혹을 팔앗는데 翌日에 딴 혹쟁이가 또 팔라 갓다가 혹 두 個를 부처 가지고 오는 이약이)도 朝鮮서 日本으로 간 것이다. 그런데 이 혹쟁이 이약이는 獨逸, 伊太利, 佛蘭西 等 여러나라에 잇다 하는데 西洋의 이 혹쟁이 이약이는 그 혹이 顔面에 잇지 안코 등(背)에 잇다 하니 꼽추의 이약이로 變한 것도 興味 잇는 일이다. 이 外에 日本古書(宇治拾遺物語)라는 册에 잇는 「허리부러진새」라는 童話도 朝鮮의 「흥부놀부」의 譯이 分明하다.
>
> (방정환, 「새로 개척되는 동화에 관하여」, 24~25쪽)

그리고 「원숭이의 생간(猿의生膽)」이라는 제목의 옛날이야기가 일본 동화로서 유럽 각지에 번역되어 전해지고 있다는 사실에 대해서도 언급하고 있지만 이러한 부분 또한 아래에서 인용하는 타카기 토시오의 글에서 참고한 것으로 보여진다. 그러나 타카기 토시오의 글에서는 다른 작품에 대해 언급하고 있어 그대로 옮긴 것은 아니며, 방정환이 언급하고 있는 내용에 대한 사실 여부조차 확인하기는 어렵다.

또한 방정환은 나라를 빼앗은 일제가 조선의 옛날이야기도 자신들의 것인양 소개하고 있다는 사실에 대해서 분개하며 그 사실을 고발하고

자 한 것으로 보인다. 그리고 일본의 「혹부리(瘤取り)」와 「허리 부러진 참새(腰折雀)」가 원래는 조선에 옛부터 전해져 오던 이야기라는 사실을 자신이 밝혀낸 듯한 어조로 논하고 있다. 그러나 타카기 토시오의 다음 글을 보면 알 수 있듯이 이러한 내용도 모두 타카기 토시오의 연구에서 발췌하여 번역한 것에 지나지 않는다.

> 「허리 부러진 참새(腰折雀)」 이야기는 조선에서 수입된 것으로 보여진다. 조선에서는 참새가 아닌 제비이다. 「홍부전(興夫伝)」의 내용은 「허리 부러진 참새(腰折雀)」 이야기에 비해 내용이 아주 풍부하지만 설화의 골자는 동일하여 봄에 와서 허리가 부러진 제비가 가을에 돌아가 다음 해 봄에 박 씨를 가지고 온다는 부분만이 다르다. 『우지슈이모노가타리(宇治拾遺物語)』의 참새 보은 이야기는 아마도 「홍부전(興夫伝)」의 번안으로 제비를 대신하여 참새를 등장시켰을 뿐인 것으로 추측된다. 〔중략〕 「혹부리(瘤取り)」 이야기도 같은 『우지슈이모노가타리』에 나와 있는데 이것도 「허리 부러진 참새(腰折雀)」와 함께 조선에서 수입된 것으로 보여진다. 오늘날 조선의 민간에서 전해지는 「혹부리(瘤取り)」 이야기는 일본의 것과 미묘한 부분까지 일치한다. 「혹부리(瘤取り)」 이야기는 세계에 널리 분포하는 동화에 속하며 『그림 동화집(グリムの童話集)』에 조금 비슷한 이야기가 있고 이탈리아에도 프랑스에도 같은 형식의 이야기가 있다. 유럽 이야기에서는 모두 구루가 주인공으로 나오므로 혹은 혹이지만 얼굴의 혹이 아니라 등의 혹이므로 「혹부리(瘤取り)」 이야기라기보다는 오히려 「꼽추(せむし取り)」 이야기로 명명되어야 할 것이다. 800년 이전의 일본에서 이미 이와 같은 형식의 동화가 문헌에 전해지는 것은 흥미로운 사실이다. 이 점에 있어서 일본 동화 문학은 세계에서도 부끄럽지 않은 위치에 있다는 것이다.[34]

(타카기 토시오, 「사적통관」, 『동화의 연구』, 342~343쪽)

방정환이 관심을 보인 「혹쟁이」 이야기와 유럽의 「꼽추」 이야기와의 관계도 언뜻 자신이 발견한 사실처럼 보이지만 타카기 토시오의 글을 짧게 옮겼을 뿐이라는 사실을 알 수 있다. 그렇다면 타카기 토시오는 어찌하여 조선의 동화에 대해서 이렇듯 지식이 풍부했던 것일까. 앞 절에서 소개했듯이 타카기 토시오는 신화학자로서 조선의 설화에도 많은 관심을 가지고 있었으며 몇몇 이야기를 채록하여 『신일본교육옛날이야기(新日本教育昔噺)』라는 저서에 정리하여 출판했다. 권혁래 · 조은애(2018)는 1917년 동경 경문관(東京 敬文館)에서 간행된 타카기 토시오의 저서 『신일본교육옛날이야기』를 타카기 토시오가 1910년대 초에 조선 설화에 관심을 가지고 각종 자료를 채록하여 《요미우리신문(読売新聞)》에 연재하였던(1911.1.5~1916.12.28) 서른한 편의 조선 설화를 바탕으로 간행한 '조선옛이야기집'이라고 밝히고 동 저서를 『조선교육옛이야기』로 번역하였다. '신일본'은 '조선'을 뜻하는 것이며 수록작품들은 『용재총화』, 『삼국사기』 등의 문헌설화, 타카하시 토루(高橋亨: 1878~1967)의 『조선물어집(朝鮮の物語集)』(日韓書房, 1910) 등의 이야기를 저본으로 하고 있지만 개작된 양상을 보면 설화보다는 '(전래)동화'에 가깝다고 논했다.[35] 『신

---

34 〔일본어 원문〕
「腰折雀」の話は朝鮮から輸入されたものらしく思われる。朝鮮では雀ではなくて燕である。「興夫伝」の内容は「腰折雀」のそれに比して非常に豊富であるけれども、説話の骨子はぜんぜん同一で、春に来て腰を折られた燕が秋に立ち去って、翌年の春に瓢の種子を持ってきたという点だけが異なっている。『宇治拾遺物語』の雀報恩の話はおそらく「興夫伝」の翻案で、燕に代えるに雀をもってしただけのことであろう。〔中略〕「瘤取り」の話も、同じく『宇治拾遺物語』に出ているが、これも「腰折雀」とともに朝鮮からの輸入品であるように思われる。今日朝鮮の民間で物語られている「瘤取り」の話は、日本のと微妙な点まで一致している。「瘤取り」の話は、世界に広く分布する童話に属し『グリムの童話集』にやや似た話があり、イタリーにも、フランスにも同一式の話がある。ヨーロッパの話では、すべて佝僂が主人公となっているので、瘤は瘤であるけれども、顔の瘤でなくて、背中の瘤であるから「瘤取り」の話というよりはむしろ「せむし取り」の話と名づくべきである。八百年以前の日本において、すでにこの形式の童話が文献に現われているのは、面白い事実である。この点において、日本童話文学は世界において恥ずかしからぬ位置に立っているのである。

35 권혁래 · 조은애, 「다카기 도시오(高木敏雄) 편찬 『조선교육옛이야기』(1917)의 서지와 해학의 미학」, 『한국문학과 예술』 27, 2018, 204~205쪽.

일본교육옛날이야기』에는 52화의 한국 전래동화가 수록되어 있다. 이렇듯 타카기 토시오는 조선의 동화를 수집하여 정리하는 등 조선의 전래동화에 대한 지식이 풍부했다는 것을 알 수 있다. 방정환이 당시 타카기 토시오의 『동화의 연구』와 함께 『신일본교육옛날이야기』에 대해서도 알고 있었을지에 대해서는 확인할 길이 없지만 이렇듯 조선의 전래동화에 대한 풍부한 지식까지 갖춘 연구가 타카기 토시오의 저서를 참고로 하여 자신의 동화론을 구축했다는 사실에는 큰 의미가 있다고 할 수 있다.

4. 오가와 미메이와 아키타 우자쿠의 동화론의 영향

1921년 6월 『와세다문학』에 '동화 및 동화극에 대한 감상(童話及び童話劇についての感想)'이라는 기획으로 오가와 미메이(小川未明: 1882~1961)의 글 「내가 동화를 쓸 때의 마음가짐(私が童話を書く時の心持)」과 아키타 우자쿠(秋田雨雀: 1883~1962)의 글 「예술 표현으로써의 동화(芸術表現としての童話)」가 실렸다. 앞에서 언급한 방정환의 「새로 개척되는 동화에 관하여」의 구성 중 ⑤'예술로써의 동화의 장래성'과 ⑥'동화 작가의 참된 모습', ⑦'영원한 아동성을 위한 동화' 부분이 오가와 미메이와 아키타 우자쿠의 동화론의 영향을 받은 것으로 보여진다.

1) 어린이의 직감

실제로 방정환의 동화론에는 오가와 미메이의 이름을 거론한 부분이 있다.

"아름다운 꽃을 보고 아아 곱다! 하고 理由 업시 달겨 드는 어린이가 나는 귀여울 뿐 아니라 거긔에 깁흔 意味가 잇는 줄로 나에게는 생각됩니다." 하고 日本의 童話作者 小川氏는 말하엿다.

(방정환, 「새로 개척되는 동화에 관하여」, 22쪽)

이 부분은 아래의 글에서 인용한 것으로 보인다.

아름다운 꽃을 보고 예쁘다고 하며 이유 없이 달려 드는 어린이가 좋을 뿐만 아니라 나는 아주 의미 깊게 생각합니다. 어떤 사실에 대해서 직감적으로 한쪽을 바르다고 보고 한쪽을 바르지 않다고 하는 어린이의 판단력이 때로는 무서울 정도로 틀리지 않는 것에 놀랍니다.[36]

(오가와 미메이, 「내가 동화를 쓸 때의 마음가짐」, 20쪽)

단순히 이 글을 읽기만 해도 방정환이 오가와 미메이의 어린이관에 영향을 받았다는 사실을 쉽게 추측할 수 있다. 필자는 앞에서도 언급했듯이 이상금(2005)의 연구를 참고로 하여 1921년 6월호 『와세다문학』에 게재되어 있는 오가와 미메이의 「내가 동화를 쓸 때의 마음가짐(私が童話を書く時の心持)」을 확인할 수 있었다. 방정환의 「새로 개척되는 동화에 관하여」와 오가와 미메이의 「내가 동화를 쓸 때의 마음가짐(私が童話を書く時の心持)」을 비교해 본 결과 놀라울 정도로 일치하는 부분이 많다는 것이 확인되었다. 방정환은 위에서 인용한 부분에서만 오가와 미메이의 이름을 거론하고 그 외에는 모두 자신의 논이고 자신의 잡감인 듯이 써

36 〔일본어 원문〕
美しい花を見て、奇麗だといって、理由なしに飛び付く子供が好きであるばかりでなく、私には意味深く思われます。ある事実に対して、直覚的に、一方を正しとし、一方を正しからずとする子供の判断力が時には怖しい程誤らないのに驚かされます。

내려갔지만 필자가 작성한 목차 중 ⑤⑥⑦에 해당하는 부분의 거의 대부분이 사실은 오가와 미메이와 아키타 우자쿠의 동화론과 중복된다.

2) 예술로서의 동화의 장래성

방정환은 다음과 같이 동화의 세계의 무한성에 대해서 논하고 나아가 그 무한하게 넓은 세계를 가지고 있다는 점이야말로 예술로써의 동화의 장래를 낙관적으로 보는 것을 가능하게 한다고 논했다.

> 童話 그것이 無限히 넓은 世界를 가지고 잇는 것인 만큼 새로 엄돗기 始作한 우리의 童話 藝術도 그 將來가 大端 有望하게 되엇다.
>
> (방정환, 「새로 개척되는 동화에 관하여」, 18쪽)

그러나 여기에서는 아래의 아키타 우자쿠의 논문의 일부를 간략하게 인용했을 뿐이다. 방정환이 말하는 '동화가 가진 무한히 넓은 세계'라는 것은 아키타 우자쿠가 논한 다음과 같은 동화의 특징이다. 아키타 우자쿠는 동화의 성질로써 '형식이 간단하고 자유롭다'는 점, 그리고 '다른 예술이 잃어가고 있는 서정시의 요소를 포함하고 있다'는 점을 들어 이것들이야말로 많은 사람들에게 사랑받는 이유이며 그러한 동화의 성질 때문에 인류에게 계속 사랑받는 것이라고 논했다.

> 예술로써의 동화도 또한 실로 이 인류가 다음 시대의 인류에 대한 사랑에서 탄생하는 하나의 예술 양식이라고 생각합니다. 예술로써의 동화가 장래의 가장 유망한 예술 양식의 하나라고 우리가 생각하는 이유는 동화가 가진 형식이 간단하고 게다가 자유롭다는 이유 외에도 다른 분야의 예술에서는 점점 잃어가는 서정시의 요소를 가지고 있다는 이유도 있다고 저는 생각합니다. 적어도

이 예술 양식은 가장 많은 사람들에게 사랑받을 성질을 가지고 있다고 할 수 있습니다.[37]

(아키타 우자쿠, 「예술 표현으로써의 동화」, 27쪽)

동화를 예술의 하나로 봤던 대표적인 문학자는 아키타 우자쿠이다. 그는 다른 예술 장르가 서정적인 부분을 잃어가고 있었던 점, 즉 자신의 감정을 솔직하게 표현하는 일이 점점 사라져 가고 있었던 점에 반해서 동화 예술은 장래적으로 가장 유망한 예술 양식이라고 믿고 동화가 하나의 예술임을 강조했다. 방정환의 '동화 예술'이라는 표현도 여기에서 생겨난 것이라고 보여진다.

3) 동화작가의 참된 모습

또한 방정환은 동화작가의 참된 모습에 대해서 다음과 같이 논했다.

古代로부터 다만 한 說話—한 이약이로만 取扱되어 오던 童話는 近世에 니르러 '童話는 兒童性을 닐치 아니한 藝術家가 다시 兒童의 마음에 돌아와서 어떤 感激 혹은 現實 生活의 反省에서 생긴 理想—을 童話의 獨特한 表現 方式을 빌어 讀者에게 呼訴하는 것이다.'고 생각하게까지 進步되어 왓다.

(방정환, 「새로 개척되는 동화에 관하여」, 20쪽)

---

37 〔일본어 원문〕
芸術としての童話も、また実にこの人類が次の時代の人類に対する愛から生れて来る一つの芸術様式だと思ひます。芸術としての童話は、将来最も有望な芸術様式の一つだと私達に思はれる理由は、童話の持つてるる形式が簡単で、そして自由であるといふ理由の他に、他の分科の芸術ではだんだん失ひかけてるる、叙情詩の要素を伴つてるるといふ点もあると、私には思はれます。少なくとも、この芸術様式は、最も多くの人に愛され得る性質を持つてるるものであると言へると思ひます。

여기에서는 괄호를 사용함으로써 방정환 자신의 의견이 아닌 인용인 것처럼 되어 있지만 누구의 인용인가에 대해서는 명기되어 있지 않다. 그러나 사실은 이것 또한 아래와 같은 오가와 미메이 논문의 일부를 인용한 것이다.

> 어린이의 마음을 잃지 않은 모든 사람들에게 작가인 내가 다시 어린이의 마음으로 돌아가 어떤 감격을 호소한다는 것에 지나지 않는 것이다.[38]
>
> (오가와 미메이, 「내가 동화를 쓸 때의 마음가짐」, 20쪽)

오가와 미메이의 '어린이의 마음'을 '아동성'으로, '작가인 나'를 '예술가'로 바꾸었을 뿐 동화작가는 '어린이의 마음으로 돌아가 어떤 감격에 호소한다'는 동화의 표현 방법을 그대로 인용했다. 그러나 '어린이의 마음을 잃지 않은' 대상이 오가와 미메이의 글에서는 독자로 되어 있는 것에 반해 방정환의 글에서는 '예술가' 즉 작가로 되어 있다. 하지만 그것은 오가와 미메이의 '작가인 내가 어린이의 마음으로 돌아가'라고 하는 부분에서 결국 의미가 상통한다. 그리고 마지막 부분에서 '근세에 이르러 예술가에 의해 창작된 동화에 표현된 사상과 세계는 작가가 생각하는 이상의 세계라고 봐도 좋다'고 정리하면서 그 예로써 「행복한 왕자」의 작가인 영국의 오스카 와일드와 「파랑새」의 작가인 벨기에의 메텔링크의 이름을 들고 있다. 여기에서는 방정환이 동화를 번역할 때 참고로 한 작가와 작품을 추측할 수 있다.

그리고 방정환은 '예술을 인생의 세련된 재현이라고 한다면 동화란 멋진 완전한 예술'이라고 동화의 예술성을 단 두 줄로 응축시켜 표현했

---

38 〔일본어 원문〕
子供の心をなお忘れずにいる、すべての人々に向かって、作者である私がまた子供の心持に立ち帰って、ある感激を訴えるということに、このことは過ぎないのである。

다. 이것은 동화라는 것은 하나의 예술 표현이라는 동화관을 가진 아키타 우자쿠의 동화론에서 영향을 받은 것으로 추정된다.

4) 영원한 아동성을 위한 동화

방정환은 '동화의 독자는 물론 아동이지만 아동 이외의 어른에게는 전혀 관련이 없을까'라는 질문을 던지고 있다. 그리고 다시 오가와 미메이의 자료를 인용하여 '동화의 창작은 예술가가 어떤 감격과 현실 생활에 대한 반성에서 오는 것'이라고 독자들에게 호소하고 있다. 나아가 '그 감격과 반성은 세상의 모든 사람들의 감격과 반성이지 않으면 안 된다. 그 작품에 의해서 누구나 감격의 세례를 받지 않으면 안 되는 것이며 또한 그 작품에 의해서 누구나 자신의 생활을 반성하지 않으면 안 된다'고 논하면서 어린이뿐만 아니라 모든 인류가 그 독자가 되어야 한다고 강조했다. 또한 작품, 즉 작가의 세계를 통해서 독자는 처음으로 자신을 반성할 수 있으므로 작가는 자신의 가치관을 동화에 표현할 때 많은 주의를 해야 한다는 점과 동화작가의 마음가짐에 대해서도 그 중요성을 강조하고 있다. 그리고 작품을 통해서 자신을 반성하지 않으면 안 된다는 독자의 자세를 강조했다. 여기에도 아키타 우자쿠의 동화관이 연관되어 있다. 앞에서 언급한 시마자키 토손의 「동화에 대해서(童話について)」에는 아키타 우자쿠가 보낸 엽서에 "제가 생각하는 동화는 반드시 어린이를 상대로 하는 이야기라는 식에 한정하고 싶지 않다. 인간 안에 있는 영원한 아동성에 호소하고자 하는 것이 동화의 역할이 아닐까"[39] 라고 써 있었다고 기록한 부분이 있다. 반드시 어린이만이 동화의 독자가 되는 것은 아니며 동화는 인간 안에 있는 '영원한 아동성'에 호소하

---

39 島崎藤村, 「童話について」, 18쪽.

는 것이 그 역할이라고 주장하는 아키타 우자쿠의 동화관에서 영향을 받았다는 사실을 엿볼 수 있다.

다음으로 필자가 임의로 정한 방정환의 「새로 개척되는 동화에 관하여」의 목차 ⑦ '영원한 아동성을 위한 동화'에서는 독자는 '누구나가 "영원한 아동성"을 그 아동의 세계에서 지켜가지 않으면 안 된다. 자주 그 예쁘고 맑은 고향—아동의 마음으로 돌아갈 수 있도록 노력하지 않으면 안 된다'고 하면서 동심의 중요성을 논했다. 그러나 여기에서도 오가와 미메이의 동화관을 그대로 답습했음을 알 수 있다. 아래의 자료가 그 증거라고 할 수 있다.

> 児童의 마음! 참으로 우리가 사는 世上에서 児童時代의 마음처럼 自由로 날개를 펴는 것도 업고, 또 純潔한 것도 업다. 그러나 우리는 年齡이 늘어 갈스록 그것을 차츰차츰 닐허버리기 始作하고 그代身 여러가지 経験을 갓게 되고 딸하셔 여러가지 複雑한 知識을 갓게 된다. 그러나 그 経験과 知識만을 갓는다 하면 그것으로 무엇을 하랴, 経験 그것이 無益한 것이 아니요 知識이 無益한 것도 아니다. 그러나 그것만이 늘어간다는 것은 決코 아름다운 人生으로서의 자랑할 것은 못 되는 것이다. 더구나 그 経験 그 知識이 느는 동안에 한便 그 純潔한 그 깨끗한 感情이 消滅되엇다 하면 우리는 어쩌랴. 그 사람은 설사 冷冷한 마르(枯)고 언(凍) 知識의 所有者일망정 人生으로서는 亦是 随落한 者일 것이다.
>
> (방정환, 「새로 개척되는 동화에 관하여」, 21쪽)

> 아이일 때의 마음만큼 자유롭게 날개를 펼 수 있는 것은 없습니다. 또한 때묻지 않은 것도 없습니다. 어릴 때만큼 솔직하고 아름다운 것을 보고 아름답다고 느끼며 슬픈 일을 겪으면 슬프다고 느끼고 정의로운 일에 대해서 감회를 느낄 수 있는 때는 없습니다. 사람은 나이를 들어감에 따라 여러가지 경험을 쌓고 또한 여러가지 지식을 얻게 되는데 그 일은 결코 자랑할 만한 것은 못 됩니

다. 더구나 그 순진한 아이일 때의 감정이 소멸된다면 그 사람은 비록 차가운 빈 영혼의 지식의 소유자일지라도 역시 타락한 인간이라고 할 수 있습니다.[40]

(오가와 미메이, 「내가 동화를 쓸 때의 마음가짐」, 20쪽)

여기에서 오가와 미메이는 어린아이일 때의 마음, 즉 동심을 가장 자유롭고 또한 가장 순수한 것이라고 예찬하며 지식만이 늘어가는 어른에게는 자랑스러운 일이 전혀 없다고 했다. 그리고 순수한 어린아이일 때의 감정이 소멸해 버린 어른은 타락한 인간이라고까지 할 수 있다고 하면서 동심의 중요성을 강조했다. 그 다음 부분에 방정환이 유일하게 오가와 미메이의 이름을 언급한 부분이 계속된다. 여기에서 방정환은 오가와 미메이의 그 말에는 자신도 동감한다고 하고 아래에 이어지는 부분은 마치 오가와 미메이의 말을 해석하고 설명하고 있는 듯하지만 이 부분 또한 사실은 번역에 지나지 않는다고 할 수 있다.

어느 누구던지 人生은 모다 自己가 出生한 故鄕이 잇는 것과 가티 또 그 故鄕의 景致와 모든 일이 永久히 니처지지 안는 것 꼭가티 人生은 누구나 한차례씩 그 児童의 時代 그 世界를 지나고 오고 또 그때의 모든 일을 永久히 닛지 못한다.

(방정환, 「새로 개척되는 동화에 관하여」, 22쪽)

어느 누구에게나 태어난 마을이 있는 것처럼 그리고 그 마을의 경치가 영구

40 〔일본어 원문〕
子供の時の心ほど、自由に翼を伸ばすものは他にありません。また汚されていないものもありません。少年時代ほど、率直に、美しいものを見て美しいと思い、悲しい事実に遇うて悲しく感じ、正義の一事に対して感懐を発するものは他にはないです。人間はおいおい年をとるにしたがって、さまざまな経験を積んで、また、いろいろの知識を有するにいたるものであるが、そのことは決して誇りとなるものではありません。しかも一方において、この純真な子供の時分の感情が滅びてしまったならその人は、たとえ冷やかな、空霊の知識の所有者であろうとも、やはり随落した人間であると言いえられるのです。

히 잊혀지지 않는 것처럼 사람은 또한 어린 시절을 한 번은 반드시 경험하고 그리고 그때의 일은 예를 들면 자연에 대해서 또 주위의 사람들에 대해서 가진 사랑이나 고민과 슬픔과 놀란 마음이라는 것은 결코 잊지 못하는 것입니다.[41]

(오가와 미메이, 「내가 동화를 쓸 때의 마음가짐」, 21쪽)

방정환은 오가와 미메이의 말을 빌려 순수한 어린 시절과 그러한 세계는 누구나가 가지고 있으며 또한 그러한 시절은 영구히 잊혀지지 않는 소중한 경험이고 그 때문에도 어린이의 세계를 존중해야 한다고 강조하고 있는 것이다. 또한 누구에게나 아동성, 동심은 존재한다고 논했다.

나아가 방정환은 아키타 우자쿠와 오가와 미메이의 동화관에서 다음과 같은 동화관을 완성시켰다.

以上의 意味로 童話는 決코 年齡을 標準하야 少年 少女에게만 닑힐 것이 아니고 넓고 넓은 人類가 다가티 읽을 것이며 作者도 또 恒常 大人이 小兒에게 주는 童話를 쓰는 것이 아니고 人類가 가지고 잇는 '永遠한兒童性'을 爲하는 '童話'로 쓰는 것이다.

이리하야 우리가 一生을 두고 그리우며 憧憬하는 兒童時代의 따뜻한 故園에 들어갈 수 잇기는 오즉 兒童藝術에 依하는 밧게 업는 것이요 童話는 兒童藝術의 重要한 一部面인 것이다. 우리가 우리의 一生을 通하야 오즉 이 童話의 世上에서만은 兒童과 一般 큰이가 「한테 탁엉킬수」가 잇는 것이요 이 世上에서만은 大人의 魂과 兒童의 魂과의 사이에 죽음도 差別이 업서지는 것이다.

(방정환, 「새로 개척되는 동화에 관하여」, 22쪽)

---

41 〔일본어 원문〕
いかなる人々にも、生まれた村があったように、そしてその村の景色が永久に忘れられないもののように人間は、また子供の時代を一度は必ず経験する、そしてその時分のことは、たとえば自然に対して、また周囲の人たちに対して抱いた愛や、悩みや悲しみや、驚きの心というものは決して忘れられるものではないのであります。

이 부분은 아래의 아키타 우자쿠와 오가와 미메이의 동화론을 총괄적으로 정리한 것으로 보여진다. '동화는 결코 어린이만을 위한 것은 아니다, 동심을 가져야 할 모든 이들을 위한 문학이다'라고 한 오가와 미메이의 동화론에 '우리는 일생을 통하여 오로지 이 동화의 세계 안에서만 아동과 어른이 하나가 되어 또 이 세계에서만 어른의 영혼과 아동의 영혼 사이에 차별이 없어진다', 나아가 '인류가 가진 "영원한 아동성"을 위한 동화를 써야만 한다'는 아키타 우자쿠의 동화론을 더하여 자신의 동화관을 완성시켰다. 아래의 자료가 그 증거가 되는 아키타 우자쿠와 오가와 미메이의 자료이다.

> 동화란 일반적으로 말하면 어른이 아동에게 읽어 주기 위해 창작해야 할 것이지만 좀 더 깊이 생각해 보면 아동에게 어떤 세계를 보여 준다는 것은 어른이 어른 자신의 현재 생활을 반성하는 것에서 생겨나는 것이라고 생각합니다. 동화 속에 나타나는 사상과 그 세계라고 볼 수도 있습니다. 그리고 그 세계에서만 아이와 어른이 '하나'가 될 수 있습니다. 그때의 어른의 영혼과 아이의 영혼과는 결코 차별이 없어집니다. 제가 동화는 단순히 어떤 연대의 아동에게만 읽힐 것이 아니라 넓은 인류에게 보여 주기 위해 창작해야 한다는 것을 주장하게 된 논거도 또한 여기에서 나온 것입니다. 동화는 어른이 아동에게 주기 위해 창작해야 할 것이 아니라 인류가 가진 '영원한 아동'을 위해 창작되어야 할 것이라고 생각합니다.[42]
>
> (아키타 우자쿠, 「예술 표현으로써의 동화」, 27~28쪽)

42 〔일본어 원문〕
童話は一般的に言へば、大人が児童に読ませるために創作さるべきものであるが、なほ一歩深く考へてみれば、児童にある世界を示すといふことは、大人が大人自身の現在の生活を反省するところから生まれて来るものだと思ひます。童話の中に現はされた思想とその世界

이러한 의미에서 저는 '동화'라는 것을 한 명의 아이를 위한 것으로 한정하지 않습니다. 그리고 아이의 마음을 잃지 않은 모든 인류를 위한 문학이라고 주장하는 것입니다.[43]

(오가와 미메이, 「내가 동화를 쓸 때의 마음가짐」, 21쪽)

방정환은 '영원한 아동성' 즉 '동심'을 가진 모든 사람들을 위해서 동화를 써야 한다고 다시금 작가의 참된 모습을 강조하고 또한 '동화는 아동예술의 중요한 일면'이라고도 강조하고 있다. 이것은 아키타 우자쿠의 이론에서도 엿볼 수 있듯이 '예술로써의 동화는 장래 가장 유망한 예술 양식의 하나'라고 한 것으로 연결된다. 동화의 세계에서만 어른은 어린이를 이해할 수 있고 또한 어린이가 순수하게 어른을 따를 수 있는 이상적인 세계가 형성된다고 하면서 동화의 중요성을 호소하고 있다. 이러한 모든 이유로 방정환은 어른들이 어린이의 세계를 한층 더 이해하고 한층 더 진지한 태도로 동화에 주의를 기울여야 할 것이라고 간절히 바랬던 것이다.

5) 분석 결과

방정환의 동화론에 관한 텍스트를 분석한 결과 이와야 사자나미의

は、大人の理想の世界であると見ることも出来ます。そしてその世界に於てのみ子供と大人が『一つのもの』に成り得るのです。その時の大人の魂と、子供の魂とは決して差別的ではなくなります。私が、童話は単にある年代の児童にのみ読ますべきものではなく、広い人類に見せるために創作さるべきものであるといふことを主張するやうになつた論拠も、またここから出てるるのです。童話は大人が児童に与えるために創作すべきものではなく、人類の持つてるる『永遠の子供』のために創作さるべきものであると思ひます。

43 〔일본어 원문〕
この意味からして、私は、「童話」なるものをひとり子供のためのものとは限らない。そして、子供の心を失わない、すべての人類に向かっての文学であると主張するものです。

'오토기바나시'와 스즈키 미에키치의 '동화'로 대립대던 일본의 다이쇼 시대의 아동문학이 방정환에 의해 융합되었다는 사실을 알게 되었다.

그러나 이와야 사자나미와 스즈키 미에키치에 그치지 않고 거기에는 타카기 토시오의 저서와 오가와 미메이와 아키타 우자쿠의 동화론, 그리고 잡지 『동화연구』의 동화에 관한 이론을 답습하여 그들의 동화론에서도 많은 영향을 받은 것으로 보인다. "동화는 결코 아이들만의 것이 아니라 동심을 가진 모든 사람들을 위한 문학"이라는 오가와 미메이의 동화관에 "우리는 일생을 통해 오직 이 동화의 세계 안에서만 아동과 어른이 하나가 될 수 있고 또한 이 세계에서만 어른의 영혼과 아동의 영혼 사이에 차별이 없어진다", 나아가 "인류가 가진 '영원한 아동성'을 위해서 동화를 써야 한다"는 아키타 우자쿠의 동화관을 더해서 방정환은 자신의 동화관을 완성해 낸 것이다.

여기에서 하나 주목해야 할 것은 당시 일본에서는 '동심'이라는 말은 아직 그다지 사용되지 않았고 오가와 미메이의 자료에서도 알 수 있듯이 오가와 미메이는 '동심'이라는 말을 말 그대로의 의미인 '아이였을 때의 마음'이라고 표현했다. 그것을 방정환은 '아동의 마음'과 '아동성'이라는 말로 바꾸었다. 이것 또한 아키타 우자쿠의 말을 빌려서 사용한 것이다. 이처럼 두 작가의 동화론에서 자신의 동화론을 위한 용어를 찾아 내어 새로이 창조하고자 하였다는 것을 알 수 있다.

나아가 「새로 개척되는 동화에 관하여」의 또 하나의 특징은 방정환이 '어린이'라는 말보다 한자어인 '아동'이라는 용어를 더 많이 사용했다는 사실이다. 오가와 미메이의 경우에는 '아이'라는 의미의 '코도모(子供)'라는 용어를 선택하였는데 오가와 미메이의 이 용어를 '어린이'라고 번역한 곳은 한 곳뿐이다. 거의 모두가 타카기 토시오와 아키타 우자쿠, 그리고 잡지 『동화연구』에서 아이라는 의미로 사용한 '아동'이라는 용어를 사용한 것이다.

방정환의 이 논문은 잡지 『어린이』를 출판하기 직전에 발표되었다. 그 점에서 보면 방정환의 머릿속에서는 '어린이'라는 용어와 그 의미가 이미 확립되어 있었을 것이다. 그러나 방정환이 이 용어보다 '아동'이라는 용어를 선택한 것은 왜일까. 그것은 「새로 개척되는 동화를 위하여」가 방정환 자신의 머릿속에 정립되어 있던 동화론이 아닌 일본의 동화론에 의존하여 그것을 참고로 하여 쓴 것이므로 결과적으로 부분적인 번역에 지나지 않았기 때문일 것으로 추측된다.

「새로 개척되는 동화를 위하여」는 당시로써는 가장 상세한 동화론이었고 동화에 대한 그의 지식과 생각을 엿볼 수 있는 아주 중요한 자료이다. 그러나 일본의 아동문학의 영향이 당연하고 필연적인 것이라고 할지라도 타카기 토시오와 오가와 미메이, 아키타 우자쿠의 동화론, 나아가 잡지 『동화연구』의 일부를 그대로 번역하여 답습했다는 것에 그 한계를 느끼지 않을 수 없다.

5. 나오기

이상과 같이 1916년에 출판된 타카기 토시오의 저서 『동화의 연구』, 1921년 6월호 『와세다문학』에 발표된 오가와 미메이와 아키타 우자쿠의 동화론과 1922년 7월에 창간된 동화연구 전문잡지 『동화연구』의 창간호, 그리고 1923년에 발표된 방정환의 동화론 「새로 개척되는 동화를 위하여」를 비교 분석하여 그 영향 관계에 대해서 고찰했다.

방정환의 동화론에서는 새로 개척되는 '동화'라는 장르에 대한 소개와 그 중요성을 강조하고 있다. 그리고 마지막 부분에서는 동화를 널리 알리고 정착시키기 위해서는 외국 동화의 이입도 중요한 일이지만 고래로부터 전해 오는 동화의 발굴이 더욱 시급하다고 하면서 한국 고유의 옛날이야기와 민담을 수집하는 일이 얼마나 중요한 일인지에 대해서도 호소하고 있다.

여기에서는 본 연구 제2장에서 이미 언급한 것처럼 이와야 사자나미의 '오토기바나시'와 스즈키 미에키치의 '동화'로 대립되던 일본의 다이쇼시대의 아동문학이 방정환에 의해 융합되었다는 것을 알 수 있었다. 스즈키 미에키치의 '동화'를 근대 한국에 수입하여 정착시키고자 노력하면서 아동문학의 새로운 용어로써 나아가 새로운 예술문학으로써의 '동화'를 창조하고자 노력한 것이다. 이와야 사자나미의 '오토기바나시'를 비난하던 스즈키 미에키치와는 달리 이와야 사자나미의 동화관을 근저에 두고 스즈키 미에키치가 강조한 예술문학으로써의 '동화'를 융합시켜 자신만의 동화관을 만들어 낸 것이다.

그러나 이와야 사자나미와 스즈키 미에키치의 영향에 그치지 않고 타카기 토시오의 『동화의 연구』, 오가와 미메이와 아키타 우자쿠의 동화론, 그리고 잡지 『동화연구』의 답습과 그들의 동화관에서도 큰 영향을 받았다는 사실을 알 수 있었다. 방정환의 이러한 동화관의 근저에는 역시 그의 어린이관이 존재한다. 방정환은 어린이의 세계를 아래와 같이 형용했다.

> 果然일다 全혀 児童의 世界는 어떠케 形容할 수 업는 아름다운 詩의 楽園이며 同時에 어떠케 엿볼 수 업는 崇高한 秘密의 王国도 갓다.
>
> (방정환, 「새로 개척되는 동화에 관하여」, 22쪽)

방정환은 아동의 세계는 말로는 형용할 수 없을 만큼 아름다운 시의 낙원이며 어른은 훔쳐볼 수도 없는 숭고한 왕국이므로 어른은 이러한 아동의 세계로 돌아가 마음의 순결을 빌어야 한다고 논했다. 어른의 세계는 이미 더럽혀져 있는 것이다. 그러나 그러한 어른이라도 구원을 받을 수 있다. 그것은 동화의 세계 안에 있다고 하며 다음과 같이 논했다.

> 三十歲가 되거나 四十歲가 되거나 또 七八十歲가 되거나 어느 때까지든지 人生은 어린날의 楽園을 닛지 못하고 그립어할 것이다. 그것을 그립어하는 마음은 卽 더럽히지 아니한 純潔과 無限한 自由의 世上을 憧憬하는 마음이다. 現實 生活의 反省도 理想의 向上도 이 마음에서 나오고 젊은 벗, 將來 未來의 人生에 對한 사랑과 希望도 이 마음에서 나올 것이다. 더구나 童話는 이 마음으로 널리 또 眞實히 愛讀될 것이고 또 童話의 創作도 이러한 心境에서 眞實한 것이 나올 것이다. 아아 童話藝術! 모든 큰이들도 이에 接하기를 누가 실혀할 者이뇨.
>
> (방정환, 「새로 개척되는 동화에 관하여」, 22쪽)

여기에서도 오가와 미메이와 아키타 우자쿠의 동화관을 엿볼 수 있는데, 이러한 동화관에 의해서 방정환은 어린 시절의 순수한 마음을 잊고 세상에 때묻어 가는 어른의 마음에도 동화라고 하는 빛을 비추어 구원하고자 했다. 그 방법은 유일하게 동화에 접하는 일, 즉 동화를 쓰는 일과 동화를 읽는 일이라는 것을 강조했다. 거기에서 방정환은 천도교 사상에 있는 '지상천국'을 본 것은 아닐까. 일본의 동화론과 동화관의 영향을 크게 받았다는 사실은 말할 필요도 없는 사실이지만 이러한 어른과 어린이가 하나가 될 수 있는 동화의 세계와 같은 지상천국을 만들고자 한 방정환의 동화관에는 역시 천도교 사상의 영향도 있었음을 부정할 수 없다.

이상과 같이 방정환은 일본의 동화와 일본의 동화론, 나아가 일본의 동화관까지도 그대로 흡수하여 한국으로 가져왔다. 그리고 어린이에 대한 방정환의 애정과 그 근저에 있던 천도교의 인간평등사상이 하나가 되어 방정환만의 동화론, 즉 동화관을 완성시킨 것이다.

제8장

결론: 방정환의 번역동화의 아동문학사적 의미

1. 방정환의 번역동화와 동화관

1) 번역 작품의 특징 및 동화관

본 연구에서는 방정환의 번역동화집 『사랑의 선물』의 수록 작품 열 편과 그 외 두 편의 작품을 대상으로 하여 각 작품의 일본어 저본을 찾아내어 저본과의 비교 분석을 통해 방정환의 번역동화의 특징에 대해서 고찰했다. 나아가 1923년 1월 『개벽』에 발표한 「새로 개척되는 동화에 관하여」를 둘러싸고 오가와 미메이와 아키타 우자쿠의 동화론을 중심으로 하여 방정환이 일본에 체류했을 당시의 일본 아동문학 관련 이론서와의 영향 관계에 대해서 고찰했다.

아래에 방정환의 번역동화의 원작 및 저본에 관한 필자의 조사와 검증 결과를 표로 정리했다.

〔표 7〕 방정환의 번역동화와 그 저본

번역 제목 (원작 국명)	원작자 원작의 한국어 번역 제목 (원작 언어 제목) (원작 발행년도)	저본 번역자 · 번역 제목 게재된 책 또는 잡지 · 출판사 (출판년도)
란파션 (이탈리아)	에드몬도 데 아미치스 「난파선」 (*naufragio*) (1886)	前田晁「難破船」 『クオレ』家庭読物刊行会 (1920)
산드룡의 류리구두 (프랑스)	페로 「상드리용의 유리구두」 (*Cendrillon*) (1697)	楠山正雄「サンドリヨンの話, またの名ガラスの上靴」 『驢馬の皮』家庭読物刊行会 (1920)
왕자와 제비 (영국)	오스카 와일드 「행복한 왕자」 (*The Happy Prince*) (1888)	斎藤佐次郎「王子と燕」 『金の船』第2巻 第5号, キンノツノ社 (1920.5)
요슐왕 아아 (시칠리아)	라우라 곤젠바하 「아아 이야기」 (*Die Geschitd vom Ohimë*) (1870)	巌谷小波「魔王ア、」 『世界お伽噺 第97編』博文館 (1907)
한네레의 죽음 (독일)	하우프트만 「한넬레의 승천」 (*Hanneles Himmelfahrt*) (1893)	水谷勝「ハンネレの昇天」 『世界童話宝玉集』冨山房 (1919)
어린 음악가 (프랑스)	〔미상〕	前田晁「失くなったヴァイオリン」 『金の船』第2巻 第4号, キンノツノ社 (1920.4)
잠자는 왕녀 (독일)	그림 형제 「장미 공주」 (*Dornröschen*) (1857)[1]	中島弧島「睡美人」 『グリム御伽噺』冨山房 (1916)
텬당 가는 길 일명 도적왕 (독일)	그림 형제 「최고의 도둑」 (*Der Meisterdieb*)[2] (1857)	中島弧島「大盗賊」 『グリム御伽噺』冨山房 (1916)
마음의 꽃 (미상)	〔미상〕	福永友治「心の花」 『おとぎの世界』第3巻 第5号, 文光堂 (1921.5)

꽃 속의 작은이 (덴마크)	안데르센 「장미 요정」 (*Rosen-Alfen*) (1839)	濱田廣介「薔薇の小人」 『童話』第2巻 第10号, コドモ社 (1921.10)
호수의 여왕 (프랑스) (『개벽』 1922.7,9)	아나톨 프랑스 「아베이유 공주」 (*L'Abeille*) (1883)	楠山正雄「湖水の女王」 『世界童話寶玉集』冨山房 (1919)
털보장사 (영국) (『개벽』 1922.11)	오스카 와일드 「욕심쟁이 거인」 (*The Selfish Giant*) (1888)	楠山正雄「わかままな大男」 『世界童話寶玉集』冨山房 (1919)

필자는 제3장에서 제6장에 걸쳐서 『사랑의 선물』의 목차에 의한 작품순이 아닌 방정환의 첫 번역동화 작품인 「왕자와 제비」를 시작으로 방정환이 번역한 순서로 추측되는 순으로 작품을 선정하였고 그 순서에 따라서 고찰을 했지만 [표 7]에서는 목차에 따른 작품 순서대로 정리했다. 마지막 두 편은 『개벽』에 수록된 작품이다.

방정환은 1920년 9월에 일본으로 건너가 먼저 아동잡지 『킨노후네(金の船)』에서 발견한 두 작품을 저본으로 하여 「왕자와 제비」와 「어린 음악가」를 번역한다. 그리고 『킨노후네』의 광고란을 통해서 '모범가정문고' 시리즈를 알게 된다. 그리하여 『그림 오토기바나시(グリム御伽噺)』에서 「잠자는 왕녀」와 「텬당 가는 길」의 저본을, 『세계동화보옥집(世界童話寶玉集)』에서 「한네레의 죽음」과 「호수의 여왕」, 그리고 「털보장사」의 저본이 된 작품을 발견하게 된다. 그 이후 마찬가지로 『킨노후네』 광고란과 '모범가정문고' 시리즈의 광고란에서 힌트를 얻어 단행본 『쿠오레(ク

1 그림 동화의 원작 간행연도에 대해서는 결정판인 제7판의 출판연도로 표시했다.
2 김열규는 『그림 형제 동화전집』(현대지성,1999(초판); 2021(2판 21쇄))에서 그림 형제의 Der Meisterdieb를 「거물도둑」으로, 김경연은 『그림 형제 민담집—어린이와 가정을 위한 이야기』(현암사, 2012)에서 「최고의 도둑」으로 번역했다. 이 연구에서는 김경연의 번역 제목을 참고로 했다.

オレ)』에서「란파션」,『당나귀 가죽(驢馬の皮)』에서「산드룡의 류리구두」, 그리고『세계 오토기바나시(世界お伽噺)』에서「요술왕 아아」의 저본을 발견하여 번역을 한다.

이러한 일련의 작업에 있어서 방정환은 오카모토 키이치(岡本帰一) 그림의 매력에 빠지게 되고 그 후 모든 삽화를 오카모토 키이치의 그림으로 통일하게 된다. 오카모토 키이치는『킨노후네』의 디자인과 삽화를 담당했고 '모범가정문고' 시리즈의『그림 오토기바나시』와『세계동화보옥집』도 마찬가지였다. 단행본을 선정할 때도 오카모토 키이치가 삽화를 그린 번역동화집을 중심으로 선정한 것으로 보인다. 오카모토 키이치가 삽화를 담당하지 않은 단행본에서는 결코 삽화를 차용하지 않았다. 그리고 방정환은 동화집의 디자인 작업에 있어서 그림의 통일성을 고려하여 전혀 관계가 없는 동화에서도 각 장면에 맞을 것 같은 그림을 찾아내어 삽입하는 등 많은 고안을 했다.

그리고 마지막으로『킨노후네』이외에도 당시 인기가 많았던 아동잡지『오토기노세카이(おとぎの世界)』와『도우와(童話)』에서「마음의 꼿」과「꼿 속의 작은이」의 저본이 된 작품을 한 편씩 찾아내어 번역을 해『사랑의 선물』을 완성시켰다.

이렇게 하여『사랑의 선물』이 완성되었고 그 외『천도교회월보』와『개벽』에도 번역동화를 발표하게 된다. 위에서 언급했듯이 이 모든 번역 작업에는 오카모토 키이치의 그림이 함께했다. 위에서 논했듯이 편집상 그림의 통일성을 고려한 부분도 크겠지만 방정환은 모든 그림을 오카모토 키이치의 그림으로 통일할 만큼 그의 그림에 크게 매료된 것이다. 그리하여 방정환은 번역동화뿐만 아니라 삽화까지 조선의 어린이들에게 '사랑의 선물'로써 제공할 수 있었던 것이다.

다음으로 방정환의 번역작품 내용의 비교 분석 결과를 정리해 보면 다음과 같은 특징을 추론해 낼 수 있다.

먼저, 어린이들에게 보다 이해하기 쉬운 동화로 번역되었다는 점이다. 방정환은 스스로 오스카 와일드의 동화 작품은 우의성과 난해성이 강하므로 어른들에게도 이해하기 어려운 부분이 많다고 하며 이 점에 유의하여 어린이들이 이해하기 쉬운 동화로 번역하고자 노력했다고 밝혔다. 그 실제적인 예로써 오스카 와일드의 두 편의 동화「왕자와 제비」와「털보장사」를 들 수 있다. 오스카 와일드의 원작과 일본어 역에서 적지 않게 보여지는 당시의 현실에 대한 비판과 풍자가 방정환 역에서는 많은 부분 생략되거나 삭제되었다. 이러한 점은「산드룡의 류리구두」에서도 찾아 볼 수 있다. 페로의 동화는 주된 독자가 17세기 프랑스의 귀족들이고 그 귀족들에게 어울리는 이야기를 상정하여 쓰여졌다. 그러한 부분은 저본인 쿠스야마 마사오 역에서도 거의 그대로 번역되었지만 방정환은 '프랑스 장식'이나 '빨간 빌로드', '다이아몬드 가슴 장식' 등 서양적인 궁정문화를 상징하는 상세한 묘사를 모두 생략했다. 일제 식민지하에 놓여 가난한 환경 속에서 살던 당시 조선의 어린이들에게는 이와 같은 것들이 상상하기 어려울 것이라고 판단한 방정환의 배려로 보여진다.

다음으로 방정환 역에서는 원작에서 보여지는 기독교적인 성격이 전혀 나타나 있지 않다는 점이다. 거기에는 천도교라는 방정환의 종교와도 관련성이 있는 것으로 보여진다. 예를 들어「왕자와 제비」에서는 왕자와 제비의 숭고한 사랑이 죽음에 의해 그리고 신에 의해서만 구원받는다고 하는 기독교적인 결말이, 신은 사람들의 착한 마음속에 존재한다는 천도교의 가르침에 준거하여 세상 사람들에게서 잊혀지는 일 없이 세상 사람들에 의해서 구원받는다는 이상적인 인간 세계를 묘사한 것으로 변용되었다. 또한 '한네레의 죽음'에서도 구세주의 역할을 하는 '낯선 이'의 존재와 천국의 모습에 대한 묘사 등이 모두 삭제되었다.

세 번째로는 작품을 통해서 독자인 어린이들에게 '사람에 대한 신뢰'와 '가족애', '인간미', '정직함' 등을 강조하여 따뜻한 인간 세상을 보여주고자 한 점이다. 이와 같은 점은 거의 모든 작품에서 드러난다. 먼저 「난파선」을 통해 '용기'와 '희생', '배려'의 중요성을 전하고자 했고, 「어린 음악가」에서는 '신뢰'와 '보은'의 중요함을 강조했다. 그 신뢰에는 물론 같은 민족으로서의 신뢰감과 연대감이 강하게 표현되어 있는데, 계급을 넘어선 인간 관계에서의 신뢰가 가장 크고 중요한 것이라는 사실을 방정환은 어린이들에게 전하고 싶었던 것으로 보여진다. 그러한 점은 「한네레의 죽음」에서도 나타난다. 원작과 일본어 역에서는 부정적으로 묘사된 빈민원 사람들에 대해서 '돈은 없지만 마음만은 아주 착하고 사랑으로 가득찬 사람들'이라고 묘사하여 인간의 선량함을 강조했다. 죽어가는 불쌍한 한네레에게도 구원의 손길이 닿았다는 형태로 따뜻한 인간 세상을 어린이들에게 보여주고자 노력한 것이다. 나아가 「호수의 여왕」에서도 원작과 일본어 저본의 소인은 '인간의 슬픔 같은 것은 이해할 수 없다'고 묘사되어 있고 일본어 저본에서 '원래 인간이 아니기 때문에 인간의 슬픔과 기쁨 같은 감정을 잘 이해할 수 없는 생물'이라고 번역되어 있는 것에 반해 방정환은 '소인 모두가 공주의 슬픔을 느끼고 도와주려고 했다'고 수정하여 소인에 대해 호의적으로 묘사했다. 방정환은 인간미가 느껴지지 않는 부분이 있으면 이렇게 개작을 하여 어린이들에게는 적어도 동화 속에서만이라도 착하고 따뜻한 인간 세상을 보여주고자 시도했던 것이다. 「요술왕 아아」에서는 등장인물의 성격을 보다 인간미가 느껴지게 개작하여 가족애를 중심적인 테마로 하고자 한 변용이 부가되었다. 가족애를 강조한 부분은 「산드룡의 류리구두」와 「마음의 꽃」에도 잘 나타나 있다. 그리고 「꽃 속의 작은이」에서도 원작과 일본어 역에서는 아가씨의 친오빠로 설정되어 있는 인물을 방정환은 아가씨의 자유를 빼앗고 자신의 아내로 삼으려고 한 '악한'으로 개작하여 근친상간적인 요소를 배제했다. 여기에도 가족애를 중요시한 방정환의 의도가 엿보인다. 「턴당 가는 길」에서도 등장인물의 성격에 선량함과 동정심을 더하여 한층 더 인간미를 느낄 수 있는 인물상으로 만들어냈다. 또한 이 작품은 효도의 중요성을 환기시키는 작품이기도 하다. 「마음의 꽃」에서는 항상 정직하고 성실하게만 살면 반드시 구원을 받는다고 하는 희망적인 메시지를 전하고 있다. 이렇듯 방정환은 등장인물을 항상 착하고 좋은 인간으로 개작했다. 방정환이 동화 속에서 가장 중요시한 것은 이 점이 아닐까 생각된다.

네 번째로 독자가 어린이들이라는 점을 감안하여 잔혹한 장면과 잔인한 부분을 삭제하거나 개작을 했다는 점이다. 이와 같은 점이 반영된 작품으로써는 「턴당 가는 길」과 「요슐왕 아아」를 들 수 있다. 이 두 작품에서는 그림 동화와 민담에서 자주 보이는 잔혹함을 생략하고 동화다운 동화를 만들고자 노력한 모습을 엿볼 수 있다.

마지막으로 문체면에서의 특성을 들고자 한다. 문체면에서는 어린이를 염두에 두고 어린이들이 읽기 쉽게 전문을 한글로 표기하고 한자는 모두 괄호 안에 넣는 등의 배려를 했다. 나아가 어린이를 존중하고 어린이들에게 경어를 쓰고자 한 천도교의 방침에 따라 번역동화 안에서도 정중한 문말표현을 사용했다. 방정환은 이러한 문말표현을 널리 보급시키고자 동화 구연뿐만 아니라 동화 번역에서도 노력을 아끼지 않은 것이다. 또한 동화 구연을 할 때 보여지는 구어적인 문체가 많이 사용되는 것도 방정환 번역동화의 특징으로 들 수 있다.

이상과 같이 방정환의 번역 작품의 특징을 확인할 수 있었다. 여기에서는 어느 정도의 일관성이 보여지며 번역동화에 있어서의 방정환의 동화관을 엿볼 수 있다.

2) 방정환의 동화론에서 보여지는 동화관

본 연구 제7장에서는 방정환의 동화에 관한 논문 「새로 개척되는 동화에 관하여」에 대해서 고찰했다.

방정환의 동화론에 관한 텍스트를 분석한 결과 이와야 사자나미의 '오토기바나시'와 스즈키 미에키치의 '동화'가 대립해 있던 일본 다이쇼 시대의 아동문학이 방정환에 의해 융합되었다는 사실을 알 수 있었다. 그러나 이와야 사자나미와 스즈키 미에키치의 영향에 그치지 않고 타카기 토시오의 저서 『동화의 연구(童話の研究)』, 그리고 『와세다문학(早稲田文学)』에 게재된 오가와 미메이와 아키타 우자쿠의 동화론, 또한 잡지 『동화연구(童話研究)』의 창간사에서 많은 부분을 답습했다는 사실과 그들의 동화관으로부터 많은 영향을 받았다는 사실도 확인할 수 있었다.

'동화는 결코 어린이만을 위한 것이 아니라 동심을 가진 모든 사람들을 위한 문학'이라고 한 오가와 미메이의 동화관에 '우리는 일생을 통해 오직 이 동화의 세계에서만 아동과 어른이 하나가 될 수 있으며 또한 이 세계에서만 어른의 영혼과 아동의 영혼 사이에 차별이 없어진다', 그리고 '인류가 가진 "영원한 아동성"을 위해 동화를 써야 한다'고 하는 아키타 우자쿠의 동화관을 더해 자신만의 동화관을 완성해 낸 것이다.

방정환의 이 논문은 당시로써는 가장 상세한 동화론이었으며 동화에 대한 방정환의 지식과 생각을 엿볼 수 있는 아주 중요한 자료이다. 그러나 일본의 아동문학의 영향이 당연하고 필연적이었다고는 하지만 타카기 토시오의 저서와 오가와 미메이, 아키타 우자쿠의 동화론, 나아가 잡지 『동화연구』 창간사 일부를 그대로 번역했다는 사실에서는 그 한계를 느끼지 않을 수 없다.

그러나 위에서 언급한 새로 완성해 낸 방정환 자신의 동화관에서 어린 시절의 순수한 마음을 잃고 세상에 때 묻어 가는 어른들의 마음에 동화라고 하는 빛을 비추어 구원하고자 한 흔적이 엿보인다. 그 방법으로써 방정환은 동화를 접하는 일, 즉 동화를 쓰고 그리고 동화를 읽는 일을 가장 강조하고 있다. 거기에서 천도교사상에서 보여지는 '지상천국'을 찾고자 했던 것으로 보여진다. 어른과 어린이가 하나가 되는 동화의 세계를 '지상천국'으로 보고 그러한 세상을 만들고자 한 점을 보면 방정환의 동화관에는 역시 천도교 사상의 영향이 있었다고 볼 수 있을 것이다.

이상과 같이 방정환은 일본의 '동화'와 일본의 동화론, 나아가 일본의 동화관을 그대로 흡수하여 그것을 가지고 한국에 돌아왔다. 본 연구에서는 방정환의 번역동화 중에서도 1922년까지 번역된 작품에 한정하여 분석한 결과 이들 번역동화에는 어느 정도 일관성이 보여 번역동화에서 방정환의 동화관을 엿볼 수 있다는 사실을 밝혔다. 나아가 그 1년 후에 발표된 동화에 관한 논문 「새로 개척되는 동화에 관하여」에서는 당시 일본의 동화 이론의 영향을 크게 받았지만 방정환 나름의 동화관이 형성되었다는 사실을 알 수 있었다. 방정환의 내면 속에 원래 자리잡고 있던 동화에 관한 생각과 일본의 동화관이 어느 정도 일치하여 공감할 수 있었기 때문에 가능했다고 할 수 있다. 거기에 어린이에 대한 방정환의 애정과 그의 사상의 기조가 되는 천도교의 인간평등사상이 하나가 되어 방정환의 동화론, 즉 동화관이 탄생한 것이다.

동화 번역 작업과 동화론의 발표 시기의 순서로 볼 때 이러한 동화론에 나타난 방정환의 동화관과 『사랑의 선물』을 비롯한 그의 번역동화 작품과의 직접적인 관계를 명시하는 일은 어렵지만 어떠한 형태로든 작품 속에 나타나 있음에는 틀림없다.

2. 방정환의 번역동화의 아동문학사적 의미

앞 절에서 『사랑의 선물』 목차순으로 정리한 방정환의 번역동화 목록표([표 7])를 참고로 원작국명별, 작가별, 또한 번역자별로 나누어 보면 새로운 특징을 발견할 수 있다.

먼저 원작국명별로는 이탈리아 동화가 한 편, 프랑스 동화 두 편, 영국 동화 두 편, 그리고 독일 동화가 세 편, 덴마크 동화가 한 편, 시칠리아 민담 한 편, 그 외 원작 불명의 작품 두 편이 수록되어 있어 가능한 한 여러 나라의 동화를 소개하고자 노력했다는 사실을 알 수 있다. 그것은 내용면에 있어서 방정환 나름대로의 선정 기준도 있었겠지만 가능한 한 많은 나라의 동화를 당시 조선의 어린이들에게 소개하고 싶었던 방정환의 배려가 엿보인다.

작가별로는 아미치스 작품 한 편, 페로 작품 한 편, 오스카 와일드 작품 두 편, 그림 동화 두 편, 하우프트만 작품 한 편, 안데르센 동화 한 편, 라우라 곤젠바하에 의한 민담 한 편, 아나톨 프랑스 작품 한 편, 그 외 작자 미상의 작품이 두 편이다. 프랑스 동화 중에서도 샤를 페로 동화 한 편과 아나톨 프랑스 동화 한 편으로 각각 다른 작가의 작품을 골랐고 독일 동화도 마찬가지로 그림 동화 두 편과 하우프트만의 동화 한 편으로 가능한 한 다른 작가의 작품을 선정했다는 사실을 알 수 있다. 여기에서는 번역동화가 아직 많이 소개되지 않았던 당시의 조선에 가능한 한 많은 작가의 작품을 소개하고자 한 의도가 엿보인다.

번역자별로는 쿠스야마 마사오 번역 작품 세 편, 마에다 아키라 번역 작품 두 편, 나카지마 코토 작품 두 편, 그 외 사이토 사지로, 미즈타니 마사루, 이와야 사자나미, 후쿠나가 유우지, 하마다 히로스케 작품이 각각 한 편씩 수록되어 있다. 쿠스야마 마사오 번역 작품과 마에다 아키라 번역 작품을 보면 저본이 된 작품이 수록되어 있는 단행본, 또는 잡지가 각각 다르지만 동일 작가의 작품을 선호하여 선정했을 가능성을 생각해 볼 수 있다.

방정환은 일본으로 건너가 1년 남짓 사이에 『사랑의 선물』을 비롯하여 『천도교회월보』와 『개벽』에 열 편 이상의 작품을 번역하여 발표했다. 그뿐만 아니라 단행본 『사랑의 선물』의 편집과 출판에도 관여했다. 단지 1년만에 이 정도의 일을 해낼 수 있었다는 것에는 모든 면에서 상당한 능력을 필요로 했을 것이다. 거기에는 먼저 번역 작업의 기본이 되는 외국어 능력, 즉 일본어 능력과 문장력이 필요했을 것이다. 그러나 단순한 외국어 능력과 문장력만으로 가능한 것은 아니다. 위에서 논했듯이 이 작품들은 한 권의 책에서 선정하여 번역한 것이 아니라 여러 권의 잡지와 단행본 안에서 신중하게 한 편씩 한 편씩 선정하여 완성된 것이기 때문이다.

그리고 『사랑의 선물』에는 전부 열네 점의 삽화가 그려져 있는데 그 모든 삽화에도 방정환이 심혈을 기울였다는 것을 알 수 있다. 방정환은 디자인 작업에 있어서 그림의 통일성을 중요시하여 모든 삽화를 오카모토 키이치의 그림으로 통일했다. 그때 방정환은 전혀 상관없는 동화에서도 장면에 맞을 것 같은 그림을 찾아내어 사용하는 등 많은 고안을 하여 조선의 어린이들을 위하여 삽화가 들어 있는 동화집을 선물한 것이다. 이러한 일을 1년 만에 가능하게 한 것에는 상당한 노력과 정열이 필요했을 것이다.

방정환이 일본에 건너갔을 때 컬러풀하고 예술성이 높은 많은 삽화가 그려진 일본의 잡지와 동화집을 보고 읽을거리가 거의 없던 당시 조선의 어린이들을 생각했을 것이다. 가능한 한 많은 동화를, 그리고 여러 나라의 동화를 제공하는 것. 그것이야말로 조선의 어린이들에게 멋진 선물이 될 것이라 생각했고 그러한 시도의 결정체가 다름 아닌 『사랑의 선물』인 것이다. 이 한 권에는 어린이들을 향한 방정환의 애정뿐만 아니라 그의 땀과 눈물이 깊게 베여 있는 것이다.

이재복(2004)은 「새로 개척되는 동화에 관하여」의 마지막 부분에서 방정환이 다음 회부터 동화에 대한 이론 등을 순서대로 써 가겠다고 했던 약속을 결국 지키지 못했지만 그것은 말만으로 끝났다고 보아서는 안 된다고 했다. 『사랑의 선물』에는 방정환이 자기 나름대로 동화의 여러 장르를 이해하고 당시 한국의 어린이들에게 여러 가지 이야기를 맛보게 해 주고자 한 흔적이 선명하게 나타나 있기 때문이라고 했다. 오늘날 아동문학을 공부하는 사람이 서양 동화집을 펴낸다고 해도 이렇듯 많은 장르의 이야기를 한 권의 책에 담아내는 것은 쉬운 일이 아니다. 그리고 이재복은 방정환이 확실히 동화의 여러 가지 하위 장르의 개념을 이해하고 의도적으로 『사랑의 선물』을 번역하고 편집했음에 틀림없다고도 논했다.[3]

『사랑의 선물』은 이렇게 완성된 동화집이다. 제2장에서 언급했듯이 『사랑의 선물』에 대한 광고에서는 당시 『사랑의 선물』이 얼마나 호평을 받았는지, 그리고 그 가치와 방정환의 명성이 어느 정도였는지를 잘 엿볼 수 있다. '눈물이 날 정도로 슬픈 이야기의 책'이라는 점이 가장 강조되었지만 그것은 당시 조선이 일제 식민지하의 슬픈 상황이었던 사실과도 관계가 있다. 이렇든 한 권의 단행본이 7년에 걸쳐 11쇄나 발행되었다는 사실은 이 책이 얼마나 독자들에게 사랑받았는가를 시사하고 있다. 또한 이 한 권이 100년의 세월이 흐르는 사이에 수차례에 걸쳐 새로이 어린이들 앞에 나타나게 된 것은 많은 연구가들의 노력도 있었지만 방정환에 대한 한국 사람들의 사랑과 존경이 있었기 때문이 아닐까 여겨진다.[4]

---

3 이재복, 『우리동화이야기』, 73쪽.

4 장정희는 『사랑의 선물』의 재판 과정에 대한 연구에서 1922년 초판을 계승하여 재판된 단행본을 1유형으로(세 권)으로, 제목만 따온 단행본을 2유형(두 권)으로, 1922년 초판을 계승하면서 작품을 추가한 단행본을 3유형(세 권)으로 나누어 1928년 이후에 출판된 총 여덟 권의 『사랑

『사랑의 선물』이 1920년대 한국의 아동문학계로부터 현대 아동문학에 시사하는 점도 크다. 어린이들을 위한 한 권의 책이 완성되기까지는 얼마나 큰 노력이 필요한가 하는 것을 방정환은 1세기에 걸쳐서 우리들에게 시사하고 있는 것이다. 나아가 이 한 권의 단행본은 1세기나 거슬러 올라가 한일 아동문학의 역사 위에서 그 영향 관계를 찾아갈 수 있게 하는 귀중한 자료이다.

의 선물』을 유형별로 정리했다.(장정희, 「『사랑의 선물』再版 과정과 異本 발생 양상」, 『인문학연구』 제51집, 2016, 295쪽)

참고문헌

1. 기본 자료

1) 번역동화 저본 추정에 사용된 자료

(1) 방정환 번역작품

『사랑의선물』, 개벽사출판부 박문관 발행, 1928년(제11판).

「호수의여왕」, 『개벽』, 1922년 7월호, 9월호.

「털보장사」, 『개벽』, 1922년 11월호.

「석냥파리소녀」, 『어린이』 통권1권 창간호, 1923년 3월.

(2) 일본어 저본

巖谷小波, 「魔王アヽ」, 『世界お伽噺第97編』, 博文館, 1907.

楠山正雄, 「湖水の女王」, 『世界童話寶玉集』, 冨山房, 1919.

楠山正雄, 「わかままな大男」, 『世界童話寶玉集』, 冨山房, 1919.

楠山正雄, 「サンドリヨンの話, またの名ガラスの上靴」, 『驢馬の皮』, 家庭読物刊行会, 1920.

齋藤佐次郎, 「王子と燕」『金の船』 第2巻第5号, キンノツノ社, 1920.5.

中島弧島, 「睡美人」—『グリム御伽噺』, 冨山房, 1916.

中島弧島, 「大盜賊」, 『グリム御伽噺』, 冨山房, 1916.

濱田廣介, 「薔薇の小人」, 『童話』第2巻第10号, コドモ社, 1921.10.

福永友治, 「心の花」『おとぎの世界』第3巻第5号, 文光堂, 1921.5.

前田晃, 「失くなったヴァイオリン」, 『金の船』 第2巻第4号, キンノツノ社, 1920.4.

前田晃, 「難破船」, 『クオレ』, 家庭読物刊行会, 精華書院, 1920.

水谷勝,「ハンネレの昇天」,『世界童話寶玉集』, 冨山房, 1919.

(3) 그 외 작품 비교에 사용한 일본어 역(각 작품별)과 영어 원작

有島武郎,「燕と王子」,『有島武郎全集8』, 叢文閣, 1924.
田波御白,「皇子と燕」,『東亜の光』第5巻第6号, 冨山房, 1910.
濱田廣介,「幸福な王子」,『世界童話選集』, 文教書院, 1925.
本間久雄,「皇子と燕」,『柘榴の家』, 春陽堂, 1916.
矢口達,「幸福な王子」,『オスカー・ワイルド全集3』, 天佑社, 1920.
井村君江,「幸福の王子」,『オスカー・ワイルド童話集』, 偕成社, 1989.
小笠原昌斉,「薔薇姫」,『グリムお伽噺講義』, 精華書院, 1914.
小澤俊夫,「いばら姫」,『完訳グリム童話』, ぎょうせい, 1985.
田中蕨吉,「荊棘姫」,『グリンムの童話』, 南山堂書店, 1914.
年岡長汀,「薔薇姫」,『独和対訳グリム十五童話』, 南江堂書店, 1914.
橋本青雨,「薔薇姫」,『独逸童話集』, 大日本国民中学会, 1906.
日野蕨村,「百年の眠」,『家庭講話ドイツお伽噺』, 岡村書店, 1911.
藤沢衛彦,「薔薇姫」,『通俗叢書通俗グリム童話物語』, 通俗教育復及会出版局, 1915.
森川憲之助,「百年眠った王女」,『グリム童話集』, 真珠書房, 1921.
小山内薫,「ハンネレの昇天」,『近代劇五曲』, 大日本図書, 1913.
小山内薫,「ハンネレの昇天」,『世界童話体系21』, 世界童話大系刊行会, 1926.
市川豊太,「アベイユ姫」,『アナトール・フランス小説集 6 バルタザール』, 白水社, 2000.
本間久雄,「我儘な山男」,『柘榴の家』, 春陽堂, 1916.
杉谷代水,「難破船」,『(教育小説)学童日誌』, 春陽堂, 1902.
三宅房子,「難破船」,『金の船』第3巻第2号, キンノツノ社, 1921.2.
Andrew Lang, 'The Story of Little King Loc', *The Olive Fairy Book*, 1907.
Oscar Wilde, *A House of Pomegreanates, The Happy Prince and Other Tales*, edited by Robert Ross, Dawsons of Pall Mall, London, 1969.
Laura Gonzenbach, *Sicilianische Märchen*, Georg Olms Verlag, Hildesheim · New York, 1970(1870).

2) 방정환의 동화 이론 연구에 사용한 자료

(1) 방정환 논문(발표 연대순)

방정환, 「童話를 쓰기 前에 어린애 기르는 父兄과 教師에게」, 『천도교회월보』 통권148호, 천도교회, 1921.

______, 「새로 開拓되는〈童話〉에 關하야」, 『개벽』 제4권 제1호, 1923.

______, 「少年의 指導에 關하야(잡지 『어린이』 창간에 제하야 경성 조정호 형께)」, 『천도교회월보』 통권제150호, 천도교회, 1923.

______, 「남은잉크」, 『어린이』 창간호, 개벽사, 1923.

______, 「어린이 찬미」, 『신여성』 제2권 제6호, 개벽사, 1924.

______, 「『어린이』를 읽는 동모에게」, 『어린이』 제2권 12호, 개벽사, 1924.

______, 「童話作法(童話를 作는 이에게)」, 『동아일보』, 1월 1일자, 1925.

______, 「서문」, 『사랑의 학교』(이정호역), 이문당, 1933년 5판, 1929.

(2) 방정환이 참고로 한 주요 일본어 자료

『赤い鳥』 創刊号, 赤い鳥社, 1918.7.

『赤い鳥』 最終号, 赤い鳥社, 1936.10.

『金の船』 創刊号, キンノツノ社, 1919.10.

『童話』 創刊号, コドモ社, 1920.4.

『読売新聞』, 1919年 5月 20日~25日, 朝刊.

秋田雨雀の「芸術としての童話」, 『早稲田文学』, 187巻, 6月.

巌谷小波, 「メルヘンについて」, 『太陽』(巌谷栄二(1977), 「明治のお伽噺」, 『児童文学』, 児童文学資料刊行会編, 有精堂, 1898.)

________, 「少年文学に就て」, 『世界お伽噺』 第82編(『木馬物語』)付録, 博文館, 1906.

________, 「お伽噺作法」『世界お伽噺』, 博文館, 1906.

________, 「子どもに代って母に求む」(1907) (巌谷栄二, 「明治のお伽噺」, 『児童文学』, 児童文学資料刊行会編, 有精堂, 1977.

________, 「少年文学の将来」, 『東京横浜毎日新聞』, 2月27日, 第1面3~4段, 1909.

大江小波著,『世界お伽噺第九十七編 魔王ア丶』, 博文館, 1907.
小川未明,「私が童話を書く時の心持」,『早稲田文学』187巻, 1921.6.
島崎藤村,「童話について」,『早稲田文学』187巻, 1921.6.
楠山正雄,「おぼえがき」,『世界童話寶玉集』, 冨山房, 1919.
鈴木三重吉,「序」,『湖水の女』, 春陽堂, 1916.
高木敏雄,「童話 昔話 お伽噺」,『童話の研究』, 婦人文庫刊行会, 1916.
高木敏雄著, 関敬吾校閲,『童話の研究』, 講談社, 1977.
日本童話協会,『童話研究』第1巻 第1号, 久山社, 1922.
前田晁,「序」,『クオレ』, 家庭読物刊行会, 1920.

(3) 그 외 주요 자료

『オリニ』, 広告欄, 第2巻 第3号(1924.3), 第2巻 第4号(1924.4), 通巻第43号(1926.9).
『開闢』, 広告欄, 第3巻 第6号(1922.6), 第29号(1922.11).
『少年』一巻一号, 新文館, 1908年 11月 1日.
『東亜日報』広告欄, 1922年 7月 7・10・15日, 9月 19・27日.
『毎日申報』広告欄, 1922年 7月 17日.
天道教 中央総部 編集部,「海月神師法文中待人接物」,『天道教経典』, 天道教中央総部出版部, 1981.

2. 국내외 논저

1) 일본어 자료

(1) 잡지

『赤い鳥』創刊号, 1918.7.
『赤い鳥』鈴木三重吉追悼号, 1936.10.
『女学雑誌』95号, 1888.2.4.

(2) 단행본

アザール, ポール著, 矢崎・横山訳(1988),『本・子ども・大人』, 紀伊国屋書店.

アラン, ダンダス編, 池上嘉彦・山崎和恕・三宮郁子訳,『シンデレラ——9世紀の中国から現代のディズニーまで』, 紀伊国屋書店, 1991.

石澤小枝子,『フランス児童文学の研究』, 平文社, 1991.

磯谷孝,『翻訳と文化の記号論』, 勁草書房, 1980.

巌谷小波,『日本児童文学大系1』, 三一書房, 1955.

巌谷小波著, 巌谷栄二編,『幸福の花』, 生活社, 1947.

上田萬年, 松井簡治共著,『大日本国語辞典(新装版)』, 冨山房, 1915.

エレン, ケイ著, 小野寺信ほか訳,『児童の世紀』, 冨山房百科文庫, 1979.

大橋健三郎他編,『総説アメリカ文学史』, 研究社, 1975.

岡田純也,『子どもの本の歴史』, 中央出版, 1992.

小澤俊夫,『グリム童話考』, 講談社学術文庫, 1999.

亀井俊介編集,『近代日本の翻訳文化』叢書比較文学比較文化 3, 中央公論社, 1994.

川戸道昭, 榊原貴教編,『明治の児童文学 翻訳編 グリム集』, 五月書房, 1999.

川戸道昭,『日本におけるグリム童話翻訳書誌』, ナダ出版センター, 2000.

河原和枝,『子ども観の近代』, 中央新書, 1998.

河盛好蔵,『近代文学鑑賞講座第21巻翻訳文学』, 角川書店, 1961.

柄谷行人,『日本近代文学の起源』, 講談社文芸文庫, 1988.

楠山正雄ほか著,『日本児童文学大系』11, ほるぷ出版, 1978.

小島政二郎,『「赤い鳥」をつくった鈴木三重吉——創作と自己・鈴木三重吉』, ゆまに書房, 1998.

子どもの本・翻訳の歩み研究会編,『図説子どもの本・翻訳の歩み事典』, 柏書房, 2002.

子どもの本・翻訳の歩み展実行委員会編,『子どもの本・翻訳の歩み展展示会目録』, 国立国会図書館, 2000.

小西友七・南出康世編集主幹,『ジーニアス英和大辞典』, 大修館書店, 2007.

小林弘忠,『「金の船」ものがたり』, 毎日新聞社, 2002.

斎藤佐次郎監修,『雑誌「金の船」=「金の星」復刻版解説』, ほるぷ出版, 1983.

______,『斎藤佐次郎・児童文学史』, 金の星社, 1996.
漣山人,『こがね丸』, 博文館, 1891.
佐藤紘彰,『訳せないもの』, サイマル出版会, 1996.
定松正ほか共著,『英米児童文学読本』, 桐原書店, 1982.
篠沢秀夫,『立体フランス文学』, 朝日出版社, 1970.
清水眞砂子,『幸福に驚く力』, かもがわ出版, 2006.
神宮輝夫,『世界児童文学案内』, 理論社, 1972.
続橋達雄,『大正児童文学の世界』, おうふう, 1996.
高木敏雄,『童話の研究 その比較と分析』, 太平出版社, 1977.
高木昌史,『グリム童話を読む事典』, 三交社, 2002.
高杉一郎,『英米児童文学』, 中教出版, 1977.
高田賢一他 編著,『たのしく読めるアメリカ文学』, ミネルヴォ書房, 1994.
高橋健二,『グリム兄弟・童話と生涯』, 小学館, 1984.
田中重弥 編,『日本の童画(第二巻)――武井武雄・初山滋・岡本帰一』, 第一法規, 1981.
富田仁,『フランス小説移入考』, 東京書籍, 1981.
東洋大学出版会,『東洋大学百年史 通史編Ⅰ』, 東洋大学, 1993.
鳥越信,『日本児童文学史研究』, 風濤社, 1971.
______,『はじめてまなぶ日本児童文学史』, ミネルヴァ書房, 2001.
日本近代文学館編,『日本近代文学大事典』第3巻, 講談社, 1977.
日本児童文学学会編,『赤い鳥研究』, 小峰書店, 1965.
______,『アンデルセン研究』, 小峰書店, 1969.
______,『グリム童話研究』, 大日本図書株式会社, 1989.
______,『近代以前の児童文学』, 東京書籍, 2003.
日本文学協会編,『日本文学講座』第7巻, 大修館書店, 1989.
日本文学研究資料刊行会,『児童文学』, 有精堂, 1977.
ハンフリー・カーペンター他編著, 神宮輝夫監訳,『オックスフォード世界児童文学百科』, 原書房, 1999.
久松潜一, 吉田精一 編,『近代日本文学辞典』, 東京堂, 1954.

福田陸太郎他 編著,『アメリカ文学研究必携』, 中教出版, 1979.
古屋健三, 小潟昭夫 編著『19世紀フランス文学事典』, 慶応義塾大学出版会, 2000.
平子義雄,『翻訳の原理――異文化をどう訳すか』, 大修館書店, 1999.
藤澤房俊,『『クオーレ』の時代』, 筑摩書房, 1998.
滑川道夫ほか 編,『近代児童文学研究のあけぼの』, 久山社, 1989.
別府恵子他 編著,『アメリカ文学史』, ミネルヴォ書房, 1989.
船木枳郎,『小川未明童話研究』, 冨文館, 1944.
松村武雄,『童話及び児童の研究』, 培風館, 1922.
柳田國男,『柳田國男全集 9』, 筑摩書房, 1990.
柳宗悦,『柳宗悦全集』第6巻, 筑摩書房, 1981.
山室静,『世界のシンデレラ物語』, 新潮選書, 1978.
横溝政八郎,『ゲルハルト・ハウプトマン――人と作品』, 郁文堂, 1976.
吉田新一 著,『イギリス児童文学論』, 中教出版, 1978.

(3) 논문

長山靖生,「クオーレ」,『新潮』45, 新潮社, 2002.
原昌,「浜田廣介とアンデルセン」,『比較児童文学論』, 大日本図書, 1991.
金成妍,「朝鮮における『近代児童文学』の始まり――朝鮮児童文学と巌谷小波(1)」,『九大日文』4, 九州大学日本語文学会, 2004.
鄭晋和,「柳宗悦の朝鮮観の考察」,『丹青』2号, 丹青会, 2004.
鳥越信,「児童文学における『雑誌』の位置」,『大阪府立国際児童文学館紀要』創刊号, 1985.
仲村修,「日本における韓国児童文学」,『国際児童文学館紀要』11, 1996.
______,「方定煥研究序論：東京時代を中心に」,『青丘学術論集』14, 1999.
______,「朝鮮初期少年運動(1919~1925年)と児童文学」,『訪韓学術研究者論文集』第2巻別刷, 2002.
朴淑慶,「韓国と日本の児童文学雑誌――『オリニ』と『赤い鳥』に関する一考察」,『外国人客員研究員研究報告集2000年度』, (財)大阪府立国際児童文学館, 2001.

柳井正夫,「一時代に於ける東洋大学の文芸運動と文化学科の存立主義」,『東洋学苑』特別号, 1933.
李相琴,「方定煥と『オリニ』誌——『オリニ』誌刊行の背景」,『国際児童文学館紀要』12, 1997.
李在徹,「韓日児童文学の比較研究(1)」,『国際児童文学館紀要』7, 1992.
李姃炫,「方定煥の児童文学における翻訳童話をめぐって——『オリニ』誌と『サランエソンムル(愛の贈り物)』を中心に」, 大阪大学大学院修士論文, 2005.
______,「方定煥の翻訳童話と『金の船』」,『日本文化研究』22, 韓国東アジア日本学会, 2007.
______,「方定煥の翻訳童話と『模範家庭文庫』」,『日本近代学研究』16, 韓国日本近代学会 編, 2007.
______,「方定煥訳『湖水の女王』をめぐって」,『童話と翻訳』13集, 建国大学童話と翻訳研究所, 2007.
______,「巌谷小波の『お伽噺』から方定煥の『近代童話』へ——方定煥の翻訳童話『妖術王アア』の比較研究」,『梅花児童文学』第18号, 2010.

2) 한국어 자료(가나다순)

(1) 단행본

강문희, 이해상 공저,『아동문학교육』, 학지사, 1997.
건국대학동화와번역연구소,『동화와설화—장르적 경계와의 만남』, 세미, 2003.
김상욱,『숲에서 어린이에게 길을 묻다』, 창비, 2002.
김자연,『한국동화문학연구』, 서문당, 2000.
김정의,『한국의 소년운동』, 혜안, 1999.
남궁영곤,『교육의 역사 철학적 기초』, 학문사, 1995.
민윤식,『청년아, 너희가 시대를 아느냐』, 중앙M&B, 2003.
방정환 저, 염희경 편,『사랑의 선물』, 우리교육, 2003.
안경식,『소파 방정환의 아동교육운동과 사상』, 학지사, 1999.

______, 『한국 전통 아동교육사상』, 학지사, 2000.
원종찬, 『아동문학과 비평정신』, 창작과 비평사, 2001.
______, 『동화와 어린이』, 창비, 2004.
염희경, 『소파 방정환과 근대 아동문학』, 경진출판, 2014.
尹石重, 『韓國兒童文學小史』, 大韓教育硏究會, 1962.
윤석중 · 이은범, 『어린이와 한평생』, 범양사출판부, 1985.
이상금, 『소파방정환의 생애—사랑의 선물』, 한림출판사, 2005.
이재복, 『우리 동화 바로 알기』, 한길사, 1995.
______, 『우리 동화 이야기』, 우리교육, 2004.
李在徹, 『兒童文學槪論』, 瑞文堂, 1983.
______, 『韓國現代兒童文學史』, 一志社, 1978.
______, 『韓國兒童文學作家論』, 개문사, 1983.
임재택 · 조채영 공저, 『소파방정환의 유아교육사상』, 양서원, 2000.
鄭寅燮, 『색동회 어린이運動史』, 學園社, 1975.
정혜정, 『동학 · 천도교의 교육사상과 실천』, 혜안, 2001.
지성 · 황미옥 공저, 『현대일한사전』, 학지사, 1999.
차호일, 『소파방정환의 아동교육사상』, 이서원, 1997.
폴 리쾨르 저, 윤성우 · 이향 옮김, 『번역론』, 철학과 현실사, 2006.

(2) 논문

강난주, 「소파방정환의 동화의 특성연구」, 건양대학교대학원 석사논문, 2003.
강상현, 「소파연구—『어린이』를 중심으로」, 동아대학교대학원 석사논문, 1970.
김성연, 「근대동화의 문체 형성 과정연구—문체표현 『했습니다』의 정착 과정을 중심으로」, 연세대학교대학원 석사논문, 2004.
김정란, 「페로의 산드룡, 또는 작은 유리구두 연구」, 『동화와 번역』, 건국대학교 동화와번역연구소, 2002.
권혁래 · 조은애, 「다카기 도시오(高木敏雄) 편찬 『조선교육옛이야기』(1917)의 서지와 해학의 미학」, 『한국문학과 예술』 27, 2018.

박현수, 「산드룡, 재투성이 왕비, 그리고 신데렐라」, 『상허학보』 16, 상허학회, 2006.
김상련, 「소파연구—『어린이』를 중심으로」, 『신인간』 통권256~257호, 신인간사, 1972.
신영철, 「소파방정환 연구—『어린이』를 중심으로」, 명지대학교대학원 석사논문, 1977.
안경식, 「소파방정환의 아동교육 운동과 사상에 관한 연구 1」, 『신인간』 통권449~452호, 신인간사, 1987.
염희경, 「방정환 번안동화의 아동문학사적 의미」, 『아침햇살』 봄호, 아침햇살, 1999.
______, 「소파방정환과 사회주의」, 『아침햇살』 여름호, 아침햇살, 2000.
______, 『소파(小波) 방정환(方定煥) 연구』, 인하대학교대학원 국어국문학과 박사학위논문, 2007 .
오오타케 키요미, 「두사람의 소파—이와야사자나미(巖谷小波)와 方定煥」, 『아동문학평론』, 아동문학비평사, 2002.
오세란, 「『어린이』지 번역동화연구」, 충남대학교대학원 국어국문학과 석사논문, 2006.
원종찬, 「한일아동문학의 기원에 관한 연구를 위하여」, 『어린이문학』 11 · 12월호, 1999.
______, 「한일아동문학의 기원과 성격 비교—방정환과 한국 근대아동문학의 본질」, 『아동문학과 비평정신』, 창작과 비평사, 2001.
______, 「'방정환'과 방정환」, 『문학과 교육』 16, 문학과 교육연구회, 2001.
윤석중, 「아동 문학의 선구 소파 선생」, 『나라사랑』 49, 외솔회, 1983.
이기훈, 「1920년대'어린이'의 형성과 동화」, 『역사문제연구』 8, 역사문제연구소, 2002.
이상현, 「소파방정환 연구」, 연세대학교 교육대학원 석사논문, 1981.
______, 「소파 문학의 비평적 접근」, 『나라사랑』 49, 외솔회, 1983.
이재복, 「새로 만나는 방정환문학—이와야 사자나미(巖谷小波) 문학과 비교」, 『어린이문학』 5 · 6월호, 1999.
이재철, 「民族主義少年運動의 堡壘—『어린이』지의 사적위상」, 『어린이』 복각판 통권 1권, 1976.
______, 「『어린이』지와 소파의 구국운동」, 『신인간』 통권 389호, 1981.

______, 「아동잡지 『어린이』 연구」, 『신인간』 통권 428호, 1986.
장정희, 「『사랑의 선물』 再版 과정과 異本 발생 양상」, 『인문학연구』 제51집, 2016.
조은숙, 「방정환과 '어린이'—해방과 발견의 사이」, 『비평』 10호, 2002.
______, 「'동화'라는 개척지—방정환의 『새로 시작되는 '동화'에 관하여』(1923)를 중심으로」, 『어문논집』 50, 민족어문학회, 2004.
______, 「한국 아동문학의 형성과정연구」, 고려대학교대학원 국어국문학과 박사학위논문, 2005.
최수일, 「1920년대 문학과 『개벽』의 위상」, 성균관대학교대학원 박사논문, 2002.

3) 그 외 자료

Oscar Wilde, *The Letter of Oscar Wilde*, edited by Rupert Hart-Davis, London, 1962.
Henry Adams, *Novels, Mont Saint Michel, the Education*, edited by Ernest Samuels and Jayne N. Samuels, New York, N. Y: Literary Classics of the United States, 1983.

찾아보기